Margarete Henry

Brückner/Kühner · Erfahren und erwandert

Christine Brückner
Otto Heinrich Kühner

Erfahren und erwandert

Propyläen

Verlag Ullstein GmbH · Berlin · Frankfurt/M. · Wien

Satz: SVA, Ludwigsburg
Druck und Buchbinder: May & Co., Darmstadt
Printed in Germany 1979
ISBN 3 549 05575 7

Zweite Auflage

Der Sinn des Schreibens besteht nicht darin, Dauerhaftes herzustellen, sondern Flüchtiges festzuhalten.

Joachim Günther

Allen unseren Reisegefährten gewidmet, besonders aber den Freunden

Kurt Hübner und
Marlene Müller

Halbschatten und Halbtrauer über der Provence

Vor fünf Jahren hatten wir beabsichtigt, mit unseren Verleger-Freunden Sigbert und Marianne Mohn den Juni in den Bergen des Lubéron (Haute-Provence) zu verbringen; im Frühling schickten sie uns zur Vorbereitung und als Vorfreude einen Bildband: ›Provence perdue‹, der Text von Jean Giono. Wenige Tage später erlitten wir einen Autounfall. Im Sommer mußte ich zur ›Rehabilitation‹ nach Wildbad fahren: Provence perdue. Was bedeutete dieses Vorzeichen? Für mich war es die vierte, für meinen Mann die erste Provence-Reise, die wir dann im Spätsommer 1977 antraten. Hatte ich zuviel versprochen? Provence perdue – Provence trouvée?

Morgens frühstücken die kleinen wilden Bienen von unserer Aprikosenmarmelade. Sie holen sich, was ihnen zusteht: die Früchte stammen vom alten Aprikosenbaum, der neben der zerfallenen Chapelle Saint-Paul steht, nur noch an Glokkenstuhl und Namen als Kapelle kenntlich, von Efeu und Brombeergesträuch überwuchert.

Wir wandern durch ein locker bewaldetes Tal, steigen zum hochgelegenen Städtchen Viens auf; ›refuge pour les oiseaux‹ steht an den Bäumen. Warum sind sie nicht in ihrem Refugium? Warum erfreuen sie uns nicht? Wir haben Anspruch auf Vogelgesang. Statt dessen nie zuvor gesehene Falter, blaßblau, die anstelle von Blüten auf dem niedrigen Buschwerk sitzen.

Wir kaufen im Laden unser Picknick ein. In einer der Waagschalen sitzt eine schöne Katze, auf die andere Waagschale legt der Kaufmann das Brot, ein Katzengewicht Brot für zwei Personen, dazu Ziegenkäse und provençalischen Landschinken. Die Melonen holen wir uns vom Feld und legen das Entgelt in die Opferschalen der Kirchen. Hier wächst nicht einmal das Nötigste, hier wächst das Unnötige, das Überflüssige – das Unentbehrliche: Wein, Gewürze, Düfte. Wie schönglasierte Steine liegen die Melonen auf den Feldern; am Abend werden sie auf den Omnibus-Parkplätzen an die Touristen verkauft, das Stück für einen Franc. In unserm Hotelzimmer und im Auto riecht es faulig-süß nach überreifen Melonen. Wäre der Boden weniger steinig, wüchsen hier gewinnbringende Zuckerrüben. Ich kann mich jetzt nicht um die Probleme der Landwirte in der Provence kümmern, das besorgt man in Brüssel auf EG-Basis, aber ich bin bereit, die Zypressenwände als praktischen Windschutz und nicht als Verschönerung der Landschaft anzusehen.

In der Dämmerung versperrten uns die heimziehenden Herden den Weg, zwanzig Schafe, vier Ziegen, zwei Hunde, dazu drei bärtige Studenten und zwei hübsche Mädchen als Hirten, die sich auf den Herdentrieb und die Erfahrungen der Hütehunde verließen. Ich trug ein Buch mit mir herum, Hubert Fichtes ›Versuch über die Pubertät‹; in der Biographie des Autors stand: ›Schafhirt in der Provence‹. Was für eine beeindruckende und beneidenswerte Nachricht! Unsere Hirtin, der wir eine Woche lang täglich begegneten, kündigte ihr Kommen mit lauten Schreien an, es klang wie: ›Yeah! Yeah! Yeah!‹ Sie ließ sich in den Schatten eines Eichbaums fallen, legte den brüchigen Strohhut neben sich und stickte. Baucis blieb allein zurück. Sie rief uns Sätze zu, die wir nicht verstanden; der alte zottelige Hütehund gewöhnte sich an uns. Sie schien in einem der ›Bories‹ zu schlafen; wir fanden in ihnen mehrfach frische Streu und frische Feuerstellen. Mit den Trullis Apuliens haben die grauen provençalischen Bories nur die Grundform gemein. Geschichteter Feldstein, rund, aber auch eckig, zur Kuppel geschlossen, mehr Unterschlupf als Unterkunft, für Mensch und für Tier geeignet, in Jahrhunderten nie verändert. Was für eine Vereinfachung!

Wenn ich nachts aufwache, weiß ich, wo ich bin. Die Zikaden schreien bis in die Morgenstunden in rücksichtsvoller Entfernung. Wir haben in der Auberge Saint-Paul zunächst Gastlichkeit, dann Herzlichkeit erfahren. Das Ergehen dieses Hotels, nicht weit von Apt gelegen, macht uns Sorge, als handle es sich um einen Gasthof in Urach. Gelebtes Europa. Alle Frauen der Familie haben mich zum Abschied umarmt und mich auf französische Art dreifach geküßt.

Die Felsen, auf denen das Städtchen Roussillon erbaut wurde, sind ockerrot. Die Hand, die den Stein reibt, färbt sich blutig, der Stein zerbröselt; auch das Regenwasser, das über die Straße fließt, ist blutrot.

In Roussillon hat Samuel Beckett, der irische Jude, im Krieg Zuflucht und Arbeit als Tagelöhner gefunden; hier hat er ›Warten auf Godot‹ geschrieben. Die Berge sind mit Pinien, Eichengebüsch und Maquis bewachsen. ›Route à la campagne, avec arbre‹ steht als einzige Bühnenanweisung über Becketts Stück. Zwischen dem Ort, an dem es geschrieben wurde, und dem Ort, an dem das Stück spielt, besteht keinerlei Übereinstimmung. Estragon und Wladimir, die beiden Landstreicher, warten, nichts weiter. Ich erinnere mich an den einen Satz: ›Wir werden uns morgen erhängen.‹ Die beiden Männer schieben das Leben hinaus, sie schieben auch den Tod hinaus. ›Ich werde nie wiederkommen!‹ soll Beckett beim Abschied von Roussillon gesagt haben.

Ein sonniger Mittag. Wir gehen durch das dornige Dickicht des Maquis, hier und da noch ein paar Blüten, aber Mastix, Lorbeer und wilde Olive haben bereits Früchte angesetzt; es wird Herbst. Wir verlieren uns aus den Augen, suchen einander mit Rufen. Wir erinnern uns, daß sich während des Krieges die Untergrundbewegung des besetzten Frankreich ›Maquis‹ genannt hat. Der Maquis eignet sich zum Untertauchen für Flüchtende und Verfolgte. Immer wieder diese Augenblicke der Halbtrauer.

Auf einer verkarsteten Bergkuppe finden wir Asphodelen, die Blütenschäfte und die Lanzenblätter gebrochen. ›Auferstehungsblume‹ sagt man in Griechenland. ›Die Schatten wandeln nicht nur in den Hainen, davor die Asphodelenwiese liegt‹, steht bei Gottfried Benn. Gedichtzeilen steigen aus dem Vergessen auf, machen den Augenblick bewußter. ›November-Einsamkeit-Tristesse‹. Noch ist September, wir sind zu zweit, und die Trauer ist vergänglich wie die Freude.

Die Kirchtüren sind meist verschlossen, auch in Lourmarin. Aber die Friedhofstüren sind immer einladend geöffnet; früher ist mir das nicht aufgefallen. Wir suchen lange nach seinem Grab, es trägt kein Kreuz, an eine Auferstehung der Toten hat er nicht geglaubt. Er nannte Vergänglichkeit und Vergeblichkeit das Absurde. Zum ersten Mal sehe ich Rosmarin auf einem Grab, meterhoch, wie im Volkslied. ›Ich hab die Nacht geträumet wohl einen schweren Traum, es wuchs in meinem Garten ein Rosmarienbaum. Der Kirchhof war ein Garten, das Blumenbeet ein Grab ...‹ Auf dem unbehauenen Feldstein steht: ›Albert Camus, 1913–1960‹. Nichts weiter. Nicht einmal fünfzig Jahre alt geworden. Ein absurder Tod. Auf der Fahrt von Lourmarin nach Paris mit dem Auto verunglückt, das unbenutzte Eisenbahnbillett in der Jackentasche, am Steuer des Autos sein Verleger. Ein Strauß frischgepflückter Astern, der vor dem Stein liegt, stört.

In seinem Stück ›Le malentendu‹ sagt eine Frau: ›Ich stelle mir voll Entzücken jenes andere Land vor, wo der Sommer alles unter seiner Macht begräbt.‹ Lourmarin liegt nicht in diesem ›anderen Land‹. Wir stehen als Fremde, als Gäste da. ›L'étranger‹ und ›l'hôte‹ sind Titel und Themen seiner Bücher: Der Fremde. Der Gast.

Als man ihn nach seinen Lieblingsworten fragte, soll er aufgezählt haben: ›Die Welt, der Schmerz, die Erde, das Lachen, die Menschen, die Wüste, die Ehre, das Elend, der Sommer, das Meer.‹ Alles gewichtige Worte, Hauptworte. Ich suche nach meinen Lieblingsworten, teile ›Sommer‹ und ›Meer‹ mit Camus, füge ›Freude‹, ›Mut‹, ›Verläßlichkeit‹ und ›Baum‹ hinzu, auch ›Trauer‹ und ›Schlaf‹ und hebe mir ein Wort auf.

Ich habe uns Rosmarinzweige von Camus' Grab gepflückt.

Wart ihr denn nicht in Aix-en-Provence? fragt man uns. Es gibt keine schönere Straße als den Cours Mirabeau! Doch. Aber wir haben dort nichts gesehen, was andere nicht auch sähen: grünes Platanenlicht und strömende Brunnen. Ein Gewitterregen ging nieder. Das Wiedersehen war unbefriedigend, meine Verheißungen erfüllten sich nicht.

Als wir – ein anderes Wir als heute – vor mehr als zwanzig Jahren dort waren, tranken wir den ungewohnten Pernod, durstig nach Leben und Fremde, sagten: »Ex-en-Provence!« und leerten das Glas. Ein radikaler Trinkspruch.

Wir beide gehen besänftigt, aber ungerührt durch die berühmte Platanenallee. Wir geben den schmalen Chausseen, die die kleinen Provinzstädte verbinden, den Vorzug; wir wollen nicht mit anderen teilen, auch nicht Bewunderung. Autos können hier einander begegnen, aber nicht überholen. Wer möchte den wohltuenden Platanenschatten so bald wieder verlassen? Wir singen während des Fahrens Kinderlieder: »Frère Jacques, frère Jacques, dormez-vous? Dormez-vous?« Ich sitze nach fünf Jahren Angst wieder sorglos auf dem Beifahrersitz. Keiner der alten Bäume trägt Spuren eines Unfalls. Man hat sich für die Bäume und gegen die Straßenverbreiterung entschieden und den Tod außer acht gelassen.

Verzauberung setzt erst ein, als wir dort stehen, wo Cézanne gewohnt und gemalt hat, am Stadtrand von Aix. Ein dunkler Garten, ein helles Haus. Wir läuten, werden eingelassen, die einzigen Besucher. Immer zieht es uns an die Tatorte und an die Gräber. Keine Spuren von Ruhm und Reichtum; ein paar Aquarelle, wenige Skizzenblätter. Als man in seiner Heimatstadt die Bedeutung des Malers erkannte, konnte man seine Bilder nicht mehr bezahlen. Tisch und Stuhl, Staffelei, auf dem Fenstersims ein paar Töpfe mit trockenen Gräsern; Schalen, auf denen Früchte schrumpfen. Vorbilder zu Bildern, die man im Gedächtnis hat, die berühmten Stilleben. Im Französischen sagt man ›nature morte‹, tote Natur. Wir sagen Still-Leben. Wir sagen ›Lebensgefahr‹, die Franzosen dagegen schreiben an ihre Hochleitungsmasten ›danger de morte‹.

Cézanne und van Gogh, die berühmtesten unter den Malern der Provence, malten, was sie vor Augen hatten; damals wirkte es befremdlich, unseren Augen ist es vertraut.

Gordes. Hoch gelegen auf mächtigem Felsen ein gewaltiges Schloß, von Vasarély zu einem unmusealen Vasarély-Museum ausgebaut. Immer wieder finden wir in unserem Reiseführer den beachtenswerten Satz: ›Ein Renaissanceschloß, in dem heute Künstler und Gelehrte leben.‹ Draußen das weiche Grau-Grün der Natur, die runden Formen von Ölbaum, Fichte und Stein; drinnen die blauen, roten und weißen Farbraster Vasarélys. Abstraktion und Konstruktion, Verleugnung der Natur: eine Kunst-Welt, von der Kühle ausgeht; dazu Renaissance-Musik und Free Jazz aus Lautsprechern, Filmvorführungen. Ein didaktisches Museum. Wir sind nicht belehrbar.

Vor dem Schloß dann wieder Provence, die man käuflich erwerben und mitnehmen kann, Honig und duftende Kräuter, dickwandige Töpferware, Stoffe in provençalischen Mustern und Farben. Viel junges Volk aus aller Welt, das sich hier sammelt, auf den Mauern im Schatten der Bäume sitzt, ißt, trinkt und musiziert; mit einigen Francs als Spende bezahlen wir, daß wir nicht mehr zu ihnen gehören.

Der Blick geht über die Berge des Lubéron hinweg, geht bis hin zum weißhäuptigen Mont Ventoux, bleibt an den Bories haften, die auf den Feldern stehen.

»Wir machen jetzt einen kleinen Umweg«, sagst du und verläßt die ohnehin schon schmale Provinzstraße.

Die Umwege waren die lohnendsten Wege in der Provence. Wir umfuhren auf geschotterten Straßen die tief in die Berge der Haute-Provence eingeschnittenen Canyons, folgten auf Feldwegen einem Schild, das ›Notre-Dame-de-Bellevue‹ verhieß. Die Kirchentür war verschlossen, aber im Chor hatte ein Maler sich sein Atelier eingerichtet; seine Kinder spielten auf Gräbern. Bitterer Buchsbaumgeruch, der an den Kirchhof meines Heimatdorfes erinnert.

Wo der Lavendel noch nicht geschnitten ist, dunkelt er unterm Sommerregen; seine gestutzten Stöcke liegen wie graue Igel auf den Feldern.

Wolkige, sonnenlose Tage, ohne Vögel, ohne Farben; Bories und Steinhütten bieten uns Unterschlupf vor den rasch einsetzenden heftigen Gewitterregen. Wir ducken uns, ziehen die Köpfe ein. Ein Lager aus Laub und Gestrüpp, wieder eine frische Feuerstelle ...

Auf Seitenstraßen erreichen wir die Chapelle Saint-Gabriel. Ein junger Mann läßt die Sichel sinken, nähert sich uns, lacht uns friedlich an, ein Halbidiot. Er öffnet uns die Tür der Kirche; sie ist ausgeräumt und ungenutzt. Wir möchten sie, so wie sie dasteht, sieben- oder achthundert Jahre alt, gegen unsere Gemeindekirche eintauschen, die im Jahr 1960 erbaut wurde und noch immer keine Frömmigkeit ausatmet. Sie steht da ganz für sich. Ohne Glocken, ohne Altar, ohne Kanzel. Sie braucht den Menschen nicht. Ein Haus Gottes. Nur eine steinerne Rosette schmückt die Westwand.

Völlig abseits: Oppedette. Wir treffen auf einen jungen Mann, einen Franzosen, der seine Töpferscheibe in die Sonne gerückt hat; im schattigen Inneren des alten Hauses verkauft seine junge deutsche Frau Krüge, Schalen und kleine Töpfe, mit Lavendelessenz gefüllt. Ihr Kind spielt auf der Straße, ungestört, mit einer Katze ...

Diese verlassenen und verfallenen Ortschaften! Provence perdue. Ein paar Einwohner leben noch immer – oder leben wieder – in ihnen. Die geblieben sind, sind alt und oft sonderlich; die gekommen sind, sind jung, meist Künstler oder Kunsthandwerker, die Natur und Romantik suchen und Konsum und Komfort verachten. Eine stille Rückeroberung, ein bescheidener und behutsamer Wiederaufbau. Die Mauern aus Feldsteinen, die Dächer aus gebrannten Ziegeln, von Maurern gemauert, nicht von Architekten entworfen. Sie kannten die Winde – jedes Haus eine Festung gegen die Überfälle des Mistrals –, kannten die barmherzige und die unbarmherzige Sonne, kannten den Regen und kannten jene, für die sie bauten.

Ein Haus in Oppède-les-Vieux: eintürig, einfenstrig, selbst die Bank neben der Tür aus Stein; der Blick geht über die schmale Schlucht hinweg, übers gehügelte Land. Da ließe es sich leben und arbeiten; meist finde ich auf Reisen nur Plätze, an denen ich begraben sein möchte.

Barfüßig in Sandalen, in grobem Leinen, mit einem aufsehenerregenden Kopf kommt ein Mann die Gasse herauf, verschwindet hinter der neuen Holztür eines wiederhergerichteten Hauses, am Arm einen Korb mit frischgepflückten grünen Bohnen. Später in der Stadt drunten, im Schaufenster einer Buchhandlung, meinten wir seinen Kopf auf einem Buchumschlag wiederzuerkennen ...

Die Entscheidung der Großeltern wird von den Enkeln rückgängig gemacht. Sie haben kaum das Nötigste. Aber, was ist das Nötigste? Wärmende Sonne und kühlender Platanenschatten, ein Boule-Spiel, ein Glas Wein, ein Gespräch. Wir sahen Alter, Armut und Schönheit. Schön sein im Alter, das möchte man doch, anspruchslos, geduldig. Ich glaube nicht an die Verbesserung des Lebens durch Atommeiler und Kanalisation, so verkünde ich, stehe aber abends im Hotel unter der Dusche. Wir wohnen dreisternig und gedenken oft des ›alten Quindt‹ aus meinem letzten Roman, eine erdachte Figur, die uns jetzt die Reise finanziert. Wir fahren in die nächstgelegene große Stadt, nach Avignon, um zu erkunden, welchen Platz auf der Bestsellerliste des ›Spiegel‹ der Roman gerade einnimmt.

Nach zwanzig Ferientagen, nach mehr als zweitausend Kilometern, die wir auf provençalischen Straßen zurückgelegt hatten, endlich der Augenblick, in dem ich sage: Halt an!

Südlich von Les Baux, das doch ›Beaux‹ heißen und nicht an Bauxit erinnern sollte, das hier gewonnen wird. Erregung und Glück des Wiedererkennens. Während des langen Schreibwinters habe ich mir das vorgestellt: Im Sommer auf der Provence liegen! Unter mir dehnt sich die Erde, über mir dehnt sich der Himmel. »Bist du nun zufrieden?« fragst du. Was ich sehe, ist grau wie lange nicht geputztes Silber, die Steine, die Berge der Alpillen, die Ölbäume und der Himmel. Die Sonne taucht Griechenland in Gold, die Provence in Silber. Die Mittelmeerländer sind vergleichbar, die Provence erweist sich als beschreiblich schön. Im kommenden Winter werde ich mich daran erinnern, daß ich im vergangenen Sommer auf der Provence lag...

Die Düfte und Geräusche wechseln im Verlauf des Tages. Die Grasmücke singt, die Zikaden schreien, der Nachtkauz ruft. Im Gemisch der Düfte drängt sich der Salbei vor, manchmal die Minze und abends zarter Myrtenduft. Meine Entdeckungen beschränken sich darauf, daß die Schoten des Ginsters in der Mittagshitze mit leisem Knall explodieren. Das Innere der Disteln ist samtweich! Wie ein Nabel liegt das runde Fenster in der Westwand der Kapelle. Tauben trinken Regenwasser aus steinernen Weihwasserbecken...

Wir essen Wachteln im Schlafrock, trinken weißen trockenen Chablis. Laß die Erben Coca-Cola trinken!

Bei flackerndem Windlicht lese ich Daudets ›Geschichten aus meiner Mühle‹ vor. Die Fledermäuse streichen um die Felswände, in die das ›Mas d'Aigret‹ hineingebaut ist. Die Ziege des Herrn Seguin! ›Du wirst sehen‹, schreibt Daudet an seinen Freund Gringoire in Paris, ›was dabei herauskommt, wenn man in Freiheit leben will!‹ Und er erzählt ihm von jenem M. Seguin, der kein Glück mit seinen Ziegen hatte; er büßte sie alle auf dieselbe Weise ein. Eines Tages zerreißen sie ihre Stricke und laufen ins Gebirge. Weder Liebkosungen noch gutes Futter, noch die Warnungen ihres Herrn halten sie zurück. ›...und am Morgen fraß sie der Wolf!‹ Daudets Geschichten tragen Halbtrauer.

Als ich anfing zu schreiben, hatte jemand zu mir gesagt: »Wenn Sie sich zutrauen, von Eisscholle zu Eisscholle zu springen, dann gehen Sie in einen freien Beruf.« Ich habe zurückgefragt: »Und was ist im Sommer?« Und habe es mir zugetraut. Irgendwann wird mich der Wolf fressen. Aber jetzt trinken wir Chablis! In früheren, schlechteren Zeiten hatte ich mir einen Satz von Balzac an die Wand geschrieben: ›Die Ziege muß dort weiden, wo sie angebunden ist.‹

Wir statten unserem französischen Kollegen einen Besuch ab, fahren nach Fontvieille. Ein Ausflugsort für Schulkinder. ›Die Mühlen‹, schreibt Daudet 1869, ›machten die Freude und den Reichtum unserer Gegend aus!‹ Die Freude ist geblieben, der Reichtum dahin. Wir stellen uns vor, wie der kostenlose und freundliche Wind eines Tages wieder das Korn mahlen könnte. Jener Wind, den Daudet noch ›den Atem des lieben Gottes‹ nannte; der männliche Mistral, der die harte, trockene Kälte aus den Cevennen durchs Rhônetal bläst, und die weibliche Tramontane, die den Regen bringt. Mistral, was für ein Land, wo die Winde die Namen der Dichter tragen und die Dichter die Namen der Winde! Frédéric Mistral, der das Provençalische in seinen Gedichten bewahrt hat, einst die Sprache der Königinnen, heute die Sprache der Hirten. Als ich zum ersten Mal in der Provence reiste, schrieb ich ein paar Verse. ›Pinien und Oliven/Es duftet der Majoran/Melonen tropfen vor Süße/Hinter den Büschen schläft Pan . . .‹ So einfach war das damals noch.

Wenn wir nichtsnutzig auf der Provence lagen, sagte einer zum anderen: »Aber am Morgen frißt uns der Wolf!«

Die Provence des Meeres. Wir haben weiße Reiher gesehen. Wir haben die berühmten langstieligen Flamingos der Camargue gesehen, die im rechten Augenblick aufstiegen, ihre Flügel aufspannten und als lachsrote niedrighängende Wolke davonflogen; morgens haben Möwenkolonnen uns den Strand gereinigt, auch ein paar Kraniche haben wir gesehen. Wir haben gesehen, was zu sehen war: die halbwilden Pferde und die halbwilden Stiere. Wir sind in einem ratternden Bähnchen dorthin gefahren, wohin man sonst nur zu Pferde gelangt, auf Bohlendämmen durch Schilf und Röhricht, Heide und Moor, am Étang-de-Vaccarès entlang. Und wir erinnerten uns dabei an einen Tag in Histria, am Schwarzen Meer gelegen, und tauschten die Bilder aus: Donaudelta und Rhônedelta. Niemandsland zwischen Erde und Wasser. Es war vergleichbar schön.

In Aigues-Mortes, was ›totes Wasser‹ heißt, hatten wir Bedürfnis nach einem Schnaps, weil der Mistral uns zusetzte, der den Lake- und Kloakengeruch der Salinen verstärkte; wir kauften eine Flasche ›Eau de vie‹, was ›Lebenswasser‹ heißt. Das Licht änderte sich, der Reiz wurde zum Überreiz. Der Wind blies das Meer fort, aber es gab ihm nicht nach, es wich nur zurück, keine hohen Wellen, nicht die erwartete Brandung. Am Strand wurden Warnfahnen aufgezogen.

Das Meer gehört allen! Keine Strandgebühr, kein hoteleigner Strand. Ein demokratisches Gesetz, von einem König erlassen.

Mittelalterliche Wehrkirchen, mittelalterliche Stadtmauern, die heute von den Fremden, gegen die sie einmal gerichtet waren, besichtigt werden. Die Betonbunker des 20. Jahrhunderts wurden gesprengt, sehenswert waren sie nicht. Aus unserem Jahrhundert stammen die weithin sichtbaren Wassertürme. Es wird nicht mehr verteidigt, es wird versorgt.

Und schließlich dann Les-Saintes-Maries-de-la-Mer, das mir kein Wiedersehen wert schien, so grau war es in meiner Erinnerung, ohne Glanz. Inzwischen hat man das Städtchen herausgeputzt, keine Hotelbauten stören das malerische Bild; sogar drei Zigeunerinnen haben wir gesehen – am Wallfahrtsort der Zigeuner. Auf dem Markt boten prachtvolle naturschwarze Männer aus Afrika den frischgebräunten Touristen Schmuckstücke und Kleidungsstücke zum Kauf an, Teppiche und Elfenbeinschmuck und Ebenholzmasken. Vor hundert Jahren verkauften die Weißen an der afrikanischen Küste das Entsprechende: weißer und schwarzer Tinnef.

Mittags, als wir nicht die Bouillabaisse der Wohlhabenden

bestellen wollten, aßen wir weiche, scharfgewürzte Kutteln. Ein Mann betrat das Restaurant, schön von Gestalt, kein Jüngling mehr, schwarzbärtig, mit südlichen Augen; er zupfte die Gitarre und das Banjo, sang Chansons und provençalische Lieder dazu; er hätte kein Mikrophon, keine Kamera und kein Konzertpublikum zu scheuen brauchen, aber er zog es offenbar vor, wie ein zu später Troubadour durch die Lokale zu ziehen. Ein Lächeln, eine Verbeugung, ein paar Francs für den Hut...

Eine Woche lang wohnten wir nahe bei Le Grau-du-Roi, in einem ›village marin‹, einem Touristenzentrum für Leute, die mit ihrer Yacht vor der Haustür anlegten. Nachts schlugen die Drähte an die Masten der Boote, es klang wie lockender Unkenruf. Gegen Morgen, wenn die Boote ausfuhren, standen Mondsichel und Stern und Nebenstern am Himmel. Ich rüttelte dich wach, damit du sehen solltest, was ich sah, aber du magst seit dem Krieg die frühen Morgenstunden nicht mehr.

Wir holten uns unseren täglichen Wein unmittelbar beim Erzeuger, in den ›Caves‹, deren Aluminiumtanks man von weitem erkennt. Kurze Stichstraßen, von Platanen gesäumt, führen dorthin. Wir legten uns unter eine der Platanen am Rand eines Weinfeldes. Drei Mädchen spielten auf der Straße, eine Weinranke diente ihnen als Springseil. Zwei von ihnen ließen die Ranke in sanfter Bewegung über den Boden schwingen, das dritte sprang darüber. ›La mer est calme‹, sangen sie, sangen dann schneller, unverständlich, schwangen die Ranke immer höher, die Wellen gingen immer höher, überschlugen sich, wurden dann wieder flacher, und wir hörten die Mädchen wieder singen: ›La mer est calme, la mer est calme.‹ Das Meer ist ruhig.

Wir schliefen darüber ein.

Wart ihr denn nicht im Kreuzgang von Saint-Trophime in Arles? Doch, sagen wir, aber da waren die anderen Touristen auch; wir sind weitergefahren zur Abbaye-de-Montmajour, sie liegt nicht weit von Arles, auf einem Hügel, halb verfallen. Im Kreuzgang waren wir ganz allein.

Habt ihr denn keinen Stierkampf in der römischen Arena von Nîmes gesehen? Wir haben einen Stierkampf in der Arena von Arles gesehen; aber wir sind bald wieder weggegangen. Schöner und heiterer war das Rodeo im Mas-de-Cacharel, mitten in der Ebene der Camargue gelegen; der Wind war salzig und sandig, wir standen auf einer Umwallung, durch Weidengeflecht notdürftig vor den Stieren geschützt. Mut und Übermut der jungen Männer, wenn sie die Stiere bei den Hörnern packen oder sich auf ihrem Rücken zu halten suchen. Wir zählten, laut rufend, mit: »Un! Deux! Trois! Quatre!« Meist fiel der Reiter dann schon in den Sand, aber einer von ihnen hielt sich bis ›quatorze‹. Als er stürzte, wurde er vom Stier angegriffen, und es stockte uns der Atem. Doch die Hörner waren durch aufgesteckte Kugeln stumpf gemacht, der Stier war seiner natürlichen Waffen beraubt. Es wurde Dressur geritten. Im Steigbügel hängend, auf drei ungesattelten Pferden stehend und im Galopp – wild und schön und jung und kaum dressiert: die jungen Männer und die jungen Tiere. Gelächter und Herzklopfen, aber kein Blut und kein Entsetzen wie beim Stierkampf in Arles.

In Avignon, in der Kirche Santa Chiara, sah Petrarca zum ersten Mal Laura Noves, die Gattin eines Herrn de Sade, liebte sie fortan und schrieb ihr ein lebenslanges Lied: die Sonette an Madonna Laura. Der Dichter, aus Italien stammend, suchte und fand Einsamkeit im Vaucluse und beschrieb dort die Schönheit und Tugend seiner unerreichbaren Geliebten, ihre Augen, ihr Haar, die Wangen, die Lippen. Nur Träume, nur Lieder.

Wir standen unter der Felswand, an der unauslotbaren, wasserreichen Quelle der Sorgue, wohin er täglich von seinem Haus in Fontaine-de-Vaucluse aus gewandert sein soll. Nun wissen wir Bescheid; hier sind alle die Tränen geflossen. Unsere Gespräche über die befruchtende Wirkung, die eine unerfüllte Liebe auf die Poesie ausgeübt hat, dehnen sich aus;

den, den man liebt, in Ruf- und Reichweite, die Gedichte Petrarcas in der Hand und im Ohr. ›Quando 'l Sol bagna in mar l'aurato carro – Wenn rot im Meer verglüht der Sonne Pracht.‹ Was für eine Zeile: ›Und aus den Angeln hebt mein Lied die Welt!‹

Als wir dieses Sonett lasen, befanden wir uns bereits auf dem hochgerühmten Mont Ventoux, wo auch Petrarca im Jahr 1336 gewandert ist, wo man den Petrarca-Preis zum ersten Mal verliehen hat. In Arezzo haben wir vor seinem Geburtshaus gestanden. Wir reden über die Reichweite eines Gedichts und über die Auswirkungen der Lebenswelt auf die Schreibwelt. Ist es gleichgültig, wo ein Schreibtisch steht? Ob man die mittelmäßigen hessischen Berge vor Augen hat oder die Berge des Lubéron, die Alpillen, die Montagnetten. Du sagst: Man muß nur etwas zu sagen haben!

Im Augenblick habe ich nichts zu sagen! Ich gebe das Wort an Petrarca zurück. Und aus den Angeln hebt die Welt mein Lied. – Was schön ist, werde ich schön nennen. Das habe ich mir vorgenommen, daran halte ich mich. Den häßlichen Verschiebebahnhof in Avignon, wo wir bei Ankunft und Abreise viele Stunden vertan haben, will ich vergessen. Wir haben uns nicht ausreichend um die Sorgen der südfranzösischen Weinbauern gekümmert, wir haben statt dessen ihren Wein getrunken, den leichten Vin de Listel aus der Camargue und den schweren Wein der Päpste aus Château-Neuf und manchmal auch Chablis auf das Wohl des alten Quindt. Als wir im Liegewagen des Autoreisezugs zurückfuhren, floß links die Rhône durchs Mondlicht, reifte zur Rechten der ›Côte du Rhône‹ unterm Mondlicht, Jahrgang 1977, dem man die fehlende Süße, den französischen Weingesetzen gemäß, schon beibringen wird; dies war kein überhitzter Sommer.

Manchmal, im Winter, bereite ich uns eine provençalische Ratatouille aus Auberginen, Zucchini, Zwiebeln, Paprika und Tomaten, vergesse die Knoblauchzehe nicht und nicht das Lorbeerblatt. Wir nähren unsere Erinnerungen.

Mit Rosmarin von Camus' Grab würze ich das Fleisch. Wenn du ein hartes Rosmarinblatt auf deinem Teller findest, sagst du: Das ist ja absurd. Und wir erinnern uns an Lourmarin.

(c.b., 1978)

Brüder des Erdgürtels

Pummerer, angesichts der erwachenden Welt,
Sich morgens ans geöffnete Fenster stellt
Und gedenkt der Menschen seines Breitengrades,
Selbst des entferntesten Landes und Staates,
In Prag und Charkow, am Don und Ural,
Auf Sachalin und Neufundland, am Ärmelkanal,
Verbunden mit ihnen wie durch ein Band,
Durch Klimazone, Wettergürtel, Wasser und Land.
Er grüßt sie, denselben Winden entsprossen,
Wie Brüder und Schwestern, wie Weggenossen,
Und ruft, daß (infolge der Umdrehung der Erde)
Er in wenigen Stunden dort sein werde!

(O.H.K.)

Wo sich die Elemente berühren
(Leuchtturm Hohe Weg, Wesermündung)

Die Leuchtturmwärter von Hohe Weg erzählten mir, daß an der Stelle, wo der Leuchtturm steht, vor ein paar hundert Jahren Dorf und Schloß Mellum gelegen habe; bei einer Sturmflut sei dieses Stück Land mit Dorf und Schloß losgerissen und vom Wasser verschlungen worden. Zwölf Kilometer Land habe man ans Meer abtreten müssen. So weit sei es jetzt vom Turm bis zur Küste. In diesem Zusammenhang kamen sie auf Pastor Thorade aus Langwarden zu sprechen, der als erster bei Niedrigwasser diese Strecke zu Fuß gegangen, aber unterwegs in das vorzeitig auflaufende Hochwasser geraten sei. Er habe sich damals im Turmbuch eingetragen, da könne man es nachlesen. Er lebe noch, hochbetagt, in Oldenburg.

Genaugenommen erzählte mir jeder der drei Leuchtturmwärter, unabhängig vom andern, diese Geschichte, jeder mit zusätzlichen Einzelheiten. Zum Erzählen hatte immer nur einer von ihnen Gelegenheit. Von den beiden anderen versah der eine gerade den Dienst und war beschäftigt, der andere, der als letzter Dienst gehabt hatte, schlief in seiner Kammer.

Es war zunächst der Leuchtturmwärter Tröge, der von dem Schloß sprach, nämlich, daß es von einem Enkel des Sachsenkönigs Widukind, einem Herzog, erbaut worden und in der Sturmflut versunken sei. Von dem Schloß kam er dann auf die Geschichte von Pastor Thorade aus Langwarden zu sprechen: wie dieser vor Jahren mit einem Posaunisten seiner Gemeinde übers Watt zum Leuchtturm habe gehen wollen, um den Wärtern einen Choral blasen zu lassen. Dann sei, als die beiden erst auf halber Strecke waren, Sturm aufgekommen und habe das Wasser vorzeitig in die Außenweser gedrückt. Sie hätten schon bis zum Bauch im Wasser gestanden. Da habe der Posaunist in sein Instrument geblasen, und ein Wärter, der gerade oben im Leuchtturm, bei den Lampen, zu tun hatte, habe von den Tönen einige Fetzen, die der Sturm zu ihm trug, gehört, sei auf die Galerie getreten und habe mit dem Fernglas die beiden Männer entdeckt. Man habe das Rettungsboot flottgemacht und die beiden hereingeholt.

Von der Kuppel des Turmes konnte man tatsächlich weit sehen, landwärts, am Horizont, über dem schmalen, blassen Streifen der Küste, auch die Kirchturmspitze von Langwarden. In die Kuppel des Leuchtturms, den Lampenraum, zog ich mich – es war im Mai 1959 – über die schmale Wendeltreppe oft zurück. Turmhoch über der Erde, wie ein Zuschauer, blickte ich hinunter auf das tellurische Drama, das Drama des Meeres, des Watts mit seiner amphibischen Natur, das Drama der Gezeiten, Strömen, Umspülen und Versinken, Wechsel und Wiederkehr, Veränderlichkeit des Unveränderlichen; das jahrmillionenalte Drama der Küste, von der Gewalt der Sturmfluten zerstückelt, Erdgeschichte zu Menschengeschichte geworden, von der Cimbrischen Flut durch die Jahrhunderte, wo ganze Ortschaften in einer einzigen Nacht ›mit Mensch und Vieh die Tausend‹ untergingen, bis in unser Jahrhundert, etwa dem Februar 1953, als in den Niederlanden fast zweitausend Menschen umkamen.

Von dieser Sturmflut – er hatte sie auf Hohe Weg erlebt – erzählte mir der Leuchtturmwärter Kruse und kam von ihr auf das versunkene Schloß und Dorf Mellum zu sprechen. Er hatte gerade Dienst und blickte, während er erzählte, immer wieder durchs Fernglas nach den in die Wesermündung einlaufenden Schiffen. Er wußte sogar noch den Namen des Herzogs, der das Schloß erbaut hatte, und nannte für jene Flutkatastrophe das Jahr 1066, die Weihnachtsnacht. Zwischendurch nahm er über Sprechfunk Verbindung mit einem Frachtdampfer auf, der die gelbe Quarantäneflagge führte. Er unterrichtete telefonisch die Hafenmeisterei in Bremerhaven, die nun bis zur Ankunft des Schiffes – sechzehn

Seemeilen waren noch zurückzulegen – genügend Zeit hatte, Vorkehrungen zu treffen.

Von der Weihnachtsnacht kam Kruse auf Pastor Thorade zu sprechen, erzählte dieselbe Geschichte wie der Leuchtturmwärter Tröge, nur ausführlicher: Es war vor dreißig Jahren gewesen, und zwar an Ostern, der Pastor hatte nicht nur einen, sondern zwei Posaunisten mitgenommen, das Wasser lief nicht nur vorzeitig auf, es kam auch noch eine Springtide hinzu, die Männer standen schon bis zur Brust im Wasser, und der Leuchtturmwärter, der die Töne der Posaune hörte, war gerade dabei, die Linsen vom Treibsand zu reinigen ... Da wurde Kruse wieder unterbrochen. Der Telegraf surrte. Helgoland meldete sich und gab die Windverhältnisse durch, die auf der offenen See herrschten. Kruse ging hinaus auf die Brücke, um das Windsignal neu einzustellen. Vor dem Turm, auf dem Watt, spielten die beiden anderen Leuchtturmwärter Fußball. Der Abend dämmerte. Die Wattenfischer fuhren auf ihren Ewern die Flußmündung hinauf. Die Zeit der Leuchtfeuer begann. Längs der Küste und in den Fahrwassern blitzten Lichter auf, grün, rot, weiß, Lichtzeichen, Blinkfeuer, Bojen, Tonnen und Baken, die Zeit der Leuchttürme, irdische Leitsterne gegen die Dunkelheit, Ansteuerungsmarken, unverändert, seit Menschen die Meere befahren, Pharus, Cordouan, La Coruña, an Landspitzen, Flußmündungen und Buchten, nur die Art der Feuer im Lauf der Jahrhunderte verändert, Holzfeuer zur Zeit Hannibals, Kohlefeuer zur Zeit des Kolumbus, Kerzen zur Zeit des ersten Dampfschiffs, Rüböl zur Zeit Moby Dicks, Petroleum und Gas zur Zeit der ›Lusitania‹, Elektrizität zur Zeit der Öltanker – einsame Türme auf Klippen, in Dünen und im Wasser, Eddystone, Kap Farewell, und unser Turm, der an der Fahrrinne nach Bremerhaven die Reede von Hohe Weg begrenzte, bei Nacht den Schiffen als Leit- und Richtfeuer diente und bei Tag ihnen noch einmal Zeichen gab, beruhigende Auskünfte oder Warnungen, bevor sie aus dem Schutz des Landsockels in die offene See hinausliefen.

Der dritte Leuchtturmwärter, Janssen – wir legten gerade, bevor die Flut wieder auflief, im Watt Angelschnüre aus –, erzählte von dem schon über hundert Jahre alten Turm: daß man beim Bau, zwei Meter unter Niedrigwasser, noch auf Mauerreste des Schlosses Mellum gestoßen sei und daß man in jener Weihnachtsnacht, als Schloß und Dorf Mellum von der Sturmflut überspült wurden, in der Kirche gerade um Hilfe gefleht habe. Von da kam er auf Pastor Thorade und dessen Posaunisten zu sprechen – bei ihm waren es drei an der Zahl, sie standen bereits bis zum Hals im Wasser und bliesen den Choral ›Aus tiefer Not schrei ich zu dir‹. Er wußte sogar zu berichten, daß an jenem Tag um zehn Uhr vormittags Niedrigwasser geherrscht hatte und daß der Pastor mit den drei Leuten um acht Uhr aufgebrochen war, bei günstigem Wind, der das Wasser vom Land wegtrieb, daß aber der Wind bald auflandig gedreht und das Wasser, noch bevor es überhaupt abgelaufen war, in die Wesermündung zurückgedrückt habe.

»Sonst wären die zwölf Kilometer während des Niedrigwassers, also in drei bis vier Stunden, zu schaffen gewesen.«

Als wir beide ein paar Tage später seewärts durchs Watt zur Hallig Alte Mellum gingen, schafften wir kaum die sieben Kilometer. Allerdings führten wir einen Handwagen mit uns, auf den wir Schlafdecken gepackt hatten und mit dem wir auf dem Rückweg Möweneier befördern wollten. Über den vom Wasser hartgewalzten Rücken der Sandbänke ging es zunächst bequem und schnurgerade wie über einen Bahnhofsplatz, aber dann mußten wir Priele umgehen oder sie, mit hochgestemmtem Wagen, durchwaten – ihr Verlauf hatte sich, seit Janssen diese Strecke zum letzten Mal gegangen war, völlig verändert –, mußten, als Richtungspunkt die Konturen der Hallig mit der Hütte der Vogelwärter vor Augen, knietiefen, weichen Schlick und, mit blutenden Fußsohlen, Muschelbänke durchqueren, bis schließlich die beiden Studenten der Vogelwarte uns entgegenkamen – wir hatten unser Kommen telefonisch gemeldet – und uns durch die Muschelbänke leiteten. Am Strand, aus Binsen, Quecken und Seegras, stoben Wolken von Seevögeln auf, die gerade brüteten, Nest an Nest, Tausende, Zehntausende. Wir nahmen die noch kühlen, nicht angebrüteten Möweneier aus den Nestern und sammelten sie, die übrigen zertrümmerten wir, auf Geheiß, ›Möwenbestandslenkung‹. Mit Stöcken und alten Stahlhelmen, die, vom Krieg her, dort noch herumlagen, schützten wir uns gegen die Angriffe der in Aufruhr gebrachten Möwenweibchen, die mit gellenden Schreien über unseren Köpfen kreisten.

Dann, in Decken auf dem Boden liegend, Übernachtung in der Hütte bei den beiden Studenten, weil die nächste Ebbe in die Zeit der Dunkelheit fiel. In der Frühe, beim Erwachen, drüben auf der Außenweser: Heulsignale, der dunkle Lang-kurz-lang-Ton der Heulbojen und Nebelhörner! Der Wind hatte über Nacht umgeschlagen, es war kühl geworden, Nebel hatte sich gebildet. Einen ganzen Tag lang bangend auf das Ende des Nebels geharrt und uns von Möweneiern ernährt. Schließlich am übernächsten Tag bei wechselnder Sicht mit dem schweren, eierbeladenen Handwagen aufgebrochen, zwischendurch in dichten Nebelbänken unseren Zielpunkt, den Leuchtturm, immer wieder aus den Augen verloren, aus der Richtung und in die aufkommende Flut geraten; Janssen, der ehemalige Seemann, konnte, wie die meisten Seeleute, nicht schwimmen, und der Seenotrettungskreuzer, der in der Kaiser-Balje vor Anker lag, konnte uns bei dem Nebel nicht ausmachen; schließlich im Wattenmeer ertrunken, verschollen, nie wieder etwas von uns aufgefunden außer dem mit Möweneiern beladenen Handwagen ...

Aber dann tauchte doch immer wieder zwischen den Nebelbänken in der Ferne der Leuchtturm Hohe Weg auf, der rotbraune achteckige, sich nach oben verjüngende Turm, schlank und graziös, hoffnungsvolles Zeichen für Rettung, Sicherheit und Leben. Ihr Leuchttürme mit euren vielfältigen, individuellen Profilen, gedrungen und behäbig, hager und streng, grazil und kokett, wieviel Eigenart ihr habt und

Charakter! Im Schlick prasselten leise die Luftbläschen, die Möwen meckerten hämisch . . .

Das war zwei Tage vor dem Törn gewesen, der vierzehntägigen Ablösung der Leuchtturmwärter, die nun, mit Möweneiern versorgt, nach Bremerhaven an den häuslichen Elektroherd zurückkehrten, entronnen der Enge, der Raumnot, dem ›Leuchtturmkoller‹. Auch ich kehrte mit neuen Blicken und Begebenheiten in meine Welt zurück, die Welt der Schnellstraßen, Tankstellen und Tunnels. Aber ich maß einige Zeit lang, turmhoch über der Erde, den Tag nach Gezeiten, meinen Standort nach Meridianen, führte das Dasein zurück auf seine einfachsten Formeln: Trinkwasser, Vorrat, Licht, Richtung, Signal und Ablösung. Über meinem Schreibtisch brachte ich eine Seekarte der deutschen Nordseeküste an, mit ihren vielfältigen Zeichen und Namen, voll von Bildern, ›Hunde-Balje‹, ›Großer Vogelsand‹, ›Robben-Plate‹, auch voller Ereignisse, ›Scharhörn-Riff‹, ›Wrack-Reste‹, ›Falsches Tief‹, ›Luechter Loch‹, ›Versenkte Munition‹, ›Sände‹ und ›Untiefen‹; eine Karte jener Linie, wo sich die Elemente berühren, Rand, Saum, Kante, ›Waterkant‹, Küste, Ufer, wie die Linien von Waldrändern, Feldrainen und Wiesensäumen, wo das Neue, andere beginnt, wo das eine durch das andere zu dem wird, was es ist: Wald, Feld und Wiese, Wasser und Erde, ›Es werde eine Feste zwischen den Wassern und die sei ein Unterschied zwischen den Wassern!‹, wo sich Ozean und Festland seit Jahrtausenden ineinander verzahnen, mit Buchten, Inseln, Klippen, Dünen, Sandbänken, Marsch und Geest, Brack und Watt, markiert von Menschenhand durch Deiche, Kais, Reeden, Molen und Türme, selbst durch Kirchtürme, wie etwa – er war als Orientierungspunkt auf meiner Seekarte eingezeichnet – der Kirchturm von Langwarden auf der Halbinsel Butjadingen, die von Weser- und Jademündung gebildet wird.

Bei dem Namen Langwarden fiel mir der Pastor Thorade ein und die Geschichte seines schicksalhaften Ausflugs durchs Watt. War dies nicht, dachte ich, eine bewegende

Geschichte für ein Familienblatt? Um Näheres darüber zu erfahren, forschte ich nach der Anschrift des Pastors und schrieb an ihn. Seine Antwort – er lebte, vierundachtzigjährig und verwitwet, bei seiner Tochter – war ein einziges Gelächter. Diese Geschichte, schrieb er, wandere seit Jahren die Nordseeküste entlang, und jeder füge beim Erzählen etwas hinzu; bei einigen habe er nicht einmal mehr festen Boden unter den Füßen gehabt. Das einzig Wahre an der Geschichte sei, daß er als erster, aber allein und ohne Zwischenfall, von der Küste zu Fuß übers Watt zum Leuchtturm Hohe Weg gegangen sei.

»Sie hätten«, schrieb er, »im Tagebuch des Turms nachsehen sollen! Da hätten Sie es lesen können!«

So wie die drei Leuchtturmwärter hatten also schon vor ihnen Generationen von Leuchtturmwärtern an der Geschichte gesponnen. Die Tatsache, daß es sich bei dem Wattengänger um einen Pastor handelte, hatte genügt, einen Feiertag hinzuzudichten, dieser wiederum legte einen Posaunisten nahe, und dieser weitere Posaunisten. Inwieweit auch ich an der Geschichte weitergewirkt habe, weiß ich nicht; inzwischen ist durch mehrfaches Erzählen Erdichtetes zu Realität geworden. Immerhin kann ich als Beweis dafür, daß in meiner Geschichte ein wahrer Kern steckt, den Brief des Pastors Thorade vorweisen. Hätte ich überhaupt, während die Leuchtturmwärter ihre Geschichte erzählten, besser aufgepaßt, dann wäre mir aufgefallen, daß daran etwas nicht stimmte. Wenn nämlich das Wasser durch aufkommenden Sturm vorzeitig aufgelaufen war, konnte es sich nur um einen Nordweststurm gehandelt haben, und ein Nordweststurm hätte die Klänge der Posaunen landwärts zur Küste, nicht seewärts zum Turm getrieben . . .

Inzwischen sind schon wieder zwanzig Jahre vergangen. Auf dem Leuchtturm Hohe Weg, so hörte ich, befinden sich keine Leuchtturmwärter mehr. Die Lampen werden nicht mehr durch Akkumulatoren, sondern von Land her durch ein unterseeisches Kabel mit Strom versorgt. Es werden dort keine Geschichten mehr erzählt, kein Seemannsgarn wird mehr gesponnen. Eines Tages werden auch die Leuchttürme, diese Reste alter Seemannsromantik, verschwinden und durch Impuls- oder Radarleitsysteme ersetzt werden. Entweder muß ein neues Menschengeschlecht heranwachsen mit einer anderen Seele, oder aber man wird einmal, was ich glaube, auch Radaranlagen, Kühlschiffe und Öltanker romantisch finden. Jene Geschichte von der wunderbaren Errettung des Pastors Thorade – so hörte ich gerade von jemandem, der von der Nordsee, aus einem Jugendlager, zurückkehrte – wird immer noch erzählt.

(O. H. K., 1978)

Straßenzustandsbericht: Milchstraße

Pummerer nimmt – er lieh ihn von Bekannten –
Zu Hause abends hin und wieder den Atlanten
Und benutzt, ohne Motorenlärm und Auspuffgase,
Die Straße von Gibraltar oder die Beringstraße
Oder (auf der Sternenkarte, hinten, Seite 107)
Mit 2,5 Promille und ganz nach Belieben
Die Milchstraße vom Beteigeuze zum Großen Bär,
Sogar mit Straßenmädchen, hie und da,
Der Jungfrau oder der Andromeda.
(Er hatte im Gegensatz zu vorher,
Sagte er, nie einen Unfall mehr.)

(O.H.K.)

Eine Landschaft verweigert sich

(Latium)

Die Düsenmaschinen verlangsamen ihren Flug über uns, hinterlassen dicke Kondensstreifen an unserem Ferienhimmel, senken sich, wo wir den Flughafen Leonardo da Vinci vermuten. Mehrere Wochen lang leben wir im unmittelbaren Ausstrahlungsbereich des Vatikansenders; ebenso nah aber an einem Atomforschungszentrum. Seßhaft für einige Zeit; kehren wir zu unserer Ferienwohnung zurück, sagen wir: Wir sind zu Hause.

Vor uns der Lago di Bracciano, hinter uns ein steil ansteigender Berg mit undurchdringlicher Macchia, in der zur Zeit die Korkeichen blühen. Die Uferstraße trennt unser höher gelegenes Haus vom Badeplatz. Bei kleinen Spaziergängen verbellen uns die Hunde, hupen die Autofahrer; es klingt wie Schimpfen, wir sind fehl am Platz. Sonntags umrunden die Römer den See, non stop, Fahrt und Ziel sind eins, einige Autofahrer machen am Ufer halt, holen das Windsurfingbrett vom Dach des Fiats. Wind und Geschicklichkeit tragen sie bis in unsere Badebucht. Noch verbindet kein Schiff die Städte, die am Seeufer liegen, miteinander, der Juni zählt noch nicht zum römischen Sommer.

Vereinzelte Villen am Ufer, keine dichte Bebauung, wie man es in der Nähe einer Millionenstadt vermutet; die Römer fahren ans Meer oder in die Berge, sie haben genügend von beidem. ›Il lago fa tristezza‹, heißt es. Ich spürte es selber, noch bevor man es mir sagte. Aus diesen runden, tiefen Kraterseen steigt Traurigkeit auf. Wir wohnen an der Abendseite des Sees, es wird Nachmittag, bis die Sonne unseren Garten erreicht. Wir kommen oft mit Deutschen zusammen, die nach dem Krieg Deutschland den Rücken gekehrt haben, weil sie Italien lieben, sich aber mit Stolz ›deutsch‹ nennen. Überheblichkeit gegenüber den Italienern, deren Sprache sie jedoch der deutschen vorziehen.

Die Akazienblüten hängen regenschwer und duftlos herab; weder Bienengesumm noch Grillengesang, aber bei Tag und Nacht schreit eine Kröte im Nachbargarten. Die weißen Rinder stehen auf fetten grünen Weiden und liegen nicht auf karger, sonnenverbrannter Erde, wie wir es von den Bildern der klassizistischen Maler kennen, wie wir es oft in der Toscana sahen. Kein Mohn blüht in den unüberblickbaren Weizenfeldern; Kunstdünger und Unkrautvertilgungsmittel sorgen für Fruchtbarkeit und Nützlichkeit. Aber die kleinen Städte wirken arm; es wird gefegt, ›wo der Papst geht‹, ich beschließe, mich an diese Lebensregel zu halten. In Anguillara redet eine alte Frau auf uns ein, redet und überredet, bis wir ihre in Zeitungspapier eingewickelten rohen Eier in der Hand halten und sie unsere Lire. Wir schämen uns ihrer Armut und unseres Wohlstands, des von Nord nach Süd sinkenden Lebensstandards. Anguillara trägt einen zweiten Namen: Sabazia. Er weist auf das legendäre Sabate hin, das drunten im Kratersee liegen soll, sauber, wohlhabend und still . . .

Die Umgebung Roms ist reich an Quellen, der Wasserreichtum wird einer der Gründe gewesen sein, weshalb man Rom hier und nicht woanders erbaut hat. Immer wieder verfallene Aquädukte, Thermal- und Schwefelquellen. Thermen des Apollinaris. Bis zum Vorjahr lebte dort noch eine barmherzige Schwester, die einen kleinen Badebetrieb versorgte, gegen den Rheumatismus der Armen. Jetzt ist alles verschlossen. Die Parks verwildern hier rasch, Efeu erklimmt die Stämme der Palmen; von den gelbgetünchten klassizistischen Häusern blättert der Verputz, die Fensterläden hängen lose herab. Künftige Antike entsteht. Über die steinernen Brunnenschalen rinnt Wasser, versickert im

Moos. Schwefelgeruch weist uns den Weg zur ›Terme di Vicarello‹; warme, stinkende Brühe gluckert aus der Erde, fließt in einem Bach davon. Die Ölbaumhaine zeigen hier nicht das wohltuende silberne Licht, sie sind grün und üppig, Landwirtschaft statt Landschaft.

An sonnigen Nachmittagen fährt man uns in die Campagna und führt uns die Schönheiten Latiums vor; unsere Gastgeber spüren meine anhaltende Melancholie, suchen sie mit Abwechslung zu vertreiben. Man fährt uns nach Veji, der letzten Hauptstadt der Etrusker, nahe bei Isola Farnese gelegen, am Ufer eines kurzen, wasserreichen Flusses. ›Attenzione vipere!‹ Vipern verteidigen das alte Veji besser als Stacheldraht.

Die Weizenfelder färben sich. Vereinzeltstehende Pinien und Zypressen sorgen dafür, daß es nicht aussieht wie in Hessen. Schafherden lagern im Schatten. Unvermutete Laubwälder. Hohe Eichen am Lago di Vico. Haselnußplantagen auf der Fahrt zum Bolsener See. Hier also wachsen unsere Weihnachtsnüsse! Die Straßen gehören uns. Zu beiden Seiten blühender Ginster in kilometerlangen gelben Bändern. Wiesen wie Blumenteppiche. Auf einem Rastplatz ein einzelner Fiat, die Fenster geöffnet, das Radio dröhnt. Fußball-Weltmeisterschaft. Italien spielt gegen Argentinien.

Das Auge hat sich an die kleinen gelben Tafeln gewöhnt, die auf Ausgrabungen hinweisen. Vecchio! Antico! Ehrfurchtgebietende Eigenschaftswörter in einer Zeit, die ›jung‹ und ›fortschrittlich‹ zu ihren Idealen erklärt hat. Hier ist alles schon da, man muß nur danach graben. Ein paar Ziegelmauern, ein bloßgelegtes Gewölbe, mehr wird dem unkundigen Auge nicht sichtbar. Mit tarquinischen Grabbildern ist nicht zu rechnen. Was gefunden wird, wird ausgestellt; jede größere Ortschaft hat ihr etruskisches Museum. Mein Unbehagen wächst. Ich will nicht wissen, wie es drunten aussieht, ich will es mir vorstellen: farbig, lebhaft, heiter. Abends, wenn wir von unseren Ausfahrten zurückkehren, betrachten wir die Bildbände, die unsere Gastgeber uns vorsorglich auf den

Tisch gelegt haben: der Apollon von Veji, in der Villa Guilia in Rom . . .

Die meisten Hotels und Restaurants sind noch geschlossen. Die Ferienwohnungen und Appartements an der Meeresküste liegen verlassen, freudlos. Was für ein Gegensatz zu den Nekropolen unter uns, in die sich die Etrusker zurückgezogen haben. Manchmal ist es, als spürte man die sanften Stöße, wenn sie es unter uns treiben, bacchantische Gelage, Tänze, Spiele. Das Jenseits nicht im Himmel, sondern in der Erde, eine Welt des heiteren Wohlbehagens, wo man nichts Nützliches mehr zu tun hat. Sie spielen die Doppelflöte, tanzen den Reigen, schlagen den Reifen. Im alten Ägypten hat man auch im Jenseits Arbeit erwartet und sich vorsorglich Ruderer, Bäcker und Schreiber mit in die Gräber genommen. Auch nach dem Tode noch Standesunterschiede. Keine ausgleichende Gerechtigkeit. Nur im Sprichwort macht der Tod alle gleich. Parität. Vergesellschaftung und Gemeineigentum – werden sie je unter der Erde vollzogen werden?

Was für eine schöne Gelassenheit geht von den lebensgroßen Figuren auf den etruskischen Grabmälern aus. Ähnlich der Haltung Goethes auf dem berühmten Tischbein-Bild ›Goethe in der Campagna‹. Aber dort ist es Pose. Hier ist es Haltung, ist Lebenshaltung. Der Teller mit den Speiseresten aus der Hand gesunken, abbiamo tempo! In aeternam wird man weiterspeisen. Wir gehen unter den Zypressen des Totenhains von Cerveteri spazieren, blicken nur flüchtig ins düstere Innere der ausgeräumten Gräber.

Bracciano mit dem mächtigen Palazzo der Odescalchi, den Orsinis abgehandelt, von den Borgias zerstört, Streitobjekt vieler Kriege, mehr Festung als fürstliche Residenz. Man fühlt sich in den riesigen Hallen mit den Steinfußböden nicht sicher. Das Schwanken scheint in den Mauern zu sitzen, macht die Besucher zittern. Schlafgemächer, in denen gemordet und gezeugt wurde. Nicht weit vom Palazzo eine Pizzeria, die mit deutschem Bier wirbt. Carlo, der Besitzer, hat ein paar Jahre in Deutschland gearbeitet, besitzt dort zwei Lokale mit deutschen Pächtern; er selbst ist nach Bracciano zurückgekehrt, wo er als Kind armer Leute geboren worden war. Er will seinen Mitbürgern zeigen, wer er heute ist. Carlo! Besitzer von drei Restaurants! Auf seiner gebräunten, schweißglänzenden Brust trägt er ein goldenes Kreuz, würdig eines Kardinals. Aber die Einheimischen kommen nicht zu ihm, sie wollen seinen Aufstieg nicht sehen und bewundern, es kommen nur die wenigen deutschen Touristen.

In Tuscania wurde mir klar, daß die antike römische Kunst wörtlich und unmittelbar in die romanische Kunst übergegangen ist; die römischen Tempelsäulen ließen sich in den romanischen Kirchen weiterverwenden; ionische, korinthische und dorische Kapitelle nebeneinander. Die Häuser und Kirchen Tuscanias sind zerstört und wieder aufgebaut worden. Kriegsschäden? Luftangriffe? Fotos belehren uns: Hier bebte die Erde im Februar 1971. Das ist noch nicht lange her, das ist vorstellbar, ist nicht wie in Pompeji. Ich betrachte besorgt die vulkanischen Berge, die aus der Ebene aufsteigen, ebenso besorgt blicke ich in die Kraterseen . . .

In Ceri di Monti, auf einem Bergkegel gelegen, sitzen wir zu zehnt an einer langen Tafel in einer Trattoria und warten darauf, daß die Sonne hinter der nächsten Bergkuppe untergeht. ›Una merenda‹ wird bestellt, ein Vesper. Laura bedient uns, eine Zehnjährige, die ihr künftiges Frauenleben schon in Gang und Gesicht trägt; sie gleicht ihrer Mutter, diese ihrerseits ihrer Mutter, eine Frauen-Wirtschaft. Laura reißt Papier von einer großen Rolle, breitet es über den Tisch aus, stellt Flaschen und Gläser vor uns auf, Schüsseln mit grünen und dunklen Oliven, einen Korb Brot, eine Platte mit Landschinken, Ziegenkäse, in Öl gebackene warme Reisküchlein. Man ißt mit den Händen, säubert sie am Tischtuch, so ist es vorgesehen, so ist es praktisch. Wir sind heiter im deutsch-italienischen Gespräch, der erwartete Tramonto findet nicht statt, die Sonne verschwindet wieder hinter einer Gewitterwolke. Gezahlt wird ›alla romana‹, einer für alle; die Gesamtsumme wird durch die Anzahl der Gäste geteilt, jeder legt – ob er nun viel oder wenig verzehrt hat – seinen Betrag in einen Korb. Hat man so nicht bereits im alten Rom geteilt, Realteilung, auch im römisch besetzten Germanien, bis man in unserem Jahrhundert durch Flurbereinigung der Erbteilung nach römischem Recht ein Ende machte?

Die Straßen tragen Nummern wie überall, aber die Zahlen werden nicht benutzt; man fährt wie früher auf der Aurelia, der Strada del sole, fährt die Braccianese. Die rotgetünchten, einsam gelegenen Häuser, in denen früher die Straßenwärter wohnten, stehen leer, dienen nur noch als Markierungen, die die Entfernung nach Rom anzeigen. Die Straßen scheinen alle auf die große Umgehungsstraße von Rom zu führen, die Annulare, auf der man Rom umkreist, dreispurig in beiden Richtungen; verpaßt man die Ausfahrt, fährt und fährt man, verbringt sein Leben zwischen Tankzügen und Lastkraftwagen . . . Kein Weg führt mehr nach Rom, alle führen an Rom vorbei.

Nach fünfzehn Jahren sitze ich wieder auf der Piazza Navona in Rom, sehe den Dachgarten wieder – unverändert, will mir scheinen –, der damals einer meiner Romanfiguren, einer Frau namens Wiepe Bertram, für ihren römischen Dachgarten in Frankfurt als Muster diente. Den römischen Mädchen können weder Jeans noch Overalls, noch T-Shirts etwas anhaben, sie sind schön wie immer, nur noch selbstbewußter. Die jungen Römer mit dem kräftigen Nacken, dem niedrigen Haaransatz, dem bartlosen Gesicht: wie zu Zeiten Neros.

Man schleust uns zwei Stunden lang durch die Gänge und Säle des Vatikans, aber dann stehen wir vor der ›Aldobrandinischen Hochzeit‹, dem Lieblingsbild; ich zeige es jedem, mit dem ich nach Rom fahre.

Wir sind wählerisch. Verteilen Gunst und Ungunst, leben wie die Verschwender. Was werden wir – am Ende – von der Welt gesehen haben? Einen Bruchteil. Den wievielten? Aber das Fresko der ›Aldobrandinischen Hochzeit‹ kenne ich gut. Freunde von uns wohnen im zweiten Stockwerk eines modernen Etagenhauses, auf einem Hügel gelegen, aber auf keinem der namhaften sieben Hügel Roms. Man spannt mir eine Hängematte auf, ich liege unter dem Sonnenschirm einer alten, bis zum dritten Stockwerk reichenden Pinie, Rom schwankt zu meinen Füßen. Man gelangt zu den Häusern dieses Viertels nur mit Ausweis; die kontrollierenden Pförtner öffnen an den Zufahrtsstraßen die Schranke. Im Straßenbelag sind Bodenwellen angebracht, damit man nur mit verminderter Geschwindigkeit fahren kann, auch der motorisierten Einbrecher wegen. Der Diebstahl floriert besser als andere Erwerbszweige. An dem CD-Wagen unseres Freundes sind fünf Sicherheitsmechanismen eingebaut, von der zweifachen Lenkradblockierung bis zur Sirene: fünf Anreize für sportliche Diebe. Die Alarmsirene wurde auf einem belebten Platz versehentlich von uns selber ausgelöst. Niemand erschrak, nicht einmal die Hunde. In dem allgemeinen ›Tumulto‹ nahm niemand Notiz davon.

Die Tramontana, ein Schönwetterwind, weht kalt und stürmisch, vertreibt endgültig den regenreichen Frühling. Der See wird zum Badesee, die Rosen verblühen, der Duft der Gardenien verweht, die Zeit der nimmermüden Geranien beginnt; die alte Salzstraße, einst die wichtigste Straße nach Rom, die wir manchmal zu Fuß gehen, wird zur Staubstraße. Trecker fahren das zu Würfeln gepreßte Weizenstroh ab. Die weißen Rinder dienen nicht mehr als Zugtiere, die bemalten hochrädrigen Holzwagen werden in Heimatmuseen auftauchen, wenn sie nicht mehr unmodern, sondern historisch, vecchio, geworden sind.

Abends ein Kammerkonzert in der alten Kirche S. Francesco in Anguillara. ›La Stravaganza‹. Junge Leute als Musiker auf dem Podium im Chor der Kirche, junge Leute auf den Bänken im Kirchenschiff, nur in der ersten Reihe eine uralte, immer noch schöne Duchessa, der man die Hand küßt, vor der man knickst. An den Wänden sind die Fresken sorgsam freigelegt und von Scheinwerfern angestrahlt; immer wieder der Aal, anguilla, das Wappentier der Stadt Anguillara, nicht Fisch und nicht Schlange; er erweckt in mir Abscheu. Um halb zehn Uhr ist jeder Platz besetzt, das Konzert beginnt. Purcell, Telemann, und dann ›L'usignolo‹ oder ›Der Nachtgaeltje‹ von Jacob van Eyck, gespielt von einem ›flauto a becco soprano‹, einer Blockflöte, die Nachtigall kopierend. Und am nächsten Tag im Tal von Veji kopierte im Uferdickicht eine Nachtigall den ›flauto a becco soprano‹ . . .

Grasmücken und Singdrosseln singen; Elstern und Häher, Seefalken und die grauen Krähen mit den schöngezeichneten schwarzen Schwingen sind zu sehen. Stellen die Italiener den Vögeln nicht mehr nach? Haben sie auch ihre Jagdlust verloren? Etwas ist anders geworden, das spürt man, auch wenn man von ›terrorismo‹ nichts wahrnimmt. Die Plakate, die von der Ermordung Aldo Moros künden, hängen in Fetzen von den Häuserwänden. Man stellt die Transistorgeräte nicht mehr auf volle Lautstärke ein, die Musikbox ist nicht in Betrieb, in der ›Grotta azzurra‹ am See lehnt die Gitarre am Kamin, keiner greift danach, kein ›belcanto‹ mehr. Nur gegen Mitternacht tönt ›Il silenzio‹ über den See, von der Marinefliegerstation her. Der Zapfenstreich von der Schallplatte.

Die kürzeste Verbindung zum Meer beträgt nur dreißig Kilometer, aber dort besteht der Strand aus schwarzem steinigen Sand. Unser römischer Freund stellt höhere Ansprüche, er hat lange nahe den weiten Stränden Australiens gelebt; zudem fährt er einen schnellen Wagen, große Entfernungen schrecken ihn nicht. Via Aurelia, dann die Via Pontini, die durch die Pontinischen Sümpfe führt, Jahrzehnte sind vergangen, aus der malariaverseuchten Sumpflandschaft ist längst eine kolchosenartige Landwirtschaft geworden, aber die Tat des Duce wird heute noch gerühmt; Bert Brecht hätte gesagt: ›Wer baute das siebentorige Theben?‹

Südlich von Anzio finden wir einen geeigneten Badeplatz

am breiten Sandstrand, das Auto bleibt in Sichtweite. Hinter dünnen Wolkenvorhängen steht blendend weiß die Sonne. Scirocco weht. Hinter der kräftigen Brandung schwimmt es sich leicht, die weiten Wellen tragen mich, ich liege mit geschlossenen Augen; später, in den Dünen, wiegt mich im gleichen Rhythmus die Erde.

Pomezia, in der Höhe von Ostia, ein großer deutscher Soldatenfriedhof; nicht durch ein gelbes Schild – wie die Nekropolen –, sondern durch ein weißes Schild mit fünf schwarzen Kreuzen gekennzeichnet. Zu fünft oder sechst liegen die Gefallenen unter dem Rasen, ihre Namen stehen auf steinernen Kreuzen; immer wieder lesen wir: ›Ein deutscher Soldat‹, einer von jenen, die die leichtsinnigen Gewohnheiten der Italiener angenommen hatten und ihre Erkennungsmarken nicht trugen. Unser Freund steht lange vor einem Stein: derselbe Name, dasselbe Geburtsdatum, nur daß der andere sich mit einem ›ß‹ und nicht mit ›s‹ schrieb. Ein Buchstabe trennt ihn vom Reich der Toten. Wir sind die einzigen Besucher, die Touristen fahren zu den Etruskern. Eine gut gepflegte Anlage, fast ein Park mit schönen hohen Bäumen: die Nekropole von Pomezia aus der Mitte des 20. Jahrhunderts.

Als wir vor Wochen an unserem Ferienort ankamen, war die Sonne links von dem Bergkegel Rocca Roma untergegangen; als wir abreisten, ging sie rechts von ihm unter. Viele Sonnenuntergänge, in einer Hollywoodschaukel sitzend, Whisky trinkend. ›Il lago fa tristezza‹, dabei bleibt es. Ich nehme Latium, diesem Land um Rom, übel, daß es nicht die Toscana, nicht Umbrien ist. Eine Landschaft verweigert sich.

Die Weidenbäume werden mir nun wieder den Ölbaum ersetzen, der Wacholder vorm Haus die tödlichen Zypressen. Um dieses Augenblicks der Rückkehr willen reise ich fort. Prüfend stehe ich vor dem, was mir gehört, dem Haus, dem Garten, dem Schreibtisch, dem Blick aus dem Fenster. Ich prüfe die Höhe der Stühle, die Beschaffenheit des Bettes und stelle aufatmend fest: alles paßt. Hier gehörst du hin, hier wirst du jetzt eine Weile bleiben. Bis du wieder unruhig wirst, bis du wieder das Bedürfnis hast, die Wände auseinanderzuschieben, bis dir wieder die Stimmen der Nachbarskinder und das Bellen der Hunde lästig werden.

(c.b., 1978)

Gegenbesuch bei einem Lyriker

Neulich entschloß ich mich zu einem Besuch
Bei dem Lyriker M. im Haus ›Heidebruch‹
– Forle, Post Vicht über Melde bei Apenflühe –,
Begann die Reise bereits in aller Frühe,
Erst mit D- und Eilzug, dann Lokalbahn und Bus,
Dann mit Fuhrwerk und Kahn, zum Schluß
Zu Fuß in völlig unwegsamem Gebiet
Auf einem Steg durch Schilfrohr und Ried.
Über das letzte Stück, einen Erlgrund, schwang
Ich mich mittels Reim, Metapher und Vogelsang.
(Und dann stand da am Gartenpfosten,
Er, M., sei bei der PEN-Tagung in Boston.)

(O.H.K.)

Die Ewige Stadt vor Augen
(Der Friedhof an der Cestius-Pyramide in Rom)

Er gilt bei vielen als einer der stimmungsvollsten Friedhöfe der Welt. Goethe wünschte in einem Vers der ›Römischen Elegien‹, Hermes möge ihn, ›an Cestius Mal vorbei, später leise zum Orkus hinabführen‹. Der schwäbische Dichter Wilhelm Waiblinger beschwor den Tiber, daß er ihm ›in seiner Nähe, an der Pyramide, ein Grab gönne‹. Platen deklamierte seinen Wunsch, daß dort ›einst sein Gebein friedlich ausgestreut ruhe‹. Und Shelley gar hielt es für möglich, sich in den Tod zu verlieben, wenn man ›an einem so lieblichen Ort begraben‹ wird.

Dabei lagen um jene Zeit die Gräber noch, uneingefriedet, in der offenen Campagna hinter der alten Aurelianischen Stadtmauer. Dort, am Stadtrand, neben der heidnischen Grabpyramide des Augusteischen Priesters Cestius, zwischen Steineichen, wilden Blumen, Schafherden und Weinlokalen, hatte man den Irrgläubigen – den Protestanten und Griechisch-Orthodoxen – einen weit abgelegenen Begräbnisplatz zugewiesen, all den in Rom verstorbenen Deutschen, Engländern, Amerikanern, Skandinaviern, Russen und Griechen: der ›Friedhof der Nicht-Katholiken‹, auch ›Friedhof der Ausländer‹ oder ›Deutscher Friedhof‹ genannt, inzwischen, nach Ausbreitung der Stadt, in deren Zentrum gelegen, mit einer Mauer versehen und durch all die Berühmten, die dort begraben liegen, zu einem Ehrenplatz geworden, einem Stück Kulturgeschichte, ›Friedhof der Dichter, Künstler und Gelehrten‹, im Vergleich zu den ›Katakomben‹ oder den ›Kaiser-Mausoleen‹ eine zwar unbekanntere, aber besondere Grabstätte.

... Die stille Magie dieser Stätte ist in Worte kaum zu fassen. Alles atmet den elegischen Geist einer antikisch geläuterten Schwermut und acherontischen Stille. Der Verkehrslärm der Großstadt dringt nicht bis über die Mauern. Vögel zwitschern verborgen im Geäst der Zypressen, Pinien und Lorbeerbäume, welche die Gräber beschirmen. Duftende, schweigende Schattenwelt der schlafenden Steine ...

So etwa steht es in allen Berichten, von Bergengruen über Georg von der Vring bis Piontek, und man kann es, auf diese Namen vertrauend, getrost übernehmen. Immer wieder ist die Rede von der erhabenen Stille, der feierlichen Würde, von der großen Weihe. Ähnlich, noch überschwenglicher, steht es in meinen eigenen Notizen aus dem Jahr 1953, als ich, zusammen mit dem jungen Schriftsteller Johannes Rüber, den Friedhof zum ersten Mal besuchte, beeindruckt ›von dem Gefühl zeitlosen, unsagbaren Friedens und von der Vorstellung, dort begraben zu sein, Rom, die Ewige Stadt, vor Augen‹.

Jetzt, ein Vierteljahrhundert später, versuche ich, das ›Unsagbare‹ zu sagen. Die Ziehglocke ist nicht mehr da, mit der wir damals den Friedhofswärter beziehungsweise sein Töchterchen zum Öffnen des Tores gerufen hatten. Es steht offen, auch die Tür des Büros. Aber sonst ist alles noch wie damals, der Duft der Pinien und Zypressen, ihr blauer Schatten; Myrte, Lorbeer und Oleander, Taxus und Buchsbaum, ausgezehrte Katzen, Eidechsen, Vögel und Hummeln, eine Kaverne der Stille wie tags zuvor in der Etrusker-Nekropole von Cerveteri oder auf dem deutschen Soldatenfriedhof von Pomezia. Deutsche und englische Namen, russische und griechische, Touristen und Diplomaten, v. Tauentzien, v. Nostitz, Gelehrte, Archäologen, Historiker, Geistliche, die Daten auf den Grabsteinen Ziffern von Lebensgeschichten: jeder dritte jung gestorben, viele davon, wie man heute weiß, an Tuberkulose, der Krankheit der Sensiblen, der Künstler, der Ruhe- und Heimatlosen, hin und her gerissen zwischen der Sehnsucht nach dem Süden und dem Heimweh nach Schwaben oder Wales, von Entbehrungen und der ungewohnten südlichen Sonne aufgezehrt, oft auch von den Anstrengungen wochenlanger Fußreisen über die Alpen; und der Tuberkelbazillus war noch nicht entdeckt. Viele auch, die sich dann doch noch in ihrer nordischen Heimat oder ›in amerikanischer Erde‹ bestatten ließen und die Statistik des Friedhofs verfälschten, oftmals ihre Ehegefährten unter aufwendigen Grabmälern zurücklassend. Es haben nicht die Größten auch die größten Grabsteine. Auch gibt es angesichts des Todes noch Unterschiede zwischen arm und reich sowie die Trennung von den katholischen deutschen Brüdern auf dem ›Campo Santo Teutonico‹ bei St. Peter.

Aber die Kluft zwischen den Nationen und Völkerstämmen ist aufgehoben, vereint im Unglauben, in der Anfangszeit – um Ausschreitungen der katholischen Bevölkerung gegen den ketzerischen Kult vorzubeugen – nachts, bei Fakkelschein, bestattet; der Tod so schön wie der taubengraue efeuumrankte Marmor der Grabmäler, wie Rosen und Kamelien, wie die anmutigen Jungfrauen oder Jünglinge mit Flügeln und lorbeerbekränzten Locken, so schön und gepflegt wie der Rasen der Kriegsgräberstätte Pomezia, so stimmungsvoll wie der Hain von Cerveteri.

Ich habe erst, der Gewohnheit gemäß, die Gräber der Berühmten aufgesucht, das Grab des englischen Dichters Keats, der 1820, tuberkulosekrank, nach Rom kam und vier Monate später, im Alter von 26 Jahren, starb, zu Häupten eine Tafel mit dem selbstgewählten Grabspruch: ›Here lies one / whose name was writ in water‹; das Grab seines Landsmannes und Zeitgenossen Shelley, 1822, mit 30 Jahren, während einer Bootsfahrt bei Viareggio ertrunken, sein Leichnam von den Freunden Byron und Trelawney am Strand nach antikem Vorbild verbrannt, beide Gräber Wallfahrtsziele englischer Touristen; das Grab Wilhelm Waiblingers aus Heilbronn, Anhänger Hölderlins, der 1830, mit 25 Jahren, auf seiner von dem Verleger Cotta finanzierten Italienreise starb, und die Gräber – zwei Säulenstümpfe – der beiden kleinen Söhne Wilhelm von Humboldts, damals preußischer Gesandter beim Heiligen Stuhl. Die weiteren: der von Goethe so geschätzte klassizistische Maler Carstens aus Schleswig; Carl Fohr aus Heidelberg, einer der ersten Maler der Romantik, der mit 23 Jahren beim Baden im Tiber ertrank; J. Chr. Reinhardt, berühmt durch seine Stiche italienischer Landschaften; der Maler Hans v. Marées; der Architekt Gottfried Semper; die Schriftstellerin Malvida v. Meysenbug aus Cassel, Freundin Wagners und Nietzsches. Und Zeitgenossen, die ich persönlich noch gesehen oder gekannt habe: der Maler Max Pfeiffer-Watenpuhl; eine Gedenktafel für den Schriftsteller Hans v. Hülsen. Reiche ich schon in die Geschichte?

Aber dann zog mich die Tragik der weniger Berühmten an, derer, die nur durch andere bekannt wurden: Joseph Severn, Freund von Keats, Maler und Britischer Konsul in Rom, der bis zum Schluß bei seinem todkranken Freund ausgeharrt hatte und neben diesem begraben liegt; oder der Freund Shelleys, Trelawney, der, romantisch überspannt, das Herz seines Freundes den Flammen des Holzstoßes entrissen und es nach England gebracht hatte – seine Asche wurde 60 Jahre später von der Gattin heimlich aus England nach Italien gebracht und neben der Asche des Freundes beigesetzt; August Kestner, Legationsrat aus Hannover, Sohn von Charlotte Buff, Goethes Lotte aus den ›Leiden des jungen Werthers‹ – er war es gewesen, der dem 81jährigen Goethe die Nachricht übermitteln ließ, daß dessen Sohn August in Rom gestorben sei. ›Goethes Sohn, dem Vater um 40 Jahre vorausgehend, starb er im Jahre 1830‹ steht in lateinischer Sprache auf dem Grabstein unter seinem Porträtmedaillon, das Thorwaldsen anfertigte; August Goethe, ein unruhiger, ausschweifender Mensch, der Frau und Kinder im Stich ließ und nach Rom flüchtete, eine unglückliche Existenz, immer im Schatten des Vaters, selbst im Tod nur dessen Sohn, ohne eigenen Vornamen, das Sterbedatum bezogen auf die Lebensdaten des Vaters.

Noch mehr zogen mich die Vergessenen an, Namen wie der des kaum noch bekannten Cornelius-Schülers Adam Eberle, ›pictor Düsseldorpiensis‹, mit 27 Jahren gestorben; Elsasser, Landschaftsmaler, Heinrich Kümmel, Bildhauer; vor allem aber die Gemeinschaftsgräber mit jenen Toten, die sich kein Einzelgrab leisten konnten und deren Namen unter vielen anderen auf den Platten der Grüfte stehen, des ›Ossario‹, unmittelbar unter der Stadtmauer, des deutschen, griechischen, schwedischen und rumänischen Sammelgrabs, die Namen zwar erhalten, für wenige auch noch zu entschlüsseln, den Späteren aber nur noch Buchstaben und Zahlen wie die Namen der 27 000 deutschen Gefallenen auf der Kriegsgräberstätte Pomezia. Das Unbekannte des Anbeginns verewigt sich wieder. Weiterleben im Stein?

Vergehen und Vergeblichkeit, dokumentiert in Marmor, wird noch sinnfälliger. Die wehmütigen schönen Gefühle, die andere, zwischen Reisebüro und Ristorante, vor den Grabmälern empfinden – ist das die Unvergänglichkeit? In den Etrusker-Nekropolen sind selbst die Namen erloschen, die Steine zerfallen. Keats hätte als Grabspruch besser wählen sollen: ›writ in stone‹. Einzig, was über dem Eingang des Friedhofs steht, ›Resurrecturis‹ (›Denen, die auferstehen werden‹), enthält Hoffnung auf Unvergängliches.

Und wer sich danach sehnt, auf diesem Friedhof bestattet zu sein, ›die Ewige Stadt vor Augen‹, bedenkt nicht: Rom ist nur für die Lebenden. Auch Rom ist keine ewige Stadt. Spätestens mit den erlöschenden Augen geht sie unter.

Als Shelleys Gattin die Gebeine ihres mit drei Jahren verstorbenen Sohnes nachträglich neben dem Vater beisetzen lassen wollte, fand man bei der Exhumierung nicht das Skelett eines Kindes, sondern das eines Erwachsenen; die Grabsteine waren vertauscht worden.

Wer weiß, vielleicht liegt in Shelleys oder Keats Grab die Asche irgendeines Unbekannten.

(O. H. K., 1978)

Bußgang zwischen Gräbern
(Der jüdische Friedhof in Kassel)

Wir nehmen auf den Rücksitzen Platz, und ich sage: »Fahren Sie uns bitte zum Friedhof am Eichwäldchen, im Stadtteil Bettenhausen!«

Der Taxifahrer dreht sich zu mir um, sein Blick bleibt auf meinem schwarzen gelockten Haar hängen. »Mir können Sie ruhig sagen, daß Sie auf den Judenfriedhof wollen«, sagt er gutmütig, gönnerhaft. Aber sein Blick erinnert mich an jenen Tag nach der Kristallnacht. Ich trat aus dem Mietshaus, in dem meine Freundin wohnte; auf der gegenüberliegenden Straßenseite standen Leute, eine Frau rief: ›Schon wieder so 'ne Jiddsche!‹ Ein Mann hob drohend den Arm, ich rannte weg. Schwarzgelockte Zöpfe, das war verdächtig genug, und im zweiten Stockwerk des Hauses wohnte eine jüdische Familie.

Auf dem Weg von der Straße zum Friedhofstor berichte ich meinem Begleiter von jenem Vorkommnis. »Kristallnacht!« sagt er. »Was für ein festliches Wort! ›Scherben‹ müßte es heißen.« Sobald er anfängt zu sprechen, bleibt er stehen; er ist kein Peripatetiker. Ein Achtzigjähriger, der in der Schweiz lebt. Ich werde seinen Namen hier nicht nennen, seine Kinder und Enkelkinder sehen es nicht gern, daß man in Büchern und Zeitungen lesen kann: ihr namhafter Vorfahr ist jüdischer Abstammung.

»Ist das so?« frage ich. »In der französischen Schweiz?«

»Das ist so!« sagt er.

N. N. also, nomen nominandum. N. N. nennt sich einen ›Grünflächenwanderer‹; ein Park steht ihm für seinen Vormittagsspaziergang in Genf nicht zur Verfügung, nur eine Grünfläche.

Wir gehen mit kleinen Schritten, bleiben immer wieder stehen, um miteinander zu plaudern. Das feuchte Laub macht Steine und Stufen glitschig. Es hat aufgehört zu regnen. Aber von den Kastanien und Platanen tropft es bei jedem Windhauch. Efeu und Immergrün überwuchern Gräber und Grabsteine. Ein Friedhofsgärtner überwacht die Alterserscheinungen und schneidet die Ranken zurück, die die Namen und Lebensdaten auf den Steinen verdecken, trägt Sorge dafür, daß Wege und Treppen für die Besucher begehbar bleiben, so wenige auch kommen.

Blanke Obeliske. Zerbröckelnder Sandstein.

»›Il pleure dans mon cœur / Comme il pleure sur la ville.‹« N. N. zitiert Verlaine. Wir sagen uns Friedhofsgedichte auf, nicht ironisch, eher heiter.

»›Der Tag geht regenschwer und sturmbewegt / Ich bin an manch vergeßnem Grab gewesen.‹« N. N. summt die Melodie von Brahms dazu.

Keine Farben, keine Blumen, welkendes Farnkraut. Wir machen vor den Gräbern seiner Großeltern halt. Er beschreibt mir eine Blume, deren Namen er nicht weiß, er kennt sie von den Autobahnrändern her. Pflege wird sie nicht benötigen, meint er, zieht eine einzelne gepreßte Blüte aus seinem Notizblock und hält sie mir hin. Er muß nicht erklären, warum er diese Blume gern auf den Gräbern seiner Toten sähe: Sie erinnert in Farbe und Größe an den Stern, den die Juden in Deutschland tragen mußten.

»Johanniskraut!« sage ich.

»Der Prophet in der Wüste! Johannes!« entgegnet er. »Das würde doch passen!« Dann erzählt er von seinem Großvater: »Er war ein Patriot!« sagt er und hebt die Stimme. »Als nach dem glorreichen Sieg über Frankreich das Deutsche Reich im Spiegelsaal zu Versailles proklamiert wurde, hat er auf dem Balkon seiner Wohnung in der Hohenzollernstraße ein Feuerwerk abgebrannt.«

Wir gehen ein paar Grabreihen weiter; wir statten Besuche ab. Ich lese Namen: ›Salomon‹, ›Nathan‹, ›Isaak‹ und ›David‹. Es ist, als läse ich im Buch der Könige. Frauen mit den Vornamen ›Judith‹, ›Rahel‹, ›Rebecca‹, aber auch ›Blüma‹ und ›Perle‹.

»Königlich preußischer Kommerzienrat!« N. N. lacht respektlos auf und bleibt stehen. »Der Titel war im Deutschen Kaiserreich käuflich«, kommentiert er. »Moritz Gottschalk, Lieferant von Feldlazaretten im letzten Krieg . . .« Er verbessert sich sofort: »Im vorletzten Krieg! Sein Sohn, das Karlchen, wurde wegen seiner Häßlichkeit von den jungen Damen beim Tanzstundenball verspottet. Es gab einen Ball der Tränen! Sein Vater hatte Beziehungen, er konnte den Sohn vom Kriegsdienst zurückstellen lassen. Als sein Karlchen schließlich doch eingezogen wurde, zur Artillerie, sorgte er dafür, daß sein Sohn wenigstens auf die Schreibstube kam; er wurde nach Ostpreußen versetzt und ist dort an der Cholera gestorben.«

Wieder bleibt N. N. vor einem Grab stehen, wieder lacht er auf, liest mir die Namen vor. »Nach einer mühsamen Ehe müssen die beiden jetzt in alle Ewigkeit nebeneinanderliegen, was sie doch ihr Leben lang vermieden haben.«

Wir setzen unseren Bußgang fort. »Wer hier liegt, wird nach jüdischem Glauben nicht auferstehen«, sagt N. N. »Die Christen erwarten die Wiederkehr, für die Juden ist der Erlöser noch gar nicht gekommen . . . Was für eine Religion«, fügt er dann hinzu. »Nicht zehn Gebote stellt man auf, was ja schon viele sind, sondern 613 Gebote! Gebrauchsanweisungen für Essen und Trinken und Kleidung und Ehe und Arbeiten und Beten!« Er gibt dem Gespräch eine rasche Wendung, theologische Gespräche scheint er nicht zu schätzen. Ihm geht es um das Menschliche. Er zeigt auf einen Stein. »Das war ein schönes Mädchen!«

Unter dem Geburtsdatum steht kein Sterbedatum, statt dessen: ›Theresienstadt‹. N. N. ahmt die Stimme Hitlers nach: »›Ich habe den Juden eine eigene Stadt erbaut!‹« und fährt mit normaler Stimme fort: »Die jungen Mädchen waren oft schön, aber im ganzen doch: keine schöne Rasse! Wenn an den jüdischen Feiertagen die Juden zur Synagoge gingen, riefen die Passanten: ›Die Nasenkönige ziehen durch die Stadt.‹«

Auch ich erzähle, was mir so einfällt.

»Einer meiner Onkel besaß eine deutsche Dogge, der er allerlei Kunststücke beigebracht hatte. Er soll ihr, hieß es, ein Stück Fleisch auf die Schnauze gelegt und gesagt haben: ›Es ist vom Juden!‹ Und dann soll der Hund das Fleisch nicht angerührt haben. Als Kinder staunten und lachten wir darüber!«

Ich zitiere: »›. . . and if you will – remember, and if you can – forget.‹« Eine Weile reden wir über die Eigenmächtigkeit eines Gedächtnisses.

Vor einer großen Grabstätte bleiben wir wieder stehen. Paul Wertheim. ›Der treueste Kamerad‹ in Goldbuchstaben unter dem Namen. »Dieser treueste Kamerad sah zu, daß er Leutnant wurde«, berichtet N. N. »›Die Welt fängt erst beim Leutnant an!‹ pflegte er zu sagen. ›Sonst kann man sich nach dem siegreichen Ende des Krieges in der Heimat nicht sehen lassen!‹«

Er erkundigt sich, was aus dem Bankhaus Wertheim geworden sei, das einmal am Königsplatz stand. Ich erteile Auskunft. Es ist vom Erdboden verschwunden. Nur eine Marmorsäule vom Portal blieb erhalten; sie steht ohne Angabe der Herkunft auf einem neuen Freizeitgelände.

Der, der neben mir geht, der nicht aus einem reichen Bankhaus stammt, der eine Offizierskarriere nicht machen konnte, sie aber auch nicht machen wollte, sagt, was er damals schon gesagt hat: »Was mit einem Verbrechen anfängt, kann nicht gut ausgehen.« Später, in Holland, als er durch die Kaiserin Hermine, die er sehr verehrte, ›Seiner Majestät‹, dem abgedankten deutschen Kaiser, vorgestellt werden sollte und als er sah, daß man die kaiserliche Hand zu küssen hatte, zog er sich zurück: ›Blutige Hände küsse ich nicht!‹

Wir gehen über den neuen jüdischen Friedhof – er liegt jenseits der Straße, gleich neben dem christlichen Friedhof – und stehen vor der Grabstelle seiner Eltern. »Er ist gerade noch rechtzeitig gestorben«, sagt er von seinem Vater. »Dabei war er ebenfalls ein patriotischer Deutscher gewesen, wie sein Vater! Nur im Gottesdienst sprach er hebräisch und jiddisch.«

Er blickt sich um, beklagt, was mir so wohlgefällt: die Stille, die Dunkelheit unter den Bäumen. »Keine Marmorengel! Keine schönen Allegorien! Ihr sollt euch kein Bildnis machen! Der Befehl des Propheten hat jede künstlerische Tätigkeit der Juden verhindert, bis tief ins 19. Jahrhundert! Was für ein Verlust! Was für ein Mißverständnis! König Salomo hat sich vier Engel aus Stein hauen und in den vier Ecken seines Tempels aufstellen lassen!«

Seine Mutter liegt nicht hier, nur eine Gedenktafel erinnert an sie. Ein Datum, ein Ort in Polen. Zum ersten Mal erzählt er mir von seiner Mutter. »Sie trug keinen Schmuck. Sie hielt die anderen jüdischen Frauen, die sich mit Ringen und Ketten putzten, für halbe Orientalinnen. Als sie im Hitlerreich flüchten mußte und Unterschlupf suchte, besaß sie keine Kolliers und keine Ringe, mit denen sie hätte bezahlen können . . .«

Zum ersten Mal kommt mir der Gedanke, daß jüdische Frauen aus angeborener Furcht und Vorsicht ihr Vermögen am Leibe trugen. An dem Gedenkstein für die Opfer des Nationalsozialismus gehen wir vorüber. Dreitausend Mitglieder zählte die jüdische Gemeinde in meiner Stadt im Jahr 1938; als man 1954 einen Betsaal für die neue zionistische Gemeinde einweihte, waren es keine hundert mehr. Aber ich weigere mich, in Zahlen zu denken. Drei Millionen, sechs Millionen, ich lese statt dessen das Schicksal einzelner von ihren Grabsteinen ab. Ich gehe neben einem Überlebenden.

»Eine Grabstätte möchte ich Ihnen noch zeigen«, sagt er und faßt mich beim Arm. Wir irren suchend umher, sind schon ein wenig ermüdet, finden schließlich das Grabmal doch noch. Lorbeerkranz und Halbmond, in Stein gehauen. »Ein Heldentenor!« sagt N. N. »Ein gefeierter und vom Publikum geliebter Wagner-Sänger! Siegmund Weltlinger! Als Primaner habe ich keine seiner Vorstellungen versäumt . . . Aber schön war er auch nicht, nur die Stimme!« fügt er hinzu.

»Kennen Sie die Anekdote von Werner Krauss?« frage ich. »Nach dem Krieg – nach diesem Krieg! – lebte er in Berlin, war schon recht alt. An einem Sonntagmorgen stattete er, in Cut und Zylinder, einem alten ehemaligen General, in Dahlem war es wohl, einen Besuch ab. Der alte Herr fühlte sich sehr geehrt, behandelte den berühmten Gast höflich, war aber doch auch verwundert und erkundigte sich beim Abschied, was ihm die Ehre des Besuchs verschafft habe. Und Krauss soll sich verneigt und geantwortet haben: ›Ich habe mir vor kurzem eine Grabstelle gekauft und wollte meinen künftigen Nachbarn kennenlernen.‹«

Wir haben das Tor wieder erreicht. Während ich mit dem schweren Eisenschlüssel abschließe, zitiert N. N. noch einmal, diesmal Liliencron, die Schlacht von Kolin. »›Doch einst bin ich und bist auch du: / Verscharrt im Sand zur ewgen Ruh, / Wer weiß wo.‹« Alles ist übertragbar, wenig Neues unter der Sonne.

Wir gehen zum Eingang des alten Friedhofs zurück. Ich habe ihn nicht gefragt: Wo wollen Sie begraben sein? Er gehört nicht mehr der mosaischen Religionsgemeinschaft an; er gehört auch nicht mehr zu den Deutschen. Wo gehört er hin? Sein literarischer Nachlaß wird ins Schiller-Archiv kommen; das ist ihm wichtig.

Unser Taxifahrer, den wir für die Rückfahrt bestellt hatten, steht wartend neben dem Tor. Er kommt auf uns zu, er weiß hier offensichtlich Bescheid, nimmt uns den Schlüssel ab und hängt ihn hinter dem Tor an einen dafür vorgesehenen Haken. Auf der Rückfahrt berichtet er unerschrocken, daß er als Junge in Krefeld gelebt habe. »Als die ›Rheinstraße‹, die nach Uerdingen führt, in ›Adolf-Hitler-Straße‹ umbenannt wurde, habe ich als Hitlerjunge Spalier gestanden, und der Führer ist genau vor mir stehengeblieben und hat mir mit der Hand übers Haar gestrichen! Ich war stolz und wurde von meinen Kameraden beneidet. Ich habe mir vier Wochen lang die Haare nicht gewaschen.«

Wir haben zu seinem Bericht nichts zu sagen und nichts zu lachen. Als wir ins Haus gehen, sagt mein alter Freund: »Ich habe ein wenig kalte Füße bekommen.«

(c.b., 1978)

Des Dichters Bergfahrt
oder
Kleiner Grenzverkehr 1978
(Der Inselsberg)

Goethes ›Italienische Reise‹ hat vielfach als Reiseführer gedient, ›Des Dichters Bergfahrt‹ vermutlich noch niemals. Es handelt sich dabei um ein ›Gedicht in vier Gesängen für Freunde und Besucher des Thüringer Waldes, ins Besondere der reizenden Gegend zwischen Waltershausen und dem Inselsberg von A. Trostbach, Diaconus zu Waltershausen‹, geschrieben in den vierziger Jahren des 19. Jahrhunderts. Uns diente dieses kleine Buch als Anleitung zu einer Wanderung auf den Inselsberg in den siebziger Jahren des 20. Jahrhunderts.

In meinem Arbeitszimmer hängt die vergilbte, etwa 130 Jahre alte Photographie dieses August Trostbach, der mein Urgroßvater war. Sie zeigt ihn im Brustbild, sechs Zentimeter hoch, oval; auf der Rückseite der Photographie steht vermerkt, daß sie ›aus dem Atelier von Ferd. Grundmann, Löwenstr. 9, gegenüber der Caserne in Gotha‹ stammt. Der Dargestellte wird etwa sechzig Jahre alt sein, vielleicht auch erst fünfzig; ein jugendliches Aussehen galt noch nicht als Vorzug, eher standesgemäße Würde. Über seinen Schläfen lockt sich weißes Haar; er trägt einen kräftigen Backenbart, das kleine Kinn ist bartlos, die Stirn kahl bis zum Hinterkopf, eine ›Denkerstirn‹. Kräftige Brauen, aufmerksame Augen hinter einer kleinen goldgeränderten Brille. Der breite Nasenrücken hat sich auf mich vererbt. Auf diesen Urgroßvater Trostbach könnte sich die Zeile eines Gedichts von Matthias Claudius bezogen haben, die mein Vater oft zitierte, wobei er mir den Zeigefinger auf die Nase legte: ›Hab immer seine Nase nicht, / hab immer nur sein

Herz!‹ Er seinerseits hat mir die Sommersprossen vererbt, in meinem waldeckschen Dorf ›Fliegenschittnäsken‹ genannt. Die Mundwinkel des Urgroßvaters senken sich ein wenig, die Lippen liegen fest aufeinander, trotzdem kein entschlossenes Gesicht, eher ein überzeugtes. Es handelt sich nicht um eine Momentaufnahme oder einen Schnappschuß. Es muß Übereinkunft zwischen dem Photographen und dem Photographierten bestanden haben; es galt, das Bild eines künftigen Ahnen anzufertigen, das noch in hundert Jahren Gültigkeit haben sollte. War er großwüchsig? Oder untersetzt? Es gibt nur diese einzige Photographie von ihm, und es gibt niemanden mehr, den ich fragen könnte. Er trägt einen Überrock, der ihm schlecht angepaßt wurde, darunter eine üppige Samtweste mit breiten Revers, hierunter wiederum ein vielfach gefälteltes Seidenplastron, das von einem steifen weißen Kragen zusammengehalten wird. Sieht er aus wie ein Geistlicher, oder sieht er aus wie ein Dichter? Er war kein Goethe! Er hat ein kleines dichterisches Werk hinterlassen, ein Heimatdichter, mit der Betonung auf Heimat.

Um den Inselsberg zu besteigen, müssen wir erst eine der heißen Grenzen der Welt überschreiten; sie befindet sich vierzig Kilometer von unserem Wohnort entfernt. Sie trennt die Bundesrepublik Deutschland von der Deutschen Demokratischen Republik; das eine Mal Deutschland als Hauptwort, das andere Mal deutsch als Beiwort. Wer im Westen nahe dieser Grenze wohnt, darf zu denen reisen, die im Osten nahe der Grenze wohnen. Einseitige, willkürliche zwischenmenschliche Beziehungen. ›Kleiner Grenzverkehr‹ im westlichen Sprachgebrauch, im östlichen ›Tagesbesuch im grenznahen Bereich‹. Unser Antrag auf Einreisegenehmigung wurde nach sechs Wochen vom Volkspolizei-Kreisamt Gotha/Thüringen bewilligt.

Im Frühjahr 1944 hatte es mich nach Halle an der Saale verschlagen; nach Kriegsende wurde ich für einige Jahre ein Grenzgänger zwischen Ost und West. Ich erinnere mich nicht mehr an die geheimen und gefährlichen Überwege. Grenzabenteuer, inzwischen zu Anekdoten geschrumpft. ›Als ich so alt war wie du‹ beginnend. Unverarbeitete, unbeschriebene, auch unbeschreibliche Erinnerungen, die jedesmal wach werden, wenn ich diese Grenze mit gültigen Reisepapieren überquere.

Wartha/Herleshausen. Eine der ältesten Übergangsstellen, keine provisorische Grenze mehr, sondern eine auf Dauer, mit Schranken, Betonbauten, Personal im Schichtwechsel. Eine Stunde lang bemühte, unentspannte Freundlichkeit von beiden Seiten. Bevor der Volkspolizist uns ›einen schönen Tag in der Deutschen Demokratischen Republik‹ wünscht, fordert er mich auf, meine Handtasche zu öffnen. Er findet darin das zerlesene Exemplar von August Trostbachs ›Des Dichters Bergfahrt‹. Er blättert darin, er liest. Ich erkläre ihm, daß es sich um ein Buch meines Urgroßvaters handle, daß wir auf den Inselsberg wandern wollen, daß das Buch uralt sei, hundertdreißig Jahre, wenn nicht mehr. Ich rede zuviel. Warum lächle ich ihn denn an? Dann reicht er mir das Buch zurück. Es erscheint ihm ungefährlich: Gedichte.

Unsere Aufenthaltsgenehmigung ist auf den 9. Mai 1978 ausgestellt. Am Vortag hat man ›die Befreiung durch die siegreiche sowjetische Armee‹ gefeiert. Die öffentlichen Gebäude, aber auch viele Mietshäuser haben noch geflaggt, große Fahnen, meist aber Fähnchen; neben der schwarz-rotgoldenen Fahne mit dem Emblem des Arbeiter- und Bauernstaates weht zumeist auch die rote Fahne der Weltrevolution. Bekenntnisse und Mahnungen auf Spruchbändern; die meisten Abkürzungen sind uns nicht geläufig. Zum ersten Mal lese ich die Parole: Frieden – Freiheit – Wohlstand. Wohlstand als ein anzustrebendes Menschheitsideal?

Wir überqueren die Werra, fahren an Eisenach vorbei, kommen nach Waltershausen. Vertraute Ortsnamen auf den Straßenschildern: Gotha, Friedrichroda, Gräfentonna. Dann Tabarz, wo unsere Wanderung beginnen soll. Kleine Parkanlagen, stille Straßen, zweigeschossige behagliche Pensionen mit verglasten und unverglasten Holzveranden, nicht anders als im Harz, von Theodor Fontane hinreichend in den Briefen beschrieben; sie heißen nicht mehr ›Pension Karoline‹ oder ›Herzog Ernst‹, sondern ›Walter Ulbricht‹ und ›Georgi Dimitrov‹. Keine Ferienheime für bevorzugte Bürger mehr, sondern Ferienheime für die Werktätigen. Die Besitzverhältnisse haben sich geändert, hier ist nun alles betriebs- und volkseigen.

Wir machen uns auf den Weg. Schon steht unser Ziel auf den Stämmen der Buchen und Fichten: Großer Inselsberg. Ein Paradeberg. Die Wege in gutem Zustand, die Wälder gut durchgeforstet, es fehlt auch nicht an Wanderern. Die Forstverwaltung betreibt eine Naturverjüngung der Rotbuche unter extremen Wachstumsbedingungen; wir werden auf Tafeln von dem Vorhaben unterrichtet. Uns sind Trostbachs Wegebeschreibungen in Hexametern wichtiger; sie lesen sich wie Rezitative, dazwischen eingestreut Gedichte, wie Arien.

Alles wurde meinem Urgroßvater an einem einzigen Tag zuteil: der bestirnte Himmel beim nächtlichen Aufbruch, der erhabene Sonnenaufgang, die Schwüle vor dem Gewitter, die erfrischende Abkühlung des Abends und die liebliche Mondnacht. Was für ein Sommertag muß das gewesen sein! Wir blicken besorgt zum Himmel, der sich immer wieder mit Wolken bezieht, aber doch auch hin und wieder die Sonne durchscheinen läßt.

War er denn ein später Romantiker, dieser Diaconus aus Waltershausen? War er ein Biedermann, ein Schwärmer? Ein Idealist? Am Ende seines Lebens ist er noch Oberpfarrer geworden; außerdem war er Zuchthauspfarrer, Feuerwehrhauptmann, Landtagsabgeordneter; weltfern kann er also nicht gewesen sein. Er war mit dem Herzogspaar Ernst und Karoline von Sachsen-Coburg befreundet. In meinem Besitz befinden sich zwei Kinderbecher aus ziseliertem Glas, eine galante höfische Szene darstellend. ›Ein Geschenk des Herzogs!‹ Diesen Satz habe ich als Kind mit ehrfürchtigem Schauder oft gehört. Vor meinem Elternhaus fuhr oft die fürstlich-waldecksche Kutsche vor; zwischen Fürstenhäusern und Pfarrhäusern scheint trotz des Standesunterschiedes keine unüberbrückbare Kluft bestanden zu haben. Mein Vater, der gern zitierte, um mit fremden Worten seine eigenen zu bekräftigen oder zu ironisieren, benutzte mit erzieherischer Absicht einen Vers Trostbachs, der sich mir eingeprägt hat und den ich beim Aufstieg auf den Inselsberg neu entdeckte: ›Zage nicht, wenn deine Wiege / Nicht auf stolzer Höhe stand / Wenn um deine zarten Glieder / Sich nicht reicher Purpur wand!‹

Trostbach – was für ein schöner Name für einen Seelsorger! – besaß nicht nur Gottvertrauen, er vertraute auch darauf, daß der Mensch sich weiterentwickeln wird, zum Guten, Wahren und Schönen hin. ›Wer immer strebend sich bemüht‹, darin Goethe durchaus verwandt. Er forderte Gemeinsinn, der dem Menschen ›Lorbeer aufs Haupt und Immergrün aufs Grab‹ verheißt. Ich habe Lorbeer und Immergrün in unseren Garten gepflanzt und verberge mein Vertrauen hinter vorsichtiger Ironie, die Trostbach nicht nötig hatte. Bei mir liegen Angst und Urvertrauen in lebenslangem Streit miteinander.

›Zackig zog sich der Pfad, als hätte der Blitz ihn gegraben.‹ Trostbach erwähnt nicht, ob er den gemächlicheren Zickzackweg oder den steileren Streckweg wählte. ›Zackig‹ sind sie beide. Wie alt war er, als er diese Wanderung unternommen hat? Vor dem frühen Aufbruch, so läßt er uns wissen, habe er die sorgliche Gattin geküßt. Meine Urgroßmutter soll eine schöne Frau gewesen sein – auch von ihr besitze ich ein kleines Bild. Sie hieß Aurora, wurde ›Rorchen‹ genannt. Dann hat der Wanderer abschiednehmend ›in die Züge der schlummernden Engel‹ geblickt, seiner Kinder, eines davon ein Knabe, der früh gestorben ist; unter den fünf Töchtern meine Großmutter, eine Pfarrerstochter wie ich. Ich habe sie nur ein einziges Mal gesehen, als ich drei Jahre alt war. Wir besuchten sie in Gotha, wo sie, verwitwet, lebte; ihr Mann war gestorben, bevor er sie zur Kommerzienrätin machen konnte, wie er es bei der Brautwerbung versprochen hatte. Für die Enkelkinder gab es Kakao und Kartoffelsalat ... Keine weiteren Erinnerungen an diese Großmutter. Als sie starb und meine Mutter in ihrem schwarzen Samtkleid zur Beisetzung nach Gotha fuhr, soll ich gefragt haben: ›Muß ich jetzt weinen?‹ Ich war ein Kind, das es recht machen wollte.

Wir wandern durch den Laucha-Grund; der moosige Waldboden dampft vor Nässe. Die Bäche streben alle der Werra zu, haben sich frühzeitig nach Westen orientiert, Kalisalze verderben das Wasser der Weser, aber darum können wir uns jetzt nicht kümmern. Die Sonne erwärmt und erheitert uns. Trostbach, kaum daß die Sonne, ›die Königin, der die Sterne als ihre Dienerinnen weichen müssen‹, sich erhoben hat, stimmt Sonnengesänge an. ›Hehre Botin der Huld an das Lebendige!‹ Und schon läßt er dem Lob die Mahnung an den Wanderer folgen: ›Schaue in der Natur Gott, huld'gend preise den Ewigen!‹

War er ein Pantheist, der dichtende und predigende Urahne, daß er Gott in der Schöpfung verehrt? Wenig später besingt er den Fürsten, dem er diente; er hat immer zwei Herren über sich gehabt, zweierlei Obrigkeit, der er untertan war.

›Leicht ist's folgen dem Wagen / Den Fortuna führt / Wie der gemächliche Troß / Auf gebesserten Wegen / Hinter des Fürsten Einzug.‹

Nein, das ist nicht Trostbach, das ist Goethe! Verse aus der ›Harzreise im Winter‹. Hat mein Urgroßvater diesen Gesang gekannt? Wie bekannt war Goethe in der Mitte des 19. Jahrhunderts? Trostbach war nicht unkritisch gegen sich selbst. Seinen ›Erinnerungen aus dem Thüringer Wald‹, die 1867 veröffentlicht wurden, gab er eine Widmung mit, aus der Bescheidenheit spricht. ›Nehmt's freundlich auf, was ich gesungen habe. / Ich bin befriedigt, wenn die Nachsicht spricht: / Und fehlt ihm auch des Dichters reiche Gabe, / Das warme Herz des Dichters fehlt ihm nicht.‹

Warum lächeln wir? Über das warme Herz des Dichters?

Die Lust am Wandern und die Lust am Schreiben wird er mir vererbt haben; mein Vater hat dann Erzählerfreude dazugetan, meine Mutter die Lust am Lesen.

Nichts Schöneres und Erhabeneres gab es für Trostbach als seine Heimat. Er wird gewußt haben, daß er den Tiber nie zu sehen bekommen würde, also preist er das liebliche Tal der Laucha mit Beiworten, die ich mir aufhebe, falls ich einmal an den Nil oder an den Ganges kommen sollte . . .

Nach Abschluß seines Studiums in Jena bekam er nicht gleich eine Pfarrstelle. Er gründete eine kleine Privatschule, daher wohl sein Bedürfnis, den Leser zu belehren. Er kennt sich in thüringischen Sagen und Legenden aus, kommt auch auf den Grafen von Gleichen und seine Liebesaffäre zu sprechen, spricht von der ›Thränenflut‹ der angetrauten Gattin und der Huld der schönen Sarazenin. Im Schloß der Fürsten von Waldeck kann man auf einem Gemälde diesen Grafen von Gleichen sehen: die Gattin zur Rechten, die Sarazenin zur Linken, alle drei schöngewandet auf einem großen Bett liegend. Auch in der Naturkunde wußte mein Urahn Bescheid. Fische, Käfer und Spinnen – aber auch Satyrn und Nymphen – beleben die Natur; ich erfahre, daß das klebrige Fruchtfleisch der Mispeln den Vogelfängern als Vogelleim diente, daß im Sommer Arnika auf den Wiesen blühte, ›Bergwohlverleih‹, wie man in Thüringen sagt; daß im späten Herbst die Zapfensteiger die Zapfen aus den Spitzen der achtzig- bis hundertjährigen Nadelbäume holten – wertvolles Saatgut für neue Anpflanzungen –, wobei sie sich von einem Baumwipfel zum nächsten schwangen; das würde ich gern einmal sehen.

Die Wartburg ist nahe, also berichtet er auch vom Wettstreit der Minnesänger, erwähnt die heilige Elisabeth, die große Wohltäterin. Dabei werden wir an die Zigaretten und die Schokolade erinnert, die wir in der Tasche bei uns tragen und wohltätig verteilen möchten. Aber wir sind keine fröhlichen Geber, wir sind beschämt. Trostbach vergißt auch Martin Luther nicht. Wir werden zusätzlich durch einen ›Luther-

Brunnen‹ an ihn erinnert, der am Wege steht und von dessen Wasser wir trinken. ›Ein feste Burg ist unser Gott!‹, in heimischen Sandstein eingemeißelt. Trostworte, die bald vom Moos verdeckt sein werden.

Die mächtigen Thorsteine, unter denen Trostbach Zuflucht vor schwerem Gewitter fand, liegen schon hinter uns. Das Laub der Buchen wird lichter, der Weg steiler; wir überschreiten die Grenze zwischen Frühling und Vorfrühling, die an diesem Tag bei 700 Meter ü. N. liegt; die Buchenblätter stecken noch in ihren Hülsen, die rosafarben durchs Grün der Tannen schimmern. Es gefällt uns hier, vieles erinnert uns an die hessischen Berge, in denen wir zu Hause sind. Frühling hier und Frühling da, ubi bene, ibi patria! Auch Heimatliebe wirkt ansteckend.

Trostbach nennt selbst die kleinsten und unbekanntesten Berge und Täler beim Namen; seine demokratische Gesinnung macht nicht beim Menschen halt, sie erstreckt sich auf die gesamte Schöpfung. Er vergißt auch nicht die, die drinnen im Berg, unter Tage, arbeiten müssen, und auch nicht die Waldarbeiter, denen der Wald Mühe macht und nicht Freude wie ihm selbst.

Schon haben wir den Großen Inselsberg vor Augen!

›Auf Bergen da wohnet die Freude‹, schreibt er, da lagert die Wonne; da waltet die Liebe; da wachsen die Kräfte, und: ›Auf Bergen da thronet die Freiheit!‹ Freiheit muß eines seiner Lieblingsworte gewesen sein, und immer wieder das Beiwort ›deutsch‹. Deutsche Zunge und deutsche Sitte. In seiner Jugend hat er zu den Burschenschaftlern gehört, war von christlich-vaterländischen Idealen erfüllt, ein geeintes deutsches Reich als höchstes Ziel. Und wir? Wir reden nur noch zaghaft von Wiedervereinigung.

›Doch sollte deutsche Stärke nicht wirken im Verein . . .‹ Was lese ich! Hätte der Volkspolizist am Grenzübergang das Buch wegen aufrührerischer Gedanken doch beschlagnahmen müssen?

Die zahlreichen Wege, die von verschiedenen Punkten aus zum Inselsberg führen, machen den letzten Aufstieg gemeinsam. Wir haben den ›Rennsteig‹ erreicht, der von der Werra bis zur Saale führt, sich 168 Kilometer lang auf dem Kamm des Thüringer Waldes hinzieht, einer der großen deutschen Wanderwege, kenntlich an den zwei Meter hohen hölzernen Wegezeichen mit dem großen eingeschnitzten ›R‹.

Das Schönste ist, wie so oft, der Weg, nicht das Ziel. Radaranlagen und Fernsehtürme machen den Großen Inselsberg weithin kenntlich, aber auch unansehnlich. Wenn August Trostbach, der geistliche Herr aus Waltershausen, zum Inselsberg kam, hat man jedesmal die Fahne aufgezogen, das ist überliefert. Auch diesmal wehen die Fahnen.

Wir befinden uns in windiger Höhe, 916 Meter hoch. Trostbach gibt die Höhe in Fuß an, 2855 Fuß. Natürlich hat er den schönsten Rundblick genossen und beschrieben. Die Wasserkuppe auf der Rhön; den Beerberg, höchster Berg des Thüringer Waldes; den Hercules bei Cassel; den Hohen Meißner. Wenn ich auf dem Hohen Meißner stehe, heißt es, daß ich bei klarem Wetter, jenseits der deutschen Grenze, den Inselsberg sehen könne, und hier heißt es, daß ich den Hohen Meißner sehen könne. Konjunktive. Wir sehen nur Wolken. Zwei Gasthöfe wie früher, einer auf ehemals kurhessischem, einer auf thüringischem Boden; einer sogar geöffnet. ›Das Häuschen ist beschränkt, die Wirtschaft nach Möglichkeit gut‹ lesen wir in den Anmerkungen unseres Reiseführers Trostbach; daran hat sich nichts geändert. Es ist Mittagszeit, der Saal gut besetzt, man spricht thüringisch, bedient sich selbst. Die Thüringer Rostbratwurst und die Thüringer Klöße sind bereits auf der Tafel gestrichen. Blechbestecke, die uns an die Nachkriegszeit erinnern. Wohlwollend sagen wir: Das Bier, das Kasseler Rippenspeer, das Kraut sind gar nicht mal so schlecht – und wie preiswert! Wir stellen die üblichen Ost-West-Vergleiche an, legen ein paar Mark Westgeld aufs Tablett, die rasch unterm Daumen der Kassiererin verschwinden. Sie sieht mich an, ich erröte.

Die Wolken sind in Bewegung geraten. Wir genießen nun doch noch ein paar schöne Ausblicke nach Westen, zur Rhön hin. Unsere Augen empfinden die weiten blaugrünen Roggenschläge diesseits der Grenze als wohltuend. Nebenan im Hessischen sind die Ländereien noch immer zerstückelt, Raps neben Kartoffeln, Roggen neben Rüben. Hier ist das römische Erbrecht endgültig überwunden, hier wurde keine langwierige Flurbereinigung betrieben, hier hat man enteignet.

Die Sonne bescheint unsern Abstieg über den Großen Jagdberg. Wir gehen auf einem Knüppeldamm übers Hochmoor, folgen dem Rennsteig. ›Kalte Heide‹, ›Gelber Weg‹, vermutlich nach der gelben Postkutsche so genannt. Wir kommen an den berühmten fünfarmigen Wegweiser.

Eine weite freie Fläche, rings von Wäldern umgeben, inmitten einer Wiese die ›Tanzbuche‹. Natürlich hat Trostbach recht, wenn er ›vom Teppich der Wiesen‹ spricht. Die ›Tanzbuche‹ steht verdorrt. Das Ausflugslokal ist geschlossen. Ein Abstecher zum ›Kickelhahnsprung‹, einem kolossalen Felsen aus Rotsandstein im ›Ungeheuren Grund‹, der an diesem Maiennachmittag nicht ungeheuer, sondern durchaus geheuer wirkt. Wir baden Gesicht und Hände im ›Badwasser‹, sehen den Forellen zu, sind wieder vom Vorfrühling in den Frühling zurückgekehrt und ruhen nun im Halbschatten hoher Buchen.

Auch bei Trostbach wird es an dieser Stelle Abend. ›Willst du gerne / Bis die Sterne / Schimmern, dich der Freude weihn, / Darfst um Obdach / Bis der Tag wach / Wanderer, nicht in Sorge sein.‹

Wir aber sind in Sorge! Wir müssen rechtzeitig am Schlagbaum stehen.

Der Vogelsang, der in den Mittagstunden verstummt war, setzt wieder ein. Mein unbedarftes Ohr kann eine thüringische nicht von einer hessischen Singdrossel unterscheiden.

Reinhardsbrunn! Ich schlage bei Trostbach nach. Er endet sein Gedicht mit einer Frage: ›Sonst Kloster, heute Fürstensitz – was einst?‹ Wir können seine Frage beantworten. Ein Erster-Klasse-Hotel, in dem gerade ein internationaler Ärztekongreß tagt, das Restaurant zwar geschlossen, aber für ein paar Westdeutsche gibt es immer noch Platz. Wir essen ungarische Gulaschsuppe und trinken Krim-Sekt zu Ehren der reizenden Gegend zwischen Waltershausen und dem Inselsberg, im Gedenken an August Trostbach, als dessen Urenkelin ich diesen ungereimten Bericht über eine Tagesreise in ein nahes fernes Land nicht mit dem lakonischen Satz beenden will: Ohne weitere Schwierigkeiten konnten wir nach gründlicher Durchsuchung des Autos bei Dunkelheit die Grenze passieren.

Was ich nicht selbst schreibe, darf ich doch aus ›Des Dichters Bergfahrt‹ abschreiben. Das letzte Wort hat Trostbach:

›Möcht ich wie die Sonn' auch scheiden
Einst nach wohlvollbrachtem Lauf,
Und der Glaube dann mich leiten:
Morgen leb ich wieder auf.‹

(c.b., 1978)

Auf den zweiten Blick
(Dalmatien)

Es regnet in Österreich; auch noch an der Grenze nach Jugoslawien, südlich der Alpen. Der Nachmittag dunkelt früh zwischen den Bergen. In den Hausgärten stehen keine Rebstöcke, sondern nasse Stangenbohnen, Bohnen für die serbische Bohnensuppe.

Die Bahnlinie endet in Rijeka, der Hafenstadt an der Adria, das frühere Fiume. Als wir aussteigen, ist es dunkel, herbstlich; wir frösteln, blicken vom Bahnsteig aus auf graue Hafen- und Industrieanlagen. Wie in Duisburg. Am Gepäckschalter müssen wir lange warten; ich schlendere derweil lustlos durch die Bahnhofshalle, durchquere sie und – trete in Helligkeit, in seidig warme Luft, sehe heiteres Flanieren unter südlichen Platanen. Korso.

Wir waren im Süden! Auf der anderen Bahnhofsseite war Sommer!

*

Die Inseln wechseln mit den Jahren; wir wechseln die Inseln. Eines Tages hat man über eine Insel geschrieben, aus einem Platz ist ein Schauplatz geworden, man muß die Insel abschreiben. Elba wurde unbrauchbar, Patmos, Ischia, Ägina, Juist. So wird es auch dieser Insel ergehen.

Wir müssen unsere Liebe zu dieser Insel mit vielen teilen, aber nicht unsere Freunde.

Mondlicht glänzte auf den jahrhundertealten blanken Steinen der Plätze, Gassen und Treppen. Venezianische Portale! Renaissance-Brunnen! Gotische Erker! Romanische Campanile! Blut schien über die Treppen zu rinnen: roter Wein. Er sickerte aus Fässern, die für die neue Ernte gesäubert wurden. Es ist schon spät im Jahr, die Tage sind kurz; in den verschwiegenen Buchten bieten die langen Schatten der Pinien Platz für unsere lukullischen Mähler. Wein, dalmatinischer Schinken, blaue Oliven, Schafskäse, weißes Brot, Trauben und frische Feigen. Wir verleiben uns die Insel ein. Dann ein Lied zur Gitarre. »Ich bin da, und ich will leben / Wie's der alte Adam eben / Tat im Paradies.« Wir lagern im Schatten, liegen in der Sonne. Ich schrieb einmal: ›Die Sonne sieht mich.‹ Jetzt frage ich: Will die Sonne mich noch sehen? Wie lange noch? Wie lange noch verjüngt sich der Körper in Wasser, Wind und Wärme?

Der weißgraue Muschelkalk, der die kleinen vorgelagerten Inseln umgibt, wird von der Nachmittagssonne zu Marmor veredelt. Wir umrunden die Inseln, springen von Fels zu Fels, werden leichtfüßiger, immer in der Sonne, immer im Wind, nehmen manchmal ein Bad in einer der Felswannen, die das Meer uns mit Wasser gefüllt hat. Nausikaas Felsen, Odysseus immer dabei. Abends waschen wir unsere Füße, salben einander die rissige Haut. Die Gleichnisse werden wahr. Wir ziehen einander die Stacheln der Opuntien und der Seeigel aus den Fußsohlen. Biblische und antike Szenen.

Ohne meine Schreibmaschine werde ich sprachlos. Ich schrieb wie andere Touristen auf Ansichtskarten: Es ist unbeschreiblich schön, oder: Es ist einmalig schön hier. Beim zweiten Aufenthalt schrieb ich dann: Diese Insel ist auch zweimalig schön. Wir waren noch ein drittes Mal dort. Wer sich aufs Schreiben eingelassen hat, kann nichts mehr für sich behalten; das ist der Preis. Ich übe Verrat und nenne den Namen: Hvar.

*

Die Bootsbesitzer am Hafen versuchen, die Vorübergehenden mit ihren Ausrufen zu verführen. ›Jerolim!‹ – ›Palmizana!‹ – ›Milna!‹

Milna! Schöner noch als die Fahrt mit dem Boot ist der Fußweg dorthin, entlang der Küste, oder der alttestamentarische Maultierpfad über Land, durch Weinberge, Lavendelfelder und Ölbaumhaine. In Milna, dem Dorf mit dem kleinen Hafen, bestellt man im schattigen Garten des Restaurants einen Slibowitz, läßt sich noch einen Fisch braten, trinkt Bogdanjusa dazu, den guten Weißwein, aber nicht mehr als zwei Gläser, denn es geht bald weiter. Ohne Wegemarkierung. Ein Pfad und ein Gerücht, mehr hat man nicht an Orientierung. Das Ziel: Melo Grablje! Ein Dorf, das von seinen Bewohnern verlassen wurde, weil man in Milna mit Fischfang und Tourismus sein Geld leichter verdienen konnte als mit Oliven, Mandeln und Honig.

Dem Meer muß man den Rücken kehren. Noch ein Esel auf dem Heimweg, mit Grünfutter beladen, dann begegnet einem niemand mehr. Der Boden ist von den braunen Schoten des Johannisbrotbaumes bedeckt, das Manna des Propheten Johannes in der Wüste. Ein weiterer Aufenthalt. Zu beiden Seiten des steinigen Pfades verwildern hinter zerfallenden Mauern Gärten, ehemals Krautgärten, jetzt Unkrautgärten. Der Duft nach Minze verstärkt sich. Die Zikaden schreien gereizt, rechthaberisch. Die Schlucht wird enger, die Felsen steigen steiler auf, aber die Lieblichkeit der Landschaft leidet nicht darunter. Ein paar weidende Schafe müssen noch gekrault, zwei spielende Eidechsen beobachtet werden. Auf solchen Pfaden kommt man nicht rasch vorwärts. Plötzlich dann Grablje, seither: ›unser‹ Grablje.

Nichts ist an diesem Dorf auffällig, alles ist natürlich, organisch gewachsen. Es könnte geschehen, daß man vorübergeht und sagt: Das kann es nicht sein, ein paar verfallende graue Häuser, eine Kirche, ein Friedhof.

Aber das ist es. Die Erbauer haben weder Felswände gesprengt noch Boden planiert, sie haben sich der Landschaft angepaßt, einen Architekten werden sie nie im Leben zu sehen bekommen haben; sie werden eine Wasserwaage benutzt haben, aber sicher bin ich da nicht, wahrscheinlicher ist, daß sie sich auf ihr Augenmaß verließen. Wo der Platz für ein Haus nicht ausreichte, war er für den Weinkeller oder den Eselstall gerade recht; ein paar Stufen gleichen den Höhenunterschied zum Wohnhaus aus, eine Terrasse ergibt sich, dazwischen wächst ein Ölbaum oder ein Feigenbaum. Einstöckige, aber auch dreistöckige Häuser für kleine und große Familien, keines verdirbt dem anderen die Aussicht, statt dessen streckt das eine den Arm in Form eines steinernen Halbbogens aus, um das andere nachbarschaftlich zu stützen. Arkaden ergeben sich. Hochgelegen die Kirche, auch die Schule. Den Mittelpunkt bilden die Zisterne und der Brunnen. Einige Dächer sind bereits eingestürzt, andere noch wohlerhalten, rote Ziegeldächer. Treppen und Gartenmauern und Hauswände aus dem Stein der Berge erbaut, grobbehauen, unverputzt, nur die Fugen mit Mörtel verschmiert. Die Holztüren hängen noch in den Angeln, die Schlösser rosten. Der Wind hat Erde in die Mauerecken geweht, Vögel haben die Aufforstung besorgt, schon grünt es auf Treppenstufen und Dächern, schon läßt sich kaum noch unterscheiden, wo Menschen, wo Tiere gehaust haben. Einige Zypressen lenken den Blick nach oben: Raubvögel kreisen über dem Friedhof.

Nichts Antikes. Nichts Venezianisches. Archäologen und Kunsthistoriker werden hier nicht fündig. Wir entdeckten nur einen schöngeflochtenen Weidenkorb, nichts sonst. Und dann noch einen Knochen, lang wie ein Unterarm. Wir legten ihn in den Korb, den wir auf die flache Zisterne stellten, dorthin, wo sie am tiefsten ist. Wir setzten die ersten Zeichen.

Das war der Augenblick, in dem wir den Entschluß faßten, Melo Grablje wieder aufzubauen und zu besiedeln. Ohne Kunststoff, ohne Beton, ohne Reißbrett. Einzig dem Augenmaß trauend. Wir würden den Ort mit sorgfältig ausgewählten Freunden besiedeln. Kosmopolitisch und kooperativ.

Vorher müßten allerdings einige Ehen geschieden werden, einige Kinder würde man verstoßen müssen. Die Pfarrstelle, die keine Planstelle sein würde, konnten wir leicht – ökumenisch – besetzen. Eine Lehrerin, die vornehmlich das Lehrfach ›Leben und Lebenlassen‹ lehren müßte, ließ sich finden. Der Posten des Hirten erwies sich als begehrt, wer liegt nicht gern auf Lavendelstroh; über einen dalmatinischen Hirtenhund, vorerst noch in Stockholm lebend, konnten wir verfügen.

Man würde nur das Nötigste tun und nur das Nötigste verbrauchen! Die Frage, was für den einzelnen das Nötigste sei, schoben wir wegen Geringfügigkeit beiseite. Wir gingen gleich ins Detail, und gerade die Details waren verlockend. Wir brauchten nur ein- und auszuatmen, uns umzuschauen und den Vögeln zuzuhören. Das Noviziat in Länge eines Sommers, in dem man beweisen mußte, ob man für Müßiggang und Gemeinschaft tauglich war.

Unterm Nußbaum würden wir tafeln! Der geeignete Platz war schnell gefunden, ebenso eine Küche, ein Refektorium, ein Weinkeller. Mandelbäume im Garten! Rosmarinhonig von wilden Bienen! Der Lorbeer wuchs einem in die Küche und auf den Schreibtisch. Schatten- und früchtespendende Bäume gab es genug. Gemeinsam würden wir im Weinberg arbeiten. Auch eine Töpferei werden wir brauchen. Die Kirchen- und Hauswände werden wir eigenhändig ausmalen, naiv. Unsere Wäsche werden wir, soweit wir sie benötigen, gemeinsam in einem Trog waschen und zum Trocknen auf die sonnigen Mauern hängen. Abends werden wir den Pelz der Schafe verspinnen und wärmende Jacken für den Winter stricken; auf die Steinböden werden wir Ziegenfelle ausbreiten. Die schönen, vereinzelt stehenden Föhren und Ölbäume sollten wir nicht verheizen. Wir werden musizieren und singen, Geschichten erzählen und tanzen; wir werden Feste feiern.

Keine überholten Besitzverhältnisse mehr! Alles gehört allen! Jeder zehn Bücher, mehr nicht. Es wird nicht ausbleiben, daß Waschmaschinenvertreter nach Grablje kommen. Aber nicht sie werden uns, sondern wir werden sie überzeugen! Keine Uhren. Eine Glocke wird uns zu den Mahlzeiten rufen. Wir werden erproben, was der Mensch braucht und was er nicht braucht. Wir brauchen Sonne und Zeit und Ruhe. Wir erwägen die Einrichtung einer Sommerschule für junge Architekten, die in Grablje menschliches Bauen erlernen könnten ...

Unsere Gründungsversammlung hat im vergangenen Herbst stattgefunden; sie dauerte mehrere glückliche Stunden. Bis wir anfingen zu frösteln. Die Sonne war unbemerkt hinter der Felswand verschwunden, es wurde rasch dunkel. Der Rückweg nach Milna war weiter und beschwerlicher, als wir es auf dem Hinweg wahrgenommen hatten. Im Winter wird die Sonne hier nur wenige Stunden scheinen.

Wir haben Melo Grablje aus ähnlichen Gründen verlassen wie seine Bewohner.

*

Eine Inschrift unter dem Altarbild der Kapelle Sveti Klement (Sankt Klemens) – sie liegt auf sonnenwarmer Anhöhe über der Ortschaft Vlaka – erinnert an die Seeschlacht von Lissa, die am 20. Juli 1866 in der Nähe stattfand. Zu dem Fischerdörfchen Vlaka auf der Insel Sveti Klement gelangt man von der Bootsanlegestelle Palmizana auf steinigem Pfad in etwa einer Stunde, durch Palmen, Pinien und Macchia, vorbei an odysseischen Buchten, honig- und gewürzduftenden Hängen. Westwärts taucht bläulich aus Meer und Dunst die Insel Lissa, heute Vis, auf, ein breiter Bergbrocken, geheimnisvoll und unnahbar, schon deshalb, weil die Insel, eine jugoslawische Seefestung, von Besuchsfahrten ausgeschlossen ist.

Damals, als die Seeschlacht geschlagen wurde, war die Insel Lissa österreichisch. Österreich befand sich mit Preußen im Krieg. Mit Preußen hatte sich Italien verbündet, weil es von Österreich Venedig zurückgewinnen wollte. Die

Österreicher hatten die kriegsentscheidende Schlacht von Königgrätz bereits verloren und Venedig schon an Italien abgetreten, als sie noch – zur See – jene Schlacht gegen die Italiener schlugen. Die österreichische Flotte, auf der in der Mehrzahl venezianische Matrosen kämpften, war an Zahl der Schiffe, Panzerung und Geschützkaliber der italienischen unterlegen, aber ihr Admiral machte den Nachteil dadurch wett, daß er durch geschicktes Manövrieren das feindliche Feuer unterlief und darauf abzielte, die gegnerischen Schiffe zu rammen. Er selbst bohrte mit seinem Flaggschiff das Flaggschiff des Gegners in den Grund.

So gelang den Österreichern ein unerwarteter großer Seesieg, zu einem Zeitpunkt, als der Krieg für sie bereits verloren war, ein nutzloser Sieg also, erfochten mit Matrosen, die bereits Bürger des Staates waren, gegen den sie kämpften, um ein Land, das sie schon besaßen, und dies alles unter einem österreichischen Admiral, Tegetthoff, der aus Preußen stammte.

Ich stelle mir einen der venezianischen Matrosen vor, deren Leichen nach der Seeschlacht von Lissa an der Insel Sveti Klement angeschwemmt wurden. Sie hatten auf den Schiffen des Gegners gegen ihr eigenes Land gekämpft.

Menschengeschichte.

Und Italien hatte auch diesmal wieder zwar nicht die Schlachten, aber den Krieg gewonnen.

(Jene Inschrift unter dem Altarbild der Kapelle ist in italienischer Sprache abgefaßt: Die Bevölkerung der Insel, obwohl slawischer Abkunft und auf österreichischem Territorium lebend, sprach italienisch.)

*

Es fahren keine Boote nach Vlaka; so kommen zu Tonći nur wenig Touristen, aber alle, die einmal bei ihm gewesen sind, kommen wieder, reden daheim den Winter über vom Langusten-Essen bei ›Tonschi‹ auf der Insel Sveti Klement. Unterm

Schatten der Weinreben, die die Pergola überranken, sitzt man an langen Tischen, trinkt vom selbstangebauten Wein. Das Meer ist nach beiden Seiten hin nahe, zwei tiefe Buchten. Unter den Föhren stehen Esel, schreien nicht aus Not, sondern aus Langeweile. Im kleinen Hafen liegen ein paar Fischerboote.

Nachdem Tonći als Gastarbeiter in Höchst genug Geld verdient hatte, war er auf die Insel zurückgekehrt und hatte ein Haus mit Gästezimmern gebaut. Aus dem Gastarbeiter in Deutschland war ein Gastwirt für Deutsche geworden, aus dem Arbeitnehmer ein Unternehmer. Familienmitglieder, die mitarbeiten, gibt es genug, der Vater, die Mutter, die Tante; sie kochen, fegen, holen für die drei gemauerten Öfen Holz aus der Macchia; Feuerstellen im Freien, eine für Brot, eine für Fleisch, eine für Fische. Einfaches Leben wird geboten. Keine Postzustellung, kein Telefon, kein elektrischer Strom, die Wasserleitung liefert keineswegs immer Wasser. Die Gäste dürfen mit aufs Meer fahren, wenn die Netze gelegt werden. Der ehemalige Gastarbeiter, jetzt selbst Herr auf seinem Land und seinem Boot, ist für einige Monate der Patron deutscher Fabrikherren.

Und dann gibt es noch Lisa, die aus München stammt, Toncis Freundin, die kaum Serbokroatisch sprach, die sich vor dem einsamen Insel-Winter fürchtete. Bei unserem ersten Besuch saßen wir nach dem Fisch-Essen noch eine Weile beisammen. »Geh, Lisa, koch Kaffee!« sagte Tonći. Lisa ging und kam bald mit den Täßchen und dem türkischen Kaffee wieder. »Sie sind Tonći sehr gehorsam, Lisa!« sagte ich zu ihr. Sie sah mich einen Augenblick lang aufmerksam an. »Aber«, sagte sie, »er hat meinen Arm gestreichelt!«

Bei unserem nächsten Besuch, zwei Jahre später, war Lisa Toncis Frau. Wir aßen die Reste des Hochzeitskuchens zum türkischen Kaffee. Und wieder zwei Jahre später gab es bereits ein Kind, ein kleines Mädchen, nach der Großmutter Perina genannt; es saß auf dem Arm einer Schweizer Studentin, die den Sommer über als Au-pair-Mädchen bei Tonći arbeitete. Lisa war eher eine Gastgeberin als eine Wirtin. Ihr Haar war heller, ihre Haut dunkler geworden, ihr Gang freier. Sie war schöner als vorher. Sie hatte, im Gegensatz zu den meisten anderen, ihr Schicksal selbst gewählt.

Tonći war noch mit dem Boot draußen. Der Sturm hatte in der Nacht das Netz losgerissen, es lag in fünfzig Meter Tiefe auf dem Meeresboden; mit zwei Tauchern mußte er Netz und Fang bergen. Als er zurückkommt, wirkt er angestrengt; er ist blaß und unrasiert. Die Frauen grillen Fleisch für die drei Männer, Fische für die Gäste, garnieren die Platten mit Zitronen aus dem Garten, mit blühenden Rosmarinzweigen aus der nahen Macchia.

»Koch uns einen Kaffee, Lisa!« sagt Tonći nach dem Essen und streichelt Lisas Arm. Sie blickt zu mir her, Triumph im Gesicht.

*

Dagegen Iwan, aus dem Geschlecht der Paladini, so alt wie Tonći. Er steht an jedem Morgen um neun Uhr auf seinem Boot im Hafen und wartet, ruft aber nicht nach Ausflugsgästen wie die anderen Bootsbesitzer. Trotzdem sind es täglich zwanzig und mehr Personen, die nach Budovica fahren wollen. Iwan ist bärtig, ein Individualist, ein Intellektueller, ehemaliger Oxfordstudent. Er fährt Touristen zum Landsitz der Paladinis, einsam an der Südküste der Insel Hvar gelegen. Ein altes Geschlecht venezianischer Herkunft, der Name inzwischen slawisiert; der Landbesitz 1945 auf die ehemaligen Landarbeiter aufgeteilt; geblieben ist ein schönes altes Haus, hochgelegen in Felsgärten, mit einigen Nebengebäuden.

Iwan zeigt auf die nahe Bucht, die Pinien- und Buschwälder, die betonierten Terrassen zum Sonnenbaden.

Der 120. Tag der Saison! Iwan zählt die Tage. Das meiste besorgt er selbst. Fleisch, Brot, Weißkohl, Kartoffeln hat er vom Markt in Hvar mitgebracht. Er bereitet Schaschlik vor,

Koteletts zum Grillen, Kartoffelgemüse, Krautsalat. Um halb zwei Uhr serviert er eine reichliche, wohlschmeckende Mahlzeit, die Tische sind im Schatten und Halbschatten gedeckt, Wein steht in Karaffen darauf. Der Blick geht von der hochgelegenen Terrasse weit übers Meer, man erkennt in der Ferne Korçula. Die Gäste, trunken von Sonne und Wein, werden lauter, beginnen zu singen. Iwan bleibt schweigsam. Er, der jetzt Herr auf Budovica sein könnte, trägt Speisen auf, um den Landsitz der Paladinis zu erhalten. Ein Stück Wiedergutmachung für Generationen von Ahnherren.

Seine Situation ist mit der von Tonći zu vergleichen: der eine auf dem Weg nach oben, der andere auf dem Weg nach unten, beide gleich müde und angestrengt.

*

Als ich, von Milna her, den Küstenpfad zu der Ortschaft Zaraće hinaufstieg, hatte die alte Frau unterhalb des Pfades in der Macchia gesessen. Ich hatte sie zunächst nicht weiter beachtet und für eine Holz- oder Gewürzsammlerin gehalten. Doch als ich weiterging, fiel mir jene Frau ein, die angeblich als einziger Mensch in Zaraće lebte. Alle erwähnten die Alte, wenn sie von dem Ort sprachen, auch der Bootsführer, der die Touristen die Küste entlang zu den ›Roten Felsen‹ fuhr. »Dort oben in dem verlassenen Dorf lebt nur noch eine alte Frau mit Hund und Esel.«

Nach anderer Aussage handelte es sich nicht um einen Esel, sondern um ein Maultier. Genaues wußte niemand. Nur darin stimmten alle überein: Die Ortschaft Zaraće, auf halber Höhe des Berges über der Küste gelegen, war, wie Grablje, vor Jahren von der Bevölkerung verlassen worden, weil man an der Küste drunten, in den Touristenorten, mehr Geld verdiente; nur jene Frau hatte sich geweigert, den Ort zu verlassen. Offenbar war sie noch nie von einem Touristen gesehen worden; sie geisterte nur wie eine legendäre Gestalt durch die Berichte.

Diese Frau mußte es gewesen sein, die da in der Macchia gesessen hatte, vermutlich, um mich vorbeigehen zu lassen. War es nicht überhaupt mehr ein Kauern als ein Sitzen gewesen, so, als ducke sie sich vor meinen Blicken?

Kurz vor der Ortschaft machte ich halt, an einer kleinen Kapelle, offensichtlich dem Heiligen Nikolaus geweiht, dem Schutzpatron der Matrosen: in einem hölzernen, nach vorn geöffneten Kasten war ein Nachen über blau angemalten Wellen zu sehen. Ich befand mich auf gleicher Höhe mit der Ortschaft Zaraće, nur durch einen kleinen Bergeinschnitt von ihr getrennt. Dreizehn Häuser, besser erhalten als die Häuser von Grablje, alle noch mit Dächern bedeckt, aber jedes Haus für sich stehend, beziehungslos, nicht eingefügt in das Ganze wie dort – das Gelände hatte Platz genug geboten; zusammengehörig nur durch den geographischen Standort.

Auf dem Rückweg begegnete ich der alten Frau wieder. Diesmal konnte sie mir nicht ausweichen. Sie hatte mich erst im letzten Augenblick bemerkt, als ich um eine Felsnase bog. Sie hatte wohl nicht damit gerechnet, daß ich umkehren würde. Sie stand unmittelbar vor mir. Eine Greisin, schwarz gekleidet wie alle alten Frauen hier. Sie trat zur Seite, um mich vorbeigehen zu lassen, und drückte sich gegen die Felswand, den Blick scheu, fast ängstlich, auf mich gerichtet, ein graues schmales Gesicht unter einem Kopftuch.

Erst erschrak ich, als wäre ich einer Norne oder sonst einer mythischen Gestalt begegnet. Dann sprach ich, betont freundlich, auf serbokroatisch einen Gruß, aber die Frau erwiderte ihn nicht, es sei denn mit einem raunenden Laut, vor sich hin gemurmelt, stimmlos und verstört. Eine Verwünschung? Eine Beschwörung?

Ich schämte mich, ein Tourist zu sein, blickte mich beim Weitergehen nicht nach ihr um. Ich trug wenigstens keinen Fotoapparat bei mir. Ich trage seit langem keinen mehr mit mir.

*

In Split empfiehlt man uns das ›Park-Hotel‹, ruhig gelegen, zu Fuß zu erreichen. Wir überqueren die Bahnlinie, gehen durch stark befahrene Straßen, in der Ferne eine Ansammlung von Fabrikschloten. Dann stehen wir unvermutet vor einem Parktor und sehen im Hintergrund ein altes, aber wohlerhaltenes Hotel. Wir betreten den Park. Weißgedeckte Tische unter hohen Platanen, Korbsessel, die Tischtücher bis zum Boden reichend, die Servietten kunstvoll gefaltet, blinkende Gläser, feines Geschirr, befrackte Kellner, die wartend bereitstehen.

Als wir zum Essen kommen, sitzen bereits einige Herren in den Korbsesseln, alle einzeln. Wir erkennen sogleich Thomas Mann, den ›Tod in Venedig‹ lesend, erkennen Lawrence neben einem schönen jungen Mann, erkennen auch Proust, der uns überrascht, weil er einen Dackel bei sich hat.

Die Vergangenheit hat uns eingeholt.

Wir geben unsere Bestellung auf, werden in österreichischer Sprache beraten, eine Tomatensuppe wird uns serviert. Goldene letzte Platanenblätter filtern das Sonnenlicht, eines löst sich, sinkt schwerelos, fällt gelb-braun gefleckt in meine Tomatensuppe. Alles stilvoll, abgelebt, in Würde alternd.

Gegen Abend gehen wir durch den Park hinunter ans Meer, promenieren auf der Uferpromenade, nehmen Abschied vom Süden und vom Sommer. Schöne Traurigkeit. Als wir zurückkommen, sitzt nur noch Thomas Mann in seinem Korbsessel, Zigarre rauchend. ›Die ganze Bellezza macht mich nervös‹, soll er in Italien gesagt haben. Hier war Tristezza, bella Tristezza.

*

Neun Stunden, das war zuviel, um, wie bei unseren bisherigen Adria-Reisen, am Bahnhof Ljubljana auf den Dalmatien- oder Athen-Expreß zu warten. Aber was tun? Die Stadt besichtigen? Ohne Reiseführer und Stadtplan? Was gab es überhaupt zu besichtigen? Der Jugoslawien-Prospekt hatte

Ljubljana ausgelassen. Bei der Einfahrt nur Hochhäuser, Verkehrsstraßen und Fabriken. Der Bahnhof selber und der Vorplatz ohne Verführung. Immerhin, die Stadt hatte einmal Laibach geheißen; sie mußte noch einen alten österreichischen Stadtkern haben.

Und dann schon die erste Stunde aufs angenehmste verbracht. In der Altstadt, in einem Lokal altwienerischen Zuschnitts, zu Mittag gegessen, sogar mit Apfelstrudel und mit dem Blick auf eng sich ans Flußufer drängende farbige Häuser. Dann eine Stunde lang Entdeckungsreise durch die Altstadt. Winklige Gäßchen, Plätze, Treppen, Kirchen, St. Florian, St. Jakob, österreichischer Barock, gelb-weiß, ein Rathaus mit fünfeckigem Uhrturm, Bürgerhäuser, Patrizierhäuser, angejahrt, abgenutzt, Läden, Hinterhöfe, Arkaden, Brunnen, Denkmale und Gedenktafeln: Preseren, Vodnik, Nolli ...

Eine Stunde lang schnuppernd und schauend auf dem Markt vor der großen Kirche. Spätrenaissance? Frühbarock? Ringsum Blumen und Pilze, Trauben, Tomaten, duftende Äpfel, Birnen und Gemüse, aus Gärten, Wald und Weinberg. Und durch Blütenduft und Fischgeruch: Orgelklänge aus einer halbgeöffneten Tür. Eine Stunde lang auf der Kirchenbank gesessen, der Orgelmusik gelauscht, der Raum schwer, wuchtig. Überfluß. Verherrlichung. Choralvorspiele von Bach. ›O Haupt voll Blut und Wunden‹, ›Wachet auf, ruft uns die Stimme‹. Auch Messiaen. Eine volle Stunde lang schönstes Orgelkonzert, die Probe zu einer Aufführung, die, laut Anschlag, am nächsten Tag stattfinden sollte ...

Nur noch vier Stunden! Und wir wollten doch – die Sonne so goldgelb, die Luft so frisch! – noch zum Burgberg hinaufgehen, der grün hinter den Dächern aufstieg ...

Von einer Bank aus blicken wir, durch Kastanienbäume, hinunter auf die rostfarbenen vergreisten Dächer der Altstadt, erkennen die Kirchen, Plätze und Gäßchen wieder. Freilich: im Hintergrund auch Hochhäuser, Fabrikschornsteine, nicht anders als in Leverkusen. Es riecht schon nach

Herbst. In Hvar hatten wir ihn um ganze vierzehn Tage betrogen. Ich belebe die Anlagen mit k.u.k. Husaren-Offizieren, blau-roten Uniformen, Gattinnen von Beamten der Krainer Landesregierung, mit Droschken und Blumenmädchen ... Aber auf einer Bank, nicht weit von mir entfernt, sitzt ein Soldat in mausgrauer Uniform, einen roten fünfzakkigen Stern an der Mütze, und die Straßen heißen nicht ›Jakobinergasse‹, sondern ›Rožna-Ulica‹, und in die Bank geschnitzt nicht ›Josef Moser‹, sondern ›Mojca Gornik‹ ... Nein, da stand es noch: ›Drago Hadler‹! Der Nachname eine Hinterlassenschaft aus jener Zeit so wie die Kirchen und Gäßchen und Bäume. Und der Soldat schrieb gerade etwas in ein Oktavheft, das er aus der Tasche gezogen hatte. Verszeilen? Über die fallenden Blätter? So, wie ich es damals, ein Hakenkreuz an der Uniformmütze, im Park von Wiesbaden getan hatte?

Vor dem Rathaus dann eine Stunde lang einen Kaffee getrunken, die letzte kostbare Stunde des Sommers auskostend, in der man noch im Freien sitzen konnte; aus Deutschland wurde kalter, regnerischer Herbst gemeldet.

Eine Stunde lang zu Abend gegessen, und dann mußten wir uns beeilen, den Zug zu erreichen. Der Bahnhof – wir sahen es im Vorbeigehen – hatte ebenfalls das Gelb-Weiß in seiner Fassade. Wir hätten bei den vorigen Reisen genauer hinsehen sollen.

Zu Hause lasen wir im Lexikon nach. Es war die Domkirche St. Nikolaus gewesen, in der wir das Orgelspiel gehört hatten; und die Denkmale und Tafeln galten slowenischen Dichtern und Musikern. Von den Resten der antiken Stadt sowie dem Schloß des ehemaligen Feldmarschalls Radetzky hatten wir gar nichts gewußt. Aber für eine Besichtigung hätte die Zeit sowieso nicht gereicht.

Und wir waren früher in Ljubljana immer nur umgestiegen.

(c.b. und O. H. K., 1978)

Der Zug hat voraussichtlich 40 Minuten Verspätung oder Bücher sind Treffpunkte

Als Schülerin ließ ich keine Dichterlesung aus. Ich saß zu Füßen von Hans Carossa, Ina Seidel, Werner Bergengruen und Rudolf Alexander Schröder, der aus einer ledergebundenen Dünndruckausgabe seiner Werke las . . . Später hörte ich Hildesheimer, Schnurre, Grass, Marie Luise Kaschnitz, Piontek, Kempowski; immer noch andächtig, aber nun aufmerksam beobachtend, wie sie sich ihrem Publikum gegenüber verhielten, welche Texte sie auswählten, wann sie zum Wasserglas griffen, wie sie die Brille auf- und absetzten, putzten, auf die Stirn schoben oder über sie hinwegblickten, wie sie sich vor ihren Lesern verbeugten, wie sie mit schöner Handschrift kleine bedeutungsvolle Sätze in die Bücher schrieben, die man ihnen hinreichte, auf die Titelseite oder auf das Vorsatzpapier . . .

Ein paarmal im Jahr begebe ich mich ebenfalls auf Autoren-Reise, meist im Oktober und November, wenn die Leser auf neue Bücher aufmerksam gemacht werden sollen, wenn man sich wieder auf die inneren Werte besinnt. Die Volkshochschulen, die Stadtbibliotheken, die Buchhändler, die Goethe-Gesellschaften und die Literarischen Vereine laden ein, meist telefonisch. Man sagt dann eher zu als in Briefen, wo Entschuldigungen sich in liebenswürdige Worte kleiden lassen. Man erfährt, wer alles schon dort gelesen habe, ist beeindruckt und auch geehrt, sagt zu und trägt das Datum weit hinten in den Termin-Kalender ein, irgendwann im November. Im Mai scheint mir, als läge Bensheim gar nicht weit von Traben-Trarbach entfernt. ›Bald les' ich am Neckar, bald les' ich am Main‹ . . .

›Ich gehe tingeln‹, sage ich, wenn es soweit ist, und packe die Reisetasche. Je nach Jahreszeit, Ort und Zuhörerkreis stelle ich mein Programm zusammen, aber noch bevor ich überlege, was ich lesen könnte, überlege ich, was ich anziehen soll. Unauffällig? Oder elegant? Wie stellt man sich eine Schriftstellerin vor? Man hat eineinhalb Stunden lang nichts anderes vor Augen als mich, von der Frisur bis zu den Schuhen.

Der Veranstalter übernimmt die Betreuung seiner Alleinunterhalterin bereits auf dem Bahnsteig, bringt sie ins Hotel, ißt mit ihr zu Abend. Oder essen Sie vor der Veranstaltung nichts? Er weiß es von anderen: die Magennerven! Um 19 Uhr 45 setzt er mich in einen stillen Nebenraum, da ich mich gewiß noch sammeln möchte, steckt aber mehrmals den Kopf durch den Türspalt und sagt aufmunternd: Jetzt kommen doch noch ein paar Leute! Jemand von der Presse! Der Fotograf! Oder: Als Günter Grass da war! – Im letzten Winter war der große Kollege, wo ich auch hinkam, immer schon dagewesen. ›Ick bün all hier, seggt de Butt!‹

Spätestens in dieser Viertelstunde vor dem Auftritt frage ich mich, wozu ich eigentlich hier bin. Aus Büchern vorlesen, die bereits gedruckt vorliegen? Vor Menschen, die des Lesens kundig sind? Draußen regnet es in Strömen, die Straßen sind vereist. Nie würde ich an einem solchen Abend zu meiner eigenen Lesung gehen. Im Fernsehen wird ein Spiel der Vorrunde zur Fußballweltmeisterschaft direkt übertragen! Der Kirchenchor übt die h-Moll-Messe ein, der Golf-Club veranstaltet seinen Winterball. Das alles hat der Veranstalter mir besorgt schon auf dem Bahnsteig mitgeteilt. Zehn Minuten kann er noch zugeben, dann ist es soweit. Es muß inzwischen ein Wunder geschehen sein: sogar die Fensterbänke sind besetzt! Der Veranstalter begrüßt das Publikum und begrüßt die Autorin, macht ein paar Angaben über den Lebenslauf und die bisherigen Veröffentlichungen, bringt dabei einiges durcheinander, was ich mit einem Lächeln quittiere, sagt dann: Und nun . . .

Ich besteige das Podium. Tischdecke und Blumenstrauß, Sessel und Stehlampe verschaffen die Illusion von Intimität und Lesestunde. Ich lege meine Bücher zurecht, schiebe Wasserglas und Blumenvase beiseite, greife zur Brille. Aber nur Männer dürfen in solchen Augenblicken umständlich ihre Brille putzen und zurechtrücken, eine Frau nicht. Ich stelle die Lampe so, daß ihr Schein auf das Buch, nicht auf mich fällt; in diesem Augenblick verläßt mich das Lampenfieber, jetzt gilt nur noch der Text, den ich vorlesen werde, nicht mehr der, der ihn geschrieben hat.

›Der Weg des Ohres ist der nächste Weg zum Herzen‹, sagt Schiller. Ich suche nach drei oder vier Gesichtern in den vorderen Reihen, die Zutrauen erwecken. Erste Kontakte entstehen. Zwischendurch Augenblicke der Unsicherheit. Ich zähle die Reihen und dann die Sitze innerhalb einer Reihe, multipliziere quer mal längs, komme auf 80 oder 150 und manchmal auf 300 Personen, sehe im Geist eine überfüllte Boxkampfhalle vor mir, lese weiter, rechne derweil aus, ob der Veranstalter auf seine Kosten kommen wird. Autoren werden gehandelt wie Artikel zu Festpreisen, fünf Mark oder zwei Mark. Gibt das Kulturamt der Stadt einen Zuschuß? Schüler die Hälfte? Ich verliere die Zeile, verspreche mich, hole mir neue Zuversicht aus einem der vier Lesergesichter. Der alte Herr in der zweiten Reihe schlief bereits, noch ehe ich überhaupt angefangen hatte zu lesen; aber ich bekomme ihn wach, ohne die Stimme zu heben, ohne Gestik; ich bin keine Schauspielerin. Einmal gingen zwei junge Ehepaare schon nach der ersten Geschichte, die ich gelesen hatte. Ich erschrak, war gekränkt, wurde unsicher. Niederlage nach der ersten Runde, der Ort unvergessen, Herrenberg bei Stuttgart. In Ludwigshafen, in der Buchhandlung Kurpfalz, las ich aus einem unveröffentlichten Roman, stellte beim Umblättern fest, daß eine der Manuskriptseiten fehlte, es wurde mir eiskalt, ich las auf der übernächsten Seite weiter, errötete, meine Schwächen vorweisend. Einmal ließ ich während der Anfahrt zu einem Autorenabend meine Brille liegen; sie wurde mir von einem Streifenwagen der Polizei nachgebracht. Im kleinen Theatersaal in Lübeck setzte man mich mitten ins Bühnenbild von Ionescos ›Zofen‹ . . .

Rüsselsheim. Ein Freizeitzentrum soll eröffnet werden. Bürgermeister, Bauherr, Bibliotheksleiter sind anwesend. Ich lese in einem Raum mit gedämpftem Licht, gedämpften Farben und gedämpfter Stimmung. Nach fünf Sätzen blicke ich auf und stelle fest, daß man offenbar meine Stimme kaum vernehmen kann. Ich lese lauter, steigere mich, leere dabei das Wasserglas und bin am Ende heiser und erschöpft. Ich klappe das Buch zu, und schon eilt ein Herr auf mich zu und sagt beglückt: »Der Raum hat seine Bewährungsprobe bestanden! Wände, Decke, Fußboden, alles schallschluckend!« Es handelte sich um den zuständigen Architekten und bei dem Raum um den Lesesaal der Bibliothek.

München, Regina-Palast-Hotel, Eintritt fünf Mark, Garderobe- und Verzehrzwang, das Publikum in bequemen Sesseln, ein Meter Tischbreite von Hörer zu Hörer; mein suchender Blick trifft immer die Zwischenräume. Die Kellner servieren den Rotwein in Karaffen, den Kaffee portionsweise; sie kassieren rechtzeitig vor Ende der Veranstaltung und lassen sich bei ihrer Tätigkeit durch mich nicht stören. An einem Abend im Advent läßt man mich im Saal einer Kaserne bei flackerndem Kerzenlicht lesen; ich setze, um die Zeilen nicht zu verlieren, wie ein ABC-Schütze den Finger unter die Worte.

Routine kann nicht aufkommen, immer neue Situationen. Plötzlich erwartet man, daß ich an einem Pult lesen soll. ›Siegfried Lenz tut das auch!‹ Ich protestiere, niemand liest im Stehen ein Buch! Wenn der Saal sich als zu klein erweist und man in einen größeren umziehen muß, gehe ich am Ende der Prozession, meine Bücher und das Glas Wasser in der Hand. Ich trinke geduldig Wildunger ›Helenenquell‹ und bin dankbar, wenn man mir keine süße Limonade hingestellt hat.

Ein überregionaler Frauenclub lädt mich als Alleinunterhalterin zu seinem Jahresfest ein. Die Frauen kommen von weit her, nicht nur ich. Reichgarnierte Torten, Schwarzwälderkirsch, Nougat, Schokolade-Nuß auf festlich gedeckten Tischen in Hufeisenform, jede Torte ein Kunstwerk und jede selbstgebacken. Durch meine Geschichten weht würziger Kaffeeduft; man muß nur noch abwarten, bis ich mit Lesen fertig bin und man miteinander plaudern kann. Aber: keine Anzeichen von Ungeduld und Unruhe; ich frage die Damen, ob ich weiterlesen soll. Ich muß weiterlesen! Und esse anschließend vier Stück Torte aus Dankbarkeit und versichere: Diese Torte ist ein Gedicht! In Marburg ließen sich viele gebildete Damen Kaffee und Buttercremetorte schmecken, während ich vom Tod der armen alten Filomena las. Kuchengabeln klapperten die Begleitung, ich fühlte mich wie der Mann am Klavier . . .

Literarischer Frühschoppen. Signierstunde beim Buchhändler. Und dann das Refektorium einer Benediktinerinnen-Abtei, an der Weser gelegen. Stunde der abendlichen Rekreation. Zwanzig Minuten Lesezeit. Im Halbkreis hundert aufmerksame Gesichter. Man war gewohnt, Gottes Wort zu hören – und nun mich! Was ich las, änderte die Bedeutung, bekam Tiefe. Die Ordensfrauen waren nicht Zuhörer, sondern Hinzuhörer.

Ein anderes Mal. Lüneburg. Oder Stade. Oder Wiesbaden. Mein Programm ist beendet. Das letzte Kapitel von ›Poenichen‹ ist ernst, das Publikum klatscht nicht. Ich stehe auf, packe die Bücher zusammen, der Veranstalter sagt, daß jedes weitere Wort von seiner Seite sich erübrige, die lautlose Stille, die Atemlosigkeit der Zuhörer seien Beweis genug. Trotz Gleichberechtigung und Rentabilitätsberechnung überreicht er mir einen Blumenstrauß; seit einigen Jahren handelt es sich meist um Levkojen, stark duftend und rasch welkend. Nachher, so sagt er zu den Zuhörern, werde man in einem kleinen literarisch interessierten Kreis noch ein wenig beisammensitzen, vorerst aber sei die Autorin gern bereit, ihre Bücher zu signieren. Ein Büchertisch steht am Ausgang des Saals, nicht zu übersehen. Ich höre, daß jemand anerkennend sagt: »Die ist aber fleißig!« Ich setze mich wieder, lege den Filzstift bereit, es bildet sich eine kleine Leserschlange. Zaghaft fragt jemand: »Schreiben Sie denn auch in Taschenbücher?« Ein nächster fragt: »Auch in das Reclamheft?« Name, Datum, Ort. Und vielleicht noch einen persönlichen Satz? Obwohl ich mir vorher mehrere geeignete Sätze ausgedacht habe, fällt mir jetzt keiner ein. ›Erinnern ist immer ein Risiko!‹ oder: ›Rechne mit allem, rechne mit nichts!‹ Ich blättere, hoffe, einen gewichtigen Satz, eine ›Quindt-Essenz‹ oder eine ›Maxime‹ der Maximiliane Quint zu finden, finde keine, schreibe schließlich: ›Bücher sind Erfahrungen, die man kaufen kann.‹ Der Satz steht auf den Plastiktüten des Buchhändlers. Heiterkeit breitet sich aus. Ich höre, wie die Wartenden sich miteinander unterhalten. »Das Buch besitze ich schon lange!« oder: »Der erste Roman gefällt mir immer noch am besten, die ›Spuren‹.« Einer sagt, daß er mich vor zwanzig Jahren, als er in Bad Wildungen zur Kur war, schon einmal habe lesen hören. Ich setze Jahresringe an. Ein älterer Herr mit pommerschem Akzent erkundigt sich, wo ich in Pommern gelebt hätte, er selbst stamme aus Bütow. Ich sage entschuldigend, daß ich keine gebürtige Pommerin sei, allenfalls eine erschriebene, spüre, wie ich an Glaubwürdigkeit verliere, sage, daß ich vor einiger Zeit im ehemaligen Pommern gewesen sei, daß mein Onkel dort ein Gut gehabt habe.

Eine junge Frau versichert mir, daß sie, während ich die ›Griechischen Kardiogramme‹ las, einen Sonnenbrand bekommen habe. Ich schreibe auf Eintrittskarten und zerlesene Exemplare einer Lesering-Ausgabe. Und in Flensburg schrieb ich, auf ausdrücklichen Wunsch, meinen Namen mit Kugelschreiber auf einen gebräunten, blondbehaarten jungen Männerarm . . .

Es gibt Abende, an denen ich keiner Statistik glaube, die mir weismachen will, daß mehr als die Hälfte der Bevölkerung niemals ein Buch lese. Ich bin von Lesern umgeben: von Brückner-Lesern! Was für ein Trugschluß.

Zwischendurch schiebt mir der Veranstalter unauffällig einen Umschlag zu, unverschlossen und ohne Aufschrift, aber sein Blick besagt: das Honorar. Jene Jahre, in denen ich hoffte, Geldscheine und nicht ein Scheck steckten darin, sind unvergessen und sollen unvergessen bleiben. Ich halte es mit dem alten Baron Quindt: ›Geld kann gar nicht bar genug sein.‹ Ich will mich nicht daran gewöhnen, ein Erfolgs-Autor zu sein. Ein Superintendent nahm mich einmal im Anschluß an eine ›Lesung in kirchlichem Rahmen‹ diskret beiseite, sagte hinter vorgehaltener Hand, daß es ihm sehr peinlich sei und man die heikle Angelegenheit vielleicht in der Sakristei erledigen könne. »Ach«, antwortete ich unbekümmert, »Sie predigen für Geld, und ich lese für Geld.«

Der Hausmeister schaltet bereits die Lampen aus, der Buchhändler räumt die Restbestände zusammen. Der gesellige Teil beginnt. Man sitzt im Kreis der Leser am reservierten Tisch, trinkt das Landesübliche und steht Rede und Antwort. Seit wann man schreibe und was man so gelernt habe und ob man Schreiben lernen könne. Wenn man selber nur Zeit hätte, ganze Romane könne man schreiben! Jemand erkundigt sich, ob ich jeden Tag eine bestimmte Anzahl von Seiten schriebe, Hemingway zum Beispiel oder Thomas Mann habe . . . Ich antworte: Erst versorge ich den Hauhalt, aber spätestens um neun Uhr sitze ich am Schreibtisch. Was ich sage, scheint nicht zu befriedigen, denn schon fragt einer: Warum schreiben Sie überhaupt? Bohrt ruhig und sachlich meine Existenz an. Fünf Antworten auf diese Frage weiß ich, meist fällt mir keine davon ein. Es wird 23 Uhr, oft auch später. In Gummersbach, tief im Bergischen Land, saßen wir noch nach Mitternacht, tranken auf Anraten des jugoslawischen Wirts warmen Slibowitz und gerieten immer mehr ins Reden, über das Leben und über das Schreiben und Lesen, bis der Wirt kam und sich erkundigte, ob wir denn gar nicht müde würden.

Der Veranstalter liefert mich im Hotel ab, im ›ersten Haus am Platz‹ und manchmal auch im dritten. Im Restaurant des

Hotels sitzen noch ein paar Vertreter, trinken Bier, machen ihre Abrechnung, haben vermutlich schlechtere Abschlüsse erzielt als ich, was schlägt schon zu Buche! Das Fernsehgerät ist eingeschaltet. Ich blättere in zerlesenen Illustrierten, rufe zu Hause an, klage ein wenig, suche dann mein Zweibettzimmer auf, lege den Blumenstrauß ins Waschbecken, der Wasserhahn tropft beharrlich, die Nachttischlampe ist defekt, die Toilette befindet sich auf der halben Treppe. Erschöpft und aufgeregt liege ich schlaflos. Andere Kapitel hätte ich lesen sollen, das dunkle Kostüm hätte ich nicht anziehen sollen, bessere Antworten fallen mir ein.

Am nächsten Morgen gehe ich bangen Herzens ins Gymnasium, Leistungsfach Deutsch, werde auf Treppen und Gängen von vorbeijagenden Schülern gestoßen. Die Direktorin hat mir am Telefon bereits gesagt, daß einige der Schüler am besten zuhören könnten, wenn sie ihren Kopf auf den Motorradhelm legten; bei manchen Schülerinnen scheint Stricken die Aufmerksamkeit zu fördern. ›Für wen schreiben Sie überhaupt?‹ – da ist sie wieder, die tödliche Frage. Die Teilnahme an der Veranstaltung ist freiwillig, einige gehen denn auch. Es hat Vormittage gegeben, in denen ich mich wie eine Urchristin in einer römischen Arena fühlte, von jungen hungrigen Löwen umgeben. Kein Gespräch mit der Autorin, sondern massiver Angriff auf sie, weil sie die Gesellschaft nicht verändert hat. Ich bin im Unrecht. Warum schreibe ich überhaupt.

Die Lokalpresse benotet mein Auftreten: schwarzhaarig, sportlich, zierlich, bescheiden, elegant, zeitkritisch, humorig, weise, spröde, liebenswürdig; ich erfahre, daß meine Stimme warm, kühl, melodisch, von schneidender Kälte, betont artikulierend, leise und eindringlich war; ich betrachte erschrokken und mitleidig mein abgespanntes Gesicht auf dem Foto, trage mich an der Rezeption des Hotels in das Gästebuch der Prominenten ein, unter die Namen von Fußballspielern, fühle mich wie ein Star, bis ich dann mit meinem unverpackten Blumenstrauß auf dem zugigen Bahnsteig stehe und der

Zug voraussichtlich vierzig Minuten später einlaufen wird . . .

Hin und wieder gehen wir zu zweit auf Lesereise. Ein Kuriosum, eine Rarität: ein Schriftstellerehepaar. Ich übernehme den ersten Teil, Kühner den zweiten, den heiteren, scheinbar heiteren, Teil. Er liest Satiren, liest aus seinem Schelmenroman, liest skurrile Lyrik; es darf gelacht werden, und es wird gelacht. Der ›Pummerer‹ bekommt Beifall auf offener Szene, eine Kunstfigur, ein angeheirateter Vetter von Palmström und Kuddeldaddeldu. Manchmal lesen wir Briefe mit verteilten Rollen, beide ›Das glückliche Buch der a.p.‹ in der Hand. Später kommen dann die Fragen: Wie geht das denn, eine Schriftstellerehe? Nimmt da nicht einer dem anderen die Einfälle weg? Korrigieren Sie sich gegenseitig? Jemand sagt laut: »Das sieht man doch!«

Es reist sich leichter zu zweit, die Verantwortung für das Gelingen des Abends ist gehälftet. Zu zweien standen wir in Sturm und Regen auf der Nordseeinsel Juist und warteten vergeblich auf die Pferdedroschke, die uns in den Gemeindesaal bringen sollte; einander den Rücken stärkend, stellten wir uns den Angriffen von hundert aggressiven Primanern, die in der Aula eines Gymnasiums in ihren Felljacken lagerten. Oder jener Märztag, an dem wir auf der B 33 im Schwarzwald mit dem Auto verunglückten, zwei Stunden vor der Lesung, bereits für den gemeinsamen Auftritt gekleidet. Mein Mann, den Kopf im Preßverband, der Anzug blutverschmiert, las meinen Teil mit; ich lag in der Klinik: Happening in Königsfeld.

Die Frage, warum man als Autor zu Leseabenden fährt, beantwortet sich an den Abenden selber. In einem meiner Bücher sagt eine alte Frau einmal: ›Danach darf man im Leben nicht fragen, ob es sich lohnt.‹

Für die Dauer von eineinhalb Stunden wird die Anonymität des Schreibens und Lesens aufgehoben. Man hat seinen Leser vor Augen, der Leser hat seinen Autor vor Augen. Ein Text wird erprobt, ein Mensch wird erprobt. Wortlosigkeiten und Einsamkeiten werden durchbrochen, Oasen des Vertrauens entstehen, an denen man seinen Leser trifft. Man trennt sich wieder, aber: Bücher sind Treffpunkte. Da geht ein Leser an Land. Jeder Leser ein Kritiker, erwartungsvoll, aber auch voller Mißtrauen.

Einmal saß weit hinten im Saal ein Herr mit einem chronischen Bronchialkatarrh. Zehn Minuten lang las ich, und er hustete dagegen an. Ein Duell. Dann war der Husten bekämpft. Einer meiner stolzesten Leseerfolge.

(c.b., 1978)

Statt Wälder: Schilderwälder

Schuberts Lindenbaum, der Brunnen desgleichen,
Mußten, so las man, einer Schnellstraße weichen,
Wie überall Gras und Baum längs der Straßen
Dem Autoverkehr wichen: Raserei statt Rasen,
Parkplätze statt Parks, und statt des Walds
Schilderwälder und Schlagbäume allenfalls,
Statt der Lebens- eine Autobahn
Und ›Pan American‹ statt Pan:
Der Weg von der unbelebten (anorganischen) zur
(Von Autos und Baggern) belebten Natur!

(O.H.K.)

Pilgerfahrt, nicht nach Bayreuth

(Chr. W. Glucks Geburtshaus; Fränkische Alb)

Den Entschluß, Glucks Geburtshaus aufzusuchen, faßte ich unvermittelt. Ich wußte darüber nichts weiter, als daß es in Erasbach, einem Dorf der Fränkischen Alb, lag, südlich von Nürnberg, und daß Gluck als Sohn eines Försters geboren worden war. Aber ich befand mich, anläßlich einer Tagung, in der Nähe, in Erlangen, und so wollte ich die Gelegenheit wahrnehmen und einen schon lange gehegten Wunsch verwirklichen. Ich wollte es auch seit eh und je zu Fuß tun – ›Fränkische Alb‹, das schien sich ohnehin zum Wandern anzubieten –, damit die Unternehmung, dem Maß meiner Verehrung entsprechend, zur Wallfahrt wurde.

Andere pilgern nach Bayreuth, wenn auch nicht zu Fuß; ich wollte nach Erasbach pilgern, zu dem Geburtshaus des Christoph Willibald Gluck, der für die Entwicklung der Oper ebenso wichtig, wenn nicht wichtiger war als Richard Wagner: Schöpfer des Gesamtkunstwerks noch vor diesem, ein Musikdramatiker, der an die Stelle der Teile den Zusammenhang setzte, an die Stelle der Virtuosität den Ausdruck.

Auf dem Fremdenverkehrsbüro in Nürnberg schaute man mich, als ich nach dem Geburtsort Glucks fragte, verlegen an. In der Buchhandlung ebenso. Ich kaufte eine Wanderkarte der ›Frankenalb‹, blätterte in einem Lexikon, scheinbar am Erwerb interessiert, in Wirklichkeit, um bei dem Stichwort ›Gluck‹ Näheres über seinen Geburtsort zu erfahren: Erasbach über Neumarkt (Oberpfalz), und unter Stichwort ›Neumarkt‹: an der Bahnstrecke Nürnberg-Regensburg gelegen. Den ›Großen Deutschen‹, die ebenfalls im Regal standen, entnahm ich, daß Glucks Vater Förster des Klosters Seligenporten gewesen war; nach den Angaben des Lexikons war er Förster eines Klosters namens Plankstetten gewesen. Die Wallfahrt schien zu einer Entdeckerfahrt zu werden.

Im Zug sitzend, entwarf ich in Gedanken meinen Reisebericht: »Ich habe vor deinem Geburtshaus gestanden, Christoph Willibald Gluck, um dir meine Reverenz zu erweisen. Hier also, an diesem weltabgeschiedenen Ort, in einem Forsthaus, von Wäldern umgeben, bist du geboren, neben den altehrwürdigen, verwitterten Mauern eines Klosters! Hier also, unter den dunklen Fichten, in der Wiege, lag ein Kaiserlicher Kapellmeister, der angesehenste Musiker seiner Zeit, dessen Büste schon zu Lebzeiten in der Großen Oper von Paris aufgestellt war. Ritter von Gluck! Und keine frühe Berührung mit Musik, der Vater nicht Hoftrompeter, die Mutter nicht Opernsängerin, keine Hausquartette, kein Musikzimmer; die Genialität in die Wiege gelegt wie der Körperwuchs, wie Kinn und Stirn . . . Ein weiter Weg von Erasbach in die Hauptstädte Europas, in die großen Opernhäuser! ›Orpheus und Eurydike‹, Hoftheater Wien; ›Iphigenie in Aulis‹, Große Oper Paris. Daten der Musikgeschichte. ›Iphigenie auf Tauris‹, wiederum Große Oper Paris: Höhepunkt des Triumphes, des Sieges über die italienische Oper, über Nummernoper und Belcanto. Begeisterung, Beifallsstürme. Bravo! Bravissimo! Da capo! Natürlichkeit statt Künstlichkeit! Gefühl statt Kunstfertigkeit! Musik nicht nur um ihrer selbst willen. Und du wirst, nach 200 Jahren, immer noch hochgepriesen, Förstersohn aus Erasbach. Deine Opern werden immer noch gespielt. Einige deiner Arien sind zu Volksliedern geworden . . .«

In Neumarkt stiegen zwei Ordensschwestern im schwarzen Habit zu und nahmen mir gegenüber Platz. Ihrem Dialekt nach zu urteilen, stammten sie aus der näheren Umgebung. Ich fragte sie nach den Klöstern Seligenporten und Plankstetten. Sie zeigten mir beide auf der Karte: das eine bei der gleichnamigen Ortschaft, etwa 15 Kilometer nordwestlich von Erasbach gelegen, das andere etwa 10 Kilometer südlich, eine Entfernung von 25 Kilometern zwischen beiden, ein Tagesmarsch! Meine Pilger- und Forscherfahrt drohte zu einer Fußreise zu werden.

In Pollanten, Bahnstation auch für das drei Kilometer entfernt liegende Erasbach, steige ich aus. Statt eines Bahnhofsgebäudes ein Wellblechdach zum Unterstellen. Ich gehe die Landstraße in Richtung Erasbach und überquere auf steinerner Brücke einen Bach. Es ist zwischen Ostern und Pfingsten, Sumpfdotterblumen und Himmelschlüssel blühen, der Kuckuck ruft. Ich sehe und höre alles mit den Augen und Ohren eines kleinen Försterbuben, der vor 250 Jahren hier aufwuchs. Wilde Kirsche und Schlehdorn blühen heute nicht anders als damals, die weißen Wolken am blauen Himmel sind die gleichen.

Am Waldrand setzt die Straße zu einer großen Schleife an. Ich stelle den Koffer ins Gebüsch und schlage den Weg quer durch den Wald ein, um die Biegung abzuschneiden. Ich gerate in Unterholz, auf sumpfigen Grund, ein Bach sperrt mir den Weg. Zwei Waldarbeiter beobachten mich mißtrauisch aus der Ferne: ein Herr im Cord-Anzug und in Wildlederschuhen, der durchs Dickicht streicht! Dornen reißen am Stoff, Wasser dringt in die Schuhe. Die Forscherfahrt wird zur Abenteuerfahrt, das Abschneiden der Straßenschleife, die Verkürzung, zur zeit- und kräftezehrenden Verlängerung. Schwierigkeiten, Anstrengung, Leistung und Verdienst: Ich hatte zumindest meine Wallfahrt.

In Erasbach: Trecker, Silos und Maschinen. Eine neue Siedlung am Ortsrand, Hollywoodschaukeln in den Gärten. Keine Weltabgeschiedenheit, kein von Wäldern umgebenes Forsthaus, keine verwitterten Klostermauern. ›IG Bau, Steine, Erden‹ lädt zu einer Bauarbeiterversammlung über die Tarifrunde 1978 am Donnerstag, dem 27. 4. 78, 19 Uhr 30, in die Gaststätte ›Sportheim‹ ein.

Ich frage einen Mann, der ein Fahrrad neben sich herschiebt, nach Glucks Geburtshaus.

»Gluck? Der ist hier nicht geboren.«

»Nicht hier geboren?«

»Nein.«

»Wo denn?«

»In Weidenwang.«

»Und wo liegt das?«

»Ein paar Kilometer weiter.«

Eine Frau, die das Gespräch vom Hof ihres Hauses aus gehört hat, kommt eilends auf uns zu und mischt sich ein.

»Selbstverständlich ist Gluck hier geboren!«

Sie deutet die Straße hinauf. »Am Ortsende, gleich neben der Straße.«

Dort fand ich dann auch das Haus, ein einfacher, niedriger Bau mit der Inschrift, daß darin am 2. Juli 1714 Christoph Willibald Gluck geboren worden ist; davor, auf einem kleinen Platz mit Grünanlage, ein Denkmal, 1964 zum 250. Geburtstag Glucks errichtet, eingehauen die ersten Takte des ›Reigens seliger Geister‹. Der jetzige Hauseigentümer arbeitet im Garten. Er berichtet mir, daß sein Bruder in Weidenwang in dem dortigen Geburtshaus von Gluck wohne; dort befinde sich ebenfalls eine Tafel am Haus, und in Weidenwang stehe ebenfalls ein Gluck-Denkmal.

In Weidenwang erfuhr ich dann, daß das dortige Denkmal, eine Bronzebüste auf hohem Sockel, schon 1870 errichtet worden war und daß im Juli 1914, kurz vor Ausbruch des Ersten Weltkrieges, anläßlich des 200. Geburtstages Glucks im Ort Feierlichkeiten stattgefunden hatten, mit einem Festzug zu seinem Geburtshaus, dem ehemaligen Forsthaus.

Ich war unvermittelt, schon auf der Straße, in den über hundert Jahre schwelenden Streit zweier Gemeinden geraten, der darum ging, welche von ihnen Glucks Geburtsort war.

»Hier, im Kirchenbuch von Weidenwang, steht schwarz auf weiß, daß er hier getauft worden ist!«

»Das heißt nicht, daß er hier auch geboren ist! Es sind viele Kinder aus anderen Ortschaften zur Taufe hierhergebracht worden.«

»Aber dann steht immer derAnfangsbuchstabe der Ortschaft hinter dem Namen. Bei Gluck steht da nichts!«

»Das hat man vergessen. Oder der Buchstabe ist von den Weidenwangern frühzeitig entfernt worden. Das Papier ist jedenfalls an der betreffenden Stelle auffallend abgenutzt.«

»Es ist doch nicht daran zu rütteln, daß der Vater von Gluck hier in Weidenwang Förster gewesen ist!«

»In Erasbach aber auch!«

Ich habe dann selber nachgeforscht. Der Forstdienst beider Ortschaften wurde damals von einem einzigen Mann versehen; in Erasbach war er zudem als Jäger tätig, der die Grenze zu begehen und für den Hof in München Wild zu schießen hatte. Ein Teil der Wälder befand sich in Klosterbesitz, bei Erasbach im Besitz des Klosters Plankstetten, bei Weidenwang im Besitz des Klosters Seligenporten. ›Es hat das Stift Seligenporten eine Waldung im Schultheißenamt Neumarkt nahe dem Dorf Weidenwang, darüber das Kloster allezeit einen besoldeten Förster gehalten, das seit langem den churfürstlichen Förstern zu Erasbach beigelegt.‹

Damit war beides geklärt: Wieso Glucks Vater in zwei Ortschaften gleichzeitig eine Försterstelle innehaben und wieso er Förster von zwei, dazu noch entfernt liegenden Klöstern gewesen sein konnte.

In der Taufmatrikel der Pfarrkirche von Weidenwang war unterm 4. Juli 1714 vermerkt, daß dort ›der Sohn des Jägers Alexander Gluck und seiner Ehefrau Walpurga, Christoph Willibald‹ getauft worden sei. Deshalb hatten die Weidenwanger bestimmt, daß er auch in ihrem Ort geboren sein mußte, im ehemaligen Forsthaus, hatten dort eine weiße Marmortafel angebracht und das Haus auch schon in Gedichten besungen. Aber das Weidenwanger Forsthaus ist nachweislich erst zehn Jahre später erbaut worden, und eine Dienstwohnung hatte es vorher am Ort nicht gegeben. Ob der Förster nicht auch irgendwo zur Miete gewohnt haben könnte? Mehrere Dokumente, darunter eine Bauholzzuweisung, besagen, daß Alexander Gluck – die Einnahmen aus zwei Försterstellen hatten ihn hierzu in die Lage versetzt – sich im Sommer 1713 in Erasbach ein Privathaus gebaut hat, eben jenes, vor dem ich zuerst gestanden hatte. Das Kirchenbuch weist ihn auch als ›Jäger‹ aus, und eine Jägerstelle hatte es ja nur in Erasbach gegeben.

Es spricht nicht gegen zwei Gemeinden, wenn sie sich um die Ehre streiten, der Geburtsort eines Komponisten zu sein. Fremdenverkehrswerbung kann dabei nicht im Spiel sein; beide Gemeinden sind keine Ferienorte. Es haben auch schon andere Ortschaften den Anspruch erhoben, Gluck sei in ihren Mauern geboren – nicht hochgeboren also, aber vielgeboren –: Neustadt in Böhmen, wohin der Vater als Oberförster bald übersiedelte, vor allem aber, mit einiger Berechtigung, das Städtchen Neumarkt. Dieses hält sich an Glucks Trauschein, der in Wien noch aufbewahrt wird. Darin ist Neumarkt als Geburtsort eingetragen. Gluck muß ihn bei der Eheschließung selber angegeben haben, der Einfachheit oder der Reputation halber. Jedenfalls hat er anstelle eines kleinen Dorfes die nächstgelegene Stadt zu Protokoll gegeben. Man war denn auch in Neumarkt schnell bei der Hand, ein Geburtshaus herauszufinden, den Gasthof ›Zum Hirschen‹ natürlich, die Herberge, in der die Jäger abstiegen. Oder enthält der Trauschein den wahren Geburtsort? Der 2. Juli 1714 war ein Montag, und montags wurde in der Stadt Markt gehalten. Warum sollte Glucks Mutter nicht zum Einkaufen hingefahren sein? Aber konnte sich bei den schlechten Wegeverhältnissen jener Zeit eine hochschwangere Frau mit der Kutsche oder dem Fuhrwerk auf eine Fahrt von insgesamt 40 Kilometern begeben haben? Vor allem aber: Nach den damals geltenden Kirchengesetzen mußte ein Kind an dem Ort getauft werden, wo es geboren worden war. Und Gluck ist nachweislich in Weidenwang getauft worden.

Im ›Hirschen‹ von Neumarkt erinnert heute auch an den Rang des Hauses nichts weiter als der Satz des Wirtes: »Jo, davon hob i mol wos ghört.« Auch von den Weidenwangern sind die meisten dem Druck der Beweise gewichen; man hat ja schließlich noch andere Sorgen. Das Gluck-Denkmal freilich hat man stehenlassen.

Inzwischen ist weder Weidenwang noch Erasbach Glucks Geburtsort, sondern – ab 1. Mai 1978 – das Städtchen Berching; bei der Gebietsreform wurden die beiden Ortschaften eingemeindet. Womit endgültig Klarheit geschaffen wurde.

(O.H.K., 1978)

Wettlauf mit der Erde

Pummerer, im Bett, denkt, daß sein Planet
Sich mit 100 000 km um die Sonne dreht
(Außerdem mit 1600 km, unveränderlich,
Um die eigene Achse, also um sich!),
Und lächelt über die Menschen draußen,
Die mit 100 km über die Straßen brausen
Oder, was sie auch noch beträchtlich finden,
Mit 30 km über die Aschenbahn sprinten.
Ihm selbst jedenfalls genügte jederzeit
Jene fabelhafte Erdumlaufgeschwindigkeit.
So denkend, legt Pummerer sich heiter
Auf die andere Seite und schläft weiter.

(O.H.K.)

Hinterm Berg gehalten
(Alpenüberquerung auf dem Fernwanderweg 5)

Seit fünf Jahren überquere ich regelmäßig, gewöhnlich in der zweiten Hälfte des September (das Wetter ist um diese Zeit am günstigsten), auf dem ›E 5‹, dem ›Europäischen Fernwanderweg 5, Bodensee – Adria‹, italienisch: ›Sentiero Europeo Lago di Costanza – Mare Adriatico‹, die Alpen, von Bregenz über die Allgäuer und die Ötztaler Alpen bis Bozen, in genau elf Tagen, wie es die Wanderbücher vorsehen.

Ich hatte mir natürlich schon früh die gesamte Literatur über diese Strecke besorgt, Wegebeschreibungen, die Alpenvereinskarten, Maßstab 1 : 25 000, auch Nachschlagebücher über die Pflanzen und Tiere der Alpen, hatte mich auch vorschriftsmäßig ausgestattet, mit sommerlich leichter, aber auch fester, warmer Kleidung für kühle Tage oder plötzliche Kälteeinbrüche, mit Anorak, Wollsachen, Regenpelerine, festen, gut eingelaufenen Bergschuhen, Verbandszeug und Medikamenten, der Rucksack höchstens 15 Kilogramm.

Von Bregenz aus wandere ich zunächst auf dem Grat der Nagelfluhkette (mit der großartigen Aussicht bis zum Ulmer Münster) hinab ins Illertal, dann über die Seescharte (mit dem noch großartigeren Blick tief in die Alpenwelt) hinab ins Inntal nach Zams, dann über die Braunschweiger Hütte zum Krahberg, einem der eindrucksvollsten Punkte der Strecke am Rande der Ötztaler Gletscherwelt, von da zum höchsten Punkt des Weges, dem fast 3000 Meter hohen Pitztaler Jöchl; am Timmelsjoch, dem österreichisch-italienischen Grenzübergang, geht es dann in die Provinz Bozen, nach St. Leonhard im Passeiertal, der Heimat Andreas Hofers, dann zum Hirzer, dem letzten hohen Punkt des Weges, und schließlich bis Bozen. Ich übernachte in Alpenvereinshütten, Berggasthäusern oder in den Gasthöfen der Täler, genieße die Rundblicke, von der Seescharte nach Süden zum Venetberg, vom Pitztaler Jöchl nach Südwesten zur Wildspitze und nach Nordwesten zur Watzespitze, vom Hirzer auf den wuchtigen Langkofel und die wild gezahnte Brenta; ich studiere die Pflanzen, Enzian, Wohlverleih oder Edelweiß, und beobachte die Tiere, Gemsen, Bergdohlen, Steinadler, Auer- und Birkhühner . . .

Ich tue das alles nur in Gedanken, zu Hause im Sessel sitzend oder, wie jetzt, am Schreibtisch, versehen mit den entsprechenden Karten und Büchern, die ich mir, dies wirklich und wahrhaftig, angeschafft habe – woher sonst meine detaillierten Kenntnisse! Ich tue es in meinen Wunschvorstellungen, aus einer frühen, tief in mir wurzelnden Liebe zum Steigen, dem Kindertraum von der Jakobsleiter, einer Liebe auch zum Hohen und Großartigen, zum Hochgebirge. Diese Sehnsucht wurde nie recht erfüllt – und dadurch noch gesteigert –, weil zeitlebens alle Versuche, eine längere Bergwanderung zu unternehmen, fehlschlugen.

Schon der erste Versuch, drei Jahre nach dem Zweiten Weltkrieg. Es war im Mai; mit Rita von S., der aus dem Baltikum Verschlagenen, stieg ich, noch geschwächt und untergewichtig nach sieben Jahren Krieg und Gefangenschaft, von Berchtesgaden über die Krautkaser Alm zum Torrener Joch auf, wo wir im ›Stahlhaus‹, zwischen Hohem Brett und Schneibstein, übernachten wollten. Wir standen vor verschlossenen Türen – im Tal hatte uns niemand Auskunft darüber geben können, ob das Haus schon geöffnet war oder nicht. Auch das ›Schneibsteinhaus‹, eine Wegstunde entfernt, war, wie wir feststellten, geschlossen. Dann brach auch noch, ehe wir einen Unterschlupf fanden, ein Gewitter über uns herein mit nachfolgendem Kälteeinfall und Schneesturm. In dem Getöse bergab irrend, ohne Sicht, durchnäßt und frierend, stießen wir unversehens auf eine Almhütte, erbrachen in unserer Not einen Fensterladen, stiegen ein, holten Heu vom Boden und packten es meterhoch auf das blanke eiserne Bettgestell des Sennhirten, krochen, zitternd vor Kälte, hinein, um die Nacht und den Schneesturm zu überstehen, und drückten uns aneinander. ›Ach, nur noch einmal wie zwei Rehe / Im kalten Winterwald das wehe, / Verlaß'ne Leben aneinanderschmiegen, / Nur einmal so beisammenliegen / Und nur zu wissen, es gibt kein / Verlassen- und kein Einsamsein, / Es gibt, was immer auch geschehe, / Nur deines Leibes warme Nähe . . .‹ Einfache Verszeilen, die ich einige Monate zuvor im russischen Kriegsgefangenenlager Brest-Litowsk mir zum Trost erdacht hatte. An ihren warmen Leib kriechen, Unterschlupf suchen unter ihren Achseln im eisigen Wind – der Tod wäre gar nicht so kalt . . .

Hätte ich beim zweiten Versuch, einige Jahre später, zum Aufbruch nicht ein Wochenende gewählt, auch noch eines im September, dazu ein sonnenüberstrahltes, ich hätte den bekannten ›Heilbronner Weg‹ sicherlich geschafft. Ich hatte zudem die zwölf Kilometer von Ortsmitte Oberstdorf bis Einödsbach zu Fuß zurückgelegt, während die anderen, ›bewanderter‹ als ich, sich von einem Auto oder einem der Pferdestellwagen bis dorthin hatten mitnehmen lassen. So war ich einer der letzten, der am Spätnachmittag, überholt von Scharen frischer, ausgeruhter Leute, die Rappenseehütte erreichte, das Haus überquellend von Wanderern und vervielfachter Berglust, und ich trat auch noch meine vorbestellte reservierte Schlafpritsche an eine weibliche Person, eine erschöpfte Zahnärztin, ab und fand auf diese Weise nicht einmal mehr ein Notlager auf dem Dachboden, sondern nur noch eines auf einer Treppenstufe in dem noch nicht fertigen Anbau, wurde während der Nacht immer wieder von notvoll zum Ausgang tastenden Hüttenschuhen . . . nein, nicht geweckt, ich konnte kein Auge zutun, nur getreten, und dann wurde ich, der Wachliegende, beim ersten Morgengrauen ›geweckt‹ zum Alpenglühen. Zu diesem Schauspiel ebenfalls volkreicher Andrang, auch in der Zuwendung zu meiner

Person, mit der hilfreichen Aufforderung, mich zum Weitermarsch in die Kolonne der Bergkameraden einzureihen. Aber auch verbunden, wurde der Schwache nicht mächtig; die Kraft des Übernächtigten reichte gerade noch zum Abstieg, das, freilich, großartige Bild der glühenden Berggipfel noch auf der Netzhaut.

Der dritte Versuch, mit dem Freund und Bruder in Apoll, Johannes Rüber, das Karwendelgebirge zu durchqueren, scheiterte an privaten Sorgen, obwohl ich diese an den größeren Bergmassiven hatte messen wollen. Wir waren vom ›Voglherd‹ aus über die Tutzinger Hütte und die Benediktenwand gewandert, waren schon durch die Jachenau, über Hinterriß und das Johannestal zur Falkenhütte aufgestiegen, als ich feststellte, daß jene Sorgen mit mir angekommen waren. Wir stiegen am nächsten Tag wieder ab, im langen Tagesmarsch bis Scharnitz, fuhren mit der Bahn bis Mittenwald, und ich fuhr von dort nach Hause zu den Sorgen. Immerhin hatte das lange Karwendeltal, wie schon tags zuvor das Johannestal, Gelegenheit zu langen Gesprächen mit Johannes geboten, etwa darüber, ob schon Beschreibung Kunst sei oder ob nicht erst das Arrangement sie ausmache.

Das also war meine ›Bergnot‹ gewesen. Und dann war es später ein körperlicher Schaden, der mir die Überquerung der Alpen auf dem ›Europäischen Fernwanderweg 5‹ mit seinen ständigen Auf- und Abstiegen nicht gestattete. So wandere ich also vorerst nur in Gedanken über den Grat der Nagelfluhkette (mit dem großartigen Blick zum Ulmer Münster), durch das wilde Zammer Loch hinab zum Inn, nach Zams, über die einsam gelegene Pfandler Alm hinter St. Leonhard und, im Frühsommer, durch die Alpenrosenfelder auf dem Weg zum Hirzer; höre all die verheißungsvollen Namen und schließe dabei die Augen: St. Jakob auf Lafenn, Passeiertal, Gurgler Ache, sehe an den Südhängen der Nagelfluhkette die wetterzerzausten Fichten und uralten Bergahorne oder, bei St. Jakob, das uralte romanische Kirchlein, sehe die Frühnebel steigen, die Wildwasser zu Tal schießen, sehe Krummholzkiefern, Schroffen, Bergmatten und Schutzhütten, spüre hinter dem Timmelsjoch beim Abstieg das mildere Klima Südtirols und wechsle die Kleidung, mache sogar, was längst ausstand, einen Abstecher zum Pordoi-Joch, wo sich an der Gefallenengedenkstätte ein Spruch von mir befand. ›Fernab der Zeit / Suchen wir über der Berge Firn, / Nahe bei Stein und Gestirn / Euere Ewigkeit.‹ Als ich, es ist zwanzig Jahre her, hörte, daß dieser Spruch, in Bronze gegossen, dort angebracht werden sollte, beschloß ich, mein Leben zu ändern, wie wenn ein Choral von mir ins Kirchengesangbuch aufgenommen worden wäre ...

Nächstes Jahr werde ich den ›Europäischen Fernwanderweg 5‹ bestimmt gehen, zusammen mit meinem Bruder – er ist ein erfahrener Bergwanderer, zudem Arzt. Ich bin bald überm Berg, es geht jedenfalls immer weiter bergauf. Gewiß, ich muß dann an der Pfandler Alm schon sehr früh aufstehen, beim ersten Morgengrauen, damit wir die vier bis fünf Stunden Aufstieg zum Hirzer geschafft haben, bevor die Mittagshitze einsetzt, und ich stehe nicht gerne früh auf, zumal ich in Höhen über 1000 Metern schlecht schlafe. Ob ich es vielleicht doch lieber bei den Wegebeschreibungen, den Wanderkarten und den Büchern über die Tiere und Pflanzen der Alpen belasse und einfach auf mein Erfahrungsarchiv zurückgreife? Hinterher wird sich die wirkliche Wanderung von der gedachten ohnedies nicht unterscheiden. Beides wird Erinnerung sein. Ich habe dann sogar immer schönes Wetter gehabt, immer gute Sicht, und ich habe Dinge gesehen, die man in Wirklichkeit kaum noch sieht, den seltenen Steinadler beispielsweise oder das Edelweiß.

Ob ich vielleicht doch nicht ...? Aber damit halte ich hinterm Berg. Hinter welchem?

(O.H.K., 1978)

Die Zeit danach
(Insel Patmos)

Patmos, ein Ort der Verbannung, aber auch ein Ort der Verheißung, seit in jenem ersten nachchristlichen Jahrhundert Johannes, ›der Jünger, den Jesus liebhatte‹, von hier aus Grüße an seine Gemeinden in Kleinasien schrieb. Tröstungen. Offenbarungen.

An klaren Tagen, und alle Tage waren klar, sah man im Osten die Küsten des Lichts; die Inseln des Dodekanes, im Zwischenreich von Abendland und Morgenland; dahinter, auf dem Festland, Milet, keine hundert Kilometer Luftlinie bis Ephesus, Samos in Sichtweite; aber keine Schiffsverbindung zwischen Kleinasien und Patmos. Eine arme, weitgehend unfruchtbare Insel, auf der ich Hunger gelitten habe. Man hat mir mittags und abends einen kleinen Fisch gebraten und ein Stück Brot hingestellt; an Wasser und Wein hat es mir nicht gefehlt.

Ich kann meine eigenen Erinnerungen nicht mehr von den Aufzeichnungen meiner Romanfigur Johanna Grönland trennen. Sie hat auf Patmos das Jahr nach ihrer Scheidung zu Ende gebracht: die Zeit danach. Der Titel stammt nicht aus den ›Offenbarungen‹, er steht in den Büchern des Predigers Salomo. Die Zeit und die Zeit danach. Johanna Grönland hat auf Patmos Bilanz gezogen, unbeeinflußt von den beiden Männern, die sie geliebt hatte. Sehr fremd war mir die Situation meiner Heldin nicht, auch ich reiste zum ersten Mal allein, auch ich mußte wieder mit mir ins reine kommen.

Patmos besitzt keinen Hafen. Zwischen zwei und drei Uhr nachts wurde ich ausgebootet, außer mir noch zwei Einheimische und drei Ziegen. Ich war die einzige Touristin auf

Patmos, ich hatte mich unerreichbar gemacht, ich konnte niemanden mehr erreichen, ich konnte mich mit niemandem verständigen; Patmos stand in den fünfziger Jahren noch nicht auf den Programmen der Reisegesellschaften. Wenn ich meine Spaziergänge machte, grüßte man mich mit dem feierlichen ›chairete‹. Ich dankte mit einem Lächeln.

Ich hatte Mühe, an die Standhaftigkeit der herumliegenden Felsbrocken zu glauben; Krähen hockten darauf, Hunderte sind es in meiner Erinnerung; sobald ich mich rührte, wendeten sie die Köpfe zu mir her, wie in den ›Vögeln‹ der Daphne du Maurier. Ich fürchtete mich.

Ich fürchtete mich auch vor den Kindern, die in ganzen Schwärmen plötzlich auftauchten und mich einkreisten. »Lephta!« riefen sie und wichen nicht, auch wenn ich ihnen Geld hingeworfen hatte. »Lephta! Lephta!« Ich mußte sie wegscheuchen wie Hühner, mit »Ksch! Ksch!«. Und sie ahmten mich nach, mit zwanzigfachen »Ksch! Ksch!«, als wollten sie mich von der Insel verscheuchen.

Die Frauen faßten mich am Arm und zogen mich mit in ihre Häuser. Sie waren allein, die Männer standen am Hafen und warteten auf eine Beschäftigung oder auf Nachrichten; Deutschland war noch kein Gastarbeiterland für die Männer der griechischen Inseln. Die Frauen hatten Mitleid mit mir; wie schlecht mußte es jemandem zu Hause gehen, daß er auf ihre arme Insel kam; eine Frau, dazu allein, in der Fremde, dreifach bemitleidenswert. Sie boten mir kandierte Trauben und kühles Brunnenwasser an, und ich bewunderte die Spitzendecken, die sie geknüpft hatten. Ich gab fast mein gesamtes Geld für Spitzendecken aus. Wir hatten uns viel zu sagen und konnten nicht miteinander reden. In dem Kafeneion am Hafen, dem einzigen, das es dort gab – in dessen einzigem Gästezimmer ich mich einquartiert hatte –, bestellte ich mir streng nach der Lautschrift Tee. Der Wirt brachte mir ein Stück braunen Ziegenkäse. Beunruhigende Sprachlosigkeit. Zu meinem Zimmer gehörte eine Dusche, die ich mehrmals am Tag mit Behagen benutzte, bis ich feststellte, daß eine alte gebeugte Frau das Wasser in einer Amphora auf der Schulter vom Brunnen in das Hotel trug und dort in einen Blechkanister füllte. Ich duschte weiterhin, um der Frau ihren kleinen Verdienst zu lassen. Tragische Daseinserfahrung.

Gegen Abend schwamm ich auf die untergehende Sonne zu, und es war niemand da, der mich zurückrief. Dann wollte ich herausfinden, wie es ist, wenn man die eigenen Kräfte nicht richtig einschätzt und sich prüfen muß, ob die Rückkehr dorthin, wo man nicht glücklich ist, sich lohnt. Der Untergang der Johanna Grönland, mein Untergang; noch einmal ist mir eine Heldin beinahe ertrunken. Meine Roman-Frauen haben Ähnlichkeit miteinander. Vor Haifischen hat sich keine von ihnen gefürchtet. Den Abendwind, der vom Land her weht und das Wasser aus der Bucht ins Meer hinaustreibt, kannte ich damals noch nicht, ich machte meine ersten Inselerfahrungen. Meinen Überlebenswillen habe ich, schwimmend, auf Patmos überprüft.

Wenige Jahre bevor ich jene Herbstwochen auf Patmos verbrachte, hatte ein Erdbeben viele Häuser und Kapellen zerstört, sie waren inzwischen im selben Stil wieder aufgebaut und weiß getüncht worden wie die anderen, alles weiß getüncht und getarnt und gleißend in der unbarmherzigen Sonne, die Gassen, die Häuserwürfel, die Gartenmauern und die Glockenstühle. Beim Gottesdienst stand ich zwischen den anderen Frauen im Seitenschiff, den Kirchenraum durfte keine Frau betreten.

Ab Mitte Oktober berührten die Linienschiffe, die zwischen Piräus und Rhodos verkehrten, die Insel Patmos nicht mehr, aber sie legten an den Sonntagen auf Leros an. Mit einem gemieteten Segelschiff ließ ich mich nach Leros bringen. Der Hafen war überfüllt von Ausflüglern, keine Touristen, sondern Bewohner der Nachbarinseln, die die Strafgefangenen und die Soldaten besuchten. Viele Umzäunungen, viele Ummauerungen. Wachtposten vor den Kasernen und vor dem Gefängnis, vor beiden lachten und weinten Frauen. Auch auf Leros viele zerstörte Häuser.

In einem Kafeneion am Hafen bestellte ich mir einen Kaffee und wartete auf das Schiff. Wenige Schritte von mir entfernt ließen Kinder an Perlonfäden Zikaden kreisen, so wie man hierzulande Modellflugzeuge kreisen läßt. Schreiend rasten die gereizten Insekten um die Köpfe der Kinder, die ihrerseits, Entzücken in den sanften braunen Augen, um meinen Tisch rannten, so daß ich mich jedesmal ducken mußte. Ein Grieche rückte sich einen Stuhl an meinen Tisch; er hatte mich als Deutsche erkannt. Er beschrieb mit seiner Hand die rasenden Umkreisungen der Zikaden, ahmte dabei ihre Schreie nach und ließ dann seine geballte Faust dicht an meinem Kopf vorbei auf den Blechtisch niedersausen. Er imitierte eine Detonation, und ich sah in seinen Augen die gleiche Begeisterung wie in den Augen der Kinder. »Stuka!« sagte er laut und demonstrierte eine weitere Detonation neben meiner Kaffeetasse. Er zeigte auf die zerstörten Häuser, und ich begriff, daß nicht ein Erdbeben, sondern deutsche Stukaverbände die Häuser auf Leros zerstört hatten. ›Stuka‹ war das einzige deutsche Wort, das dieser Mann kannte, er wiederholte es begeistert und bewundernd. Seine Bewunderung galt der Technik, aber auch mir, einer Frau, die aus einem Land kam, in dem man Stukas baute. Er lud mich zu einem Uzo ein.

Hellerleuchtet näherte sich das Linienschiff, mit dem ich zurückkehrte. Johanna Grönland hatte Abstand gewonnen, sie wußte, wie es mit ihr weitergehen sollte. Ich schrieb bald darauf den Roman zu Ende.

(c.b., 1978)

Die Küche der Margherita

(Kulinarische Erinnerungen an Sant'Angelo d'Ischia)

Man erreicht Margheritas Küche über eine Marmortreppe; auf jeder Stufe steht ein Blumentopf, Nelken, Geranien, Bougainvillea, im frühen Sommer auch weiße Lilien. Die Küche ist nicht größer als vier Quadratmeter; ein zweiflammiger Propangasherd, ein gekachelter Spülstein, ein Tisch mit zwei Schubladen, in der rechten liegt das Brot, in der linken liegen Spaghetti und ein Stück Käse zum Reiben. Kein Stuhl. Ein Wandregal mit zwei Töpfen und einer Pfanne, ein Sieb und ein Reibeisen.

Gegessen wird in einem halbdunklen Raum mit gewölbter Decke, wo es auch im Hochsommer kühl bleibt. Auf dem Schrank steht ein Strauß Zitronenmelisse, umschwirrt von Fliegen und Mücken; sobald die Zweige ausgetrocknet sind, verbrennt Margherita im Höfchen den Fliegenfänger samt den daran klebenden Insekten.

Die Vorräte werden in den dunklen Gewölben der ›Cantina‹ aufbewahrt, wo vor wenigen Jahren noch die Trauben mit nackten Füßen gestampft wurden, wo noch die Kelter steht; hier liegen die großen Weinfässer, hier liegt auch das kleine Faß, aus dem Margherita täglich das Metallkännchen mit Olivenöl nachfüllt; hier hängen Honigmelonen und die halbmeterlangen Trauben der süßen roten Pomodori, die im Herbst so reif sind, daß man sie ungekocht durchs Sieb streichen kann; hier hängen auch Rosmarin, Zwiebeln und Knoblauch; hier befindet sich die Zisterne mit dem Trinkwasser. Was auf den Tisch gestellt wird – Wasser, Wein, Obst –, ist kellerkühl, einen Kühlschrank gibt es nicht.

Wenn man von der Gasse her durch das blaue Tor kommt,

betritt man zuerst den Hof. Dort stehen Oleander in Kübeln, auch eine Palme; im zweiten Höfchen, das auf allen vier Seiten von Hauswänden und Treppen umgeben ist, reihen sich an einer Wand die Schließfächer aneinander, in denen Kaninchen ihrem frühen Tod entgegengefüttert werden; alt und zäh wird keines, Margherita schlachtet in jeder Woche eines. Sie dünstet es in Öl und Wein, würzt es mit wildem Majoran oder Salbei, manchmal auch mit Minze, wohlschmeckend und bekömmlich.

In diesem Höfchen herrschten zu meiner Zeit drei Hähne über zehn Hühner, was nicht ohne Kämpfe abging. Hähne von unterschiedlicher Größe und Pracht, jung waren alle drei nicht mehr. Sie trugen Namen: Oreste, Filippo und Carlo. Eines Tages hatte der Hausherr, Margheritas unverheiratete Bruder, den Tod des einen beschlossen. Margherita kämpfte zeternd um sein Leben. »Il gallo!« rief sie. »Il gallo!« Aber Raffaele schritt bereits zur Tat. Einen Hahn zu töten ist Sache des Mannes, ein Blutopfer. Er griff zum Beil, schritt die Treppe hinunter in den Hühnerhof: Geschrei und Geflatter, das rasch verstummte. Wenig später führte eine Blutspur über die Marmortreppe in die Küche. Oreste war tot!

Als ich ihn wiedersah, befand er sich nackt in dem größten der verbeulten Aluminiumtöpfe. Das Wasser reichte ihm bis zum Hals, aber noch stand er auf eigenen Beinen in der brodelnden Brühe, die über den Topfrand quoll, über den Herd lief, auf die Fliesen tropfte. Um den Hals hatte sich ihm ein Sellerieblatt gelegt; den Federschmuck der weißgrauen Halskrause hatte man ihm belassen. Er trug den Kopf noch immer hoch; noch einmal schwoll ihm der Kamm, wurde aber zusehends blasser, die Augen quollen hervor. Er mußte lange kochen, zum Braten war er zu alt. Nach einigen Stunden, die ich am Maronti-Strand verbracht hatte, lag er zerkleinert, aber nicht bis zur Unkenntlichkeit, in einer Schüssel. Hahnenkopf und Hahnenfüße wurden vom Hausherrn genüßlich ausgesaugt. An einem guten Hahn kann man alles essen, selbst das Gedärm; ausgestrichen, gewaschen und auf ein

Hölzchen gewickelt, tauchte es aus der wohlschmeckenden Brühe wieder auf.

Oreste als Suppe, Oreste als Ragout, Oreste als Geflügelsalat. Er reichte für mehrere Mahlzeiten, an denen wie immer Margheritas Katze teilnahm. Einen Rufnamen besaß sie nicht, hatte ihn auch nicht nötig; ungerufen stellte sie sich zu allen Mahlzeiten ein, wurde ›gatto‹ genannt, ›Katze‹. Sie saß auf der Nähmaschine nahe beim Tisch, holte sich anmutig mit der rechten Vorderpfote die Knochen, stützte sich auf die linke, knackte die Knochen mit den Zähnen, leckte Pfoten und Wachstuch; ihr Platz war der sauberste am Tisch.

Unsere wortkargen Tischgespräche bestanden ausschließlich aus Lob. Es galt aber nicht der Köchin, sondern dem Hahn und dem Hausherrn. Margherita saß auf der Stuhlkante und streichelte die Katze; vermutlich hat ihre Hand nie etwas anderes als ein Katzenfell gestreichelt. Eine Handbewegung des Bruders genügte, und sie eilte in die Cantina, um den Weinkrug ein zweites Mal zu füllen oder von den kleinen Muscattrauben zu holen, die sie am frühen Morgen im höher gelegenen Gärtchen gepflückt hatte.

Margherita ist eine gute Köchin, eine Ganztagsköchin, genauer: eine Überköchin. Alles kocht über, der Kaffee, dessen Duft mich aus meinem Zimmer lockt, aber auch jede Suppe, obwohl Margherita den Herd nicht verläßt, vor allem die Tomatensauce; nach jeder Mahlzeit wäscht sie mit sonnenwarmem Wasser Herd und Kacheln und Fliesen ab, das restliche Wasser gießt sie auf ihre Blumentöpfe, über denen sie in der Frühe auch ihren Nachttopf entleert. Sie kocht und sie fegt; zweimal am Tag huscht sie durch die Gassen und holt frisches Weißbrot, Zucker, Salz, Kaffee, alles einzeln. Das Fleisch besorgt der Hausherr persönlich, wirft es ihr auf den Tisch: Sieh zu! Manchmal erhebt sie Einwände, hält das Rouladenfleisch gegen die Sonne, nicht einmal durchscheinend ist es!, und füllt es dann geduldig mit allerlei Gemüse und Kräutern, wickelt es auf; wie kleine Vögel liegen die Rouladen in der Pfanne. Sonntags tauscht sie die Schürze gegen ein schwarzes Spitzentuch, den Besen gegen das Meßbuch. Ora et labora! Eine Nonne ohne Gelübde. Für ihre Besitzlosigkeit war gesorgt, ihre Keuschheit vermutlich nie bedroht, an Gehorsam fehlt es noch, sie murrt manchmal, aber nur leise. Einmal habe ich sie zum Lachen gebracht, als ich ihr den Prospekt einer modernen Einbauküche zeigte.

Ich habe nie eine Konservendose, nie ein Paket Tiefgefrorenes in Margheritas Küche gesehen. Sie ging sparsam, ja ehrfürchtig mit Wasser um, traute der Wasserleitung nicht, die damals bereits Sant'Angelo mit Wasser versorgte. Sie benutzte weiterhin zum Kochen und Trinken das Wasser aus der Zisterne, die von den Regenfällen des Winters gefüllt wurde, goß es, nachdem die Spaghetti darin gekocht waren, abgekühlt über die Nelkentöpfe, ging um so großzügiger mit Öl und Wein um.

Aus den Resten der vorigen Mahlzeit stellte sie die nächste her: eine Gemüsesuppe, die den Namen ›Gartensuppe‹ verdient hätte, einen Salat; das eine Mal mehr Nudeln, das andere Mal mehr gedünsteter Paprika oder Muscheln.

Manchmal habe ich Frauen- und Küchengespräche mit Margherita geführt. Wenn ich sie fragte, was sie am Abend auf den Tisch bringen würde, hob sie die rechte, ohnehin schon hochgezogene magere Schulter. Was sollte es geben? Sempre lo stesso: eine Suppe, einen Salat, ein Kaninchen. Ein kleines Programm mit vielen Variationen. Ein Kochbuch besaß sie nicht. Sie wäre gern Lehrerin geworden, aber nach ihren Wünschen hatte man sie nie gefragt; sie war die Schwester des Lehrers geblieben, la sorella, ein Leben lang.

Wenn der Mond nicht zu hell schien, die Nacht aber auch nicht zu dunkel war, wenn das Meer ruhig, aber doch wieder nicht zu ruhig war, ging ich abends mit dem Hausherrn zur Piazza, wo an der Wasserseite zwischen anderen Fischerbooten auch sein Boot lag; er trug Ruder und Lampe, ich trug die Eimer. Ich habe gelernt, den Anker zu setzen und ein Ruderboot mit leisem Ruderschlag vorwärts zu bewegen oder am Platz zu halten, wenn der Angelhaken mit dem Köder ausgeworfen war und man den Tintenfisch, der sich dem Köder näherte, bereits sehen konnte. Als ich das erste Mal beim nächtlichen Fischfang mitfahren durfte, sprang ein kräftiger Fisch, angelockt durch das Lampenlicht, meterhoch. Und ich tat vor Schreck das Richtige, faßte nach ihm, fing ihn und schleuderte ihn ins Boot. Ich galt seitdem als tauglich. Oft haben wir viele Stunden die Felsküste abgefahren, sind in der Nähe anderer Laternenfischer geblieben oder haben nach neuen Gründen gesucht. Schweigend unterm Sternenhimmel, manchmal auch leise summend, was weder die Fische noch den Fischer zu stören schien . . . Die Tintenfische haben das Seeigelfleisch vor unseren Augen von dem vielzackigen Angelhaken gefressen; aber in anderen Nächten hatte ich sieben und acht Tintenfische im Eimer, wenn wir heimkehrten. Margherita erkannte an unseren Schritten, ob wir mit gefülltem oder mit leerem Eimer kamen. Sie trat aus dem Eßraum hervor, angelte die Tintenfische aus dem Eimer, warf sie in eine Schüssel mit Wasser. Eine halbe Stunde später saßen wir am Tisch, aßen die scharfgewürzten und scharfgebratenen Polypenarme, drückten Zitronenhälften darüber aus, tranken Wein, aßen Brot und schwiegen weiter. Die weißen speckigen Leiber der Tiere füllte Margherita am nächsten Mittag mit gehacktem Fleisch, nähte sie zu. Puppenbälger, die sie in Öl briet, in Wein dünstete, eine Handvoll blauer Oliven dazu: sempre lo stesso.

Was wir auf den Tellern ließen, Gräten und Knochen und Salatreste, warf oder schüttete sie über die Brüstung, hinunter ins Höfchen, wo sich die Hühner, die verbliebenen Hähne Filippo und Carlo sowie die Katzen der Nachbarschaft darüber hermachten. Der gestampfte Lehmboden war immer sauber, ohne je gefegt zu werden; es herrschte ökologisches Gleichgewicht zwischen Mensch und Tier, zwischen Küche und Kompost. Nichts wurde verkauft, wenig wurde gekauft, nichts verdarb und nichts wurde verschwendet.

(c.b., 1978)

Der Berg Sgurr nan Ceathreamhnan und die Madonna im Savoyschen Damenstift in der Johannesgasse

(Schottland – Wien)

Wenn ich in London geblieben wäre, hätte ich die betreffende Geldsumme sicher auf einmal ausgeben können und hätte zum Verbrauch der anderen Hälfte nicht auch noch den Besuch von Wien benötigt. Aber angesichts der unübersehbaren Weltstadt und der vielen Spalten im Polyglott sagte ich mir: Entweder alles oder gar nichts, besichtigte nur das Übliche, Tower, Westminster Abbey, Wachablösung am Buckingham Palace, und setzte mich in einen Zug, der nach Schottland fuhr. Ich suchte Stille, Menschenleere, vor allem Berge, in denen ich wandern konnte, das schottische Hochland und die größten, wildesten Berge Großbritanniens, die Cuillin Hills auf der Insel Skye.

Aber wie sollte man im schottischen Hochland, dazu noch als Fußwanderer, in zwei Wochen tausend Mark ausgeben, im Jahre 1961, als diese Summe noch viel Geld war? In Edinburgh brauchte ich auch erst gar nicht nach einem möglichst teuren Hotel zu suchen; ich bekam nicht einmal ein billiges, es war Ende August, und die Festspiele waren im Gange; außerdem hatte ich meinen Anzug in London zurückgelassen und trug Wanderkleidung. Und auch in Edinburgh keine Stille und Menschenleere. Tausende von Festspielbesuchern, Sektenprediger und Musikanten; auf der Burg, beim ›Tattoo‹, dem großen Zapfenstreich, Böllerschüsse, Feuerwerk und vereinigte Dudelsackkapellen. So schlenderte ich nur, und das kostete nichts, über die Pracht- und Renommierstraße, die Princes Street, und betrachtete all das Neugotische und Viktorianische. Mein Privatquartier lag in einem Vorort, war entsprechend billig, auf der Kommode neben meiner Couch stand das Foto eines englischen Soldaten, der offenbar im Zweiten Weltkrieg gefallen war. Das verstörte mich. Also trug mich die mächtige Eisenbahnhochbrücke schon am nächsten Tag über den Firth of Forth weiter in Richtung Norden. Von Inverness, der Hauptstadt des Hochlandes am Loch Ness, wollte ich – wie 200 Jahre zuvor Samuel Johnson und James Boswell, diese allerdings zu Pferd – westwärts über die Berge zur Küste wandern, zur Fähre, die mich zur Insel Skye übersetzen sollte.

Ein Bus brachte mich bis Cannich, Endstation, Ausgangspunkt der Wanderung durch das Glen Affric, eines der schönsten Gebirgstäler des Hochlandes. Ohne Eintrittspreis und Fahrkosten betrat ich es, zunächst auf einer geteerten Straße, zu beiden Seiten unbewaldete Berge, von denen Bäche und Wasserfälle herabstürzten, das Tal mit Heide, Moor und Krüppelbirken bedeckt. Im gefilterten Licht der Sonne das Lila des blühenden Heidekrauts, das Kupferbraun der Moore, das Mattgrün von Gras, Farn und Moos, das Messinggelb der Flechten und des herbstlichen Birkenlaubs, dazu das Lasurblau des langgestreckten Sees Loch Beinn a Mheadhoin. Eine verhaltene, aber einprägsame Farblichtmusik. Unentgeltlich.

Am Ende des Sees, wo auch die Straße endet, ein Gatter. Dann nur noch ein Pfad. Und ich allein mit aufstiebenden Waldhühnern und mit Schafen, die für Augenblicke ihre schwarzen Köpfe von der kargen Grasnarbe heben und mich anstarren. Die Birken noch zerzauster, die Berge noch abweisender, die Moore noch stiller. Ich steige auf steinigem Pfad, durch das Bachtal Athnamulloch weiter auf, Birke und Farn verlassen mich, nur noch Gestrüpp und Distel, Fels und Stein. Und nirgends ein Kiosk oder Geschäft, in dem ich mein Geld für schottischen Whisky oder Tweed hätte ausgeben können. Doch das Stipendium, jene tausend Mark, die das Auswärtige Amt für Auslandsreisen an Schriftsteller vergab, war ohnehin nicht zum Einkaufen gedacht, sondern zum Kennenlernen von Land und Leuten.

Selbst in der Jugendherberge Alltbeath, die ich, ermüdet, abends erreiche, eine einfache, zwischen den Bergen gelegene Hütte, zahle ich für die Übernachtung im einzigen Schlafraum unter kratzender Decke und für das Waschen am Bach, umgerechnet, nur fünfzig Pfennige. Allerdings mußte ich erst in die ›Scottish Youth Hostels Association‹ aufgenommen werden, aber das kostete nur fünf Mark Gebühr. Wenn man auch in Schottland angeblich nicht gerne auf eigene Kosten lebt, so doch nicht unbedingt auf anderer Leute Kosten. Wer spricht überhaupt noch von schottischem Geiz, wenn er den kargen, ertragsarmen Boden gesehen hat! Man kann dort nicht, wie die Engländer drunten im Tiefland, aus dem vollen schöpfen. Man hat jahrhundertelang haushalten müssen, und der Schotte James Watt, so sagt man, hat die Dampfmaschine nur erfunden, um Geld zu sparen.

Ich wurde also, bei fünfzig Pfennig Übernachtungskosten, die tausend Mark in Schottland nicht los und kehrte mit der Hälfte der Summe nach Deutschland zurück. Da ich aber das Stipendium im selben Jahr, dem laufenden Haushaltsjahr, ausgeben mußte, nahm ich einige Wochen später einen Sonderurlaub und fuhr nach Wien. Ich hatte hierfür nur eine Woche zur Verfügung, und so stand ich jeden Morgen vor dem Problem, nicht, wie ich mit dem Geld auskam, sondern wie ich es ausgab, und zwar – ich mußte die Ausgaben belegen – glaubwürdig und reell. Ich konnte also nicht das luxuriöseste Hotel nehmen, nahm aber im ›Goldenen Hahn‹ an der Josefstädter Straße das beste Zimmer mit Bad und WC. Dem Taxichauffeur gab ich ein k.u.k. hofrätliches Trinkgeld und ließ mir den Betrag inklusive quittieren.

Ich stand auf dem Turm des Stephansdomes und blickte zum Kahlenberg, stand auf dem Kahlenberg und blickte zum Stephansdom. Ich fuhr im Riesenrad auf dem Wurstelprater, erwies dem Johann-Strauß-Denkmal im Stadtpark und den Lipizzanern in der Spanischen Hofreitschule meine Reverenz. Ich traf auch die Schotten wieder, nicht nur als Touristen auf der Straße, sondern auch im ›Schottenring‹, in der

›Schottengasse‹, in der ›Schottenkirche‹ auf der Freyung; und die Ringstraße, Wiens Prachtstraße, konnte man, laut Prospekt, den berühmten Straßen Europas, unter anderem der Princes Street in Edinburgh, an die Seite stellen. Aber hier, in Wien, üppige Neurenaissance und übergroße Bauten – als sie errichtet wurden, reichte Österreich noch bis an die Adria und die Karpaten; dort, in Edinburgh, strenges schottisches Empire oder puritanische Nobilität. Und immer noch standen mir die Bilder des schottischen Gebirgstals Glen Affric vor Augen, jene Kargheit des ersten Schöpfungstages, die in so großem Gegensatz stand zu dem Überfluß, den ich hier, in Wien, vor Augen hatte, zu den Straßen, Plätzen, Parks, Denkmälern und Brunnen, dem letzten Schöpfungstag, üppig und verschwenderisch, gerade das Richtige für meine Brieftasche. Besichtigungen oder Veranstaltungen, die keinen Eintritt kosteten, mied ich deshalb, selbst den Gottesdienst in der Hofburgkapelle, an dem die Wiener Sängerknaben mitwirkten, und fuhr statt dessen in der ›Kraftdroschke‹ zum Wiener Wald, nach Grinzing, zu Heurigem und Schrammelmusik. Ich aß im Sacher drei Stück Torte und ging jeden Abend in ein anderes Theater. Ich gab das Geld aus, das ich in Schottland nicht hatte ausgeben können.

Das Wetter hatte dort dazu ein übriges beigetragen. Als ich mich hinter der Jugendherberge Alltbeath frühmorgens im Bach wusch, fing es an zu regnen, und es regnete auch noch, als ich eine Stunde später das Tal des Allt Glen Greanain hochstieg. Es regnete nicht nur, die Wolken hüllten mich ein und schütteten sich über mir aus – ein Nordweststurm trieb sie vom Atlantik her durch das Gebirgstal –, das Wasser füllte meine österreichischen Haferlschuhe. Auch das war Schottland, nicht nur Golf, Angeln, Whisky, Tweed und Dudelsack, auch 2000 bis 4000 mm Niederschlag im Jahr; aber auch dies: Ozean und Golfstrom, das heißt, günstiges Jahresmittel der Temperaturen, der Sommer angenehm kühl, der Winter mild.

Zum Rauschen des Regens kam das Rauschen der Bäche,

die zu dem See Loch a Bhealaich herabstürzten, einem dieser zahllosen schottischen Bergseen, sonst klar, blau und kalt, jetzt grau wie alles auf der Paßhöhe, auf der ich mich befand, den Naturgewalten ausgeliefert, verlassen und fremd zwischen den keltischen Namen, den beiden Bergen Sgurr nan Ceathreamhnan und Beinn Fhada, und ich hielt ihnen, wie Beschwörungen, in Gedanken andere Namen entgegen, ›Madonna im Savoyschen Damenstift in der Johannesgasse‹ oder ›Kapuzinerkirche zur Heiligen Maria von den Engeln‹. Dabei hatten diese Kelten, die irischen und schottischen Benediktiner-Missionare, uns die Madonnen ins Land gebracht, die ›Schottenkirche‹ auf der Freyung, den ›Schottenring‹.

Das Wasser gluckste in den Schuhen, das Leder schrumpfte und wurde hart, die Füße quollen. Ich mußte die Bergroute verlassen, mußte wegkommen von dem unwirtlichen Ort, hinunter ins geschützte Tal, an die Küste, zu den Menschen, in die Fischerdörfer, zu den kleinen Hotels und den Gasthäusern mit den lodernden Kaminfeuern! Daß mir ausgerechnet in jener Kapuzinerkirche, auch noch vor dem Sarkophag der Maria Theresia in der Kaisergruft, der Witz von dem Schotten eingefallen war, der keine Filterzigaretten rauchte, weil ihm das Aroma des glimmenden Filters nicht zusagte! Das hatte wohl damit zusammengehangen, daß vor mir am Sarkophag eine Dame mit einem buntkarierten Plaid stand; und den Witz seinerseits hatte mir kurz zuvor ein Wiener Herr im Kaffeehaus erzählt angesichts eines Schotten im Kilt, der sich gerade eine Zigarette ansteckte, wohl Teilnehmer einer der internationalen Konferenzen, die, wenn nicht in Genf, in Wien stattfanden und nicht zu Ende kamen wie schon seinerzeit der Wiener Kongreß – wie denn auch? Bei soviel schöner blauer Donau, Banketts, Heurigem, Walzerklängen, Zithermusik und Sachertorte! Man müßte solche Konferenzen in Wanne-Eickel abhalten. Darüber waren wir uns, der Wiener Herr und ich, einig. Wir unterhielten uns lange, zu lange für eine einzige Tasse Kaffee und den Stoß

Zeitungen. Wie sollte ich da mein Geld ausgeben! Und wie sollte der Kaffeehausbesitzer auf seine Kosten kommen! Aber hier ließ man sich das Leben ja nicht so sauer werden wie in Wanne-Eickel und verzichtete lieber auf den Zweitwagen.

Nachdem ich drei bis vier Stunden lang in das Tal abgestiegen war, sah ich plötzlich zottige rote Rinder auftauchen wie Urwelttiere, erste Anzeichen menschlicher Wohnstätten. Möwen kündeten die nahe Küste an, Wildenten das schützende Tal. Der erste Mensch, den ich traf, ein alter Mann, gab auf meine Frage nach dem Weg unverständliche keltische Laute von sich. Aber solange man auf der Talsohle blieb und dem Lauf des Baches folgte, mußte man ja zwangsläufig zur Küste gelangen, zumindest an eine der tief ins Land eingeschnittenen Buchten, hier: des Loch Duich.

Es regnete immer noch. Ein öffentliches Verkehrsmittel, das mich, gegen Entgelt, hätte weiterbringen können, ein Omnibus etwa, verkehrte gerade nicht. Aber der Fahrer eines Lieferwagens griff mich, obwohl ich vor Nässe triefte – »Can I help you?« –, an der Küstenstraße auf. Und da waren sie dann, die Fischerdörfer, die kleinen Hotels und Gasthäuser, die zerklüftete Felsküste, die ins Meer getauchten Berge, und drüben, mehr geahnt als erkannt, das Gewirr der Inseln: die gesamte Westküste in Millionen Jahren von Stürmen und Wogen zertrümmert. Irgendwo graue Granitklippen, die unmerklich mit einer Burg verwuchsen, eine Ruine mit hohlen Fenstern, von Krieg und Zerstörung zeugend wie fast alle Burgen und Schlösser in Schottland, von den Fehden rivalisierender Clans, aus denen Helden hervorgingen wie andernorts Hochschullehrer, von den Fehden der schottischen Könige mit den Baronen, den jahrhundertelangen Kriegen gegen die Engländer, in denen schließlich die Schotten unterlagen, Kriege auf berühmten Schlachtfeldern, Bannockburn, Culloden, finstere Heideflächen, zum Schlachtenschlagen und zum Verbluten wie geschaffen, Schlachtfelder, auf denen man sich gegenseitig um Rechte und Landbesitz totschlug.

In Wien heiratete man bekanntlich lieber um solches. Zwar gab es auch dort Helden, Prinz Eugen beispielsweise oder Erzherzog Karl, den Sieger von Aspern, und in der Hofburg verzeichnete ich, angesichts der Krone des Heiligen Römischen Reiches Deutscher Nation, ebenso ehrfürchtigen Schauer wie vor den schottischen Kroninsignien im Schloß Edinburgh; aber in Wien war das alles mehr Kunstgeschichte, und die Helden waren mehr Baudenkmäler, etwa für den Heldenplatz, eingebettet in Rabatten und Parks, in Rokoko und Biedermeier, in das heitere gelbe Barock, das in der Sonne leuchtete, vor allem das Barock des Fischer von Erlach, Schloß Schönbrunn, Karlskirche, Hofreitschule, Nationalbibliothek und die Pestsäule am Graben. Hier hatte man nicht nur von Torf und Schafwolle leben müssen, und hier hatte man – über die Türken und über Napoleon – gesiegt, lebte nicht in grauen kargen Burgen, sondern schwelgte in Schlössern, Palästen, Kirchen und Kunstsammlungen, üppige und aufwendige Baulichkeiten noch bis heute, und man mußte, günstig für meine Buchführung, angemessene Eintrittspreise bezahlen, wenn man etwa das Arbeitszimmer Kaiser Franz Josephs I. oder die Turngeräte der Kaiserin Sissy besichtigen wollte.

Der freundliche schottische Fahrer des Lieferwagens wollte, als er mich an der Fähre bei Kyle of Lochalsh absetzte, kein Trinkgeld haben. Und so gab ich der Serviererin im Café Sacher, einem kleinen Mädel der Wiener Vorstadt, das Dreifache des üblichen Trinkgelds, konnte auch, weil durchnäßt und verschmutzt, in Portree, der Hauptstadt der Insel Skye, nicht das beste, also teuerste, Hotel nehmen und nahm dafür den besten Platz im Wiener Akademietheater, ›Anatol‹ von Schnitzler mit Paula Wessely, Käthe Gold und Wolf Albach-Retty. Ja, ich konnte in Schottland überhaupt kein weiteres Geld ausgeben; ich mußte meine Reise vorzeitig abbrechen, meine Zehen waren blau und blutunterlaufen. Beim Abstieg vom Gebirge hatte ich mir in den geschrumpften Schuhen Blutergüsse zugezogen, und die Nähte der Schuhe waren geplatzt. Ich konnte die Cuillin Hills, derentwegen ich auf die Insel gekommen war, nicht besteigen.

Statt dessen lag ich, mit einer Wärmflasche versorgt, im Bett, während meine Kleidungsstücke vor einem kleinen elektrischen Heizofen trockneten. Gegen Einwurf eines Shillings spendete er eine Weile wärmenden Strom, den man droben im Hochland mit den zahlreichen Gebirgsseen und Bächen reichlich und billig herstellte. Im Dinner-room erschien ich mit gestrickten Hüttenschuhen und setzte zum Ausgleich meine Hornbrille auf, saß mit den Gästen zusammen am Kaminfeuer, der Regen peitschte gegen die Scheiben, die Fensterläden klapperten, klapperten von alten Gespenstergeschichten in schottischen Schlössern, in denen gedolcht und gemeuchelt wurde, wie etwa in dem versunkenen Macbeth-Schloß bei Inverness und in den Romanen von Walter Scott. Kein Wunder, daß man hier mehr als sonstwo an Spuk und anderes Übernatürliches glaubte, an ein Seeungeheuer im Loch Ness, an das Zweite Gesicht, an die Geister von Verstorbenen und an alte Mythen. Da brauchte man nur einmal, allein mit schreienden Möwen und jagenden Wolken, den verlassenen Strand entlangzugehen und die grauen Felsen wie Gestalten aus Regen und Nebel auftauchen zu sehen. Das ersetzte das trockene Studium ganzer nordischer Mythologien. Das war erlebte, erregende Sage, sprachlose Epik.

Aber das kostete wiederum nichts und war nur gestaltloser Granit. Und so mußte ich, am vorletzten Tag meines Wien-Aufenthalts, auch noch das kunstvoll gestaltete Porzellan der Wiener Hofkammer im Museum für angewandte Kunst und das Salzgefäß des Benvenuto Cellini im Kunsthistorischen Museum besichtigen. Im Burgtheater leistete ich mir Loge wie Feldmarschall Fürst Schwarzenberg und sah das Schauspiel ›Emilia Galotti‹ mit Aglaja Schmid, Attila Hörbiger und Käthe Gold.

Und vorher, als ich die Insel Skye verließ, ein anderes Schauspiel. Hinter den Bergen des Hochlands ging die Sonne auf, rotglühend, der Himmel zu Stahl gehärtet, orangener Wolkenrauch, dunkelviolette Aschenhaufen der Berge. Und das alles gleich noch einmal, gespiegelt im graublauen Meer. Das herrlichste Schauspiel. Unentgeltlich.

(O.H.K., 1977)

Abenteuerfahrt, nicht nach Beludschistan

Gestern früh beschloß ich ganz spontan
– Ich hatte es ab und zu schon getan –,
Zum letzten Mal mir ein Herz zu fassen,
Heimlich Familie und Amt zu verlassen
Und, wenn auch ein Mann von 40 Jahren,
Als Abenteurer in ferne Länder zu fahren,
Zum Beispiel nach Beludschistan.
Ich nahm den Rucksack aus der Truhe,
Landkarte und Wanderschuhe,
Doch da hörte ich, ein wenig beklommen,
Von nebenan, ich solle zum Frühstück kommen.
Ich legte leise die Wanderschuhe,
Rucksack und Karte zurück in die Truhe,
Zog Hemd und Krawatte an
Und ging, wie ich's jeden Tag getan,
Nicht nach Beludschistan,
Sondern zum Frühstück nach nebenan.

(O.H.K.)

Auf der Suche nach Poenichen
(Pommern, polnisch)

»Wir reisen in diesem Sommer nach Polen«, sagten wir zu den einen; zu den anderen sagten wir: »Wir reisen nach Pommern!« Bis wir uns darauf einigten, ›Pomorze‹ zu sagen, es kommt aus dem wendischen ›Po morje‹ und heißt ›vorm Meer‹, es klingt zärtlich, fast unpolitisch: Pomorze. Das Land jenseits von Oder und Neiße. Wir wollten herausfinden, wie deutsch der deutsche Osten noch ist, wir wollten uns eine eigene Meinung bilden. Ich bin mit zwei Meinungen zurückgekehrt.

Den Zielort gaben wir, wie es die Richtlinien für Polenreisen verlangen, in polnischer Schreibweise an. Wir schrieben ›Urlaub‹ als Zweck der Reise, aber wir wollten ein Dorf, einen Herrensitz und einen See in Hinterpommern suchen, die es nie gegeben hat: Poenichen, der erfundene Schauplatz für einen Roman. Als Vorlage hatte mir das Gut eines Onkels gedient, auf dem ich Sommer- und Winterferien verbracht hatte: als dort noch Frieden war und überall sonst Krieg. Ich habe das Gut der Freiherrn von Quindt topographisch genau beschrieben; zwischen Dramburg, Deutsch-Krone und Arnswalde in einem imaginären Dreieck gelegen, pommersche Sandbüchse, pommersche Schweiz, die höchste Erhebung 41 m ü. N.: der Innicher Berg, wo unter Eichen seit Jahrhunderten die Quindts begraben wurden. Es sind nun fast fünf Jahre, daß ich mit diesen Quindts zusammen lebe, als wären es meine nächsten Angehörigen. Man hält mich für eine Pommerin, und ich verbessere jedesmal: keine geborene, nur eine erschriebene Pommerin. Ich habe mir dieses Land ins Herz geschrieben. In Poenichen, das nun Peniczyn heißen muß, wird der zweibändige Roman über die Quindts zu Ende gehen.

Ich machte mich anstelle der Maximiliane von Quindt auf die Reise; zwei Wochen lang eine Heimatvertriebene in Stellvertretung. Mein Mann gab mir das Geleit, er spricht ein wenig Russisch. Im Juni 1941 ist er zum ersten Mal ostwärts gereist, vornehmlich zu Fuß, Infanterie. 1947 ist er in einem Gefangenentransport zurückgekehrt. Er hat seine eigenen Empfindungen und Erinnerungen, von denen er wenige nur laut werden läßt. Für ihn beginnt ›der Osten‹ an der Oder; er stammt vom Kaiserstuhl, weit weg.

Der Sonderzug der Reisegesellschaft fährt über Szczecin nach Olsztyn. Das Eisenbahnabteil wird zur Schulstube, in der man übt, ›Szczecin‹ gleich Stettin und ›Olsztyn‹ gleich Allenstein auszusprechen.

Unbekümmert sagen wir Deutschen Florenz statt Firenze; jeder Franzose sagt Cologne für Köln, warum dürfen wir nicht mehr Danzig sagen, wenn wir nach Gdansk reisen? Das deutsche Selbstbewußtsein ist anhaltend geschädigt, wir sind gedemütigt worden, wir haben gedemütigt.

Im ersten Morgengrauen überqueren wir die ›Odra‹. Von nun an befinden wir uns jenseits von Oder und Neiße. Es ist die zweite Grenze, die wir im Laufe der Nacht überqueren, mit vielen Formalitäten: Paßkontrollen, Durchreise-Visum, Valuta-Erklärung, Gepäckkontrolle. Lokomotivwechsel an jeder Grenze; mit Elektrizität durch die Bundesrepublik Deutschland, mit Dieselöl durch die Deutsche Demokratische Republik, mit Braunkohle durch Polen: vertrauter, verruchter Kriegsgeruch. Von nun an läßt der schrille Pfiff der Lokomotive, der vor jedem unbeschrankten Bahnübergang ertönt, keinen mehr schlafen. Der Morgen zieht schon auf, es ist noch nicht halb drei, keinen hält es mehr auf den Liegebetten. Wir stehen an den Fenstern im Gang. Der Zug fährt langsam, langsam genug für das langsam arbeitende Gedächtnis. Schwarzer Sandboden, Kiefern, viel niederes Buschwerk, sumpfiges Brachland, Störche bei der Morgenarbeit, Rotwild am Waldrand. Helle Sandwege, mit Birken gesäumt, Schwärme von grauen Nebelkrähen, die ersten baumbestandenen Chausseen. Sinnbilder des Ostens.

Am Bahndamm blühen die Lupinen und verbinden Ost und West müheloser als die Schienenstränge und die Ideologien.

Alle tragen wir die Rückfahrkarte in der Tasche, alle sind wir im Westen zu Hause. Die anderen machen Ferien in der Heimat, die jetzt ›alte Heimat‹ genannt wird. Zwei Wochen lang betreiben die ehemaligen Pommern vergleichende Natur- und Gesellschaftsbetrachtung.

Hier wachsen in den Hausgärten Salatköpfe, Möhren, Stangenbohnen, keine Ziersträucher auf kurzgeschnittenem Rasen; die Stämme der Obstbäume sind weiß gekalkt und tragen Leimringe: keine chemischen Vertilgungsmittel, weniger Umweltschäden. Die Reisenden loben, was nur lobenswert ist, sie sind gutwillig.

Im Nebenabteil wird jetzt pommersches Platt gesprochen. Von Lagerfrucht ist die Rede und von pommerschen Gewittern, wenn die Blitze in die Überlandleitungen schlugen, feurig knisternd die Drähte entlangliefen und die Landarbeiter sich in die Ackerfurchen duckten . . .

›Herr, laß sie sehen, woran sie geglaubt haben.‹

Es ist Juni, Pommern hat seine beste Zeit. Wildschweine wühlen nach Saatkartoffeln und sehen aus, wie man sie nennt: Schwarzkittel. In der Mark Brandenburg blühten die Kartoffeln bereits, weiß und lilafarben, in Pommern war man immer ein paar Wochen hinterher.

Kein großartiger Sonnenaufgang. Der Himmel ist wolkig, Wind weht in Böen über die Kornfelder hin; nebenan sagt jemand ›Kornschlag‹. Schlag, das Größenmaß für die einheitlich bestellten Felder. Der Wind wiederholt die Wellen der Endmoränen. Ich habe Wellenlehre am Beispiel eines Kornfelds unterm Wind gelernt; Rektor Kreßmann fällt mir ein, er erteilte Mathematik- und Physikunterricht an der Mädchenschule in Arnswalde, heute Choszczno, aber nicht mir, sondern Maximiliane, dieser pummligen Dorfprinzessin aus Poenichen, die in Arnswalde zur Schule ging. Mein Physiklehrer hieß Dr. Nolda, aber auch er benutzte noch das Kornfeld als Beispiel.

Pommerscher Landregen setzt ein. Wasservorhänge behindern die Sicht. Man wird jetzt bald nach Schivelbein kommen. Die ersten Arbeiter sind unterwegs, zu Fuß oder mit dem Fahrrad, umgestülpte Säcke, aber auch Plastiktüten über den Kopf gezogen; Omnibusse auf den Chausseen.

Im Nebenabteil ruft eine Frau: »Jetzt! Da ist schon die Kirche! Da ist die Siedlung, und das da ist unser Haus!« Auf einen Blick hat sie alles gesehen: Der Gartenzaun ist weg. Die Fensterrahmen müssen gestrichen werden. »Diese Gardinen! Sehen Sie bloß mal die Gardinen!« Die Frauen aus Westdeutschland messen Wohlstand und Wohlbehagen eines Volkes an seinen Gardinen. Dann setzt Gelächter ein, die Spannung läßt nach: »Hier fehlt ein weißer Riese!«

In Koszalin gleich Köslin verläßt die Hälfte der Reisenden den Zug, die anderen fahren weiter nach Ostpreußen. Wir steigen in Omnibusse des polnischen staatlichen Reisebüros Orbis, werden von einem deutschsprechenden Reiseleiter betreut. Wir sind übermüdet. Es regnet, der Wind weht kalt von der See her. ›Das pommersche Klima können nur Sauen, der Uradel und der Kiefernspanner vertragen.‹ Ich kenne den Ausspruch, der alte Quindt benutzte ihn gelegentlich.

Der Asphaltbelag stammt noch von den Deutschen, sagt jemand; andere widersprechen: Die Straßen waren früher schlechter.

Koszalin, Sitz einer Woiwodschaft, Hochhäuser und Neubauviertel, Industrie, Kasernen, dann flaches Land. Von der nahen Ostsee ist noch nichts zu sehen und nichts zu hören und auch nichts zu riechen. Der Zutritt zu den meisten Waldwegen ist gesperrt. Militärisches Gelände, unser Instinkt übersetzt uns die Verbotsschilder.

Wir wohnen im Hotel ›Skanpol‹ in Kolberg, heute Kołobrzeg, das durchgestrichene l wie das englische w auszusprechen, Kategorie A. Von den westlichen Reisenden wegen seiner Mängel ›Skandalpol‹ genannt. Nach zehn Jahren Volkstourismus sind Tisch- und Bettwäsche zerrissen, haben die Teppiche Brandlöcher. Was zu bemängeln wäre, löst gleichzeitig Befriedigung aus. Es wird als Bestätigung für das Zivilisationsgefälle von West nach Ost genommen; man lebt im besseren Teil der Welt. Radio und Telefon in jedem Zimmer, Toilette und Dusche, Fernsehraum in jeder Etage, Hotelbar und Nightclub, Intershop für Whisky, Kaffee, Zigaretten auf Dollarbasis. Kaum einer unter den Reisenden, der sich Kategorie A im eigenen Lande leisten könnte.

Im Speisesaal sitzen die Westdeutschen an reservierten Tischen, an anderen Tischen die Urlauber aus Polen, die Ostdeutschen sitzen ebenfalls für sich. Verbrüderung ist nicht geplant, ein Vertrag wird erfüllt, Devisen werden benötigt. Noch sprechen die Kellner kaum ein Wort Deutsch. Aber man bietet ›Danzingi‹ und ›Striptease‹ und ›Pepsi Cola‹; die westliche Welt dringt durch viele Kanäle in den Osten.

Wir frühstücken warme Krakauer Wurst, geriebenen Meerrettich, mit roten Rüben gemischt, dazu viel heißen ungefilterten Kaffee aus Gläsern; die Westdeutschen holen den mitgebrachten Nescafé hervor. Für viele unter ihnen bedeutet die Reise in die alte Heimat zugleich die erste Reise ins Ausland.

Zwei Wochen lang essen wir pommersch-polnisch. Borschtsch, die berühmte rote Suppe des Ostens, aber auch pommersche Kliebensuppe. Wir trinken Wodka, aber auch Buttermilch, wir werden gut und abwechslungsreich ernährt, während die Bevölkerung unter einer der häufigen Versorgungskrisen leidet.

Die Mietwagen warten bereits vorm Hotel, um die ehemaligen Pommerndeutschen dorthin zu Kurzbesuchen zu fahren, wo sie einmal zu Hause gewesen sind: nach Stolp und Treptow, nach Neu-Stettin und Cammin. Man zahlt in Westmark, Tauschangebote werden uns auf der Straße zugeflüstert, die meisten Touristen hüten sich, manche hüten sich nicht und tauschen 1 : 4, wo man 1 : 1 tauschen müßte. Mit vollen Taschen und bangen Herzen steigen sie in die Autos. Kaffee und Strumpfhosen, Kugelschreiber und Kaugummi werden bei der Verständigung mit den neuen Bewohnern ihrer Wohnungen hilfreich sein müssen.

Wir selber bleiben vorerst in Kolberg. Maximiliane von Quindt hat im September 1937 die ersten fünf Tage ihrer Ehe hier verbracht; sie war damals knappe 19 Jahre alt und sehr unerfahren. Das junge Paar hat in der Pension ›Zum alten Fritz‹ gewohnt, die Maximiliane aber nicht wiederfinden wird. Sie wird sich noch an die schattige Uferpromenade erinnern und an den ›Seesteg‹, von dem aus sie zum ersten Mal gesehen hat, wie die Sonne im Meer untergeht; sie ist zeit ihres Lebens ein Landkind geblieben. Sie muß damals so verwirrt gewesen sein, daß sie die unübersehbare Marienkirche nicht wahrgenommen hat; aber damals stand sie im Schutz der alten Bürgerhäuser und nicht auf Ödland wie heute. Backsteingotik wie in Lübeck, Lüneburg, Stargard, mehr Festung als Kirche, dreischiffig, ohne Türme, in Jahrhunderten erbaut und dann im März 1945 zerstört. Bis vor kurzem hat die Ruine des Domes als Kriegsmuseum gedient, jetzt wird am Wiederaufbau gearbeitet. Baugerüste aus Birkenstämmen; Schwalben und Spatzen fliegen zwitschernd ein und aus, nisten im Inneren der Kirche. An den behelfsmäßig errichteten Altären lehnen junge grüne Birken: es ist Fronleichnam. Prozessionen und Gottesdienste, die Kirche füllt sich mehrmals am Tag. Die Gläubigen knien nieder, schlagen das Kreuz, singen und beten. Das ›Halleluja‹ und das ›Amen‹ singen wir mit. Die Polen galten immer als religiös, als gut katholisch. Oder wird heute die Kirche zum Ort einer stillen Demonstration? Die Woiwodschaft Koszalin ist die kinderreichste, geburtenfreudigste in Polen, und Kinderreichtum galt ja immer als ein Zeichen von starkem Lebenswillen. Oder sind die vielen Kinder auf den Straßen, den Spielplätzen und am Strand katholische, nicht verhinderte, Kinder? Stellen wir falsche oder richtige Beobachtungen an? Wir sehen, auch bei Tage, viele Betrunkene auf der Straße. Trinkt man denn, wenn man lebensfroh und zuversichtlich ist? Trinkt man, weil man arm ist, oder ist man arm, weil man trinkt? Weder Straßen noch Plätze, nicht einmal der Sandstrand, scheinen jemals gefegt oder geharkt zu werden, trotzdem liegt nirgendwo Abfall: ein sauberes Land. Sauberkeit der Armen. Es gibt nichts zum Wegwerfen. Allenfalls Zigarettenkippen. Es wird viel geraucht, vor allem die Frauen rauchen. An den Kiosken werden keine ausländischen Zeitungen verkauft, allenfalls eine deutschsprachige aus Ost-Berlin; keine Magazine, manchmal eine Sportzeitung. Sind die Polen keine Zeitungsleser? Oder ist dieses Pomorze noch gar nicht Polen?

Wir steigen im mächtigen Westwerk der Marienkirche die enge Wendeltreppe hinauf, um uns von der Plattform aus einen Überblick zu verschaffen. Der Prospekt erteilt den von Staats wegen geforderten geschichtlichen Überblick: Zuerst eine slawische Siedlung, dann eine Salzstadt und daher wohlhabend; im 13. Jahrhundert setzte der ›langjährige rücksichtslos durchgeführte Germanisierungsprozeß, vor allem aus Lübeck‹ ein. Als nach 800 Jahren der Unterdrückung und nach schweren Kämpfen um Kołobrzeg die ermüdeten Soldaten der 1. Armee des polnischen Heeres in der Dämmerung des 18. März 1945 an den Kolberger Strand kamen, da gelobten sie der See: ›Wir schwören, dich nie zu verlassen, denn du, das Meer, bist seit Jahrhunderten und auf ewig polnisch!‹ An der ›Vermählungsstelle‹ der polnischen Soldaten mit der Ostsee erhebt sich ein gewaltiges Beton-Mal. Es darf auch von den ausländischen Touristen fotografiert werden, der kleine unzerstörte Bahnhof dagegen nicht. Deutsche Geschichte, polnische Geschichte; auf gemeinsamen Schulbuchkonferenzen bemüht man sich, sie auf einen gemeinsamen Nenner zu bringen.

›Noch ist Polen nicht verloren!‹ Jener großartige,

150 Jahre währende Freiheitskampf. Von allen idealistisch gesinnten Europäern bewundert. Bei soviel eigenem Patriotismus wird dem Nachbarn das Wort ›Heimat‹ oder ›Heimweh‹ bereits als Revanchismus ausgelegt ...

Für eine Landbevölkerung bedeutet die See die allerletzte Zuflucht. 90 000 Pommern versuchten 1945 übers Meer zu entkommen, deutsche Truppen verteidigten den Fluchtweg. Unter den Touristen befinden sich Männer, die zu den Verteidigern der Festung Kolberg gehört haben. Die Befreiung Kołobrzegs bedeutete den Untergang Kolbergs. Ein paar historische Bauten blieben erhalten, einige wurden restauriert, Trümmer wurden weggeräumt, Erinnerungen eingeebnet. Auf dem Ödland wurden Wohnsilos aus Fertigteilen erbaut, die bereits wieder abbröckeln. Der Taxifahrer, der uns mehrmals durch Pomorze-Pommern fährt, stammt aus Lodz, seine Mutter hat deutsch gesprochen. Gegen eine Prämie hat er sich 1945 verpflichtet, nach Kołobrzeg zu ziehen, nachdem die Amerikaner die ersten Pferde und Wagen und auch Maschinen eingeflogen hatten. Er lernte ein Mädchen kennen und blieb; das altmodische Muster zur Neubesiedlung eines ausgestorbenen Landes. Die Eheschließung zwischen Polen und Deutschen wird prämiert, dreißig Deutsche sollen noch in Kolberg leben.

Von der Plattform der Marienkirche aus sehen wir, was wir von unten nicht sehen sollen: die alten Kasernen und die neuen Kasernen, die alten und die neuen Befestigungsanlagen und den nahen Militärflugplatz, von dem die russischen Düsenmaschinen, Typ MIG, aufsteigen und donnernd in Richtung Ostsee davonfliegen, schneller, als man die Ohren schützen kann. In klaren Nächten starten und landen sie alle paar Minuten, bis nachts um ein Uhr.

Polen baut hier, an der sonnenreichsten und regenarmsten Stelle der 500 Kilometer langen Ostseeküste, einen devisenbringenden Bade- und Kurort aus, aber gleichzeitig wird fünf Kilometer östlich davon der Militärflughafen vergrößert. Wer plant? Russen oder Polen? Wenn wir uns mit deutsch-

oder englischsprechenden Polen unterhalten, fällt mehrmals ein Satz, der uns mit anhaltender Trauer erfüllt: ›Wir würden lieber unter den Deutschen als unter den Russen leben.‹ Die freiheitsliebenden Polen! Was für eine Welt, in der immer die einen ›unter‹ den anderen leben. Auch in den ruhigen Nächten liege ich schlaflos. Die vielen Soldaten. Die vielen militärischen Anlagen. Die Panzer und Militärflugzeuge; als wäre Pommern nur noch ein Aufmarschgebiet. Aber das westliche Verteidigungssystem, von dem ich lese und kaum etwas sehe, macht mich ebenfalls ängstlich. Maximiliane hingegen, dieses Naturkind, das ja ebenfalls im Hotel ›Skanpol‹ absteigen muß, schläft auch hier, wie überall, tief und fest.

Wir gehen am Strand entlang, der Sand ist fest und weiß. Die Ostsee, die nun ›Morje Baltikum‹ heißt, gebärdet sich wie der Atlantik. Über die Mole fegen die Brecher hinweg, der Seesteg, die große Attraktion Kolbergs, ist aus Sicherheitsgründen gesperrt, kein Schiff ist draußen. Der Strand sei nur noch halb so breit wie früher, sagen die ehemaligen Kolberger, aber das weiße Band zwischen Meer und Land zieht sich noch immer bis ans Ende der Welt: zerzauste Kiefern- und Erlenwälder wachsen auf den Dünen. Wir wollen von der Seeseite her nach Henkenhagen wandern, dorthin fährt die Familie, mit der wir frühstücken, an jedem Tag. Die Zone der Strandkörbe und verwehten Sandburgen endet, wir suchen nach Muscheln und Bernstein, aber das Meer ist hier nicht freigebig. Das alte Familienbad! Leicht kenntlich, abends wird dort getanzt, die Zeltplätze liegen in der Nähe. Auch Maximiliane hat dort mit ihrem Mann getanzt. Wir kommen an gesprengten Bunkern vorüber, im rostigen Eisengestänge hängt Tang. In der Ferne sehen wir schon die Dächer von Henkenhagen. Aber wieder versperrt uns militärisches Gelände den Weg.

Am nächsten Tag dreht endlich der Wind und kommt von Osten. Auf fußbreiten Graswegen gehen wir am Ufer der Persante entlang. Im Windschatten der Büsche lagern Urlauber aus Lodz und Warschau, die Kinder spielen und baden. Schon immer ging man ein Stück ins Land hinein, wenn es an der Küste kühl und windig war. Die Männer haben die Jacken, die Frauen die Kleider ausgezogen; von Schlüpfern leidlich bedeckt, recken sich stattliche polnische Hintern aus dem Gras. Hinterpommersche Hintern! Endlich lachen wir wieder. Ich ziehe Schuhe und Strümpfe aus, gehe barfuß. Mein Mann sagt: »Du benimmst dich wie diese Maximiliane! Gewöhn dir nur nicht auch noch an, die Fingernägel abzukauen!«

Noch ein paar Angler, dann sind wir allein. Angepflockte Kühe und Pferde auf den Uferwiesen. Über Schilf und Röhricht schwirren persischblaue Libellen; das Ufergebüsch voller Vogelstimmen, darunter der Zilpzalp, und plötzlich, dicht vor uns, auf einer Pappel ein gelber fremder Vogel. Er fliegt davon, gibt sich durch Pfeifen zu erkennen: ein Pirol! Wir pfeifen ihm nach. Er macht mich glücklich, macht diese Maximiliane glücklich; auch auf Poenichen bekam man den Pirol nicht oft zu hören und nur selten zu sehen.

Die Vogelscheuchen auf den Feldern tragen die Sonntagskleider ihrer Besitzer auf; keine Schreckgespenster, der Phantasie eines Walter Matern entsprungen. Hier fließt nicht die Weichsel, hier fließt die Persante, dunkel und träge, sie ist dem Ziel nahe; die Ostsee bedeutet ihren Untergang. Nur jemand wie Maximiliane macht sich Gedanken darüber, daß dieses Wasser einmal durch den Poenicher See geflossen sein muß . . .

Manchmal begegnet uns ein Mann oder eine Frau, die Heugabel über der Schulter; unser Gruß wird nicht immer erwidert. Kartoffeln, Korn, aber auch Flachsfelder, kurz vor der Blüte. Wir erinnern uns daran, daß wir Vergleiche zwischen jetzt und früher anzustellen haben, zwischen Westen und Osten. Ich sehe gutbestelltes, fruchtbares Bauernland.

Der Weg wird sandig, der Wald beginnt. Vornehmlich Birken, nach Ansicht der Forstleute das Unkraut der Wälder. Der Brambusch leuchtet wie Gold, die Lerchen singen hoch über uns, das Moorgras blüht in weißen Büscheln, eine Landschaft, aus Löns-Liedern zusammengesetzt, Löns ist in Westpreußen aufgewachsen. Stellvertretend für Maximiliane singe ich den noch fehlenden ›Birkhahn, der kullert und tollt‹, dazu.

Der Wald wird dichter und unübersichtlicher, schwarze moorige Tümpel. Mein Mann bleibt stehen. »Laß uns hier umkehren!« Ich kenne diese Überfälle seiner Kriegserinnerungen schon aus den schwedischen Wäldern. Pripjetsümpfe, Partisanenkrieg. Gleich wird er von den russischen Partisanen erzählen, die beim Anrücken der deutschen Verbände im Moorwasser untertauchten und durch Schilfrohre atmeten, um dann hinter den deutschen Linien wieder aufzutauchen ... Aber: er schweigt.

Wir kommen durch ein Dorf. Fünf oder sechs Bauernhöfe, die Straße breit, ausgefahren, nicht asphaltiert. Eine Gänseherde versperrt uns den Weg, wir bewaffnen uns mit Knüppeln. Das Korn blüht, der Duft mischt sich mit dem der blühenden Akazien. Es ist Mittag. Wir legen uns ins Gras, der wilde Mohn blüht, die duftende Kamille. Die Stunde der Kornmuhme. Diese Maximiliane von Quindt hätte nun wohl gespürt, daß die Erde sich unter ihr dreht.

Ich spüre es nicht, ich bin kein Naturkind, aber auch ich fühle mich wohl; ich fühle mich nicht in der Fremde.

An jedem Abend beschließen wir: Morgen fahren wir nach Poenichen! Aber am nächsten Morgen, wenn die anderen deutschen Touristen wieder in ihre Mietwagen steigen und ihren Zielort nennen, verschieben wir die Fahrt. Wir scheuen uns vor etwas, das es doch nicht gibt: Poenichen. Ein Phantom.

Wir studieren die Fahrpläne und benutzen die Linienbusse. Wir fahren in modernen, manchmal auch in klapprigen Omnibussen über Land. Mein Mann hält die polnische Landkarte auf den Knien, ich die pommersche. Die Maßstäbe stimmen nicht überein. Wir verlieren die Orientierung. Erst in Slawno stellten wir wieder Übereinstimmung her: Schlawe. Wenig Privatautos, aber ein dichtes Liniennetz der Busse; einen Sitzplatz bekommen wir immer. Auf der Fahrt nach Rügenwalde saßen wir ganz hinten im Bus, hielten uns der Erschütterungen wegen mit beiden Händen an der Stange der Vordersitze fest. Ich bangte um meine Wirbelsäule. Mein Mann empfahl englischen Trab, den Stoß mit den Oberschenkeln abfangen! Er hat zwei Jahre auf dem Pferderücken verbracht, Chef einer Kosakenschwadron. In leichtem englischen Trab auf dem Sitz eines polnischen Busses. Man dreht sich nach uns um, unsere Heiterkeit wird nicht als Kritik empfunden.

Schmale Chausseen mit alten Bäumen, meist Ahorn oder Linden, deren Kronen sich über der Straße ineinanderschieben; bei uns wären sie längst dem Autoverkehr geopfert worden. Maximiliane hat einen ihrer Söhne durch einen Unfall verloren; der schuldige Baum wurde inzwischen geschlagen, Sieg der Technik über die Natur. Hier wachsen zwei Meter seitwärts vom Chausseegraben junge Bäume der künftigen Straßenverbreiterung entgegen.

Zu beiden Seiten Seen mit flachen Ufern. Rapsfelder, Kornfelder, Kartoffelfelder. Der Holunder blüht und die Heckenrosen. Im Brachland die gelben Schwertlilien und immer wieder: Störche. Die Natur noch natürlich. Dieses Pommerland, unverwüstlich. Kriegsstürme sind drüber hingegangen, und es wird weiter geblüht und weiter Frucht getragen; ein Gefühl von Dauer, Unzerstörbarkeit und Ewigkeit geht davon aus.

Noch bestehen die alten Größenordnungen und Besitzverhältnisse, aber in den Bauernhäusern leben jetzt Bauern aus dem östlichen Polen – vertrieben oder ausgesiedelt, ich weiß nicht, wie man es offiziell nennt –, und aus den großen Gütern sind Kolchosen geworden. In den ehemaligen Gutshäusern sitzt die Kolchosenverwaltung. Viele Herrensitze wurden zerstört. Die Landarbeiter wohnen jetzt in Wohnblocks nahe den Wirtschaftsgebäuden, aber es gibt auch noch die vertrauten langgestreckten Dorfstraßen mit den einstöckigen Häusern, wo auf den Bänken neben der Haustür die alten Frauen sitzen wie einst und wo auf dem Dorfanger die pommerschen Gänse und die polnischen Enten von rundköpfigen blonden Kindern zusammengetrieben werden . . .

Die Kirchen liegen ein wenig erhöht unter Baumgruppen. Mit den Polen ist die Frömmigkeit ins Land zurückgekehrt. Vertrauen sie auf ein alleswiedergutmachendes Jenseits? Nehmen sie darum die Unzulänglichkeiten geduldiger auf sich? Tun sie nur das Nötigste und nicht mehr? Polnische Wirtschaft – deutsche Tüchtigkeit, darüber wird abends im Hotel lange diskutiert. Urteile und Vorurteile. Wer hier ein Ersatzteil braucht, fährt dreimal vergeblich nach Koszalin oder bis Posen. Die heutigen Bewohner sind nicht als Pioniere gekommen wie einst die Deutschen. Muß ein seßhaft gewordener Mensch mit einem eigenen Auto hin und her fahren, wenn es Fahrräder und Omnibusse gibt? Sind Wohlstand und Besitz die wichtigsten Lebensziele? Stelle ich ebenfalls die deutsche Gardinenfrage? Lebt man hinter gerafften Perlonstores glücklicher? Überschätzen wir nicht alle die glückbringende Kraft der Waschmittel?

Unterwegs, wenn wir in einem der Seen baden oder an seinem Ufer sitzen, teilt sich uns die Stille und Heiterkeit der Landschaft mit. Die Ankunft am Ziel ist immer schmerzlich. Östliche Armut hat mich überall – in Rumänien, in Serbien, in Ungarn –, aber erst recht in Pomorze bedrückt, sie ist nicht malerisch, nicht fotogen. Arm heißt hier immer auch unfrei.

Wir sitzen in Cafés und Restaurants, manchmal 1. Kategorie, manchmal 4. Kategorie, und lernen die Klassenunterschiede in einem kommunistischen Staat kennen, die in einer westlichen Demokratie undenkbar wären. Wir besichtigen alte Stadtmauern und Tortürme, kleine Museen und Kirchen; vieles blieb im Krieg unzerstört, ist nur gealtert seither. Wir gehen über Wochenmärkte. Am Warenangebot erkennt man hier noch die Jahreszeit. Den Pferden hat man den Futtersack umgebunden. Es ist wie früher, wir sind nicht in ein anderes Land, wohl aber in eine frühere Zeit gefahren. Auf den Verkaufstischen liegen gebündelte Möhren, Salatköpfe, ein paar Sträußchen Dill, zwei oder drei gerupfte Hühner, sandige Erdbeeren, ein Korb wilder Kirschen, Margeritensträuße vom Wegrand. Die Erdbeeren, die wir kaufen, essen wir denen weg, die kein Geld zum Kaufen von Erdbeeren besitzen. Wir geben vor, keine Zlotys zu haben, und legen Westgeld hin. Man sieht uns prüfend an, ob wir aus dem östlichen oder westlichen Teil Deutschlands kommen. Wir lächeln und sagen ›prosche‹. Es scheint uns das meistgebrauchte polnische Wort zu sein: bitte. Noch sind Erinnerungen wach, die Freundlichkeit nicht zulassen. Wir spielen unsere Rollen in dem Stück, das ›Entspannung‹ heißt, noch unsicher. Manchmal spricht man uns zögernd und ängstlich in deutscher Sprache an. Wenn der Betreffende hört, daß wir nicht aus Pommern stammen, ist er enttäuscht. Jene Frau in Dramburg, die hinter uns in die Kirche huschte, um mit uns sprechen zu können: Sobald ihre Mutter tot ist, wird auch sie nach Deutschland kommen, der Antrag läuft schon! Ihre Augen leuchten, wenn sie von dem gelobten Land spricht. Sie weiß noch nicht, daß sie als Deutsche ausgesiedelt und als Polin in Deutschland ankommen wird. Wir verteilen Kaffee, Kaugummi, Schokolade, wie es die amerikanischen Besatzungssoldaten im Nachkriegsdeutschland taten. Kann der eine sich freuen, wenn der andere sich schämt? Wie es Besitzerstolz und Besitzerfreude gibt, gibt es auch Besitzerscham. Die Westdeutschen und die Westmark sind beliebter als die Ostdeutschen und ihre Ostmark, die wenig gilt. Ist es leichter, den übernächsten Nachbarn zu lieben als den nächsten? Bin ich eine von denen, die geliebt werden möchten? Wie wird Maximiliane von Quindt sich verhalten, die als Kind schon eine Gebende war und Wohltaten aus dem Herrenhaus in die Leutehäuser getragen hat?

Die Häuser an den Marktplätzen werden frisch getüncht, hellblau und hellrosa, ›poppig‹ würde man im Westen sagen. Die Auslagen in den Schaufenstern sind hübsch, Volkskunst aus Korea und Vietnam, Antiquitäten, Bernsteinschmuck. Manchmal fragen wir nach dem ›früher‹ und dem ›damals‹, manchmal möchten wir etwas Bestimmtes kaufen, doch dann heißt die Antwort in der Regel ›nïe ma‹, ›gibt es nicht‹, aber es klingt nach nimmermehr. Mit ›nïe ma‹ könnte der Roman von den Quindts auf Poenichen enden.

Wenn wir in der Nähe der Küste sind, essen wir frisch geräucherten Dorsch oder frisch gebratene Scholle, sitzen im Freien vor einer ›Smazalina‹. Mit so einer Fischbratküche hat Maximiliane 1947 sich und ihre Kinder durchgebracht. Jetzt kenne ich den Geruch, der ihren Haaren und Kleidern anhaftete. Sie hat es nicht wieder zu Besitz gebracht wie die anderen Vertriebenen.

Abends tauschen die Pommernreisenden ihre Erfahrungen aus. Man hat das Geburtshaus fotografieren dürfen! Aus dem Nachbardorf ist eine Deutsche gekommen, um zu dolmetschen! Ein Huhn wurde geschlachtet! Man hat viel zuviel Samachorka getrunken! Wenn man wiederkommt, soll man dort schlafen, in den Betten, die einmal die eigenen gewesen sind! Eine Frau zeigt uns einen Glasteller, den man ihr zum Abschied geschenkt hat, er stand noch an derselben Stelle in der Vitrine wie vor der Flucht. Was für eine Verwirrung! Wessen Haus, wessen Betten, wessen Glasvitrine? Man wird Fotos schicken und wird Pakete schicken, man hat sich die Konfektionsgrößen angeben lassen, die Maße der Fenster hat man noch im Kopf. Nur einer berichtet, daß man mit grünen Äpfeln nach ihm geworfen habe.

Das Wort ›Polaken‹, das ich in Pommern früher oft gehört habe, habe ich diesmal nicht gehört; es heißt ja auch nichts weiter als ›Polen‹, und die Polen benutzten das Wort ›Schwaben‹ als Schimpfwort für die Deutschen.

Die deutsche Überheblichkeit wird Stück für Stück abgetragen. Die Menschen in Pomorze sind so arm, wie man früher selber war. Wer früher im Osten Landarbeiter war und heute im Westen Fabrikarbeiter ist, der hat es zu etwas gebracht: Haus und Garten und Farbfernsehgerät. Warum sollte man zurückkehren wollen? Besitz scheint ein gutes Mittel gegen Heimweh zu sein.

Unsere Tischnachbarin benutzt die gleichen Aussprüche wie Anna Riepe, die langjährige Mamsell auf Poenichen. ›Das Unglück schlöppt nich!‹ sagt sie und berichtet von Krankheit und Tod in dem Haus, in dem sie früher gewohnt hat. Sie hat eine Welt-Erfahrung gemacht: Die neuen Hausbewohner haben auch ihre Schicksale. ›Schicksäler‹ sagt sie, wie Anna Riepe. Sie wird Medikamente schicken, wenn man es darf. Noch keine Freundschaft – dafür ist die Fremdheit zu groß –, aber so etwas wie Anteilnahme. Ist man nicht immer noch verantwortlich für Pommern? Keine Ansprüche. Kein Revanchismus. Die Entspannung findet in den Herzen statt.

Der zweiwöchige Vergleich zwischen der westlichen Industrielandschaft und der östlichen Agrarlandschaft geht zugunsten der alten Heimat aus. Sie ist so schön, wie man sie in Erinnerung hatte, ist eher noch schöner geworden, weil man dort, wo man früher schwer hat arbeiten müssen, jetzt Ferien machen kann. Die letzten Tage verbringen die Heimwehtouristen bei schönem Badewetter am Strand. Sie unterscheiden sich nicht von den Einheimischen, derselbe östliche Menschenschlag. Die geleerten Koffer werden wieder gefüllt, Wodka, Bernsteinketten und Brocken von ungeschliffenem Bernstein, unter der Hand gekauft. Und Honig von pommerschen Rapsfeldern und blühenden pommerschen Lindenbäumen.

Sie sind reicher als andere, die Vertriebenen aus dem Deutschen Osten, sie besitzen beides, eine Heimat und ein Zuhause. Sie geben sich zufrieden mit Heimatzeitung und Heimatabend, Heimatmuseum und Schallplatten mit pommerschen Gedichten und Liedern. Vielleicht werden sie den Kindern und Enkelkindern die verlorene Heimat einmal zeigen, Pommerland ist abgebrannt, die Pommern sterben aus.

In der Rede, die der alte Quindt 1918 aus Anlaß der Taufe

seiner Enkelin und Erbin Maximiliane hielt, hatte er wörtlich gesagt: ›Hauptsache ist das Pommersche, und das hat sich noch immer als das Stärkere erwiesen. Am Ende sind aus Goten, Wenden und Schweden, die alle einmal hier gesessen haben, gute Pommern geworden. Das Nationale hat nicht immer eine so große Rolle gespielt, sonst hätte nicht ein Quindt Woiwode in Polen werden können.‹ Und in seiner Rede, die er anläßlich der Hochzeit seiner Enkelin im Jahr 1937 hielt, war er so weit gegangen zu sagen: ›Dem Boden ist es ziemlich egal, wer drüber geht, Hauptsache, er wird bestellt.‹

Wir nehmen ihn beim Wort. Ich überprüfe die Theorien des alten Quindt, der ein liberaler Mann war, Mitglied des Deutschen Reichstags, mit Maßen mutig im Dritten Reich; seine Quindt-Essenzen waren berühmt. Aber er hat sich und seine Frau in jenem Augenblick erschossen, als der Treck seiner Gutsleute, darunter Maximiliane mit ihren vier kleinen Kindern, von der Lindenallee auf die vereiste Chaussee einbog ...

Wir müssen endlich nach Poenichen fahren! Wir bestellen das Taxi für den nächsten Morgen.

(c.b., 1978)

Die Schamzone einer Stadt
(Kassel)

Zehn Minuten von unserem Haus entfernt hat uns ein hessischer Landgraf nach französischem Muster einen Park anlegen lassen; einer seiner Nachfolger hat ihn zu einem englischen Naturpark umgestalten lassen und ihm seinen Namen gegeben: Karlsaue. Heute sorgt die Verwaltung der Staatlichen Schlösser und Gärten in Bad Homburg dafür, daß er aufs Schönste instand gehalten wird. Noch im 19. Jahrhundert war der Park größer als das Stadtgebiet von Kassel, aber sein Betreten war nur ›reputierlichen Bürgersleuten‹ gestattet. Auch heute spielt und lagert der Bürger nicht einmal dort, wo er es dürfte; er tut, was die Parkordnung befiehlt: Er schont seine Anlagen, führt seinen Hund an der Leine, reitet nicht, geht keiner gewerblichen Tätigkeit nach, fährt allenfalls auf rechten Pfaden, des Kreislaufs wegen, Rad. Er darf sich auf den Kieswegen ergehen, darf auch die Schwäne und Enten auf den Seen und Wassergräben füttern. Hundertjähriger Baumbestand! Schöngeführte Alleen. Den Grundriß einer Leier haben uns erst die Luftaufnahmen der Fotografen offenbart. Ästhetik der Landschaft. Harmonie. Auf den Rasenflächen lustwandeln Pfaue höfischer Abstammung und machen ihren jahrhundertealten Aggressionen durch Schreie Luft.

Wo die Schonzone des Parks endet, wird aus dem reputierlichen Bürger der Mensch, hier darf er's sein, hier geht er seinen Neigungen nach, rudert, angelt, gärtnert, wäscht sein Auto; hier spielt er Tennis, hier hat er sein Fußballstadion, hier spielt sich der ›Kasseler Sportverein‹ in die Zweite Bundesliga Süd hinein und wieder heraus.

Weder Mauer noch Hecke sind nötig, um die beiden Zonen voneinander abzugrenzen. Die Trennung besorgt eine Ausfallstraße, an der blaue Schilder auf die nahen Autobahnanschlußstellen hinweisen. Jenseits dieser Straße beginnt eine neue Zone, für Spaziergänger so ungeeignet wie für Wanderer; sie wird von Bundesstraßen erster und zweiter Ordnung und von der Autobahn begrenzt, von der Fulda durchflossen, einer Bahnlinie durchquert. Ein Niemandsland, ein Allerweltsland, eine verschwiegene Gegend, in keinem Bildband und in keinem Prospekt erwähnt. Wenn in der Kasseler Tageszeitung davon die Rede ist, dann in Zusammenhang mit städtischen Planungen. Industriegelände? Freizeitgelände? Eine Übergangszone, den raschen Veränderungen unterworfen. Die Stadtpläne werden in diesem Geviert von einem zum anderen Jahr ungültig. Auf den ersten Blick nichts weiter als Fuldaniederungen, neblig und sumpfig, früher, vor dem Bau der Edertalsperre, ständig von Hochwassern bedroht.

Wir kommen an einem Ausstellungsgelände vorüber, dann an einem Sportgelände, dann am Turnierplatz des ›Kurhessischen Reit- und Fahrvereins e.V.‹, auf dem in jedem Mai Turniere geritten werden; hohe Hecken und hohe Hürden. Anschließend, ebenfalls eingezäunt, das Areal des ›Kleingartenvereins Auefeld e. V.‹, Spekulationsobjekt der Stadtplaner, leidenschaftlich von den Kleingärtnern verteidigt. Vor dem Tor ein Warnschild: Hier wurde vorsorglich Rattengift gelegt. Die Gartenhäuschen winterfest gemacht, die Pumpen mit Stroh umwickelt; die Badewannen, in denen sich im Sommer Regenwasser in Gießwasser verwandelt, umgestülpt; die hochstämmigen Rosen mit Schutzhauben versehen, die Beete umgegraben und die Obstbäume bereits auf Fruchtholz geschnitten. Die Reiser liegen aufgeschichtet für das erste Frühlingsfeuer bereit. Ein Kinderspielplatz. Jetzt alles entblößt, den Blicken preisgegeben. Winterliche Melancholie, die Stunden zwischen den Tageszeiten, anhaltende Dämmerung, und dann dieses Zwischenreich zwischen Stadt und Land, zwischen Zivilisation und Natur.

Als nächstes der ›Boxer-Club e. V. Kassel‹ – alles ist hier ›e. V.‹, eingetragen und gemeinnützig. Ein Clubhaus mit Tribüne, auf dem Rasen halbhohe Hecken und halbhohe Hürden. Wütendes Gebell eines Boxers, der sich im reiß- und beißfesten Armschutz des Trainers festgebissen hat, was ihm das Lob des Hundehalters einträgt. Weitere Boxer und weitere Boxer-Herren in Pelzmütze und Lammfellmantel als Zuschauer in der Sonntagsschule der Hunde.

An der anderen Seite der Stichstraße, auf hohen Zementsockeln, die Bootshäuser der Schulen und Rudervereine; die Türen sind verriegelt, hinter den Glasscheiben aufgedockte Vierer, Achter und Zweier. Die Hecken am Straßenrand sind entlaubt, sie verbergen nichts mehr und haben auch nichts mehr zu verbergen: der Campingplatz mit Bootsanlegestelle und Rettungsstation ist seit dem 1. Oktober geschlossen. Anzeichen winterlicher Reparaturarbeiten. Unmittelbar anschließend, hinter hohem Maschendraht, militärisches Gelände. Vorsicht! Schußwaffengebrauch! Hier hat lange ein belgisches Panzerpionierbataillon gelegen, die Warnschilder rosten auf französisch, flämisch, deutsch: ›Terrain militaire‹. Ein Posten im Tarnanzug bewacht den Wasserübungsplatz. Das Gelände ist mit kniehohen Fichten bepflanzt worden, zur Tarnung und zur Verschönerung.

An dieser Stelle hört die städtische Straßenbeleuchtung auf, die Asphaltierung ebenfalls. Vorm Schlagbaum parkt ein Auto, in dem ein Liebespaar mit sich beschäftigt ist. Hinter dem Schlagbaum beginnt die Versorgungszone der Großstadt. Aber zunächst noch ein aufgeschütteter Bahndamm, von Holunder, wilder Möhre und Schierling des Vorjahrs überwuchert. Eine Bahnstrecke für Pendler; eingleisig, am Hauptbahnhof beginnend, von Vorort zu Vorort im Halbkreis um die Stadt herumführend und weiter ins Hinterland; sie versorgt die Stadt mit Arbeitern, endet an der Grenze zur Deutschen Demokratischen Republik; wir sagen hier noch immer ›Zonengrenze‹ und ›Zonengrenznaher Bereich‹. Um 5 Uhr 10 fährt der erste Triebwagen über die Brücke stadtauswärts, der letzte um 23 Uhr 17. Reger Güterverkehr. Bei Südwind hören wir, wenn wir im Garten sitzen, das Tuten der Züge.

Und jetzt die peripheren Durchblutungsadern, die außerhalb des Stadtkörpers liegen: Wasser, Erdgas, Elektrizität. Auf dem Stadtplan mit UW, EW, PW gekennzeichnet. Pumpwerke und Umspannstationen. Zunächst ein Flachbau mit dem Schild ›Explosionsgefahr‹ und dem Hinweis, daß von nun an alles auf eigene Gefahr geschieht.

Die Verteilerstelle für Erdgas: die Rohre verschwinden im Erdinneren, sie werden die Fulda unterqueren, in Richtung Osten. Auf der anderen Seite des Weges, außer Betrieb und dem Verfall überlassen, eine alte Wasserpumpstation, die ein Waggonwerk versorgte, bis es vor einigen Jahren stillgelegt wurde.

Die Verbots- und Gebotsschilder zeigen an, daß inzwischen die Zuständigkeit gewechselt hat. Nicht mehr ›Die Verwaltung der Staatlichen Schlösser und Gärten‹, sondern ›Die Standortkommandantur‹, ›Die Stadtwerke‹, ›Die Wasserschutzpolizei‹. Winterlich graue Wiesen. Wir könnten jetzt einen Treidelpfad am Fluß entlang benutzen, wenn uns nicht kleine Bäche am Weiterkommen hinderten, die, kaum entsprungen, nicht des Namens wert, oftmals durch Rohre geleitet, in die Fulda münden. Auf dem Stadtplan, den wir bei uns tragen, sind die Bäche nichts weiter als kurze blaue Fädchen. Auch die Fulda ist keiner der bedeutenden und verkehrsreichen Wasserwege. Eher lieblich als nützlich. Noch 20 Kilometer flußabwärts, dann gibt sie Namen und Selbständigkeit auf und verbindet sich mit der Werra zur Weser.

Ein blaues Schild mit drei weißen Wellenlinien: Trinkwasserschutzgebiet! Vorsorglich zum Weg hin eingezäunt. Dem Bürger, der sich bis hierher vorgewagt hat, wird der ewige Kreislauf der Natur in Gedichtform anschaulich gemacht. Von wem verfaßt? Von einem Regierungsoberamtmann?

›Hast du gegessen und getrunken,
dann laß dich nicht hier nieder.
Sonst trinkst du, was du hinterläßt,
am nächsten Morgen wieder.‹

Inzwischen nennt sich die Straße ›Allee‹, ist aber nur einseitig mit Bäumen bepflanzt. An der anderen Seite ein Wassergraben, vor dem uns eine verwahrloste Hecke schützt, mit benutzten Papiertaschentüchern und geleerten Zigarettenschachteln besteckt. Zur Rechten ein Bauernhof, mitten in Gemüseland gelegen. Faulende Kohlköpfe, nicht rechtzeitig vorm ersten Frost geerntet. Bald wird auch das letzte Ackerland verkauft und die Gebäude abgerissen werden. Ein Hof, der dem ›Bauernlegen‹ zum Opfer fallen wird.

Vor uns taucht eine Walhalla mit Schloten auf, ein architektonisches Monstrum: das Elektrizitätswerk. Die Generatoren werden schon hörbar, und hörbar wird auch das Knistern in den Drähten, die sich von Riesenmast zu Riesenmast schwingen, Richtung Stadt, Richtung Volkswagenwerk Altenbauna, Richtung Zonenrandgebiet.

An der ersten Staustufe des Flusses liegt die ›Neue Mühle‹, nicht mehr ›Neu‹ und nicht mehr ›Mühle‹, sondern ein Ausflugslokal für Autofahrer, weniger für Fußgänger. In einem Garten weist ein Schild darauf hin, daß man hier frisch geräucherten Aal und frisch geräucherte Forellen kaufen kann. Zweifamilienhäuser für das Personal der Heilanstalt. Wer in Kassel ein wenig ›meschugge‹ ist, muß in die ›Neue Mühle‹, das ›Ludwig-Noll-Krankenhaus‹, eine Psychiatrische Anstalt am Rande der Gesellschaft, wie einst die Siechenhäuser, im Sichtschutz eines Parks gelegen, am erhöhten Flußufer, fast schon idyllisch.

Es geht jetzt ein Stück über freies Feld. Das Rauschen in der Luft rührt nicht mehr von den Generatoren her, sondern von der nahen Autobahnstrecke Kassel–Dortmund. Von der Autobahn und einem ihrer Zubringer tangiert, liegt der Friedhof der russischen und englischen Kriegsgefangenen und ihres deutschen Sanitätspersonals, alle im Ersten Weltkrieg einer Seuche zum Opfer gefallen. Schöne Baumkronen über schönen Grabsteinen! Zeichen für Zivilisation und Kultur? Dahinter, in Dämmerung und Dunst verschwindend, die Silhouette des Habichtswaldes, der Kasseler Hausberge. Für das geübte Auge wird in einem Bergsattel das Monumentaldenkmal des Herkules sichtbar.

Unter der Autobahn hindurch und bald darauf über die Fulda hinweg, gelangen wir in ein verstädtertes Dorf. In einem Gasthaus trinken wir einen Schnaps zur Belohnung für den geleisteten Weg und einen zweiten zur Ermunterung für den Rückweg. Mitten im Raum wird Pool-Billard gespielt; wir hören hessischen, aber auch anatolischen Dialekt.

Für den Rückweg wählen wir die andere Seite der Fulda. Zuerst durch ein halbstündiges Waldstück, Buchen mit Unterholz, die Natur sich selbst überlassen, von Forstwirtschaft keine Spur. Der Wald lichtet sich und gibt den Blick auf die Stadt und ihre Umgebung frei. Im Osten das Industriegebiet mit sonntäglich rauchlosen Schloten, im Westen die Wohnviertel mit neoromanischen, neogotischen, neobarocken Kirchtürmen, keiner von ihnen ist im letzten Krieg verschont geblieben.

Landwirtschaft und Industrie schieben sich ineinander. Eine Kleiderfabrik, dann ein Acker mit grüner Wintersaat, eine Großmarkthalle, ein unbestelltes Feld, eine Tankstelle.

Wir halten uns am linken Straßenrand, immer zum Sprung über den Straßengraben bereit. Auch auf Bundesstraßen mit zweistelligen Zahlen befinden sich Fußgänger im Unrecht. Wir weichen der größeren Kraft und Geschwindigkeit, schlagen einen Wiesenweg ein, der zum Fluß führt. Erlen und Pappeln am Ufer, angeschwemmte Kanister, Teertonnen, Kunststoffbehälter. Zeichen von Zivilisation. An dieser Uferseite nicht einmal ein Treidelpfad, die Viehweiden reichen bis ans Wasser und mit ihnen ihre Stacheldrahteinzäunung. Wem gehören die Ufer? Alles ist hier privat. Betreten verboten. Unbefugt übersteigen wir die Einzäunungen.

Der trübe Tag geht in einen trüben Abend über. Krähen ziehen schwirren Flugs zur Stadt, stellen Luftlinien zwischen Äckern und Parks her. Am gegenüberliegenden Ufer schießen Halbwüchsige mit Pistolen.

Unerlaubtes Gelände.

Dort, wo einer der namenlosen Bäche mündet, steht noch ein Angler. Wir kommen, auf der Höhe der ›Neuen Mühle‹, dicht an das Wehr heran, über das der braune Fluß weißschäumend hinunterrauscht, gehen über das schmalspurige Geleis, auf dem die Boote über die Staustufe hinwegtransportiert werden. Ein Renn-Einer ist noch unterwegs, hat die volle Flußbreite für sich; wir hören den schnellen, gleichmäßigen Ruderschlag.

Der Pfad endet am Rand eines Baggerlochs. Wir stören drei Entenjäger auf. Riesenbagger haben die Ufer aufgerissen und tief in Aue-Lehm und Löß gegriffen, haben Täler ausgehoben und Berge aufgetürmt. Verfremdung des flachen Kasseler Beckens. Wieder müssen wir weichen. Wir kehren zur Autostraße zurück, die Scheinwerfer fassen nach uns wie nach Wild. Wir ziehen uns in das neben der Straße liegende Gelände zurück und geraten in eine Schamzone, den Intimbereich der Großstadt, die Schutt, Müll und Abraum vor sich herschiebt. Baggerlöcher werden zugeschüttet, der Abraum notdürftig mit Erde bedeckt; erste Anzeichen von Vegetation. Unsere Schuhe sacken in schlierigen Schlamm, von den Geographen ›Schluff‹ genannt. Ein verrosteter Bagger ragt aus dem Ödland.

Unser Stadtplan ist sechs Jahre alt. Wo wir gehen, ist ein blaues Baggerloch eingezeichnet. Uns schaudert's wie dem Reiter überm Bodensee, auch ohne zu wissen, daß man in diesem Gelände noch immer Bomben des Zweiten Weltkriegs findet. Wir retten uns auf den Bahndamm, gehen über die Schwellen stadteinwärts. Verspätete Kinder schleppen ihre Fahrräder über den Damm. »Wie spät ist es denn?« Von den Kirchtürmen läuten die Abendglocken, hinter uns ländlich mit einer einzigen Glocke, vor uns städtisch mit vielen

Glocken. Der Himmel über der Stadt färbt sich rot von Millionen Watt.

Vom Bahndamm wieder ans Flußufer: ein Grasweg, der zum Schotterweg und unversehens zum Kiesweg wird. Weiße Bänke. Das Gestrüpp und Gesträuch ordnet sich zu Anpflanzungen. Junge Bäume, schön gruppiert. Ein Freizeitgelände, das auf Benutzung wartet.

Das alles war einmal eine Flußlandschaft: Kiesgruben – Baggerlöcher – Schuttplatz – Freizeitgelände. Die Veränderungen vollziehen sich in der immer gleichen Reihenfolge. Von der Natur zurück zur Natur, die zu ihren Veränderungen Jahrmillionen benötigt, der Mensch braucht nur ein Jahrzehnt.

Wir nähern uns wieder der Stadt. Eine Bushaltestelle, an der niemand wartet. Ein Parkplatz ohne Autos. Die Seen und Wiesen durch rasch wachsendes Buschwerk von der Autostraße abgetrennt, auf der man mit Höchstgeschwindigkeit dieses Niemandsland durchfährt. Hinaus aus der Stadt, hinein in die Stadt.

Im Sommer filtert das Blattwerk von Pappeln, Weiden und Erlen die Luft und gibt Sichtschutz für Badestellen, Bootsstege, Liege- und Spielwiesen. Dann werden Luftmatratzen und Schlauchboote aufgeblasen, wird Ball gespielt, werden Würstchen gebraten, wird Freizeit gestaltet. Auf einer der Wiesen zeugt noch eine Säule von verschwundener Pracht, ihr dorisches Kapitell ist beschädigt, aber der Säulenschaft ist noch unversehrt. Keiner kennt ihre Herkunft, sie wurde unter den Trümmern gefunden, mit denen man nach Kriegsende die damaligen Baggerlöcher ausgefüllt hat. Keine Mahntafel. Niemand muß sich mehr erinnern, niemand braucht zu wissen, worüber er sein Badetuch ausbreitet. Wir gehen über meine Schule, mein Theater, mein Elternhaus. Über Fenstersimse, Suppenschüsseln, Gebein; alles zertrümmert, zermahlen, mit Erde bedeckt, die nicht bebt, die sich in wenigen Wochen begrünen wird. Schon hängen Weiden- und Erlenkätzchen an den Zweigen. Aber hier hat es der

Frühling schwerer als in der Schonzone des Parks, er muß nicht nur die Vergänglichkeit der Natur bekämpfen, sondern auch, was unvergänglich ist, überwinden: die Spraydosen, die Bierflaschen und die Plastiktüten der Vorjahre. Bei niedrigem Wasserstand ragen Betonklötze und verrostetes Gestänge aus den Badeseen heraus: Überreste der gesprengten Luftschutzbunker, die den Schwimmern zum Turnen und Spielen dienen.

Unser Park liegt jetzt im Dunkel. Auf den Wassergräben ziehen lautlos die weißen Schwäne dahin. Die Pfaue haben ihre Schlafplätze im Wipfel eines alten Weidenbaums aufgesucht. Wildenten steigen auf und ordnen sich vorm Himmel zu unverständlichen Zeichen. Wir kehren in die Kulturzone zurück, empfinden die geordnete Natur als wohltuend. Die Karlsaue: das Freizeitgelände der absolutistischen Landgrafen, die das vormals sumpfige Auengelände in einen Park verwandeln ließen. Wiederholungen. Demokratisierung einer Landschaft.

(c.b., 1974)

Herstellung von Ruinen

(Löwenburg Kassel)

Durchlaucht ließen, romantisch anzuschauen,
Damals in seinem Park ein Schloß erbauen,
Kunstvoll, im Stil alter zerfallener Schlösser,
Überall die Torsos der Ritter und Rösser,
Zerborstene Mauern, Zinnen und Kamine,
Kurzum, im Stil einer Ruine.
(Nach 150 Jahren, 1943, wurde sie bombardiert
Und nachträglich als solche legitimiert.)

(O.H.K.)

Osterspaziergang und Pfingstausflug
(Die Umgebung der Stadt Kassel)

Die Bussarde und Segelflugzeuge, die an blauen Sommertagen über der Stadt kreisen, deuten es an, auch die Kreidewölkchen, die die Sonne aus den feuchten Wäldern zieht: Die Umgebung der Stadt kann nicht weit entfernt sein.

Mitten in der Stadt, am Bahnhof, beginnt sie schon, wenn am Ende der Straßenzeilen . . . nein, nicht nur die zartblauen Höhenzüge ringsum auftauchen, sondern – über Fabrikschornsteine hinweg – Waldränder, Äcker und Kartoffelfeuer. Vom Rand her strecken sich, mit Elstern, Holztauben und Dompfaffen, die Parks weit in die Stadt herein. Und mitten im Verkehrsstrom liegt noch der ›Kirchweg‹: Sonntagmorgen, Glockenläuten, Bäuerinnen mit weiten Röcken und zierlichen, bebänderten Kappen auf dem Weg zur Kirche zwischen Kornfeldern und Apfelbäumen – aber 150 Jahre zurück, als auch Niederzwehren noch kein Stadtteil von Kassel, sondern ein fünf Kilometer entfernt liegendes Dorf war, wohin die Brüder Grimm zu ihrer Märchenerzählerin Viehmann eine Stunde zu Fuß durch die Felder gehen mußten.

Das Land also ganz nahe: Wald, Roggenfeld und Weißdornhecke, Bach, Waldkauz und Reh, Dörfer mit schwarzweißen Fachwerkhäusern, roten Ziegeldächern und den dikken hessischen ›Ein-feste-Burg-ist-unser-Gott‹-Kirchtürmen. Mit der Straßenbahn, dem Bus oder dem Auto eine Viertelstunde, und man steht am Waldrand, am Feldrain oder am Parkplatz. Wir besuchen unsere Freunde zu Fuß, auf Waldpfaden und Steigen, in Spaziergängen oder Wanderungen, am Brasselsberg, in Escherode, in Niedenstein und

Zierenberg, selbst in Münden oder Hessisch-Lichtenau, in einer Halbtagestour, und abends fahren wir mit dem Postbus oder der Bahn nach Hause. Liegt bei uns, von den Fulda-Niederungen her, Nebel, rufen wir vorher bei den Freunden an und erfahren, daß bei ihnen, weil höher gelegen, die Sonne scheint, und schon während der Fahrt taucht in Höhe der Kohlenstraße der Bus aus dem Dunst in die Sonne.

Auf meiner ›Umgebungskarte von Kassel‹ – 50 Kilometer im Umkreis umfaßt sie – herrscht die grüne und braune Farbe vor, das heißt: Wald-, Acker- und Weideland, begrünte Berge und Täler, im einzelnen: Kamille und Huflattich, Goldammer und Fink, vor allem aber immer wieder Wälder, weithin und ringsum, Nordhessen, das waldreichste Gebiet Deutschlands. Im Veranstaltungsprogramm des Hessisch-Waldeckischen Gebirgsvereins von Kassel, das für jeden Sonn- und Feiertag ein oder zwei Wanderungen in der näheren Umgebung vorsieht, wiederholt sich nahezu zwei Jahre lang keine Wanderung, so viele Möglichkeiten gibt es, ganz zu schweigen von den Touren in die weitere Umgebung wie Bramwald, Knüll, Kellerwald und Ringgau oder gar Rhön, Vogelsberg, Solling und Rothaargebirge.

Will man nur spazierengehen, sich der Führung von markierten Rundwegen überlassen, von Trimm- und Lehrpfaden, mit lockenden Zielen wie Ausflugslokalen oder Aussichtspunkten, in der Obhut von Hinweisschildern und gepflegten Wegen, dann gehe man in den gleich oberhalb der Stadt gelegenen Naturpark Habichtswald, mit dem Bergpark Wilhelmshöhe, der unmerklich in den Wald übergeht, Natur und Kunst ineinandergreifend, die Prachtentfaltung der Parkanlage in die Prachtentfaltung von Salomonsiegel und Königsfarn. Himbeerhänge ziehen sich hinauf zum kahlen Plateau des Dörnbergs mit seinen Segelflugzeugen, dem ›Alpenpfad‹ und dem Kalkboden liebenden Enzian oder den langstieligen Anemonen. Im Winter laufe man mit den Skiern durch die Fichten- und Lärchenwälder am Hohen Gras (615 Meter), Kassels Hausberg, oder die Langen Berge.

Will man aber allein sein, ausgesetzt dem Wald und den Wegegabeln, dem Abenteuer der Überraschungen, der Herausforderung der Entfernungen und Irrwege, dann wandere man im Kaufunger Wald; nur ein Teil davon ist erschlossener Naturpark. Sein höchster Berg, der Bielstein, ist noch 30 Meter höher als das Hohe Gras, ja, nimmt man den Meißner zum Kaufunger Wald hinzu, dann sind es bei dessen höchster Erhebung, der Kasseler Kuppe, sogar 750 Meter, mit dem Blick hinüber auf den Thüringer Wald, Deutschlands geteiltes Herz, und dem Blick zurück ins Jahr 1913, als sich hier, damals noch geographische Mitte Deutschlands, die Freie deutsche Jugend, der Wandervogel, zusammenschloß.

Am einsamsten aber der Reinhardswald. Acht Wegstunden geht man von Münden bis Karlshafen, am linken Ufer der jungen Weser, zwischen Buchenschlägen, Fichtenwäldern, Hochmooren und mannshohem Farn, sogar ausgedehnten Eichenwäldern wie in Germanien vor 2000 Jahren; auf der Hälfte der Strecke, mittendrin, die Sababurg und der 200 Jahre alte Tierpark, ein Reservat für Wisente und Mufflons, sowie der ›Urwald‹, wo man den Wald sich selbst überläßt und wo die Bäume eines natürlichen Alterstodes sterben.

Man folge den Spuren der Erde: dem Muschelkalk, den alten Braunkohlenzechen und Glashütten, vor allem dem Buntsandstein der Trias, der, verwitternd, die unfruchtbaren Sandböden lieferte und somit, weil landwirtschaftlich nicht nutzbar, die Wälder, auch den Ton für die Töpferwaren von Großalmerode zwischen Meißner und Kaufunger Wald. Man folge den im Tertiär aus den Spalten emporgestiegenen Vulkansteinen, dem Basalt, diesen bizarren, seltsam geformten Felsgebilden, Kuppen, Kegeln und Säulen, die die Phantasie entzünden zu Riesentöchtern, Wichtelmännern und Kirchenschiffen, zu Sagen, Legenden und Märchen: Reich der Frau Holle am Meißner, Dornröschenschloß Sababurg, Zwergenhöhle bei Frankershausen – Land der Grimmschen Märchen!

Man folge der aus diesen Steinen geformten Chronik, den Steinkammergräbern, den Hügelgräbern, bis zu den Ringwällen der Wohnburgen auf dem Dörnberg, dem Baunsberg, dem Burghasunger Berg oder der Altenburg, der einstigen Hauptstadt der Chatten, zehn Kilometer südlich von Kassel; man folge, längs der alten Post-, Salz-, Kohlen- oder Handwerkerwege, auf denen die Waren zum Markt nach Kassel gebracht wurden (›Schusterpfad‹, ›Töpferpfad‹), den Burgen, Klöstern und Wehrkirchen, aus Buntsandstein gebaut, selbst noch die Autobahnbrücke bei Hedemünden oder die Sperrmauer des Eder-Stausees; man folge den Hugenottensiedlungen wie Karlshafen, im französischen Barock, vor allem den mittelalterlichen Städtchen mit Fachwerkhäusern, Marktplatz, Rathaus und gotischer Kirche – sechs von denen, die Reclams Kunstführer nennt, finde ich auf meiner ›Umgebungskarte von Kassel‹, Fritzlar, Münden, Melsungen, Oberkaufungen, Witzenhausen und Zierenberg.

Auf dem dichten Verkehrsnetz erreicht man schnell Stille, harz- und blütenduftende Luft, an der Söhre, am Park des Rokoko-Schlosses Wilhelmsthal. Man folge den klingenden Namen der Wanderstrecken, die nahe an der Stadt vorbeiführen, ›Wildbahn‹, ›Frau-Hollen-Pfad‹, ›Barbarossa-Weg‹, ›Wartburgpfad‹ oder ›Studentenpfad‹ (von Göttingen über Marburg bis Gießen). Auf Wiesenwegen oder Treidelpfaden, zwischen Erlen und Weiden, gelangt man entlang den Windungen der Fulda bis zur ›Grauen Katze‹ oder mit dem Motorschiff flußabwärts, zwischen Wiesen und Wäldern, nach Münden, zur Abtei Corvey und Hameln. Die Aufenthalte an den zahlreichen Schleusen erinnern immer wieder daran, daß dies alles ohne Eile und Hast geschieht, ohne daß es Profit abwirft, außer einer Handvoll Heidelbeeren, Hallimasch oder Trollblumen, aber im Ohr Drosselgesang, die Augen voller Wolken, sich färbendem Laub und dem Sonnenuntergang hinter dem Bärenberg, dazu Entspannung, Ruhe, Rast, sogenannte Freizeitwerte, rechnerisch nicht zu fassen, es sei denn etwa in den zwei Millionen städtischer

Ausgaben für den Habichtswald. Der Waldreichtum, früher ein Zeichen von Armut, weil der Boden zu nichts anderem taugte, wurde im Zeitalter des Tourismus und der zunehmenden Freizeit zum Reichtum.

Was man in Konferenz- und Bürozimmern erkannt hat, den Wert der ›Naherholungsgebiete‹, die ›Sozial- und Erholungsfunktion des Waldes‹, und was man in ›Raumordnungsprogrammen‹ niedergelegt hat, das kann im einzelnen so aussehen: eine nächtliche Geburtstagsfeier im mondbeschienenen, mückendurchsummten Waldwiesental bei Quentel; die abendliche Feier mit Wein und Pastete unterhalb der ›Elfbuchen‹ zum Gedenken an eine dort vor Jahresfrist entstandene und erfolgreich durchgeführte Roman-Idee; Sommernächte am Silbersee, dem ehemaligen Basaltbruch im Habichtswald, mit Würstchenbraten in den Grillhütten, mit Unkenruf und Grillengesang, Jugendgruppen und Schulklassen, mit Gitarre und Zelt; ein Osterspaziergang mit Lerchen und Primeln zum Dörnberg; eine Himmelfahrtsherrenpartie mit Kirschblüten und Kuckucksruf nach Witzenhausen; ein Pfingstausflug mit jungem Buchengrün und mit Bachstelzen an der Nieste, über Berg und Tal, durch Wald und Feld, wie im Volkslied, wie in Emanuel Geibels ›Der Mai ist gekommen‹, das er im Mai 1841 auf der Fahrt zu seinem Mäzen, Baron von der Malsburg, auf Schloß Escheberg, zwanzig Kilometer nordwestlich von Kassel, schrieb und wo von Berg und tiefem Tal die Rede ist, von Quellen, rauschenden Bäumen und Lerchen.

In Kassel drunten hat sich vieles geändert seither; in seiner Umgebung wenig.

(O.H.K., 1977)

Im Schatten des Birnbaums
(Ferien zu Hause)

Waren Sie schon im Urlaub? – Wohin fahren Sie denn? – Ihr bleibt zu Hause? Offenkundiges Befremden, unverhohlenes Mitleid. Man bedauert uns, weil wir die 237 Quadratmeter Erde, für deren Aussehen wir laut Eintragung im Katasteramt zuständig sind, jetzt nicht verlassen wollen. Kein Zaun, nur eine Hecke markiert deutlich unsere Besitzansprüche. Keiner, den wir nicht ausdrücklich dazu auffordern, wird das Gelände betreten. Eine Birke überragt das Haus. Wacholder und Rosen; auch an Lorbeer fehlt es uns nicht. An der Hauswand eine lilafarbene Klematis, die sich in einer geeigneten Vase zur Orchidee steigern läßt. Hohes Buschwerk; niemand kann den Garten einsehen. Auf dem Rasen (5 × 10 m) bin ich ohne Konkurrenz. Keine Frau ist jünger oder schöner oder schlanker als ich. Dieser Garten ist ein Paradies.

Die Terrasse, ebenerdig (3 × 4 m), bietet Sonne oder Schatten, beides zu seiner Zeit. Einen hessischen Sommermorgen macht uns so leicht keiner nach! Frühstück im Grünen. Deutschsprachig. Honig, weichgekochtes Ei, Toast, ostfriesischer Tee, in der Kanne aufgebrüht und rechtzeitig abgegossen. Die Terrassentür ist weit geöffnet, damit wir Musik hören können; der Plattenspieler ist auf Gartenlautstärke eingestellt, Stereo. Sommermusik: provençalische Hirtenlieder, griechische Volksmusik oder mein Frühstückslieblingslied: ›Oh, what a beautiful mornin', oh, what a beautiful day‹, aus dem Musical ›Oklahoma‹. Die Tageszeitung vom Tag der Ausgabe, pünktlich um 6 Uhr 30 zugestellt. Mit uns frühstücken die Amseln, sie sind längst domestiziert und erwarten, daß wir sie nicht nur im Winter ernähren. Vollkornbrot, gekochter Schinken. Sie lassen nichts aus, stopfen sich die Schnäbel voll und befördern die Beute zu ihren Jungen, die aufgeplustert unterm Fliederbusch hocken und die Schnäbel aufsperren. Im Frühling saß das gelbschnäblige Männchen auf dem Dachfirst und schmetterte seine Werbesongs. Jetzt hat es, was es haben wollte: ein Weibchen und drei Junge dazu. Jetzt beschränkt es sich auf Warn- und Lockrufe. Die Wespen frühstücken ebenfalls mit uns. Sie tauchen auf, bevor noch das Tablett auf dem Tisch steht. Sie sind denaturiert, statt sich Nektar aus dem rosa duftenden Phlox zu holen, nehmen sie Kalbsleberwurst zu sich. Seitdem scheinen sie friedlicher geworden zu sein. Proteine gegen Aggressionen. Unsere Radiomusik erhält Konkurrenz: Die Übernachbarn hängen den Vogelkäfig an die Sonnenseite des Hauses, und da brilliert der Kanarienvogel nun mit seinen endlosen Rezitativen, unabhängig von Jahreszeit und Geschlechtstrieb, schmettert seine Arie, daß man sich in einer neapolitanischen Gasse wähnt.

Die Vorzüge des eigenen Hauses sind augenfällig. Kein Streik beim Dienstpersonal. Wir bringen ohne Murren unsere Schlafzimmer selbst in Ordnung. Mein Bett: durchgehende Matratze, Federkern, Länge und Breite meinen Wünschen entsprechend; Daunensteppdecke oder Laken, je nach der Temperatur. Die Kleider hängen griffbereit und gebügelt im Schrank, Wolle oder Baumwolle. Die sanitären Einrichtungen: Bad, Dusche, WC. Die Abflüsse in Ordnung, auch die Warmwasserversorgung. Sollten kalte Tage kommen, brauchen wir nur am Thermostat der Ölheizung zu drehen. Die Küche ist durchgehend geöffnet. Kirschkaltschale, eine Portion rote Grütze mit Milch – so etwas findet man immer im Kühlschrank. Bedienung oder Selbstbedienung, nach Wahl. Keine Trinkgelder! Der Whisky – on the rocks, kurz oder lang – kostet in keinem Fall mehr als DM 0,80. Jalousien filtern das Sonnenlicht und geben den Arbeitszimmern ein wohltuend gedämpftes Licht. Arbeitsklima. Schriftsteller können ihren Beruf zu jeder Zeit ausüben, unbehindert von Betriebsferien, Streiks, Sonntagen, Schlechtwetter. Von keinem Telefonanruf gestört, sitzen wir im August an unseren Schreibtischen. Kein Verlag, keine Rundfunkanstalt, niemand ruft uns an. Man vermutet uns überall, nur nicht zu Hause.

Unsere Schreibtische haben eine angenehme Größe und die richtige Höhe, ebenso der Schreibtischstuhl. Der Blick geht ins Grüne. Alles ist vertraut, nichts lenkt mehr ab. Die Bücher stehen in Reichweite. Wir sind nicht angewiesen auf ein paar, meist ungeeignete, Bücher, die man im Koffer mitgenommen hat oder die man in den Hotelpensionen für die Gäste bereithält. Zum Nachschlagen steht der zwanzigbändige Große Brockhaus zur Verfügung. Wer nimmt dieses Werk mit in eine Ferienwohnung? Selbst Leute mit einem Mercedes 300 oder einem Wohnanhänger nicht. Mein Schaukelstuhl steht unter der Stehlampe (220 Volt, 200 Watt). Einen solchen Leseplatz finde ich nirgendwo, auch nicht für DM 90.– Vollpension.

Doch noch ein Anruf, der einzige an diesem Vormittag! Freunde brechen zu einer Kreuzfahrt auf. Mit einem russischen Dampfer ab Wien, donauabwärts, Schwarzes Meer, Odessa. Ihr Auto bleibt hier. Sie wollen es uns zur Verfügung stellen, damit wir ›beweglicher‹ sind. Fußgänger werden mehr und mehr zum Ärgernis. Wir sind eine Herausforderung für unsere Freunde; sie wittern eine Weltanschauung hinter unserem Konsumverzicht. Wir haben in der Tat etwas gegen Autos, in denen wir nicht selber sitzen. Jetzt in der Ferienzeit gähnen auf dem Parkplatz vor unserem Haus große Lücken. Morgens bleibt es lange ruhig, kaum einer fährt noch früh zur Arbeit. Erst am späten Vormittag werden einige Wagen für die Fahrt ins Schwimmbad bepackt, zu dem man zu Fuß zwanzig Minuten durch einen der schönsten Parks gehen müßte, vorbei an einem See mit schwarzen und weißen Schwänen, Wasserhühnern, an schattigen Rasenflächen mit Hasen, Eichhörnchen, radschlagenden Pfauen. Mit dem Auto kann man den Park in wenigen Minuten umfahren, muß dann allerdings vom Parkplatz zum Schwimmbad auf einer Asphaltstraße gehen.

Die Post: An jedem Morgen sind wir überrascht, daß sie noch immer ausgetragen wird, wo doch nur Ansichtskarten kommen und ein paar Drucksachen, von Firmen, die uns Öltanks aus Aluminium anbieten. Postkarten von überall her. An der Costa Brava oder auf Mallorca ist in diesem Jahr keiner, den wir kennen. An der Adria erst recht nicht. Unsere Freunde sind anspruchsvoll geworden. Die Inseln, die sie aufsuchen, werden immer exclusiver. Skiathos zum Beispiel. Ich sehe mir auf der Ansichtskarte die Bucht an: blaues Meer, weißer Strand, Schirmpinien: Mittelmeer-Klischee! Ich lese den Text. ›Die schönste Terrasse der Insel! Das Panorama! Der Duft der Seekiefern! Die blühende Macchia! Uzo! Der Seewind! Die Zikaden!‹ Ich werde dem Absender ein Blatt Papier mit Ausrufungszeichen schicken müssen. Per Luftpost! Ich betrachte unseren Birnbaum und sage: Auch schön! Manch einer würde von weit herkommen, um diesen Birnbaum zu sehen, dessen Früchte von Tag zu Tag dicker werden, grün wie Avocados. Worin unterscheidet sich bei 35 Grad und geschlossenen Augen der Schatten eines Birnbaums von dem einer Pinie? Das möchte ich wissen! Am Rand der Karte steht: ›Vor der Rückfahrt graut mir! Diese Charterflüge! Der Flughafen in Ffm!‹

Soeben nimmt ein Dompfaffenpärchen in der Vogeltränke ein Vollbad. Hänflinge, Spatzen und Amseln halten die Trinkschale für eine Vogelbadeanstalt. Alle paar Stunden kippe ich den Sand heraus und fülle Wasser nach. Ich könnte jetzt gar nicht von hier weg.

Kein Rasenmäher stört die Mittagsstille. Die Nachbarn sind fort; aber auch bei denen, die zu Hause geblieben sind, wächst der Rasen nicht. Es ist zu trocken. Ruhige Zeiten für den Gartenbesitzer. Man könnte ein wenig hacken und zupfen, aber man muß nicht. Der Garten braucht Ruhe nach der Anstrengung des Treibens und Wachsens und Blühens. Auch wir müssen uns vor Überanstrengung hüten, denn wir sind ohne ärztliche Versorgung. Unsere Hausärztin weilt zur Kur in Bad Kohlgrub. Ihr Vertreter hat vier Praxen zu versorgen. Unser Zahnarzt verbringt seine Ferien bei einem Jagdfreund in der Eifel. Unser Friseur ist in Jugoslawien, Insel Raab; mein Mann stutzt sich den Bart selbst. Auch das Glaubensleben ruht. Kein Gesprächskreis im Pfarrhaus mehr, erst im Oktober wieder. Keine Mittwoch-Abend-Andachten. Nur noch das Nötigste an Gottesdiensten, Beerdigungen und Taufen. Geläutet wird automatisch. Die Wochenzeitungen beanspruchen nur noch die halbe Lesezeit. Weniger Anzeigen, weniger Text.

Ab 14 Uhr leide ich unter Halluzinationen: Meeresbrandung. Felsenküste. – Geh doch ins Schwimmbad! sagt mein Mann. – Kommst du denn mit? frage ich. Er lehnt ab. Schwimmbäder mag er nicht. Wo du nicht hingehst, da will ich auch nicht hingehen, sage ich. Buch Ruth! – Er verbessert mich: Ruth wollte dorthin gehen, wo ihre Schwiegermutter hinging. – Ich sage: Eben! und gehe unter die Dusche. Wenn der Tag kühl ist, beschließen wir, eine Wanderung zu machen, rufen uns ein Taxi, lassen uns an den Waldrand fahren, dorthin, wo der schönste der Wanderwege beginnt. – Achttausend Mark für die Anschaffung eines Wagens gespart, sagt mein Mann und rundet den Fahrpreis auf 7 Mark auf.

Hin und wieder gehen wir zum Paddeln an die Fulda, leihen uns ein Boot, was DM 2,50 pro Stunde kostet, lassen uns flußabwärts treiben, hängen abwechselnd Arme und Beine ins Wasser. Dann wenden wir, paddeln gegen den Strom, legen uns ins Zeug, sind sportlich. Ein Abstecher dorthin, wo sich der Fluß mit Hilfe ehemaliger Kiesgruben zu kleinen Seen mit buschigen Ufern weitet. Pappeln, Weiden und Erlen werfen ihre Schatten, verdunkeln das Wasser. Ein Blick noch auf den Campingplatz, wo man unter beschwerlichen Umständen warme Mahlzeiten auf Trockenspiritus herstellt. Dann geben wir das Boot beim Verleiher wieder ab. Keine Anschaffungskosten, keine Unterhaltskosten, keine Unterbringungsschwierigkeiten. – Der Mensch will allzu oft das besitzen, was er auch ausleihen könnte, stelle ich fest. Mein Mann sieht mich daraufhin prüfend an. Ich ergänze: Dinge! Nicht Menschen!

Wenn es regnet, geht mein Mann zum Orgelspielen in unsere Kirche. Er zieht sämtliche Register! Niemanden stört das. Der Küster hat Ferien, die Kindergärtnerin hat Ferien, die Kantorin ebenfalls. Auch das kulturelle Leben der Stadt ruht. Große Pause! Kein Theater, keine Konzerte, auch keine Sommerfestspiele. Kein drittes Programm auf dem Bildschirm, das sonst viele unserer Abende beansprucht. Die beiden Fernsehanstalten zeigen alte und noch ältere Filme, auch politisch geht es in der Welt ruhiger zu, ferienmäßig. Die Staatsführer weilen in ihren Sommersitzen. Unser Bundeskanzler läuft auf Sylt durchs Watt. Der Verteidigungsminister segelt in der Lübecker Bucht.

In der Dämmerung trete ich dann meinen Rundgang an. Mein Schlüsselbund gleicht dem einer Burgfrau des Mittelalters. Jeden Abend eine andere Wohnung, deren Schlüssel man mir zu treuen Händen überlassen hat. Briefkasten leeren, Drucksachen aussortieren, Briefe umadressieren, Wohnung lüften, Blumen gießen, sorgfältig abschließen.

Darüber wird es Abend. Wieder sitzen wir auf der Terrasse. Die Sonne ist untergegangen. Die Kiefer, die wir vor einigen Sommern aus den schwedischen Wäldern mitgebracht haben, und der Wacholder von der Schwäbischen Alb verwandeln sich in Pinie und Zypresse. Wir schalten die Lampe ein. Nein, mit Mücken haben wir hier keine Last. Auch keine Schnaken, keine Zanzare, keine Mosci. Wir rufen uns deren impertinentes Surren und ihre juckenden Einstiche ins Gedächtnis. Allerdings auch keine Zikaden. Das vermissen wir. »Erinnere dich!« sagt mein Mann. »Kein Auge haben wir zugetan, damals auf Ägina, wenn der Schirokko blies.« Ich erinnere mich und bewundere einen Falter mit grünen durchsichtigen Flügeln, der lautlos um unsere Lampe kreist. Als einziger hat er die Insektenvernichtungskampagne unseres Nachbarn überlebt.

Ein kühlender Abendwind hat sich aufgemacht. Irgendwo feiert man ein Gartenfest. Musik, Gelächter und Bratwurstduft weht über die Hecken. Der Mond geht auf, verschwindet im Laub des Birnbaums, kommt wieder zum Vorschein, hängt sich in den Goldregenbaum und läßt die Dächer der Häuser weit unter sich. Wir zeigen uns die Venus, den Großen Wagen, die Kassiopeia. Wie sich die Sternbilder gleichen, auf Ägina, auf Bornholm . . . Zu den Spätnachrichten gehen wir ins Haus. Kein Flugzeugabsturz, keine Schiffskatastrophe, kein Eisenbahnerstreik. Wir atmen auf. Die Nachrichten in Fernsehen und Rundfunk melden uns mittelbar die glückliche Ankunft unserer Freunde. Aber: Auffahrunfälle auf der Autobahn! Erdrutsch bei Kaprun! Neuschnee am Stilfser Joch! Schwere Regenfälle in . . . Welchen Unannehmlichkeiten sich die Leute doch aussetzen. Wolkenbrüche haben Campingzelte in die oberitalienischen Seen geschwemmt! Aus der Ferne hören wir das Martinshorn eines Unfallwagens und fühlen uns in Sicherheit.

Was für ein schöner Zusammenhalt unter denen, die das bißchen Geselligkeit in der Stadt noch aufrechterhalten! Da genügt eine kurze Entschuldigung: Wir waren im Februar doch erst auf Gran Canaria! Im Herbst fliegen wir noch mal nach Sizilien! Natürlich, sagen wir, wer mag denn in der Hauptreisezeit –! Eben! sagen die Betreffenden und fühlen sich verstanden. Ihr Swimming-pool ist gesäubert und frisch gefüllt. Wie wäre es mit einem Sommerfest? Ohne Umstände! Ganz improvisiert. Nur einfach ein langer Rock. Für Gartenfeste sind wir in diesen Wochen gar nicht zu entbehren. Man holt uns, wenn auf einem Balkon im fünften Stockwerk eines Altbaues ein Sonnenuntergang bei Pfirsichbowle bewundert werden soll; wir essen im Licht von Lampions Spanferkel vom Spieß und bei Windlichtern unzählige Rostbratwürste. Krakauer sind nach unseren Erfahrungen die besten, auf Holzkohle gegrillt.

Dann laden wir ebenfalls ein. Zu einer Pizza Cristina, die sich von einer italienischen Pizza nur durch ihren internationalen Belag unterscheidet: ungarische Salami, holländische Tomaten, griechische Oliven, Schweizer Käse, Öl aus Spanien, Sardellen von werweißwo und der Hefeteig hessisch. Dazu trinken wir Rosé aus der Provence und reden über Kreuzfahrten in die Karibische See, von den Langusten an der bretonischen Küste, Ferienhäusern in Finnland. Renommier- und Imponiergespräche derer, die zu Hause geblieben sind.

Gefilmt haben wir übrigens nicht. Auch keine Dias. Wir haben vier Tage später dann doch die Koffer gepackt und sind – der Zikaden und der Küste wegen – nach Dalmatien gefahren, immer hinter unserem Freund her, dem Maler und Schriftsteller Erich Landgrebe und seiner reizenden Margret, die uns auf einer Ansichtskarte geschrieben hatten, es locke sie das südliche Licht und die Pinien von Hvar . . .

(c.b., 1975)

Mein amerikanischer Traum

Das Jahr der Weltausstellung in New York, 1964. Der erste Kennedy im Jahr zuvor ermordet, seine Büste in unterschiedlicher Größe, aus Aluminium, Kupfer, Kunststoff und vergoldet in den *gift shops* zu kaufen; bereits zu herabgesetztem Preis. Aber noch wallfahren die Farbigen zum Arlington-Friedhof bei Washington, gehen in Zweierreihen an Kennedys Grab vorbei; kleine Gräber rund um das seine: die toten Babys der Jacqueline, damals noch eine Jahrhundertwitwe. In einem der Off Broadway-Theater spielt man Albees ›American Dream‹; an der Bovery Genets ›Blacks‹. Von *women's lib* ist noch nicht die Rede, an den Universitäten herrscht noch Ruhe. Auch in Berkeley wird unter den hohen Bäumen des Campus noch diskutiert und ernst und gewissenhaft geküßt, ein Sex-Pensum wird erledigt. Sie liegen zu zweien auf dem kurzgeschorenen Rasen, aber die Parole *make love not war* habe ich nicht gehört. Studenten aus den Nordstaaten reisen bereits zu den Universitäten des Südens, um sich mit farbigen Studenten solidarisch zu erklären; Martin Luther King lebt noch, aber *black* ist noch nicht *beautiful*. Der Dollar steht noch zur Deutschen Mark im Verhältnis 1 : 4; die Armutslinie verläuft bei 3000 Dollar im Jahr. Joan Baez singt noch *folk-songs* und keine *protest-songs*.

Auf der Überfahrt hatte ich zu lange in Kafkas Amerika-Buch gelesen. Ich kam an und stellte fest, daß ich alle meine Reiseschecks verloren hatte. Was als Alptraum begann, endete wie im Märchen: Innerhalb einer Stunde stellte mir eine New Yorker Bank neue Dollarschecks aus, Reisepaß und Aussehen als einzige Legitimation; die Nachricht, daß die

Schecks in meiner Schiffskabine gefunden worden seien, erreichte mich nach zwei Monaten. Ich fuhr mit einer Fahrkarte, die nicht gültig war, von New York nach Cleveland; meine *troubles* wurden von Aufsichtspersonal, Fahrdienstleiter und Mitreisenden gelöst. Als in North Dakota unser Auto einen Motorschaden hatte und wir ratlos vorm geöffneten Kühler die Gebrauchsanweisung studierten, hielt der erste und in Stunden einzige Autofahrer an, fragte: ›*Troubles?*‹, stieg aus, reparierte den Schaden, sagte: ›*Hi!*‹ und fuhr weiter.

Wo ihr nutzt, seid ihr zu Hause, heißt es in Goethes Auswanderergesprächen. Auf amerikanisch heißt das: *Can I help you?* Ich habe den Amerikanern oft Gelegenheit gegeben, mir zu helfen.

Juni in New York! Ich war allein, aber ich fühlte mich nicht in der Fremde. Ich kannte ›Manhattan Transfer‹, und ich kannte den ›Guten Gott von Manhattan‹; im ›Guggenheim-Museum‹ sah ich eine van Gogh-Ausstellung; im ›Museum of Modern Arts‹ entartete Kunst des ›Dritten Reichs‹. Ich saß unterm gotischen Gewölbe eines aus Südfrankreich Stein für Stein importierten, sorgsam wiederaufgebauten Kreuzganges und hörte dort gotische Musik. Auf dem ›Empire State Building‹ entsprachen meine Gefühle meinen Erwartungen. Aber: nach einem Gewitterregen stiegen von den Wolkenkratzern dicke weiße Wolken auf! Das Staunen begann in New York, das Fremdsein begann später.

Ich erinnere mich an den ersten Apfelstrudel, *apple-pie* genannt, den ich in New York aß; er schmeckte köstlich! Ich bestellte mir in Oregon, in Arizona und Arkansas *apple-pie,* und er schmeckte jedesmal genauso köstlich, kam aus den verschiedensten Kühltruhen, aber immer von derselben Firma. Ich habe keinen anderen als amerikanische Rundfunksender gehört, ich habe keine anderen als amerikanische Zeitungen gelesen. Man reist 800 Meilen täglich und ist immer noch auf demselben Kontinent, spricht immer noch dieselbe Sprache. Die amerikanische Vereinfachung hat eine ungeheure Prägekraft, sie reicht bis ins westliche Europa. Zwei Salatsoßen genügen für einen Kontinent. Man liest ›Readers Digest‹ in Virginia und in Idaho. Mir schien, als sprächen die Leute in den *drugstores* wie die Leute in den TV-Familiensendungen. Die Kinder verhielten sich im *Swimming-pool* des *Motels* genau wie die TV-Kinder. Der beste aller *daddies* begegnete uns jeden Tag mehrmals auf Parkplätzen. Überall ging es TV-nah zu; nie hatte ich den Eindruck, als ginge es auf dem Bildschirm lebensnah zu.

Wir fuhren von Ost nach West, *from coast to coast*, dann von Nord nach Süd und von West nach Ost und schließlich von Süd nach Nord. Ein großes Quadrat. Ich hatte neue Ausmaße und neue Maße zu lernen, Meilen statt Kilometer, Fahrenheit statt Celsius, Fuß statt Meter, die Gallonen Benzin zahlten wir in Dollar und Cent. Ich hatte vier Monate an Zeit, 10 000 Mark an Geld zur Verfügung, von denen ich 3000 übrigbehielt. Überfahrt, Theater, Kino, Musical, Museen, Nationalparks, Fotomaterial, Benzin, alles ist in der Summe enthalten, nur nicht die Gastfreundschaft. In Europa wird der Fremde nur in armen Ländern als ein Gast angesehen. In den Vereinigten Staaten von Amerika lernten wir die Gastlichkeit eines reichen Landes kennen. *Dinners* und *Cocktailparties* zu unseren Ehren. Man nahm uns mit zu Freunden von Freunden von Freunden, bis wir nicht mehr wußten, wieso wir mit wem und wo zu Gast waren. *Meet people* ist eine Leidenschaft der Amerikaner, wie das Lösen von *troubles*. Nie zuvor und nie wieder habe ich an Plätzen, die für Picknicks so ungeeignet waren, so vorzügliche *Steaks* und *Hamburgers* vorgesetzt bekommen. *Barbecue* am windigen Ufer des Michigan-Sees, *Barbecue* unter zweihundertjährigen Zedern auf dem Mount Palomar in Kalifornien; *Barbecue* unter einem Wasserfall in den Wäldern Tennessees. Für ein Picknick sind 200 Meilen Anfahrt nicht zuviel. Kein Gastgeber erwartet einen Blumenstrauß. Ich schrieb in die Gästebücher

Datum und Namen und ›*Germany*‹ und: ›*I like America!*‹ Es gibt ein Foto aus Arizona, auf dem ich einen dreimannhohen Kandelaber-Kaktus umarme. Die Stacheln zehn Zentimeter lang, trotzdem nisteten die Vögel darin. ›*How I like America*‹, schrieb ich darunter. So zwiespältig.

Von New York nach Cleveland (Ohio) nordwärts, mit der Bahn am Hudson entlang; ich blickte aus dem Fenster und gewöhnte mich an ein Land ohne menschliche Ansiedlungen. Mittags sah ich dann einen alten Mann mit weißen Bartstoppeln; er lehnte an einem Oberleitungsmast und spielte die Geige. Und nirgendwo eine Menschenseele, nur der D-Zug, der zweimal täglich in beiden Richtungen vorüberfuhr. Für alle Ewigkeit lehnt der alte Mann in meinem Gedächtnis an dem Mast und geigt. Buffalo! Und ich stieg nicht aus und fuhr nicht an die Niagarafälle, die *falls*; ich wollte nicht dort sein, wo alle waren. Ich fuhr am Eriesee entlang und dachte an ›John Maynard‹ und an Fontane. ›Noch zehn Minuten bis Buffalo.‹

Der Volkswagen, Exportausstattung, reiste inzwischen auf einem Frachtdampfer durch den Sankt-Lorenz-Strom und traf gleichzeitig mit mir in Cleveland ein. Als ich in Oberlin die Autoversicherung abschloß, studierte der junge Agent meinen Paß und sagte: »Hello, Chris! How are you?« Ich korrigierte ihn. »I'm Mrs. Brückner!« Er sah mich an und grinste. »Yes, Chris!« Unter ›Chris‹ habe ich meine Schuhe zur Reparatur gegeben, als ›Chris‹ wurde ich auf Parties vorgestellt. Ab Cleveland reisten wir zu zweit, also sagte man: ›Hi, girls!‹ Eine junge Professorin für deutsche Literatur am College in Oberlin/Ohio wollte ihrer ehemaligen Autorin beweisen, warum sie Amerika liebte. Wo ich auch stand, atemlos und überwältigt, auf den größten Dünen der Welt am Michigan-See, vor den Geysiren im Yellowstone Park, am Crater Lake in Oregon, den die Entdecker den ›sehr blauen See‹ nannten, immer sagte sie: »Es kommt noch schöner, Chris!« Bis wir dann am Grand Canyon standen, da sagte sie: »Ich glaube, jetzt wird es nicht mehr schöner.«

Je weiter wir nach Westen gelangten, um so jünger wurden wir; oft waren wir die Jüngsten. Das lag an den anderen. Das gesellschaftliche, kirchliche und kulturelle Leben spielt sich unter Frauen ab, die jenseits der Sechzig sind, pensioniert und verwitwet, meist beides. Alle priesen sich glücklich, mir begegnet zu sein, aber eine Journalistin statt einer Schriftstellerin hätte sie noch glücklicher gemacht. *Fiction* war ihnen nicht geheuer, *non-fiction* lieber. Immer wieder wurde ich gefragt, ob die ›Blechtrommel‹ ein typisch deutsches Buch sei, es war wichtig, daß man das Typische las. Kleine Gespräche, keine Diskussionen. Man sprach ungeniert über *sex*, aber nicht über Gefühle. ›*I like him*‹, hieß es, aber das heißt es von jedem. Neue Tabus. Niemand wünschte mit mir über den Tod Kennedys oder das Rassenproblem zu sprechen. Aber es hat mich auch niemand nach Auschwitz gefragt.

Wenn man durch Nordamerika reist, kann man sicher sein, daß man irgendwo in einen Blizzard, einen Tornado oder Hurrican gerät. Den Hurrican bekam ich auf der Rückreise. ›Elise‹ hieß er, und die ›Bremen‹ wich ihm bis zu den Neufundland-Inseln aus; unseren Tornado bekamen wir im Staate Michigan. ›Gefährliche Wirbelstürme in Nordamerika, örtlich und zeitlich begrenzt‹, meine Erfahrungen bestätigen diese Angaben. Wir saßen beim *Dinner* in einem kleinen *Cottage* unter riesigen Bäumen am Green Lake, verängstigt, aber lächelnd, wie unsere Gastgeberin. Der Tag wurde plötzlich zur Nacht, der Wind zerriß Blätter, zerbrach Äste, peitschte das Wasser des Sees auf, entwurzelte einen Baum, der das benachbarte *Cottage* in zwei Teile zerlegte. Es war unbewohnt. Heiliger Sankt Florian! Eine halbe Stunde später badeten wir bei Sonnenschein im See, sahen dem Kolibri zu, der flügelschwirrend am Honigtopf nippte. Tornados, aber auch Kolibris. Übertreibungen und Widersprüche.

Was für reizende Nachbarn aus Detroit und Cleveland lernten wir kennen; alle hatten sich Ferienhäuser an den Seen gebaut. Sie fällten ihre Bäume eigenhändig, hackten das Holz selbst, malten die Bilder selbst, ein einfaches, ein *Do-it-yourself*-Leben. Sie hatten sich gerade zu einem Club zusammengetan, der verhindern sollte, daß Juden und Farbige in ihr schönes Reservat eindrangen und die Harmonie störten. Sie waren einsichtig in der Neger-Frage, wie alle Amerikaner der Nordstaaten, aber sie besaßen Haus und Grundstück. Zögen Juden zu, so sagten sie, würden diese spekulieren und die Grundstückspreise hochtreiben, zögen Neger zu, entständen *Slums*. Die Vorurteile sind alt, die Erkenntnisse erst neu.

Die schwarzen Vögel heißen *blackbirds*, die blauen Vögel *bluebirds*, die hochbeinigen Vögel, die im Süden über die Straßen rennen, *road-runners*; das lernt sich leicht, das behält sich leicht. Man erkennt Schwalben und Rotkehlchen und Stare wieder, aber alle Vögel um das Eineinhalbfache größer, die Schmetterlinge sogar doppelt so groß, jedes Ahornblatt größer, dem größeren Kontinent entsprechend. Michigan, Wisconsin, Minnesota: eine Vergrößerung Skandinaviens ins Endlose. Wälder, Seen, Weiden, die braunroten Häuser der Farmer: alles wie in Schweden. North Dakota. Dieser erste Tag in der Prärie! Überwältigende Weite. Überwältigende Einsamkeit. Man ist unterwegs, *on the road*, Mittlerer Westen. Eroberergefühle noch im Volkswagen. Schnurgerade, kaum befahrene Asphaltstraßen, von denen manchmal ein markierter Indianerpfad abzweigt. Steine, schütteres Gras, graublaues Salbeigesträuch. Am Horizont schon die Rocky Mountains, die sich immer weiter entfernen, je mehr man sich ihnen nähert. Alle paar Stunden eine verstreute Rinderherde, struppige *Hereforder*, wenig empfindlich gegen Hitze und Kälte. Ein verendetes Pferd am Straßenrand und hie und da am Himmel ein einmotoriges Flugzeug: der *Cowboy* beaufsichtigt seine Herde. In angemessener Entfernung von der Straße ein Atommeiler. Pelikane um einen Wassertümpel; Antilopen, die in großen Sprüngen vor uns davonjagen.

›*Enjoy beaf every day*‹ stand an den Stacheldrahtzäunen,

hinter denen die Rinder grasten. Wenn ich mein Steak aß und wenn ich dem Stierkampf in Tijuana in Mexiko zusah, hatte ich das Schild vor Augen: *Enjoy beaf every day!* Nie habe ich frühstücken müssen, ohne daß man mich gefragt hätte, wie ich mich heute fühlte, und ich fühlte mich an jedem Morgen *fine,* und wenn ich mich vergewissert hatte, daß sich auch die *Miss* hinter der Frühstücksbar *fine* fühlte, bekam ich meinen Kaffee eingegossen. Frühstück zwischen Fernfahrern, deren Spezialfrühstück zwei Dollar fünfzig kostete. Ein halbes Pfund Schinken, fünf Spiegeleier, ein Pfund Kartoffelchips, ein Viertel-Pfund-Brot, zwei heiße Kuchen und zwei Liter Kaffee. Ich habe die Wohltat der Motel-Ketten erfahren. *Best western motels!* Die gleichen Zahnputzbecher an der gleichen Stelle, der gleiche hygienisch versiegelte Toilettensitz. Man findet sich, schlaftrunken, leichter zurecht, kennt die Schalter am Fernsehgerät und die Mechanik der Betten, in denen wir uns für einen halben Dollar aufrütteln lassen. Morgens hört man als erstes aus dem Radiogerät, daß dies eine ›*wonderful wonderful world*‹ sei – Reklame für Salem Zigaretten.

500 Meilen am Tag, 800 Meilen am Tag, und die Traummeilen nicht gezählt, Weiterfahren im Schlaf, Alptraumkilometer auf zwölfspurigen *Highways.* Süd-Dakota, die *Bad Lands,* das Jagdrevier Roosevelts; einer der halbtrockenen Staaten, nicht einmal ein Bier zum Essen. Das junge Mädchen, das uns bedient, schaut uns unausgesetzt zu, sie hat noch nie einen Ausländer gesehen, nie eine fremde Sprache gehört. Wir erkundigen uns bei ihr, ob wir als Frauen nebenan in der Bar wohl einen Whiskey trinken könnten, und sie sagt: »*If you have the age.*« – Falls wir das nötige Alter haben. Es liegt bei zwanzig. Die Sitzbänke der Bar waren mit Rinderfellen bespannt – *enjoy beaf every day* –, an der Bar lehnten *Cowboys,* den breitkrempigen Hut im Nacken, die Linke am Colt und in der Rechten das Whiskeyglas. Die Realität hielt sich an die Western-Filme. In der Ferne schlugen Blitze in die roten Felswände und sprengten Teile davon ab. Wolkenbrü-

che. Das Auto bis zu den Achsen im Schlamm. Wieder einmal konnte man uns helfen. Hilfe ja, Flirt nein. Frauen zahlen dort nicht mit einem Lächeln. Einer der Unterschiede zu Europa.

Die blühenden Fliederhecken! Nichts sonst aus Montana. Aber Karl-May-Erinnerungen. Der Yellowstone River führt Hochwasser; der Weg zum Staat Washington ist versperrt. Wir ändern die Route, fahren zum Yellowstone-Nationalpark, ein Island auf kleinstem Raum. Die Erdoberfläche glasiert durch die Ausscheidungen der Geysire, die gefährlich brodeln und sich pünktlich in zischenden Fontänen entladen. Die Natur bewacht und gegen Eintrittspreise zu besichtigen. Jahrhundertelang hat sich der Mensch gegen die Natur zu schützen gesucht, jetzt muß die Natur vor ihm geschützt werden. Er genießt ihre Gefahren, füttert vom Auto aus die Grizzlybären, deren Junge hoch in den Bäumen herumturnen. Wir könnten mit dem Schlauchboot sechs Tage lang im Grand Canyon durch die Strudel des Colorado River fahren. Organisierte Abenteuer. Reise gefährlich!

Wir stiegen durch die Mondkrater in Idaho: schwarze Lavaschollen, als hätte ein Herkules hier gepflügt. Erste, noch blattlose Vegetation, gelbe und weiße Blüten ohne Stiele. So muß es im Frühling auf dem Mond aussehen; noch wußten wir es nicht besser. Neben dem Adlernest stand weiß auf schwarzem Felsen: ›Jesus liebt dich! Und du?‹ Das tat seine Wirkung, wurde oft genug und an aufschreckenden Plätzen wiederholt. In einer Stadt im Staat Oregon wollten wir sonntags zur Kirche gehen; es gab 93 verschiedene Sekten, da ließen wir es sein.

Juni-Sonne und Juni-Schnee in der Sierra Nevada! Wir sahen Lachse von einer Staustufe zur nächsthöheren springen. Wir fuhren durch einen der Mammutbäume in Nordkalifornien, wir erreichten bei Eureka das Meer. Der Kontinent durchquert: Eureka! Von nun an südwärts, nach San Francisco, Los Angeles, San Diego, auf der Straße 101; von den Amerikanern *one-o-one,* von Hans Dominik ›die Traumstraße der Welt‹ genannt. Eine Woche San Francisco! Bei Sonnenuntergang im ›San Francis‹ gesessen, hoch über den 29 Hügeln, auf denen die Stadt erbaut wurde. Das erste Bad im Pazifik bei Malibu, nicht weit von Los Angeles. Die Wellen trafen mich mit ozeanischer Kraft, warfen mich um; bevor ich den Kopf wieder über Wasser hatte, faßte mich schon die nächste Welle, bis mich die übernächste dann an Land warf, wie Strandgut. Wir suchten in Pacific Palisades den San Remo Drive auf, standen vor dem Haus, in dem Thomas Mann von 1941 bis 1952 lebte; ein junger Mann mähte den Rasen, den Namen Thomas Mann hatte er nie gehört. Big Shure, auf der waldigen Steilküste des Pazifik gelegen, aber Henry Miller weilte gerade in Europa. In Sun Valley/Idaho am Grabe Hemingways . . .

Auf Catalina Island machten wir Ferien von den Ferien. Ich zog die erste Bilanz. ›Nord-Amerika: ein Land ohne Zäune, ohne Mauern, ohne besitzanzeigende Hecken; eingezäunt einzig das Vieh auf den unermeßlichen Weiden der Prärie. Keine Begrenzungen für den Menschen, für sein Haus und seinen Garten. Das Gefühl für ›mein‹ und ›dein‹ schwächer ausgebildet. Man ist noch nicht seßhaft geworden, alles ist noch austauschbar. Man benötigt ein Haus nur zum Wohnen, nicht um sich zu Hause zu fühlen. Das Gartentor stellt kein Symbol dar. Ein Stuhl ist ein Stuhl, es gibt am neuen Ort ebenfalls Stühle, vielleicht sogar neuere und bequemere; man läßt den alten zurück, zieht weiter, wenn ein neuer Job neue Chancen bietet. Bis man dann in Kalifornien das Lebensziel erreicht hat. Der Weg nach oben ist der Weg in den Westen. In Kalifornien wird der amerikanische Traum erfüllt. Ein *Cadillac-* und *Swimming-pool-*Glück unter Palmen, überall ist *Disneyland.* Das ganze Jahr Sonne. Die Wüste auf der einen, das Meer auf der anderen Seite. Mehr als Wasser braucht es nicht, um aus der Wüste ein Paradies zu machen, in dem die Rosen ohne Unterlaß blühen und die Zitronen das ganze Jahr reifen. Die Rasensprenger sprühen den ganzen Tag, ohne Unterlaß. Im August wirkten die Geranien ganz erschöpft.

Kein Gitter auf dem Friedhof, kein Erbbegräbnis, statt dessen Nummern oder Namensschilder im Rasen. Der Mensch stirbt, wird präpariert und geschminkt, bis er zum letzten Mal dem Idealbild des erfolgreichen Amerikaners entspricht. Dann begräbt man ihn, dann ist alles vorbei. Laßt die Toten ihre Toten begraben, der Blick geht in die Zukunft, das Paradies liegt nicht hinter einem, sondern vor einem; man ist nicht verstoßen, sondern nur noch nicht angelangt, aber bereits auf dem besten Wege. Es wird immer noch schöner! Die Vorfahren sind eingewandert, um ihr Glück zu machen. Mit diesem Anspruch auf Glück sind sie alle gekommen, die ersten und die letzten, nicht nur die Goldsucher. Sie kamen mit Erwartungen und mit Vorsätzen, halb Kreuzritter und halb Glücksritter. Der amerikanische Traum, tausendfach auf Einwandererschiffen und in Flugzeugen geträumt, heißt *happiness,* und Glück bedeutet Reichtum. Auf dem Silberdollar steht: *In Gold we trust* . . .

Nein, das steht natürlich nicht darauf, sondern *In God we trust.* Ein Land, in dem für den Reisenden gebetet wird. Bei den Mormonen, den »Heiligen der letzten Tage«, in Idaho Falls, schloß man uns, die *sisters,* in die Arme und ins Gebet ein. In der lutherischen Kirche von San Diego wurde ich im Gottesdienst namentlich der Fürbitte der Gemeinde empfohlen. Auf dem Altar stand das Abendmahlgerät: ein flacher silberner Kelch, in dem kleine Kunststoffbecher standen, jeder mit Wein gefüllt. »Nehmet hin und trinket alle daraus«, ein hygienisches amerikanisches Abendmahl. Das »Selig sind . . .« der Bergpredigt wird mit *happy* übersetzt. Die himmlische Seligkeit scheint vom irdischen Glück nicht allzuweit entfernt; kein eigenes Wort für selig, immer nur *happy,* immer nur *fun,* immer nur *enjoy it!* Aufforderung zum Genuß. Nichts wird verkauft ohne einen zugehörigen aufmunternden, glückverheißenden Werbespruch; daran waren wir noch nicht gewöhnt. Man hat mich niemals allein gelassen, in keinem *Living-room,* in keiner Hotelhalle, immer kam jemand und hat gefragt, ob ich denn auch nicht krank sei, so ganz ohne Fernsehen oder Radio . . .

»Menschen, die das Tragische des Lebens derart verdrängen – welche Neurosen mögen sich in ihnen bilden bei der Frage nach dem tieferen Sinn des Lebens? Psychoanalyse ist kein Stoff für Lustspiele, sondern für Tragödien.« Bedacht und notiert, lange vor Watergate . . .

Auf einem der schönsten Hügel San Franciscos steht Christoph Columbus, überlebensgroß, aus Aluminium, den Arm ausgestreckt, ein neuer Polykrates: Dies alles ist mir untertänig. Ein Kontinent ist entdeckt, erobert, ausgebeutet; die Wälder gerodet, die Büffelherden vernichtet, das Gold geschürft, die letzten Indianer in *reservations* zusammengepfercht. Was nun? Worauf richtet sich der Blick des Columbus? Auf den Mars, auf den Mond oder zurück auf den Kontinent, auf jene Gebiete, die man anfängt, die unterentwickelten zu nennen? Die Amerikaner haben die Grenzen ihres Kontinents erreicht, sie werden lernen, daß auch der menschlichen Natur Grenzen gesetzt sind. Vielleicht werden sie aufhören zu verschwenden, vielleicht werden sie Bäume pflanzen und Zäune ziehen; sie werden seßhaft werden und lernen, daß man pflegen muß, was man erobert hat. Und in einer fernen Zukunft wird dann in *God's own country* jeder vor dem Gesetz und vor dem Leben gleich sein, die Reichen und die Armen, die Weißen und die Schwarzen, wie es die vorbildliche Verfassung will, dieses Musterstück für die Schulbücher Europas. Ohne Optimismus kann man an die Zukunft nicht denken, sonst bleibt alles ein amerikanischer Traum.‹

Wir sind in Hollywood über den Sunset Boulevard gefahren, wir haben in der südkalifornischen Wüste im Salton Sea gebadet, bei einer Lufttemperatur von 45 Grad und einer Wassertemperatur von 36 Grad, und wir haben um Mitternacht im gekühlten *Swimming-pool* gesessen, wenn die

Sterne tief herunterhingen und die Wüstennacht illuminierten. Wir sind mit Hilfe von Strickleitern auf Palmen geklettert, um uns Datteln zu pflücken; wir haben in den Rocky Mountains an Hand einer Autokarte einen 3500 Meter hohen Berg bestiegen, den Chalks River als Wegweiser zum Grizzly Lake benutzend, in Turnschuhen und ohne Proviant; wir trafen dort zwei Lachsfischer an, sie bestaunten die Leistung unserer Beine und wir die Leistung ihres Jeeps. Wir sind in die heißen Quellen am Mount Princeton getaucht . . . Die Natur übertreibt maßlos, und man selbst überschätzt sich ständig, ist drauf und dran, ein Pferd zu besteigen und sich einer Reitergruppe anzuschließen, die, weglos, die Wildwasser und Wildwälder der Rockies durchquert. Wir fahren in die von den Menschen verlassenen Goldgräberstädte und sehen die berühmten *Saloons. High noon* und großer Bluff an Ort und Stelle. Eines Nachts sitzen wir im Auto-Kino und sehen die *West-Side Story,* trinken *Cola* dazu, essen *Popcorn,* auf dem Rücksitz schlummert das Baby von Freunden von Freunden . . .

Wir durchqueren Oklahoma, alle Wagenfenster geöffnet, und singen: »*Oh, what a beautiful mornin', oh, what a beautiful day.*« Warum nicht nach Texas? Ein Abstecher von 800 Meilen schreckt uns nicht mehr, unsere Reiseroute gleicht einer Fieberkurve. Ein Basketball-Spiel unter Palmen, bei Flutlicht nach Mitternacht, wenn es kühler wird; ein Rodeo in Colorado Springs, ein Reitturnier in Del Mar. Indianer-Reservationen, Indianer-*Shops* zum Einkaufen von Indianerkunst und -kunsthandwerk. Ein Sandsturm bei Santa Fé. Die Palette der *Painted Desert* . . .

Auf einer Ansichtskarte, die ich nach Hause schrieb, steht: ›Tage in der Wüste oder in der Prärie, da schrumpfe ich auf die Ausmaße einer Ameise zusammen. Nachts liege ich in meinem Motelbett und zähle die Staaten zusammen, in denen ich schon gewesen bin, Ohio, Michigan, Wisconsin, Oregon, Idaho . . . Jetzt sind wir in Arizona. Und dann zähle ich die Staaten zusammen, durch die wir noch reisen wollen, von

New Mexico bis Virginia, und zuletzt die Staaten, die wir nicht sehen werden, Hawaii beispielsweise, aber warum nicht Hawaii? Das eine Mal errechne ich 47 Staaten, das andere Mal 53, nie aber fünfzig. Jede Meile führt uns jetzt wieder ostwärts-heimwärts. Noch nie war ich so weit fort! Bei allem, was ich sehe, habe ich das Gefühl: Hier komme ich nie wieder hin.‹

Ich erwarb für 35 Cents im *Drugstore* ein Puzzle-Spiel, das, zusammengesetzt, die Vereinigten Staaten von Amerika ergab, ich warf die Staaten durcheinander: Alabama, Oklahoma, Tennessee und vereinigte sie aufs neue auf meiner Bettdecke. Die Sonne ging überm Grand Canyon unter, und der volle Mond stieg überm Grand Canyon auf. Ich war überwältigt. Beethoven! Immerwährende Pathétique! Ich gab mich geschlagen, dieses Land war zu großartig für mich. Ich glaubte nicht mehr, was ich sah. Ich notierte: ›Was für ein unermeßlich reiches Land! Nicht nur an Gold und Uran, an Weizen, Erdöl, an Mais, Rindern und allem, was sonst noch Dollars bringt, sondern auch reich an Schönheit und Einsamkeit.‹ Wir glaubten noch den Erdölpumpen auf den Weiden in Oklahoma und Texas, die neben den friedlich grasenden Rindern friedlich und unermüdlich Öl stampften. Am Hooverdamm haben die reichen Amerikaner den armen Mexikanern das Wasser abgegraben. Auf einem Truppenübungsplatz der *Navy Airforce* starteten und landeten Düsenkampfflugzeuge auf Flugzeugträgern, deren Oberdecks im Sand der Wüste aufgebaut waren. Wir saßen auf einem Raddampfer und fuhren auf dem Mississippi, und in der Hotelhalle in Memphis sang abends ein schwarzhäutiger Musikprofessor *Spirituals,* als letztes: ›Ol' man river‹. In einem Atomzentrum in Tennessee besichtigten wir auf der Tierversuchsstation die Strahlenschäden an Ratten und Mäusen und Meerschweinchen.

Little Rock und Chattanooga!

Trockene Hitze, feuchte Hitze. Im Dunkel einer Nacht sahen wir die weißen Kapuzenmänner des Ku-Klux-Klan, irgendwo in Tennessee. Diese grüne Wildnis von Tennessee, die alles mit Geißblatt, Teufelszwirn und Hopfen einspinnt. In den Bayous moderten die Bäume im Brackwasser. Die Smoky Mountains, die Blue Mountains. Immer wieder Höhepunkte. Dann die Rückkehr in den Osten, auf historischen Boden. In Williamsburg, einem Museumsstädtchen nahe der atlantischen Küste, sagte der Besitzer eines Lokals zu uns, daß in sein Restaurant jeder kommen könnte, auch Juden, sogar Deutsche! Aber keine Farbigen! Ich habe mich auf dieser Reise selten gefürchtet, aber oft geschämt, wegen meiner Hautfarbe und meiner Nationalität.

Nirgends war der Boden so heiß wie in Washington. Weißes Haus, Kennedys Grab und ›Library of Congress‹, die größte Bibliothek der Welt! Ich suchte in den Karteikästen nach meinem Namen und fand mich wieder. Sehnsucht nach dem Schreibtisch mischte sich mit Reisemüdigkeit.

Ich brachte einen Tonkrug aus Mexiko mit, ein Indianer-Armband aus Arizona, eine Handvoll Pecan-Nüsse aus Tennessee, ein Büschel selbstgepflückter Baumwolle aus Alabama, Muscheln vom Pazifik: rund und flach und wie ein Dollar gezeichnet.

Mehr als zwanzigtausend Meilen in drei Monaten; ein Amerikaner braucht dafür zwei Wochen, allenfalls. Ich hatte am Ende nicht mehr ›*I like America*‹ in die Gästebücher geschrieben, sondern ›*I love America!*‹. Ich war ausgezogen, um einen Kontinent zu erobern, ein Kontinent hatte mich erobert. Ich hatte beabsichtigt, ein Amerikabuch zu schreiben, ich habe es nicht geschrieben. Ich brachte viele hundert Bilder von Amerika mit, die kein Amerika-Bild ergaben.

Was eine Reise wert gewesen ist, erfährt man erst lange nach der Rückkehr. Ihre Erinnerungsträchtigkeit. Wie oft bin ich im Traum zurückgekehrt! In den Büchern, die ich seither geschrieben habe, taucht Amerika immer wieder als Schauplatz auf. Nie war ich seitdem so sehr ›auf Reisen‹, nie wieder bin ich so unbekümmert, so selbstverloren der Verlockung der Fernstraßen gefolgt, nie wieder habe ich so zeitlos gelebt, habe die Jahreszeiten in wenigen Tagen gewechselt, aus dem Schnee in die Sonne der Sierra Nevada und in die Wüstensonne von Arizona. Ich war eine Reisende ohne anderen Beruf, ich hörte auf zu schreiben, kein Wort mehr. Ich nahm nur noch auf, jeder Augenblick, jeder Atemzug: Amerika. Bis zur Erschöpfung. Meine Handflächen erinnern sich noch an die Rinde des Hickorybaums –.

(c.b., 1975)

Orts- und Tapetenwechsel

Pummerer erzählte: Dreimal, je nach Stand
Der Historie, wurde seine Straße umbenannt;
Erst Erzberger-, dann General von Hase-,
Dann Gustloff-, dann Albert-Schweitzer-Straße.
Er habe sich, sagte Pummerer, auf diese Art
Drei Umzüge erspart,
Wo ihm doch, zum besseren Erholen,
Der Arzt häufigen Ortswechsel empfohlen.
(Als dieser erneut zum Tapetenwechsel riet,
Pummerer sich für Gelb entschied.)

(O. H. K.)

Wer war Bensch?

(Berlin)

In dem Übergangsland zwischen Wedding und Siemensstadt, inmitten von Kanälen, Schleusen, Verkehrsstraßen, Kleingärten, Kiesgruben, Hafenbecken, Friedhöfen, Bahndämmen und Lagerhallen: das Zuchthaus Plötzensee, jetzt Jugendstrafanstalt, mit der Gedenkstätte für die Opfer der Hitler-Diktatur. Hohe, stacheldrahtgekrönte Mauern aus Ziegelsteinen. Gegenüber dem Eingang zur Gedenkstätte ein Kiosk und ein Parkplatz, die Erfrischung verheißen, kühle Getränke, Süßigkeiten, behagliche Weiterfahrt mit dem Reisebus zum Charlottenburger Schloß oder zum Mittagessen.

In dem einstöckigen, ebenfalls aus Ziegelsteinen erbauten Hinrichtungsschuppen, gleich hinter der Umfassungsmauer, wurden während der Zeit der nationalsozialistischen Gewaltherrschaft rund 1800 Männer und Frauen hingerichtet, etwa die Hälfte davon ihrer Gesinnung wegen. Erschütterung, Schauder, Nervenkitzel, Neugierde: das Fallbeil von den Sowjets nach Moskau gebracht, wo es heute ausgestellt wird. Unter dem Dach ein waagerechter Eisenträger mit acht Haken. Zeitsparende Handhabung des Tötens: Es konnten mehrere Opfer gleichzeitig aufgehängt werden, Generale, Oberbürgermeister, Minister, wie die antike Kreuzigung eine der schändlichsten Hinrichtungsarten. »Im Namen des deutschen Volkes«, Carl Friedrich Goerdeler, Julius Leber, Wilhelm Leuschner, Ulrich von Hassell ... »Sie können uns dem Henker überantworten, in drei Monaten zieht das empörte und gequälte Volk Sie zur Rechenschaft und schleift Sie bei lebendigem Leib durch den Kot der Straßen!« rief Generalfeldmarschall von Witzleben nach seiner Verurteilung dem Vorsitzenden des Volksgerichtshofs, Freisler, zu. Wenn auch nicht drei, so doch neun Monate später: die Mörder verachtet, geschmäht und tausendfach verflucht, ihre Namen getilgt, während ihren Opfern Gedenkstätten errichtet und Straßen nach ihnen benannt wurden.

Parallel zu der großen Verkehrsstraße ›Goerdelerdamm‹ gehe ich zu Fuß durch die Laubenkolonien. Zunächst entlang der hohen Mauer, die das Zuchthaus vom Frühling trennt, dann durch die sorgsam angelegten kleinen Gärten mit den sauberen Häuschen. Die Pflaumen- und Zwetschgenbäume blühen. ›Im Namen des deutschen Volkes hat der Volksgerichtshof, 2. Senat, für Recht erkannt, daß der Maurer Willi Bernhard aus Berlin-Charlottenburg, geboren am 8. Mai 1920, zum Tode verurteilt wird.‹ In den Lauben wird geputzt und gehämmert. Fenster und Türen stehen weit offen. An einem Taubenschlag fliegen Tauben aus und ein. Neues Leben regt sich. ›Vor ihrer Hinrichtung wurden die Häftlinge in das sogenannte Todeshaus gebracht. Dort mußten sie Holzpantinen anziehen, die Hände wurden ihnen auf dem Rücken gefesselt, den Frauen schnitt man die Haare ab. Dann wurden sie von zwei Justizwachtmeistern zur Hinrichtungsstätte hinübergeführt.‹ Ein Mann, Mitte Sechzig, offensichtlich ein Rentner, harkt im Blumenbeet.

»Einen schönen Garten haben Sie da!«

»So? Meinen Sie?«

»Und ein schönes Häuschen!«

»Das meiste daran habe ich selber gemacht. Ich bin Maurer.«

Im Namen des deutschen Volkes!

Nach einer halben Stunde tauchen über den Bäumen die hohen Häuser der neuen Wohnsiedlung Charlottenburg-Nord auf, mitten darin die Kirche ›Maria Regina Martyrum‹, Gedächtniskirche für die, die um des Glaubens und der Gewissensfreiheit willen während der Hitler-Diktatur hingerichtet wurden. Plötzensee ist nicht weit. Der große Feierhof mit den grauen Umfassungsmauern und den aus Beton und Basaltkieseln gegossenen Platten der Kirchenmauern soll, literarisch, Kerker und Todesnot versinnbildlichen. Er ist in den zwölf Jahren seit der Errichtung noch düsterer und ernster geworden, selbst, oder gerade, im hellen Licht der Sonne. Im Inneren der Kirche sprengt dagegen ihr Licht die Mauern und läßt die Decke schweben: statt der Verbindungsstellen ein Spalt, der Licht einfallen läßt. In der Krypta zwei Gräber mit der Asche von Hingerichteten und ein symbolisches Grab für alle diejenigen, denen ein Grab verweigert wurde oder die unbekannt und ungenannt blieben. Einige Jahre zuvor, in Posen, hatte Himmler noch die ungenannten Henker gerühmt, die SS-Führer. ›Von euch werden die meisten wissen, was es heißt, wenn 100 Leichen beisammen liegen, wenn 500 daliegen oder wenn 1000 daliegen. Dies durchgehalten zu haben und dabei anständig geblieben zu sein, ist ein niemals genanntes und niemals zu nennendes Ruhmesblatt unserer Geschichte.‹ Im Zoo hatte der Orang-Utan ›Knorke‹ voller Verachtung auf die Menschen und die von ihnen errichteten Gitterstäbe geblickt. Dann war er, zwei Autoreifen neben sich herrollend – kaum ein Mensch hätte ihm das nachgemacht –, im Kreis durch den Käfig getrottet und hatte voller Zorn einen der Reifen mehrere Male und jedesmal physikalisch richtig, nämlich flach, so, daß es den stärksten Knall gab, auf den Boden geschmettert.

Noch einer, der seiner Gesinnung, seiner künstlerischen, wegen in jener Zeit geächtet wurde: Schmidt-Rottluff, der ›Jüngste‹ der Brücke-Maler, jetzt 91 Jahre alt, wohnhaft in einem Etagenhaus von Steglitz. Der letzte noch lebende Expressionist. Er hat einen Teil seiner Bilder der Stadt Berlin vermacht, die dafür am Rande des Grunewalds, in Dahlem, ein Museum errichtete, ›Die Brücke‹. Die Sonne fällt durch das Glas der Decke und bringt die kräftigen Farben noch mehr zum Leuchten. Lebens- und Daseinsfreude! Es ist schön, auf der Welt zu sein, sie neu zu entdecken, mehr zu sehen, da Schmidt-Rottluff weniger zeigt, ausspart. Ein Expressionist. Wären die Düsenflugzeuge nicht, die in regelmäßigen Abständen über Dahlem hinwegdonnern, man fühlte sich um fünfzig Jahre zurückversetzt. Ich schrecke auf. Ich bin fünfzig oder hundert Jahre zu spät geboren. Aber dann lebte ich nicht mehr, genösse nicht dieses Dasein, die roten Kiefernstämme vor dem blauen Himmel am Ufer des Wannsees.

›Noch bin ich gerne sterblich‹, möchte ich deshalb dem Spruch auf Kleists Grabmal ›Nun, o Unsterblichkeit, bist du ganz mein‹ entgegensetzen; Unsterblichkeit, hält man sich an den ›Prinzen von Homburg‹, bei Kleist das Ausscheiden aus der Dimension der Zeit, aus der Sterblichkeit, aber auch der Ruhm, der das physische Leben überdauert – er hatte es selber gesagt, daß er der größte Dichter seiner Nation werden wolle. ›Wenn Du wüßtest, wie der Tod und die Liebe sich abwechseln, um diese letzten Augenblicke meines Lebens mit Blumen, himmlischen und irdischen, zu bekränzen, gewiß, Du würdest mich gerne sterben lassen. Ach, ich versichere Dich, ich bin ganz selig.‹ Und noch am selben Tag, einige Stunden später, am 21. November 1811 gegen vier Uhr nachmittags an dieser Stelle, am Kleinen Wannsee, jene zwei Pistolenschüsse für sich und Henriette Vogel . . .

Ich höre einen Schuß fallen, noch einen, drei, vier, fünf Schüsse! Aber es sind Schüsse, die von der anderen Seite des Bahnkörpers herüberdringen, vom Schießstand der Amerikaner und dem Schießstand eines deutschen Schützenvereins. Wir leben im 20. Jahrhundert. Am Ufer des Sees, vor den Club- und Bootshäusern der Rudervereine, werden die Boote flottgemacht. Hämmern und Schweißen. Zwischen den Häusern und Bäumen verschwindet die kleine Anlage mit dem Kleist-Grabmal. Sie war kaum zu finden. Ich mußte auch lange fragen, bis mir jemand den Weg zeigen konnte. Die meisten wußten nichts davon. Einige deuteten, wenn sie das Wort ›Grabstätte‹ hörten, auf die andere Seite des

Bahnkörpers; dort fand ich ein neubeschriftetes Schild, das zu einer ›Grabstätte Bensch‹ wies. Wer war Bensch? Ich konnte es von niemandem erfahren. Wer war dieses Vorzugs würdig, für sich mitten im Wald bestattet zu werden? Ein Förster? Ein Bürgermeister? Eine Lokalgröße? Bekannter als Kleist? Als sein Grabmal?

Wer weiß, daß nicht weit von dieser Stelle, fast genau hundert Jahre später, am 16. Januar 1912, noch ein Dichter starb, mit 24 Jahren beim Schlittschuhlaufen ertrunken: Georg Heym, der Verächter der Städte, der schon früh ihren Untergang voraussah, ›Und wie ein Meer von Flammen ragt die Stadt‹, einer, der im beginnenden Massenzeitalter das proletarische Elend beschwor und dennoch die ›traurigen Paläste‹, die ›Höhlen, wo die Ketten rasseln‹, die Armenkirchhöfe, Rauch, Ruß und Asphalt, in das ästhetisch strenge Vers- und Reimschema eines Sonettenzyklus über Berlin faßte, von der Stadt abgestoßen und angezogen, eine Haß-Liebe?

›Ihr seid verflucht, doch eure Süße blüht
Wie eines herben Kusses dunkle Frucht.‹

Kein Epitaph für ihn am Wannsee, aber eines in einem Lyrikband des Zeitgenossen und gleichaltrigen Expressionisten Alfred Richard Meyer.

›Auch du der Frühen einer? Dunkles Wasser
Des Wannsees, das den Mund dir fest vereist.
Hobst du nicht eben noch den Namen Kleist?
Nun bargst du aus den Städten diesen Hasser . . .‹

O. H. Kühner, der über A. R. Meyer, der über Georg Heym, der über Kleist schreibt! Kleist, ein Hasser? Um des Reimes willen? Ein Hasser des Lebens? Des ›allerqualvollsten Lebens, das je ein Mensch geführt hat‹? Wollte er es nur beenden oder nicht vielmehr, im Wunsch nach einem besseren Leben, es von Grund auf, also durch den Tod, verändern? ›Ich bin ganz selig.‹ Trost für uns, die wir noch sterben müssen.

»Vielleicht ist der Tod nur ein Schwindel«, sagt abends Joachim Günther, der Literat, gerade siebzig geworden. Ein Aphorismus? »Er muß nicht wahr sein, nur etwas daran muß wahr sein.« Wieder ein Aphorismus, über den Aphorismus. Ein wohnlich eingerichteter Kellerraum seines kleinen Hauses in Lankwitz, eine Art Krypta, von Kerzen erleuchtet und erwärmt, für Gespräche gedacht, mit Sesseln und Hockern vor den bücherbedeckten Wänden. Der Hausherr, mehr noch Denker als Dichter, liest aus seiner Aphorismen-Sammlung vor, die demnächst erscheint, der Extrakt seines Lebens und Denkens, aller Ballast abgeworfen. »In diesem Alter muß man haushälterisch mit der Zeit umgehen; Ballast abwerfen heißt sich vollenden.« Wie bei Schmidt-Rottluff. Wie er auch äußerlich dem Selbstbildnis des Malers gleicht, jenem aus den fünfziger Jahren, das im ›Brücke‹-Museum hängt! Mit der Weisheit des Alters und seiner religiösen Begabung hat er sich auf die Seite des Irrationalen geschlagen, gegen die moderne Zivilisation, gegen die Technik, auch die des Geldes, der Macht und Gewalt ...

Ich denke an Plötzensee, den Plötzensee, der einmal ein Märkischer See war wie jeder andere, mit schilfigem Ufer, mit Kiefern und Libellen, und jetzt, schuldlos, belastet durch Galgen und Fallbeil, zu einem Begriff geworden für das Unmenschliche. Daß sich ›Land der Dichter und Denker‹ so leicht auf ›Richter und Henker‹ reimen läßt!

(O.H.K., 1975)

Mit Rucksack und Meßtischblatt
(Ratschläge für wandernde Frauen)

Vom Wandern ist die Rede, nicht vom Spazierengehen. Von Meßtischblättern, Höhenwegen und Rucksäcken.

Will man auf Wanderschaft gehen, dann ist die Wahl des geeigneten Schuhwerks ebenso wichtig wie die Wahl des geeigneten Wandergefährten. Mit beiden muß man sich erst einlaufen, sonst gibt es Blasen an den Füßen oder Blasen an der Seele. Ein Langschläfer sollte sich keinen Frühaufsteher wählen, ein Kilometerfresser keinen Bummler. Die Schrittlänge muß übereinstimmen.

Man kann zu zweit, zu dritt, zu viert wandern; darüber hinaus würde es sich um einen Verein handeln. Jeder Fuß mehr bedeutet die Gefahr einer weiteren Blase an fünf weiteren Zehen, an der dann das Gelingen eines ganzen Wandertages scheitern kann. Es sollte jemand sein, mit dem man singen kann, womöglich zweistimmig. Jemand, der zur selben Stunde hungrig wird, zur selben Stunde Lust verspürt, unterm Holunderstrauch zu rasten, der lieber den Libellen am Bach zusieht als dem Fernsehprogramm im Gasthof. Aber vor allem jemand, dem man es nicht verübelt, wenn er die Gefährtin fünfundzwanzig Kilometer im Kreis herumführt; nach sorgsamem Studium des Meßtischblattes; nachdem er mehrfach den Kompaß zu Rate gezogen und dabei dessen Benutzung eingehend erklärt hat; der zeigt, welche anderen untrüglichen Orientierungszeichen einem noch zur Verfügung stehen, wenn Wanderkarte, Kompaß, Uhrzeiger und Sonne ausfallen; wie man am Wuchs der Bäume und der Bemoosung des Stammes die Himmelsrichtung jederzeit ausmachen kann; einer, der nach Westen geht, in der Annahme, es sei Süden, und deshalb das beim Frühstück verheißene Schlafdorf abends nicht erreicht. Wenn man, erschöpft und verschwitzt, mit schmerzenden Füßen zu diesem Mann nicht sagt: ›Siehst du!‹, dann ist man die richtige Wandergefährtin.

Als Wanderer müssen Frauen sich noch bewähren, da gilt es sich zu emanzipieren; vorerst hat der Müller des Wanderns Lust für sich allein in Anspruch genommen, die schöne Müllerin ist zuständig für die Forelle nach Müllerin Art, die der Wanderer am Abend verspeist, während ihn die Gefährtin heiter und geistvoll unterhält. ›Kinderwiegen – Sorgen – Last und Not um Brot‹, das hängt den Frauen noch heute an, davon müssen sie sich erst befreien. Eichendorffs Taugenichts war männlichen Geschlechts; auch Don Quichotte dachte nicht daran, seine Dulcinea mit auf die Reise zu nehmen. Die Blumen- und Hippie-Mädchen scheinen lieber zu lagern als zu laufen, auf Wanderwegen trifft man sie nicht.

Es darf nicht jede Wegegablung zu Auseinandersetzungen führen! Zumal dieser Mann gewiß im Krieg bei einer Aufklärungsabteilung oder als Artillerie-Beobachter eingesetzt war, weglose russische Sümpfe durchquert hat und schon als Knabe ein ›Wandervogel‹ war, was ihn noch heute zum Aufspüren von zugewachsenen Waldwegen befähigt. Vertrauen ist unerläßlich!

Beim Frühstück, noch bevor man sein Ei löffeln konnte, breitet er die Generalstabskarte aus, räumt Wurstplatte und Honigtopf beiseite. Er markiert mit einem Bleistift den Weg, den wir vor uns haben, gibt an, welche Höhen es zu überwinden gilt, auf welchen Serpentinen man wandern wird, nur sachte ansteigend, die Anstrengungen des Vortages, mit Rücksicht auf die Gefährtin, meidend. Mittags wird man an der bewirtschafteten Schutzhütte Rast machen, die er jetzt bereits vorsorglich ankreuzt. Für den Abend verheißt er eine größere Ortschaft; er geht, vom Kaffee belebt, so weit, ein Zimmer mit Bad und eigener Toilette zu prophezeien. Keinesfalls mehr als 25 Kilometer an diesem Tag, eher weniger, falls man die möglichen Streckwege wählt . . . Dann wirft er noch ein Stück Würfelzucker in die gefüllte Kaffeetasse und sagt nach Art und Weise, wie die Luftblasen aufsteigen, das Wetter voraus: ein wolkenloser Tag, wenn die Perlen sich in der Mitte sammeln, bedeckter Himmel, wenn sie auseinanderstreben – es hängt, wie er erklärt, mit Luftdruck und Oberflächenspannung der Flüssigkeit zusammen; einige kleine gewittrige Schauer hält er für möglich. Man nickt zu allem und mißt derweil mit dem Zeigefinger – pro Zeigefinger eine reichliche Wanderstunde – des Tages Mühsal verstohlen aus.

Man hilft einander beim Umhängen der Rucksäcke, und bei der ersten Serpentine sagt unser Feldmarschall nach einem prüfenden, bergaufwärts gerichteten Blick: Hier können wir erheblich abkürzen! Von nun an geht es querfeldein. Das weiße Kreuz, das der zuständige örtliche Wanderverein alle hundert Meter sorglich an einen Baumstamm gepinselt hat, sehen wir nie wieder. Es geht durch Fichtenschonungen, durch Brombeergesträuch und Brennesseln. Und über Viehkoppeln: morgendliches Rodeo mit ein paar jungen Rindern, über Gatter hinweg, unter Stacheldrähten hindurch, Bäche müssen übersprungen oder durchwatet werden, die Schutzhütte erreicht man nie und das für den Abend zugesagte Zimmer mit Bad und Toilette ebenfalls nicht.

Wann Mittag ist, bestimmt unser Feldherr. Die Quelle, die man für diese Stunde herbeisehnt, findet sich nur selten. Das Aufsuchen geeigneter Picknickplätze erweist sich als eine Krisensituation, nicht nur bei Autofahrern, auch bei Fußwanderern. Man ist hungrig und müde, und die Gefahr, bei der ersten Ameise, die auf dem Knie auftaucht, empört: ›Siehst du!‹ zu sagen, ist gegeben. Wegen dieses ›Siehst du!‹ nehmen Männer uns nicht gern mit.

An glücklichen Tagen findet man am sonnendurchschienenen Waldrand eine hohe Buche mit weitem Blick ins Tal. Halbschatten. Man streckt sich, dehnt die von den Rucksackriemen befreiten Schultern, betrachtet den geliebten Schläfer, der sich den Hut aufs Gesicht gelegt hat und bereits friedlich vor sich hin schnarcht, die Hände auf dem Bauch gefaltet. Man selbst blinzelt in die Höhe, wo der Wind in den Bäumen blättert, sieht noch eine Weile den Ameisen zu, die allerlei Baumaterial zu einer unbekannten Arbeitsstelle schleppen. Die Vögel sind zu dieser Stunde einsilbig wie man selbst. Langeweile der allerschönsten Sorte breitet sich aus, und man schläft ebenfalls ein.

Wenn unser Wandersmann sich ausgeruht hat, die Mittagswärme vorüber ist, die Hauptmarschleistung getan, dann hat er seine beste Stunde. Er schnitzt der Gefährtin einen Wanderstock, an dem sie den Rest des Weges zu tragen hat und den sie unbemerkt, ohne den Freund zu kränken, irgendwo stehenläßt. Er schnitzt ihr außerdem noch eine Flöte aus Holunderholz, und sie bläst darauf so recht und schlecht, wie er's sie lehrt. Kindheitserinnerungen steigen in ihm auf, an eine Zeit, als er acht Jahre alt war und ein Mädchen liebte, das Augen wie Schlehen hatte. Die braunäugige Wandergefährtin erinnert sich an den Jungen, der ihr die ersten Flötentöne beigebracht hat, als sie ebenfalls acht Jahre alt war; sie lächelt und schweigt. Eintracht herrscht.

Jetzt gilt es nur noch, das Nachtquartier auszumachen. Vorausblickende, umsichtige Wanderer rufen unterwegs aus einer Telefonzelle im einzigen Gasthof des Zielortes an und lassen sich zwei Betten reservieren, damit man sich, nörglig und müde, sieben zusätzliche Kilometer erspart. Wer hält sich schon abends an das morgens unbekümmert gesungene ›Und find ich keine Herberg', so lieg ich zur Nacht / Wohl unter blauem Himmel, die Sterne halten Wacht‹? Nur fanatische Fußgänger rufen in Notfällen kein Taxi herbei. Der idealen Wandergefährtin ist jedes Bett recht, wenn sie nur erst einmal auf dem Bettrand sitzen und die Beine ausruhen kann.

Sie muß gut zu Fuß sein, kräftig genug, einen Rucksack zu tragen. Außerdem sollte sie hübsch anzusehen sein, anmutig, wenn sie den Felspfad hinuntereilt. Ein Mann darf in der

Mittagshitze das Taschentuch in den Bach tauchen, die Zipfel knoten und sich als Sonnenschutz auf den schwitzenden Kopf legen; seinem Aus- und Ansehen kann das nichts anhaben, das weiß er.

»Was schleppst du alles mit dir herum!« sagt er morgens, aber abends betrachtet er mit Wohlgefallen die frische Bluse und hat gegen die Anwendung eines Lippenstiftes nichts einzuwenden. Nach dem dritten Glas Wein wird er grundsätzlich, sagt: »Wandern! Das ist die menschlichste Art der Fortbewegung! Aus eigener Kraft bewegt der Mensch sich mit einer Stundengeschwindigkeit von vier bis fünf Kilometern vorwärts, wenn es hochkommt, sind es sechs Kilometer. Das entspricht seinem Körpergewicht, seiner Antriebskraft und seiner Aufnahmefähigkeit. Hätte es schneller mit ihm vorangehen sollen, wäre er mit Flügeln ausgestattet worden, oder er hätte vier Beine mit auf den Lebensweg bekommen. Man sieht nicht mehr, als man mit Augen, Ohren, Füßen und Händen wahrnehmen und als Erinnerung in sich bewahren kann! Man lernt eine Landschaft wirklich kennen und lernt sie zu lieben!«

Und dann, wenn auch er der Richtige für sie ist, wird er das Glas heben, seine Gefährtin ansehen und hinzufügen: »Und erst recht den, mit dem man sie durchwandert hat!«

(c.b., 1963)

Pfälzer Wald und Pfälzer Wein

Am Vorabend der Wanderung beugten wir uns zu viert im ›Burckshof‹ bei Neustadt über die Wanderkarte des Pfälzer Waldes. Wir legten Tagesrouten fest und änderten sie wieder, warfen zwischendurch einen flüchtigen Blick auf die Weinkarte, entschieden uns für einen Rotwein, der keine hundert Meter von unserem Tisch entfernt angebaut und gekeltert worden war; das Viertel zu DM 1,30. Jeder trank sechs Viertel, auf das Wiedersehen, die Ferien, den Frühling, die Pfalz, unsere Freundschaft, und schließlich tranken wir dann Wein auf den Wein und fanden unser Motto: ›Pfälzer Wald und Pfälzer Wein.‹ Bevor wir noch einen Fuß in den Wald gesetzt hatten, waren wir bereits trunken vom Wein, aber wir wachten am nächsten Morgen mit klaren Köpfen auf. Es ist immer besser, der Trinker reist zum Wein, als daß der Wein zum Trinker reist.

»Viel Spaß in der Pfalz!« rief uns die Wirtin nach. Es hat uns nicht an Zurufen gefehlt. An einem grauen, kühlen Morgen rief uns ein Pfälzer nach: »Schlecht's Wanderwetter heit! Des gibt kää Dorscht!« Die Einheimischen haben Anspruch darauf, daß die Fremden sich nach dem Weg durch ihre Wälder erkundigen. Wanderer sind wißbegierige Leute, die mehr erfahren wollen als Angaben über die Länge des Wegs. »Noch e halb Schtund, donn kummt Ihne die Kalmit scho entgege!« versprach uns jemand. Entgegenkommende Berge! Was für Verheißungen! Und nun gleich der höchste Berg des Pfälzer Waldes, die Kalmit, 673 Meter hoch.

Eine Woche lang waren wir zwischen Bad Dürkheim im Norden und Bergzabern im Süden unterwegs; im Osten die weite Rheinebene, nach Frankreich hin die unüberschaubaren grünenden Wälder, leicht besteigbar. Vom Haardt bis zum Wasgau. Die Bergkuppen zumeist von Burgruinen besetzt, 163 gezählte Burgen, manchmal zehn auf einen Blick und oft nicht ein einziges Hausdach, so weit man schaut.

Mit dem Fernglas holten wir uns Bussarde und Burgen heran. Der Bussard erwies sich in der Vergrößerung als Gabelweihe, die Burg als rotes Felsgestein. Burgfelsen und Felsburgen. Felsen aus rotem Sandstein und Ruinen aus rotem Sandstein, die Unterschiede sind kaum wahrnehmbar. Nur jede fünfte Ruine wurde von uns besichtigt, tagsüber hielten wir Maß. Jeder Körperteil hatte seine eigenen Landschaftserlebnisse: die Füße abwechselnd weichen Waldboden und hartes Gestein; der Herzmuskel den Aufstieg und die Beine den Abstieg; die Augen das ferne Aufziehen der Wolken und, in der Nähe, das Farnkraut, das sich von Tag zu Tag weiter aufrollte; die Nase den bitteren Ginsterduft; der Rücken den Rucksack; das Ohr die Lock- und Warnrufe der Vögel; Kuckucksruf und Käuzchenruf vom Bett aus.

Noch blühten die letzten Apfelbäume. Vor den Bauernhäusern stand der Rotdorn in Blüte, die Waldränder waren von blühendem Ginster gelb gesäumt. Die erste Eidechse, der erste Schnakenstich. Die Buchenblätter sprengten ihre Kapseln und warfen sie ab. Wir gingen auf goldschimmernden, knisternden Hülsen. Die schwarzen Mistkäfer lagen schlaftrunken auf dem Rücken, mußten umgedreht und auf den Weg gebracht werden; bei den Schafen standen noch einige Lämmer, die das lämmermordende Osterfest überlebt hatten. Entlang der deutschen Weinstraße verkündete in jedem Hausgarten ein Feigenbaum, daß dies Deutschlands wärmste Gegend sei; schon bildeten sich pelzige Früchte an den graublättrigen Mandelbäumen, die bereits im März geblüht hatten. Noch reichten die Weingirlanden allenfalls aus, einen Cupido, nicht aber die Blößen eines Bacchus zu bedekken; aus der Ferne nichts als Waagerechte, Senkrechte, Diagonale: Weinstöcke. Es mußten keine steilen Weinberge erklommen werden wie an der Mosel, sondern nur sanft ansteigende Hänge, die wir im Abendsonnenschein – ich muß es so sagen: goldener Abendsonnenschein! – hinabstiegen; die Glocken läuteten. Wir hielten nach einem Gasthof Ausschau, der eine gute Küche, einen guten Weinkeller und später dann gute Betten versprach.

Als wir müde und erhitzt die ›Kruksburg‹ erreichten, die angeblich bewirtschaftet sein sollte, hatte die Burgschenke gerade ihren Ruhetag. Aber die Verkaufsbude für Reiseandenken war geöffnet. In der Pfalz zählt die Flasche Wein zu den Reiseandenken. Die Besitzerin besaß keine Ausschankgenehmigung, aber sie besaß einen Korkenzieher und Gläser zum Selbstbedienen, und Tisch und Bank gab es auch. »Ist der Wein denn auch kalt?« erkundigten wir uns besorgt. »Ja!« antwortete die Besitzerin. »Er kommt aus dem Kühlschrank.« »Das ist schlecht für meinen empfindlichen Magen«, sagte einer von uns, »dann wird er für mich zu kalt sein.« »Ach«, beruhigte ihn die Frau, »der Kühlschrank ist nicht eingeschaltet.« Das ist die Art des Pfälzers, dieses bereitwillige Eingehen auf die Wünsche des Fremden.

Erfrischt und erheitert zogen wir auf asphaltierten Wirtschaftswegen durch die Weingärten hinunter nach Edenkoben. Durch gute und namhafte Lagen; lieber würde man sich hindurchtrinken, als sie auf schmerzenden Füßen zu durchwandern. Ein Dämmerschoppen nach dem anderen, die Tage werden von Tag zu Tag länger, die Nächte kürzer. ›Deidesheimer Herrgottsacker‹, ›Bockenheimer Vogelsang‹, ›Königsbacher Meeresspinne‹, ›Wachenheimer Mandelgarten‹, Namen, die sich dem Gedächtnis leichter einprägen als die Namen der Burgen. Wenn wir spät in der Nacht unsere Zimmer aufsuchten, erwarteten wir, daß am Waschbecken aus dem rechten Hahn Weißwein, aus dem linken Rotwein fließt, beides wohltemperiert. Alkohol verkürzt den Schlaf, das wußten schon die Römer, wir haben uns deren Erkenntnis an jedem Morgen bestätigt.

Die Pfalz ist einmal bayrisch gewesen. Die Bayern ließen

Leberknödel und vereinzelt auch Zwiebeltürme zurück. Das Schloß Ludwigshöhe, das Ludwig I. sich oberhalb von Edenkoben erbauen ließ, ist als Weinetikett berühmter denn als Baudenkmal. Echt pfälzisch dagegen sind ›Saumagen‹ und ›Rippchen‹. Eine deftige Kost zu einem kräftigen Wein. Wir hielten uns an das, was in dieser Gegend gedeiht, das ist der Spargel, das Wildbret, die Forelle. Fingerlange Forellen in den Bächen, handlange in den Forellenteichen im Waldwiesental, und ›Forelle nach Müllerin Art‹ auf dem Teller im Gasthof. Im Herbst ißt man zum jungen Wein ›Käschte‹, Maronen, die an den warmen Berghängen reifen. Die großen Blätter der Eßkastanien aus dem Vorjahr hängen noch, sandblattfarben, an den Bäumen, die neuen rollen sich gerade erst auf.

Wir drangen in Täler ein, die immer enger wurden, nur noch für den Bach mit seinem Buschwerk und für den Wanderpfad Platz ließen. In der Abenddämmerung trat Rotwild an die Waldränder, noch war Schonzeit, noch boten die Kornfelder keinen Sichtschutz. Schmaltiere und Böcke. In den Gaststuben der Förstereien und der Burgruinen hingen Geweihe an den Wänden, ausgestopfte Bussarde und Eulen, schönkolorierte balzende Auerhähne hinter Glas.

Am Wochenende werden auf den Parkplätzen für Autofahrer, die den Aufstieg zur Burgschenke scheuen, Weinprobierstände aufgeschlagen. Dies ist ein Land für die Liebhaber von Wäldern und Weinen, nicht für Autofahrer und Biertrinker; diese halten allenfalls am ›Johanniskreuz‹, wo Autostraßen und Wanderwege sich kreuzen, einmal kurz an. Rotbestrumpfte Sonntagskletterer beleben die Felswände und schaffen sich mit Pickel und Seil Abenteuer und Gefahr im Mittelgebirge; sie nahmen uns so wenig ernst wie, unter den Skiläufern, die Abfahrtsläufer die Langläufer.

In einem ›Naturfreundehaus‹ tief in den Wäldern bei Lambertskreuz fanden wir an der Wand den Spruch: ›Der Wald lebt besser ohne den Menschen, aber der Mensch schlechter ohne den Wald.‹ Wie wahr! Wie demütigend. An einer

Wegkreuzung unterm Drachenfels, nahe der Friedrichsquelle, hat man auf einem Baumstamm so viele farbige Wanderzeichen – Kreuze, Punkte, Balken und Kreise – gemalt, daß sie ein Bild ergeben, das von dem Maler Miró stammen könnte.

›Kehrdichannichts‹, ›Schaudichnichtum‹, geographische Punkte auf der Wanderkarte. Auch viel weises und bedeutungsvolles Spruchwerk überall. Das muß wohl am Wein liegen, der nicht nur red-, sondern auch schreibselig macht:

›Da lieget ausgebreitet in stets verjüngter Pracht
Ein weiter Gottesgarten vom Himmel reich bedacht.
Die schöne Pfalz am Rhein.‹

Kein Widerspruch. So auf ein Siegesdenkmal des Jahres 1871 nach dem Sieg über Frankreich geschrieben und hundert Jahre später von mir notiert. Das Denkmal im Gründerstil allzu erhaben erbaut, ist inzwischen zum ›Friedensdenkmal‹ deklariert.

Man findet viel Vaterländisches in der Pfalz, wie immer, wenn die Staatsgrenze nahe ist, zumal die nach Frankreich hin, dem ehemaligen ›Erbfeind‹. Vielfach erprobtes Kampfgebiet. Mehrmals am Tag überschreiten wir die Grenze, heben uns gegenseitig den Schlagbaum hoch, weil niemand die Grenze mehr bewacht. Wenn die Schilder ›Attention au feu‹ lauten, wissen wir, daß wir uns in Frankreich befinden. ›Kaiser-Wilhelm-Buche‹ und ›Napoleonsfelsen‹ stehen nicht weit voneinander entfernt. Im sumpfigen, breiten Tal des Saarbachs, zwischen Schönau und Fischbach, alle hundert Meter ein Bunker. Ranken und Stacheldraht kämpfen um ihr Eigentum; einige der Bunker sind gesprengt, andere als Fundament für Wochenendhäuser weiterverwendet worden. Ergraute Fünfziger kommen von weit her und zeigen ihren Kindern, an welchem Bunker des ›Westwalls‹ sie vor vierzig Jahren gebaut haben. Amerikaner kommen von noch weiter her, um die Bunker zu suchen, die sie erobert und zerstört haben. Behaglich sitzen dann alle abends mit den Einheimischen beim Wein und tauschen ihre Kriegserinnerungen aus.

Ach, man wünschte sich, nicht nur durch eine unbekannte Landschaft, sondern auch durch eine unbekannte Zeit wandern zu können! Durch den Mai 1832 zum Beispiel, zum ›Hambacher Fest‹ auf das Hambacher Schloß, nahe bei Neustadt gelegen, auch ›Kästenburg‹ genannt, wo in jenem Jahr eine große Versammlung der jungen demokratischen Bewegung stattfand, auf der Volkssouveränität, die Republik und die nationale Einheit gefordert wurden, auf der die schwarz-rot-goldene Fahne zum ersten Mal wehte und der Europagedanke geboren wurde. Unterdrückung der Presse- und Versammlungsfreiheit waren die Folgen. In unserem Mai lernten die Jungvögel – Habichte oder Falken? – das Umfliegen des Burgfrieds; Abflug und Anflug zum Hambacher Schloß.

Weiter südlich, auf der Madenburg, einer der größten Burgruinen der Pfalz, verhüllte blühender Weißdorn die Torbögen, stiegen die Wandervögel der siebziger Jahre von ihren leichten Mofas und ›heißen Öfen‹, langhaarig unterm gelben Sturzhelm, die Gitarre umgehängt . . .

Über der alten Reichsfeste Trifels bei Annweiler, eine der Lieblingsburgen des burgenbauenden Barbarossa, kreisten Mirage, Phantom und Starfighter, soweit das möglich ist, einträchtig. Ein Jahrhundert lang wurden hier die Reichskleinodien aufbewahrt, hier saß Richard Löwenherz gefangen. In den dreißiger Jahren hat man die Burg im nationalsozialistischen Geist wieder aufgebaut, aber nicht vollständig; dafür währte das Dritte Reich nicht lange genug.

Im Städtchen Dahn zeigte eine alte Frau uns den ›Jungfernsprung‹, jenen hohen, schmalen Felsen, von dem eine Jungfrau sprang, um ihre Unschuld vor einem zudringlichen Förster zu bewahren. Mit dem Satz: ›Des tät heit kääne meh‹ beendete sie die Legende.

Wir schrieben gemeinsam eine einzige Ansichtskarte, auf der ein Dorf mit zehn roten Dächern, die Burg Bernwartstein, ein Tal und viele bewaldete Höhenzüge zu sehen sind, darauf ist in vier Handschriften zu lesen: ›Viel Wald! Wenig Regen! Wenig Sonne! Viel Wein! Wenig Sorgen! Wenig Blasen! Viel Spaß! Wenig Schlaf! Viele Kilometer! Viele Lieder und viele Grüße.‹ Darunter vier Namen.

(c.b., 1974)

›Tausche guterhaltene Freundin‹

Pummerer schlägt vor – jüngst erläuterte er's –,
Zur Senkung des Sonntagnachmittagverkehrs
(Das heißt, des unnötigen Hin und Hers)
Für all die Besuchsfahrten nach anderswo
Die Betreffenden einfach zu tauschen, etwa so:
›Tausche liebe Schwiegermutter in Ibbenbüren
Umständehalber gegen ebensolche in Düren‹
Oder: ›guterhaltene nette Freundin nahe Hagen
Gegen ebensolche im Umkreis von Remagen‹,
Wobei man auch Meinungen tauschen müsse,
Meinte er, Höflichkeiten, Liebkosungen und Küsse;
Der Verkehr gehe so – nicht mehr bloß Transport –
Von Mensch zu Mensch, statt von Ort zu Ort.

(O.H.K.)

Das Abgründige im Pinzgau

Die Salzach fließt von West nach Ost durch den Pinzgau und teilt das Tal in eine Licht- und eine Schattenseite.

Für drei Wochen lautete unsere Anschrift ›Großer Sonnberg, Gries im Pinzgau‹. Früh um sechs Uhr tauchte die Sonne über einem zwölfhundert Meter hohen Berg auf, zog die ihr vorgeschriebene Bahn über Zwei- und Dreitausender hinweg und verschwand um sechs Uhr in zwölfhundert Meter Höhe hinter einem Berg. Tagundnachtgleiche, Äquinoktium. Herbst. Nur selten tauchen Föhnwolken am Himmel auf, selten nur leises Kopfweh; der Föhn benutzt für seine Überfälle die Nord-Süd-Täler, nicht unseres. Morgens heißt es im Wetterbericht des österreichischen Rundfunks ›Turbulenz strichweise mäßig‹. Darüber denken wir so lange nach, bis es für den Aufbruch zu einer Bergtour zu spät ist. Goethe schrieb am 8. September 1786 auf dem Brenner in sein italienisches Reise-Tagebuch: ›Auf dem flachen Lande empfängt man gutes und böses Wetter, wenn es schon fertig geworden, im Gebirge ist man gegenwärtig, wenn es entsteht.‹

Kaum ist abends die Sonne verschwunden, setzt verstärkt der Gesang der Grillen ein; Wärme wird in Gesang umgewandelt. Erst nach Mitternacht sind die Energien verbraucht, und die Grillen verstummen. Unmittelbar über den Berggipfeln beginnen die Sternbilder; die Lichter der Einödhöfe bilden ihre eigenen Sternzeichen, denen wir Namen geben. Der Mond und der ihm zugeordnete Jupiter bringen Abwechslung in unser Nachtprogramm, weiten das Tal, leuchten die Kulisse aus. ›Füllest wieder Busch und Tal‹.

Wolkenfelder und Nebelschwaden entziehen uns für Tage die vertrauten Ausblicke. Wir leben in den Wolken, nur selten über den Wolken; dies ist kein Wolkenkuckucksheim, sondern eine Stiftung für erholungssuchende Künstler. Unten im Tal rauscht die Salzach, fließt weiter nach Salzburg, vereinigt sich mit der Saalach, mündet in den Inn, in die Donau, ins Schwarze Meer. Was für ein schöner, weiter Weg! Die Wasser, die in diesem Sommer Bukarest überschwemmt haben, sind durch unser Tal geflossen. Weitreichende Auswirkungen unserer Regentage. Durchs Tal strömt außerdem der verstärkte Autoverkehr; die große Rückreise aus dem Süden hat begonnen. Die Eisenbahnzüge fahren Menschen und Güter zwischen Salzburg und Innsbruck hin und her; immer dieselben Menschen und Güter, will uns scheinen.

Wir leben einsam hier oben, aber nicht aus der Welt. Von den hochgelegenen Weiden dringt das Geläut der unermüdlichen Kühe, die kauend und wiederkauend bei Tag und Nacht ihre Glocken schwenken. In der untergründigen Hoffnung, dieses Geläut zum Verstummen zu bringen, kaufen die Touristen kleine und große Kuhglocken an den Andenkenbuden.

Im Gebirge werden hohe Anforderungen an die Phantasie gestellt. Hinter dem Steinernen Meer soll der Königssee liegen, heißt es. Hinter dem Großglockner beginnt Osttirol. Wo doch augenfällig ist, daß diese ungeheure Kulisse, die unseren Horizont begrenzt, das Ende der Welt bedeutet. Der Berg hinter dem Berg bleibt unbezwungen. Bergsteiger und Skiläufer sagen ›Ah‹ und ›Oh!‹, wenn sie die Namen der Berge hören, die wir vom Balkon aus sehen, während wir unsere Frühstückseier löffeln. Hier eine Klamm, dort ein berühmter Paß, Wasserfälle, Tobel und Pfannen. Hochtouristen und Autotouristen kommen zu ihrem Vergnügen und ihrer Gefahr. Hinter den Windschutzscheiben der Autos sehen wir die verängstigten Gesichter der Beifahrerinnen und die entschlossen-verwegenen Gesichter der Fahrer: links der Bergbach, rechts die Felswand, von hinten der hupende Postbus, vorn in der Kurve sieben Rinder.

Wo die Natur die großen Attraktionen bietet, sind die großen Katastrophen unvermeidlich. Ein ganzer Friedhof für die Toten von Kaprun. Das Lawinenunglück bei Heiligenblut. Die eingestürzte Brücke in der Kitzlochklamm; noch erinnert keine Gedenktafel an jene Schülerinnen und ihre Lehrerin, die im Sommer 1974 dort den Tod fanden.

Kirchen, Kapellen und Marterln am Wegrand. Frömmigkeit liegt wie Tau auf der Berglandschaft; hier unternimmt man noch Bittgänge. Maria Hilf! Maria Elend! Dank und Lob, hinter Glas gemalt, in Stramin gestickt, vorgedruckt oder handgeschrieben – und neuerdings auch die Fotografie des Unglücks, schwarz-weiß oder farbig, die aufgebahrten Toten im Bild. Die Touristen lachen, andere schaudert's, wenn eine verwitterte Tafel an den getreuen Knecht erinnert, der an diesem Abgrund beim Holzfällen ums Leben kam. In Zell am See trägt eine Apotheke den Namen ›Maria Hilf‹; falls die Medikamente nichts nutzen sollten. Der Nagel, der acht Jahre lang das Kniegelenk eines Bauern zusammengehalten hat, liegt nun in einer Bergkapelle bei Embach hinter Glas.

Wassermassen, Steinmassen, Menschenmassen in Kaprun. Ich bin durch eine Steckdose von 220 Volt Spannung, die mich mit dem großen Stromnetz verbindet, zu beeindrukken, ich brauche die Daten des größten europäischen Kraftwerks nicht. Die Energie des Wassers in elektrische Energie zu verwandeln ist Sache der Ingenieure; ich bin auf Attraktionen zweiten und dritten Ranges aus, auf Wasserfälle, die einzig zu unserer Freude und unserer Kühlung vier Meter in die Tiefe stürzen.

Und wieder: Täler und Seitentäler und die Seitentäler von Seitentälern. In Krimml bietet einzig der Gerols-Paß noch eine Möglichkeit davonzukommen. Vor wenigen Jahren wurden die weltberühmten Wasserfälle vom Europarat mit einem europäischen Diplom für Naturschutz ausgezeichnet. Auf einer Bronzetafel steht es zu lesen: Ausgezeichnete Natur. Oder das Rauriser Tal der Goldgräber, wo im Talschluß Colm-Saigurn liegt, mit dem Blick auf die höchstgelegene Wetterstation der Alpen, den Sonnblick, ein Überdreitausender. Mit mäßiger Anstrengung könnte man von dort nach Bad Gastein auf- und absteigen. Ein Herr, der von Gastein herübergekommen war, hat mich an der Postbusstation gefragt: »Fährt der ganze Bus nach Taxenbach?« Ich sinne dem Sinn oder Unsinn seiner Frage noch immer nach.

Wo die Natur Eintrittspreise kostet, muß sie besonders schön sein. Lange Autokolonnen auf der Großglocknerstraße, die in den aussichtsreichen Kurven den Fotofreunden Platz zur Ausübung ihrer Leidenschaft läßt. Kein Wölkchen hängt am Großglockner! Auf der Rückfahrt von Heiligenblut gerieten wir aus einer lieblichen, lärchenbestandenen Bergwelt zurück in die kalte, steinerne Welt des Nordens, das Herz zog sich mir zusammen. Ich fror plötzlich. Für die Liebhaber des Südens stellen die Straßen- und Eisenbahntunnel, die die Tauern durchqueren, an jedem grauen Tag eine Anfechtung dar. Drüben wäre südliches Licht, südliche Wärme, südliche Vegetation ...

Der Sommer zeigt auch in der zweiten Septemberhälfte noch keine Anzeichen von Ermüdung. Immer noch sattes Grün. Es wird weitergewachsen. ›Das Gras wie's wächst‹, ein anschaulicher Satz des Österreichers Ernst Jandl. Die Rinder haben die alpine Flora abgeweidet, ein paar Berganemonen blühen noch, aber auch die ersten Herbstzeitlosen. Zu Füßen des Hochkönigs blüht der langstielige Enzian ein zweites Mal. Noch hängen die roten Fruchtdolden an den Ebereschen, bald wird man sie zu Schnaps brennen. Wir steigen durch Fichtenwälder und höher hinauf zu den duftenden Latschen und den Preißelbeerhängen. Keine Tour wird zur Tortur, wir sind klüger geworden; wir sind nicht mehr jung, noch nicht alt. Äquinoktium. Gondeln und Lifte warten bereits, daß auch wir sie eines Tages benutzen werden. Zum ersten Mal sehe ich einen Regenbogen von oben.

Durch die Dörfer zieht der Geruch von Kuhdung und verblühendem Phlox. An den warmen Hauswänden reifen

Birnen und Marillen. Hängende Nelken, hängende Geranien, wuchernde Petunien drängen sich durch die gedrechselten Säulen der hölzernen Balkone. Die kleinen Fenster der Gasthöfe sind zur Hälfte mit Blumenstöcken gefüllt. Der Gast soll nicht atmen, sondern essen und trinken; Weinzierl und Salzburger Bier; Backhendl, Kaiserschmarrn und Currywurst. Für jene Jausenstationen, die nicht mit dem Auto zu erreichen sind, finden sich keine Pächter mehr. Unsere einsamen Wege führen durch Wildwasser und über Viehweiden, bieten Gelegenheit zum Rodeo zwischen Jungvieh und Wanderer. Die Bergbauernhöfe werden von wütenden Hunden verteidigt. Die Gäste gehören in die Gasthöfe! In Zell am See wird ein ›Gästeschießen‹ veranstaltet, das uns beunruhigt. Wer schießt dort auf wen? Merkwürdigkeiten. Abgründiges. Eisschießen im Sommer! Unser Bauer spannt den Schlitten an, um das Heu einzufahren. Kein Heufuder versperrt die Güterwege, das Heu bleibt, wo das Gras wächst; in schöner Asymmetrie stehen die grauen Heustadel auf den steilen Wiesenhängen. Neben unserem Haus ragt ein Riesenmast der Überlandleitung in den Himmel, als Blitzableiter hat er sich schon oft bewährt. »Wenn's drunter stehn, san's eh hin«, sagt die Bäuerin, und man meint Ödön von Horváth oder Lotte Ingrisch zu hören. Jedes Haus hat seine Wohnküchendramatik; der Strick am Dachbalken scheint die üblichste Todesart der Bauern im Pinzgau zu sein. Bis vor kurzem lebte in tausend Meter Seehöhe, nahe bei Saalfelden, der letzte hauptberufliche Einsiedler. Er wurde weit bekannt durch Lembkes heiteres Beruferaten; kurz darauf hat er sich das Leben genommen. ›Heiliger Peregrinus, Du wunderthätiger Patron in allen Anliegen, insbesondere in Fußkrankheiten‹ steht an der Wand der Einsiedelei. Ich klebe trotzdem ein frisches Pflaster auf die blutige Ferse.

Ohne Arg saßen wir im Café und aßen frische Nußkipferl, schlenderten durch die Gassen von Zell am See und standen unvermutet vor der ›Villa Olga‹, die noch immer in jener österreichischen Zurückgezogenheit im Park liegt, noch heute eine Hotel-Pension. Hier saß ich am Sonntag, dem 22. Juni 1941, im Liegestuhl unter den Parkbäumen; eine Wehrmachtangehörige auf Kriegsdauer, deren Ferien vorzeitig durch eine Sondermeldung im Rundfunk beendet wurden, ich kehrte umgehend zu dem stellvertretenden Generalkommando IX. A. K. zurück. Ich erinnere mich, daß ich in Tränen ausbrach, die nicht mir galten, die keinem galten; ich weinte im voraus.

Wir beide gingen – dreißig Jahre danach – am Seeufer auf und ab. Du lagst damals, liegst wieder, in den sumpfigen Niederungen des Bug, gegenüber von Brest-Litowsk, Gefreiter in der Nachrichtenabteilung einer Infanterie-Division. Bis zum Vorabend um sechs Uhr ließ man euch in dem Glauben, daß ihr durch das verbündete Rußland ziehen solltet, um in Persien die Engländer zu schlagen. In jener Nacht ratterten noch Güterzüge in beiden Richtungen über die Brücke, die die Ufer des Bug miteinander verbindet. ›Heute in den frühen Morgenstunden ist die deutsche Wehrmacht von der Ostsee bis zum Schwarzen Meer zum Angriff gegen die Sowjetunion angetreten und hat im ersten kühnen Vorstoß die gesamte feindliche Front durchbrochen.‹ Einer von tausend Wehrmachtberichten, die dich und mich betrafen. Du hast an jenem Morgen russische Soldaten gesehen, die in Nachthemden aus der Festung Brest-Litowsk in deutsche Gefangenschaft gelaufen sind; du hast auf einer Pontonbrücke, die von deutschen Pionieren bereits gebaut worden war, den Bug überquert, der erste der vielen russischen Flüsse, die du im Morgengrauen überquert hast. Fünf Jahre später bist du aus russischer Kriegsgefangenschaft zurückgekehrt.

Wir tauschen unsere Kriegserinnerungen aus. Dein Rußland-Feldzug. Mein Rußland-Feldzug, der in der ›Villa Olga‹ in Zell am See begonnen hat . . .

Alle Pilzarten, die eßbaren, die ungenießbaren und die giftigen, werden von den Österreichern liebevoll ›Schwammerln‹ genannt. Wie unterscheidet sich der echte Reizker vom falschen? Man brauchte Stern- und Pilzbücher, um sich in der Natur zurechtzufinden; ich habe nur Kunstgeschichte studiert.

Der Abendtau fällt jetzt schon, bevor die Sonne den Morgentau trocknen konnte. In die Talgründe dringt kein Sonnenstrahl mehr, die Wiesen sind dort sauer, voller Meerrettich, das harte Gras muß mit der Sense gemäht werden. Neben den rauschenden Bächen zerfallen die spielzeuggroßen Mühlen, drei, vier und fünf untereinander; hier haben die Bergbauern ihr Mahlrecht wahrgenommen, haben die paar Säcke Korn abends in den Trichter geschüttet, das Wehr aufgezogen und sich zum Schlafen auf die Bank gelegt. Am Morgen hatten Mühlrad und Wasser das Korn zu grobem Mehl gemahlen. So lange ist das noch nicht her, jeder Krieg macht den technischen Fortschritt zunichte.

Alpiner Heimatabend in Bruck! ›Schuhplattler, Trachtentänze, Naturgesang und Heimatlieder mit Jodlern‹ verheißt das Programm. Die Männer sehen aus wie Andreas Hofer, aber treten auf wie Udo Jürgens.

Die holzgeschnitzten Glockentürmchen auf den Bauernhöfen verfallen, die Eßglocke läutet kein Gesinde mehr herbei, aber prächtig herausgeputzt zieren die Glockentürmchen nun die Ferienhäuser der Fremden. Vom Praktischen bleibt das Schöne übrig. Dirndl und Kniebundhose sind keine Arbeitskleidung mehr, sondern Freizeitkleidung.

Wir liegen morgens lange in den Betten, hören den Tropfen zu, die aufs Eternitdach klopfen. Ich sage: »Der Regen hat kein Dach« und gebe mich zufrieden. Wir erholen uns, atmen Bergluft, arbeiten allenfalls noch schwierige Bergtouren aus, von denen wir hoffen, daß das Wetter sie wegen Turbulenz der Lüfte nicht zulassen wird.

(c.b., 1974)

Genugtuung und Träumerei
(Eine Vogesen-Wanderung)

»Zu viert – zehn Tage – mit dem Rucksack – an Natur und Kultur soviel wie möglich«, hatten wir dem ›Club Vosgien‹, dem Vogesenklub, in Straßburg an Anhaltspunkten mitgeteilt. Als Antwort schickte man uns vier Wanderkarten, Maßstab 1 : 200 000, und eine sorgfältig ausgearbeitete Route. Zehn Tagesrationen mit ›Aufstieg ... herrliche Kammwanderung ... Abstieg ... Ottrotter Schlösser ... Kloster St.-Odile ... Aufstieg ... ehemalige Grenze ... Abstieg ... Felsenpfad ... Alpensee ... Aufstieg ... Abstieg.‹ Sechzig Kilometer Luftlinie in zehn Tagen.

Wanderwege sind immer Umwege. Wer es nicht schätzt, Umwege zu machen, darf sich von Waldwegen und Wanderzeichen nicht verführen lassen.

Wenn wir morgens aufbrachen, gut ausgeschlafen und keineswegs in aller Herrgottsfrühe, war schon Herbst: Nebel im Tal, Herbstzeitlosen auf den Wiesen. Aber mittags war noch blauer Septembersommer. Noch etwas höher dann gelbe Stiefmütterchen, blaue Glockenblumen und weiße Anemonen, ein kleiner Bergfrühling im Herbst. Und abends Wintergerüche und Rauchfahnen über den Dächern. Im Verlauf des Tages durchquerten wir vier Jahreszeiten.

Die Zuständigkeiten wurden gleichmäßig verteilt. Der eine der beiden Männer war für Weg und Ziel verantwortlich, der andere für Unterkunft, Speise- und Weinkarten zuständig, von den beiden Frauen die eine für das Picknick am Mittag, die andere für Natur- und Kulturgeschichte, die andere war ich. Sonderwünsche wurden berücksichtigt. Demokratie, mit Einschränkungen.

Eines durfte von keinem zum anderen, weder verärgert noch schadenfroh, gesagt werden: ›Na bitte!‹ Der Mensch irrt sich, wenn er Wanderkarten studiert, den Gasthof auswählt, das Picknick einkauft und auch dann, wenn er Bergen, Seen und Ruinen Namen und Daten gibt. Jenes Quentchen Glück, das Sonne und Regen zum rechten Zeitpunkt zumißt, die Abendglocken beim Einzug durchs Stadttor läuten läßt, die Fahrpläne der Omnibusse günstig stimmt, ist unerläßlich. Wer abends mit Stolz die zurückgelegte Strecke auf der Karte nachmessen will, darf mittags nicht allzulange faul am Wegrand liegen bleiben. Aber bei 25 Kilometer Tagesleistung kann man beides haben, Genugtuung und Träumerei.

Wer wandert, folgt gewöhnlich dem Lauf der Flüsse oder dem Kamm der Berge. Er unterwirft sich der Diktatur der Täler und Seitentäler. Jede Faltung der Erde macht er mit. In Stunden überwindet er ganze Erdzeitalter. Kein Tunnel durchbohrt für ihn die Berge, keine Brücke überspannt ihm das Tal. Den Wandervereinen, deren Zeichen er folgt, geht es um Schönheit und Abwechslung, nicht um die rasche Überwindung der Strecken und Höhenunterschiede. Die Vogesen werden immer wieder von Quertälern durchschnitten. Das hat die Ansiedlung – den Bau von Burgen und Klöstern und Kirchen – gefördert: die Kultur. Für den Wanderer, der die Vogesen in ihrer Länge durchmißt, bedeutet es ständiges Hinab- und wieder Hinaufsteigen, also Anstrengung. Drüben im Schwarzwald, der außer dem Kinzigtal keine Quertäler aufweist, ist das anders; dort kann man, ist man erst einmal zum Kamm hochgestiegen, tagelang in der Höhe wandern. Für die Entstehung von Kultur war der Schwarzwald eher ein Naturhindernis; die Reisenden, die Kaufmannszüge, umgingen das Gebirge; allerdings auch die Heerzüge.

Historie vor Augen, Geologie unter den Füßen, Naturkundeunterricht ganztägig. Granit, Gneis und Quarz – das Urgestein – schieben die dünne Erdkrume beiseite und legen Baumwurzeln bloß: der Berg scheint zu wachsen. Im Norden goldgelber Vogesensandstein, dann, südlicher, roter Buntsandstein mit Meereseinlagerungen, hellen runden Kieseln aus jener Zeit, als es den Rhein noch nicht gab, als das Meer breit in das eingestürzte Gebirgsmassiv eingedrungen war. Diese großartige Katastrophe, die Schwarzwald und Vogesen, einander brüderlich ähnlich, schuf, von der am Ende der Rhein übrigblieb. Ursache so vieler Kriege. Straßburg 200 Meter unterm Meeresspiegel! Was für phantastische Vorstellungen sind abends beim Wein möglich!

An den Vorbergen machte der Löß das Land so fruchtbar, daß es früh besiedelt wurde. In der Ebene wachsen Hopfen und Mais und die dicken Kohlköpfe fürs Sauerkraut, das ›Choucroute d'Alsace‹. Seit Römerzeiten gedeiht an den Hängen der Wein; Walnußbäume am Straßenrand. Weiter oben die Zone der Laubwälder mit Edelkastanien und wilden Kirschen, Buche und Ahorn. In der Höhenzone Weiß- und Edeltanne, Fichte. Auf dem Kamm dann die Zwergkiefer, verkrüppelte Föhren, zerzaustes, bemoostes Buchengehölz und schließlich nur noch Heidekraut, Heidel- und Preiselbeergesträuch.

Der Frühling liefert die Düfte, der Herbst die Früchte, die wilden Früchte des Septembers: ausgereifte letzte Himbeeren, Edelkastanien, süße Brombeeren, bittere Schlehen, die ersten Preiselbeeren, die kleinen roten Sternrenetten in den verlassenen Apfelgärten.

In den südlichen Vogesen, wo die natürliche Baumgrenze durch Brandrodung heruntergerückt ist, dehnt sich Weideland; Schafherden, Kuhglocken, Sennereien und Viehtränken, in denen wir, gelehrige Kneippschüler, Arme und Beine kühlen. Die Skilifte beginnen an den Touristenbetten.

Kleine Gletscherseen, versumpft und moorig, übriggeblieben aus einem anderen Erdzeitalter, aber auch junge, klare Stauseen, tiefliegend, schwarz- und blau- und grünäugig. Sie verheißen Abkühlung, liegen jedoch 800 Höhenmeter unter uns in den Senken und Tälern. Am Himmel stehen Raubvögel: Bussard, Habicht und Falke. Die Singvögel sind verstummt, Stille herrscht in den Wäldern. Hie und da wird sie vom Dröhnen eines Düsenjägers durchbrochen. Phantome. Gemeinsame Luftübungen über Frankreich und Deutschland, Nato-Gebiet. Wir stellen weltgeschichtliche Betrachtungen an, wenn wir Stunde um Stunde der früheren Grenze folgen; auf den Grenzsteinen weist das große F nach Westen und das große D nach Osten; Steine, die nach 1871 gesetzt worden sind.

Auf Schritt und Tritt hat man Historie vor Augen. Heidnischer Kult und christliche Legende, dicht verwoben, kaum zu trennen. Auf dem ›Grand Ballon‹ haben die Kelten den Sonnengott ›Bel‹ oder ›Belen‹ verehrt. Bei St.-Odile ist noch heute die ›Heidenmauer‹ erhalten, eine Zyklopenmauer, von den Kelten gegen die Römer errichtet, zehn Kilometer lang, fünf Meter hoch, gewaltig, urweltlich. Und daneben das Kloster auf dem Heiligen Berg des Elsaß. Goethe nannte die Ottilie der ›Wahlverwandtschaften‹ nach der Heiligen Odile. Keltische Festung, Kloster, Wallfahrtsort für eine halbe Million Besucher im Jahr.

Kelten. Sueben. Alemannen. Klöster wurden gegründet: Murbach, Maursmünster, Neuweiler. Die Gallier, die Merowinger. Germanisches und Römisches mischt sich. Im 6. Jahrhundert besteht bereits ein selbständiges Elsaß mit dem Rhein als Grenze. Dann Karl der Große und seine folgenschweren Erbteilungen. Nach dem Vertrag zu Verdun gehörte das Elsaß für Jahrhunderte zum Deutschen Reich und wurde vom Kaiser als Lehen vergeben. Die Rivalitäten beginnen, blutige Streitereien um Herzogtümer, Grafschaften, freie Reichsstädte, Klöster. Um öde Landstriche hätte man nicht Kriege geführt. Kalte Kriege gab es noch nicht. Schon früh fällt das verhängnisvolle Wort von den ›natürlichen Grenzen‹. Seit dem Dreißigjährigen Krieg war das Elsaß französisch, bis zum Krieg von 1870/71.

Die Geschichte der meisten Burgen endet mit der Anmerkung: ›Zerstört im Dreißigjährigen Krieg, nicht wieder aufgebaut.‹ Dohlen nisten in den efeuumrankten Gemäuern aus Sandstein oder Granit. Die meisten Burgen sind Ruinen, bis auf die eine: die Hochkönigsburg, in schöner Historientreue um 1900 zu kaiserlicher Herrlichkeit erbaut, Anziehungspunkt für Touristen deutscher und französischer Nationalität.

Ruinen, Klöster, Seen, Kirchen – es gibt so viele davon, daß man großzügig sein kann, vieles bleibt rechts und links liegen. Wir begnügen uns mit einem Blick durchs Fernglas, fotografieren allenfalls jede fünfte Burgruine.

Die Markierungen an den Baumstämmen wechseln: rotes Rechteck, blaues Rechteck, weiß-rot-weißes Rechteck. Wir kreuzen namhafte Straßen, die ›Route du Fleur‹, die durch die blühenden Bauerngärten der Ebene führt, die ›Route Verte‹, die grüne Straße, und, mehrfach, die ›Route du Vin‹, 180 Kilometer lang, von einem Winzerdorf zum anderen. Außerdem die ›Rue du Fromage‹, an der 26 Sennereien liegen, eine ›Käse-Straße‹.

Hochmut der Wanderer, wenn sie die Fahrstraße überqueren und Seitenpfade einschlagen, wohin kein Auto folgen kann. Hochmut der Autofahrer, wenn wir am Straßenrand im Gänsemarsch dahintrotten, auf hartem Asphalt, weil es auf dieser Strecke keinen Wanderweg gibt. Müdigkeit wird mit Marschmusik bekämpft, die Männer blasen zweistimmig auf Mundharmonikas.

Wir riskieren den ›Felsenpfad‹, den ›Sentier des Roches‹, mit Stahlseilen gut gesichert, laut ›Club Vosgien‹ nur für geübte Wanderer geeignet. Wir folgen dem ›Dreiländerpfad‹, der Deutschland, Frankreich und die Schweiz miteinander verbindet, dann der ›Route Joffre‹, von französischen Truppen im Ersten Weltkrieg für den Nachschub angelegt, kommen an den Hartmannsweiler Kopf, der heute noch von Eisen birst. Laufgräben und Bunker, Munition, von der Natur nach fünfzig Jahren noch nicht wieder anerkannt.

Je höher wir kommen, desto kameradschaftlicher geht es zu. Die Begegnungen werden rar. Die Grußgrenze liegt bei 800 Meter ü. N., nahe der Baumgrenze, alltags. Sonntags liegt sie 300 Meter höher. Man erteilt einander bereitwillig

Auskunft über Schönheit, Auffindbarkeit und Länge eines Wegs. Wir sagen ›Bonjour‹, und man antwortet mit ›Grüß Gott‹.

Der ›Michelin‹ ist im Auto zurückgeblieben. Wir verlassen uns auf Auge, Ohr und Nase, wenn wir abends einen Gasthof zum Übernachten auswählen. ›Coq d'Or‹, ›Duc d'Alsace‹, ›Cigogne‹, immer wieder ›Cigogne‹, der Storch. Die Legende berichtet, daß Gott sich eine Handvoll Apfel- und Pflaumenblüten pflückte und über diesem Landstrich ausstreute, weil er ihm so sehr gefiel. Die Blüten fielen zur Erde hinunter und verwandelten sich dort in Störche. Seither nisten sie auf den Hausdächern, steigen durch die feuchten Wiesen, stehen vor allem aber hölzern oder eisern, schön bemalt, in den Vorgärten.

Ein Gasthof muß auch dem Auge wohlgefallen. Außen möglichst 15. Jahrhundert, innen aber 20. Jahrhundert. Still muß es sein, und wenn nicht still, dann wenigstens heitere Geräusche: Gelächter, Brunnenrauschen, Musik; keine Lastwagen oder Motorräder. Verheißungsvolle Gerüche müssen aus der Küche dringen. Man ißt und trinkt hier französisch. Abends, wenn wir mit Einheimischen zusammensitzen, sagt jemand auf gut deutsch: ›Euer Adolf‹, so familiär geht es zu; wir hören das besitzanzeigende Fürwort so ungern wie den vertraulichen Vornamen. Was ist hier deutsch, was französisch? Es genügt oft der französische Artikel vorm deutschen Ortsnamen, und allen ist Genüge getan. ›Col de la Schlucht‹. ›Le Markstein‹. Man ist im Elsaß, Übergangsland seit Jahrhunderten. Die Kultur mag weitgehend deutsch sein, die Zivilisation ist französisch. Warum überhaupt diese Unterscheidung: altes karolingisches Land. Europäischer Versuchsplatz: In Straßburg hat der Europarat seinen festen Sitz. In den größeren Städten spricht man zumeist französisch, in den Dörfern ein elsässisches Deutsch, ein Alemannisch, wie man es auch im südlichen Schwarzwald und am Kaiserstuhl spricht.

Ribeauvillé, früher Rappoltsweiler; Riquewihr, früher

Reichenweier; Sélestat, früher Schlettstadt. Namen, keine Weltanschauung. Rundbogige romanische Stadttore, spitztürmige gotische Kirchen und Renaissancebrunnen auf dem Marktplatz. Diese Städte und Dörfer haben viele Blütezeiten erlebt. Wein trinkt man sowohl in guten als auch in schlechten Zeiten. Wein wächst in jedem Jahr. Die Rebhänge beginnen einen Steinwurf weit vom Marktplatz. Die dunklen Balken des Fachwerks zeigen in jedem Ort ein anderes Muster. Blumen wuchern von den hölzernen Galerien der kleinen Innenhöfe, Blumenkästen hängen vor allen Fenstern. Es blüht üppiger als anderswo. In Bayern gießt man die Blumen mit verdünnter Milch, ob man sie hier mit Riesling gießt oder, wenn nicht mit Riesling, dann doch mit Zwicker? Dieser ›Edelzwicker‹, der sich so leicht trinkt und so leicht in den Kopf steigt, erst lustig und dann verdrießlich macht. Mostgeruch, der aus den Kellern dringt, mischt sich mit Abgasen. Der Wohlstand kommt nicht zu Fuß, sondern mit Autos, die zumeist ein ›D‹ tragen. Geld macht versöhnlich. In den entlegensten Winkeln, wo anderwärts Mülleimer stehen, stehen hier Blumenkübel, in denen die Agaven Mittelmeergröße erreichen, in den Hausgärten reifen die Feigen.

An manchen Tagen gerät es uns, so zeitig von den Bergen ins Tal hinunterzusteigen, daß wir noch zum Dämmerschoppen zurechtkommen. Dann essen wir frischen Guglhupf zum Gewürztraminer, drücken die weißen Kerne der frischen Walnüsse ins frische Graubrot, trinken dazu einen ›Tokay d'Alsace‹, probieren auch noch den ›Muscat‹, können dem Duft des frisch gebackenen Zwetschgenkuchens nicht widerstehen und stellen – nach dem dritten Schoppen – fest, daß der auffälligste Unterschied zwischen Frankreich und Deutschland in der Form des Zwetschgenkuchens besteht. Hier ist er tortenrund, die Zwetschgen liegen wie Schindeln mit dem Dach nach oben auf dem Teig, bedeckt mit braunem Zimtstaub.

Ein guter Hunger darf nicht verschwendet werden: Speisekarte und Weinkarte werden mit der gleichen Sorgfalt gelesen wie die Wanderkarte. Das Geheimnis der elsässischen Küche beruht darauf, daß beim Kochen Wein statt Wasser verwendet wird. Das Hähnchen wird in gutem Riesling gedünstet, die Forelle ruht in einer Weißweintunke, die Weinbergschnecken liegen in einem würzigen Weinsud. Das berühmte elsässische Sauerkraut wird mit Wein gekocht, auch ein Schuß Champagner ist nicht daran verschwendet, Gänsefett, geräuchertes Schweinefleisch, Straßburger Würstchen. Man muß eine Grundlage schaffen, bevor man sich auf die Stufenleiter der Weine begibt. Silvaner, Pinot, Muscat, Traminer, Gewürztraminer, Riesling – bei der Aufzählung sind wichtige Zwischenstufen bereits ausgelassen. Zum Munsterkäse, der den Abschluß bildet – ein gekochter und gegorener Weichkäse, herzhaft mit Fenchel gewürzt –, schmeckt ein Rosé am besten. In zehn Tagen schafft man es nicht, von allen Fruchtschnäpsen auch nur zu kosten. Was in Obstgärten und an Waldrändern reift, von der Mirabelle bis zur Vogelbeere, verwandelt sich hier zu duftendem Obstler.

Spät dann noch um den Marktplatz gegangen, die Arme in den Brunnen getaucht, den Verheißungen der Sterne geglaubt, und dann müde und selbstzufrieden zurück in unseren ›Goldenen Hahn‹.

Von Obernai im Norden bis Masevaux im Süden! Da wurde kein Berg umgangen: Hohneck, Markstein, Großer Belchen, Ballon d'Alsace; die Täler, Burgen und Klöster ungezählt, die Namen der Seen schon vergessen. Aber unvergessen ein Wasserfall bei Sewen, der sich in grüne lichtdurchflutete Grotten stürzt. Heiteres Bad der Najaden.

Wenn die Sonne im Westen stand und der Himmel sich rötete und wir über die kahlen Bergkuppen der Südvogesen wanderten, sind wir durch die Sonnenuntergänge des Schwarzwalds gegangen.

Von der Plattform des Straßburger Münsters aus sind zehn Tage und 300 Kilometer nur ein Augenblick.

(c.b., 1971)

Spröde Geliebte: Irland

Wir, zwei wanderlustige, langbeinige Männer, der eine vierzig, der andere zwanzig Jahre alt, hatten beschlossen, Irland ›weitgehend‹ zu Fuß zu durchwandern. Wir waren deshalb mit Rucksack und den zu jener Zeit, 1963, noch ungewöhnlichen Kniebundhosen aufgebrochen. Aber wir fielen, als wir in der Frühe im Dubliner Bahnhof West Row ankamen, nicht auf, unter all diesen Sonderlingen, Nachtschwärmern, Straßenmädchen, unbestrumpften Mönchen, Frauen mit Lokkenwicklern, Zeitungsjungen in durchlöcherten Pullovern und stoppelbärtigen Lumpensammlern.

Es war vor neun Uhr, und so hatte noch kein Geschäft oder Büro, auch kein Restaurant oder Café geöffnet. Also wanderten wir erst einmal übernächtig, fröstelnd und hungrig zwischen den Steingebirgen der Prachtbauten, fanden mit dem sicheren Instinkt von Hochtouristen gleich die O'Connell Street mit den Markierungen der Nelson-Riesensäule und der O'Connell-Brücke, den Mittelpunkt der Stadt, wallfahrteten durch die stille, dunkle Leere der St. Patricks-Kathedrale in beinern kühler Luft zwischen Sarkophagen, Statuen, Büsten und Fahnen und über die Gruft des Dekans Jonathan Swift.

Eine Wolke von Kindern, die in eine Schule stob und uns ›Dutchmen‹ nachrief, machte uns dann klar, daß wir uns mit Rucksack und Kniebundhosen in den Straßen der erwachenden Halbmillionenstadt doch fremd ausnahmen, zwischen Doppeldeckerbussen, Schiffsmasten und Öltanks. Aber wir wollten ja nicht in Dublin bleiben, das sich ohnedies nicht wesentlich von anderen europäischen Hauptstädten unterschied, wir wollten schon bald in Wicklow zu wandern beginnen. Die rauchblauen Berge hatten wir längst am Ende der langen Straßen- und Häuserzeilen in der Ferne entdeckt.

Aber was das Fußwandern anlangt, so sollte alles anders kommen. Wir besichtigten in Glenalough, einem poetischen Tal inmitten jener Berge, die frühchristliche zerfallene Abtei des Hl. Kevin und stiegen auf einer asphaltierten Straße durch ein steiniges Hochtal bergan, in Richtung Westen. Dabei tauschten wir unvermittelt den ›Garten Irlands‹, seine grünen Berge und Täler gegen karges, nacktes Gestein, Heidekraut und Stechginster, die Vorboten des eigentlichen Irland. Der erste Regenschauer überraschte uns, kam wirklich ›rasch‹ über uns, noch ehe wir die Regenumhänge übergezogen hatten. Aber ebenso rasch hatte der Wind ihn vertrieben. Die regennasse Straße glänzte im Schein der Sonne. Die Erde dampfte. Und: der erste Regenbogen! Land der Regenbogen!

Ein Auto hielt neben uns an, die Wagentür wurde geöffnet. Der Fahrer enthob uns aller Überlegungen und des anstrengenden Gehens auf der Asphaltstraße. Wir wären ohnedies nicht weit gekommen. Jedes Auto hätte angehalten. Einer, der zu Fuß auf der Landstraße geht, kann nur den Bus verpaßt haben. Und wir hätten immer nur Straßen benutzen müssen; es gibt keine Wanderwege. In Irland hält man nichts von der Anstrengung des Wanderns. So waren wir am Abend wieder in Dublin und beschlossen, auf Fahrräder überzuwechseln, aber zunächst mit der Bahn in den Süden Irlands zu fahren.

Auf der Fahrt dorthin: diese vielen Arten von Grün, den Augen so wohltuend, vom Seeklima und vom Regen gesättigt und immergrün gehalten, das Weideland, der Efeu, das Moos, die Hecken. Grüne Insel Irland! Und die vielen Arten von Grau, der Himmel, die fernen Bergketten, das Meer, die Seen und Flüsse, die Asphaltstraßen, die Häuser, die Steine und Granitfelsen, die Steinwälle, das Mauerwerk der Ruinen, die Rinder, Schafe und Esel, die über die Hügel verstreut sind wie Felsen.

Eine lange Fahrt; die Entfernungen wären zum Wandern, auch zum Radfahren, zu weit gewesen. Wir konstatieren es. Dazu die ständigen Regenschauer, das baumlose Land, die schnurgeraden Straßen, die ins Unendliche zu führen scheinen (›It's a long way to Tipperary‹), und ein Abweichen von der Straße unmöglich: überall diese Steinwälle, die das Land in Tausende von Waben aufteilen, keine Einkehr- und Übernachtungsmöglichkeiten, menschenleer alles, nur wenige Ortschaften, ab und zu ein einsam gelegenes Haus, einstökkig, weißgekalkt und riedgedeckt, oder von den Bewohnern verlassene, zerfallende Gehöfte. Wo sind die Menschen alle geblieben? Jene vielen Kinder von Dublin?

In Cobh, dem Hochseehafen von Cork, an der Südküste Irlands, erfahren wir es. Tränen und Schluchzen an der Landungsbrücke. Durchschnittlich hundert Iren verlassen täglich Irland, rund 35 000 im Jahr. In den Vereinigten Staaten von Nordamerika wohnen zehnmal mehr Iren als im Mutterland, allein in New York so viele wie in ganz Irland. Der Kinderüberschuß, der Mangel an Arbeitsplätzen und Bodenerträgen treiben sie aus dem Land. Schicksalhafter Hafen! Aus den Kneipen dringt Jazzmusik, Schiffssirenen ertönen, und das Glockenspiel der Kathedrale läßt zwei volle Stunden lang Choräle und Mozartsonaten über die Stadt erklingen.

Wer hätte gedacht, daß wir dann doch noch durch Wälder fahren würden, mit dem Fahrrad, Wälder aus riesigen Zedern, Eiben und Douglasfichten, sogar aus Rhododendron, Lorbeer, Oleander und Magnolien. Das Wenige, das Irland noch an Wald besitzt, scheint sich hier, in der Südwestecke Irlands, der Grafschaft Kerry, und da wieder besonders um die Seen im Tal von Killarney, zu vereinigen, der lieblichste Teil der Insel, Ziel der meisten Irlandreisenden, golfstromdurchwärmt, eine üppige, subtropische Pracht, ein Park in den Ausmaßen einer Landschaft, mit Bergen, den höchsten Irlands (Carrantuohill, 1041 m), Tälern, Flüssen, Bächen und Wasserfällen. In manchem der alten Hotels, oftmals ehemaligen englischen Landsitzen, zeigen die Kupferstiche an den Wänden, was man dort früher betrieb und auch heute wieder betreiben kann: Jagen, Reiten, Angeln, Rudern, Segeln, Golf- und Tennisspiel. Und natürlich hatte auch schon der erste deutsche Hotelier dort Fuß gefaßt und das modernste Hotel Irlands errichtet. Am Abend spiegeln sich die violetten Schatten der Berge im See, die Kiefern glühen in der untergehenden Sonne. Am Ufer verträumt die Schloßruine Ross Castle und die Klosterruine Muckross Abbey ein weiteres Jahrhundert.

In Tralee, der Hauptstadt von Kerry, lassen wir die geliehenen Fahrräder auf dem Dach des Omnibusses verstauen, um nicht die ganze Halbinsel Dingle mit eigner Kraft bewältigen zu müssen. Hier, nordwärts, wird das Land wieder karger; magere Weiden zwischen Felsen und Steinblöcken. Der Bus hält überall, wo jemand zu- oder aussteigen will, wartet, wenn eine Gestalt durchs Moor kommt und auf die Straße zuhält. Fährt der Bus an einer Kirche oder einer der zahlreichen Mariengrotten vorbei, bekreuzigen sich die Fahrgäste, Leute mit markanten Gesichtern und urigen gälischen Lauten in der Kehle.

Von Dingle, dem kleinen Fischer- und Badeort, kämpfen wir uns mit den Fahrrädern auf der Küstenstraße gegen den Wind bis zur Westspitze der Halbinsel durch, Slea Head, der westlichste Punkt Irlands, schroffe, ins Meer abfallende Klippen; Felsen wie Normannentürme, oder Normannentürme wie Felsen? Steinerne Festungen aus grauer Vorzeit. Weiter draußen stumme Vorposten.

Als wir unsere Wegzehrung zu uns nehmen wollen, beginnt es zu regnen. Weit und breit nichts anderes zum Unterstellen als ein einsam neben der Straße gelegenes Bauernhaus, riedgedeckt. Wir dürfen neben dem offenen Torffeuer Platz nehmen und unser Brot essen. Heiligenbilder mit Kerzen an der rohen Steinwand, über dem Feuer ein singender, verrußter Teekessel. Zwei Kühe und ein paar Schafe weiden hinterm Haus, gerade soviel, um das Leben damit zu fristen. Ein hartes Dasein in Nässe, Sturm, Kälte und Entbehrung. Aber Papst Johannes XXIII., der Papst der Armen, hängt in buntem Kunstdruck an der Wand. Die Schokolade, die wir zum Dank zurücklassen, wird wie eine Oblate aufs Fenstersims gelegt.

Draußen steht ein Regenbogen am tiefblauen Himmel. Aber in einiger Entfernung schon wieder dunkle Wolkengebirge. (›Es regnet unablässig‹, Giraldus Cambrensis, 1188.) Der Wind scheint immer aus der Richtung zu kommen, in die man fährt; in Ermangelung von Bäumen heult er um die Telefonmasten, dazu das Kreischen der Raben, das Schreien der Möwen, und bald wieder: das Rauschen des Regens. Für kurze Zeit bietet uns, wie schon vor zwölfhundert Jahren dem Hl. Galarus, dessen aus rohen Steinen errichtete Gebetszuflucht (oratory) Unterschlupf, eines der berühmtesten kulturgeschichtlichen Denkmäler Irlands, verborgen hinter regennassen, bemoosten Steinwällen. Und dann läßt der Sturm, der von allen Seiten kommt, unsere Umhänge wieder flattern und peitscht uns den Regen von unten gegen die Kleidung. Bisweilen zwingt er uns sogar, abzusteigen und die Fahrräder zu schieben. Überall wird hier in Irland Wind sein, wo man ja nirgendwo mehr als 60 Meilen vom Meer entfernt ist! Und Meilen ziehen sich viel länger hin als Kilometer! Wir werden künftig nicht nur das Fußwandern, sondern auch das Radfahren aufgeben und zur Fortbewegung den Omnibus benutzen müssen.

Aber dann erfahren wir in Dingle, in der Kneipe, daß an diesem Tag kein Omnibus mehr fährt. Die Luft in dem Raum ist erfüllt von Rauch und Stimmen, Fisch- und Biergeruch. Einige Herren in Anzügen und Männer in Arbeitskleidung suchen am hellichten Tag an der Theke in Gin und Whiskey Zuflucht vor Wetter, Melancholie und den übrigen Widrigkeiten des Daseins, vor allem aber in dem schwarzbraunen Guinness-Bier, dem Nationalgetränk, dem ›Wein des Landes‹, wie James Joyce es im ›Ulysses‹ nennt . . . »Nach Tralee wollen Sie noch? Mit dem Fahrrad? Bei diesem Wetter?

Vierzig Meilen? Trinken Sie erstmal was und lassen Sie Ihre beiden Räder bei der Fisch-Compagnie am Hafen! Der Lastkraftwagen bringt täglich die Fische nach Tralee, er wird Ihre Räder morgen früh mitnehmen und am Bahnhofsplatz abstellen. Oder der Bus wird sie dorthin befördern.« . . . Ein Herr namens MacLean oder so ähnlich bietet sich an, uns in einer halben Stunde in seinem Personenwagen nach Tralee mitzunehmen.

Aber aus der halben Stunde wird eine Stunde, und Mr. MacLean hat schon glasige Augen. Man schwätzt, erzählt, macht Witze, lacht, streitet und prahlt; Thekengespräche – ein Nationalspiel. Offenbar spricht man – soviel können wir dem Stimmengewirr entnehmen – von Pferde- und Windhundrennen, Wettbüros und Buchmachern, ein Panoptikum von ungewöhnlichen Gesichtern, übertriebenen Physiognomien, zu dicken oder zu spitzen Nasen, zu breiten oder zu schmalen Köpfen. Und wie ihre Gesichter, so auch ihr Wesen: Originale, Individualisten, Käuze, Sonderlinge, voll Witz, Komik und Schlagfertigkeit. Sie fangen an zu singen, und wir müssen, im Gegenzug, mit leerem Magen und nasser Kleidung, ebenfalls singen, deutsche Lieder, auf ausdrücklichen Wunsch ›Lili Marleen‹ und ›Stille Nacht‹. Wir singen. Um unseren Weitertransport bemüht, nehmen wir alles auf uns.

So werden aus der halben Stunde drei volle Stunden. Draußen wird es bereits dunkel. Mr. MacLean ist nach unserer Einschätzung nicht mehr fahrfähig. Wir stehlen uns davon, bringen die Fahrräder zur Fisch-Compagnie und stellen uns, bei strömendem Regen, an die nach Tralee führende Straße. Wenn schon kein Bus, dann eben Ford-Luxuslimousine!

Am nächsten Morgen stehen die Fahrräder nicht am Bahnhofsplatz, auch der Bus bringt sie nicht. Aber die städtische Polizeiwache hat endlich eine Aufgabe, wenn sie schon mit Selbstmorden, Diebstählen, Unzucht oder Körperverletzung so gut wie nichts zu tun hat. Man nimmt unsere Angaben zu Protokoll, erklärt uns, wir sollten ruhig weiterreisen, man würde die beiden Fahrräder beschaffen und dem Fahrradverleih aushändigen. Dort geben wir, wegen etwaiger Entschädigung, die Adresse der Deutschen Botschaft in Dublin an, wo wir in rund zehn Tagen bei unserer Rückreise anfragen würden.

Den einzigen Omnibus, der an diesem Tag nach Limerick fuhr, hatten wir verpaßt. Aber der Jeep eines freundlichen Farmers, der über Land und Leute, auch über Historie, gut Bescheid wußte, beförderte uns weiter. Neben den Straßen, wie überall in Irland, Burgen, Kirchen, Klöster, Grabmäler, Kreuze, Mythen, Sagen, Märchen und Legenden, efeuüberwucherte Ruinen, Golf- und Rennplätze, Tankstellen, Fabriken, Schlösser ehemaliger englischer Landlords – Fahrt durch Jahrhunderte. Und immer wieder diese schwermütigen, grasüberwucherten Friedhöfe mit den schiefstehenden Grabsteinen, von bemoosten Mauern eingefaßt: die Vergänglichkeit und Vergeblichkeit veranschaulicht.

Angesichts der Stadt Limerick versuchen wir uns in eigenen Limerickversen oder übertragen Klassiker wie Edward Lear ins Deutsche.

Ein Mann beim Dinieren in Rheine
Fand im Steak eine Maus, eine kleine,
  Doch der Ober sprach: »Bitte,
  Keine weiteren Schritte,
Sonst woll'n auch die anderen eine!«

Nordwärts dann der Übergang vom Kargen zum Wilden. Galway. Connemara. Kahle graue Berge mit gelbem Stechginster. Moore, Sümpfe, Seen und Heide. Noch weniger Häuser, noch geduckter. Noch mehr als sonst: zerfallende, von den Bewohnern aufgegebene Häuser. Esel kauen karges Gras oder Disteln, tragen in großen Körben Torf zu den Gehöften, das Wurzelwerk der einstigen Wälder. Über dem Bild: jagende, zielsichere Wolken und ein überirdischer Sonnenuntergang.

In dem Hafenstädtchen und Seebadeort Clifden mit einigen kleinen buntgestrichenen Hotels und Geschäften, vielen Kneipen und zwei übergroßen Kirchen läßt es sich für ein paar Tage bleiben und umherschweifen, vom Regen geduscht, von Wind und Sonne schnell wieder getrocknet. Kylemore, das einsam gelegene graue, zinnen-, türmchen- und pfeilergezierte Schloß im elisabethanischen Stil, aus englischem Besitz in den Besitz von Nonnen übergegangen, unwirklich, verwunschen, in einem Wald aus Grünem und Immergrünem, auf dem dunklen Wasser eines Sees Schwäne wie verzauberte Prinzessinnen. Dann die Berge, pfadlos, mit düsteren Hochmooren, Bäche mit bräunlichem Torfwasser, kristallklar in Wasserfällen über die Felsen schäumend. Und keine Parkplätze und Kioske! Ein karges, ödes, mageres Land. Steinig. Biblisch. Man hat nicht viel aufzugeben, ist jederzeit ganz nah am Himmel. So zieht man hier denn auch die einzig mögliche Folgerung aus der Einsicht in die Vergänglichkeit des Daseins, verlacht, vergeudet es oder hofft auf ein anderes: fromme Menschen, Priester und Mönche, die sich in Abrahams Schoß sehnen; Bettler, Spieler und Glücksritter, Wettenschließer, Trinker, Trödler, Angler und Kinogänger, Menschen, die nicht mehr tun als notwendig, das Leben ein Spiel, das zudem bald zu Ende sein wird; vor allem aber witzige Köpfe, die sich über das Dasein lustig machen, noch mehr als mit dem Lächeln des Humors mit dem befreienden Gelächter des Witzes, in welchem man sich über das Dasein erhebt, Spötter, Träumer, Weltverächter, Geschichtenerzähler, Dramatiker, Komiker, Swift, Sterne, Goldsmith, Wilde, Shaw, Joyce, Lawrence, Yeats, O'Casey, Beckett, Durrell ...

Andernorts sammeln die Menschen in die Scheunen und auf ihre Konten, als sei es für die Ewigkeit, ein Haus ist ihnen Selbstzweck; in Irland ist ein Haus ein Schutz gegen Wind und Wetter, das Leben etwas Flüchtiges, Vorläufiges. Wer hier anderes vom Leben erwartet, wandert aus.

Die ›Rückständigkeit‹, über die die protestantischen ›fortschrittlichen‹ Nachbarn in England und Ulster die Nase rümpfen, genossen wir wie einen Fortschritt. Man konsumiert nur das Nötigste; man bewahrt sich in einer Zeit allgemeiner Anpassung seine Eigenart; man bemißt den anderen nach dem, was er ist, nicht nach dem, was er hat; man bezieht seine Phantasie nicht aus zweiter Hand, sondern erzählt noch selber. Europa, wie es einmal gewesen sein mag, unverfälscht, ursprünglich – wie die Natur.

Und an dieser wird der Mensch noch erprobt, nicht nur der Fischer, der bei Sturm seinen Fang einbringt, oder der Bauer, der sein Feld dem Moor oder die faulenden Feldfrüchte der Nässe abringt, auch der Tourist wird in dem wendischen Wetter auf seine Laune geprüft. Und durch die Beschwerlichkeit des Daseins mindert sich die Angst vor dem Vergehen, dieser hohe Preis, der andernorts für das Wohlleben entrichtet werden muß.

In Dublin erleben wir dies alles noch einmal auf engstem Raum: Priester und Mönche, Geläute und Glockenspiele, verräucherte Kneipen, Slums, graue Hinterhöfe, Kinos, Theater, Wettbüros und Pfandhäuser. Auch dies: der feuchtkalte Wind, der vom Meer her weht, aber auch Palmen und Oleander in den Vorgärten.

Bei der Deutschen Botschaft war keine Nachricht aus Tralee wegen der Fahrräder eingegangen. Demnach waren sie wieder in die Hände des Eigentümers gelangt, wenn auch nicht ›morgen‹, so doch übermorgen oder noch später. Man hat hier mehr Zeit als anderswo.

Es war dann, was Irland angeht, wie bei einer spröden Geliebten. Mit der Entfernung nahm die Liebe noch zu. Es war die Entdeckerfahrt nach einer verborgenen Schönheit gewesen, eine Schönheit, die nicht die Sinne, aber das Herz betört. Kein Land für jedermann, nur für solche, die eine Witterung haben für das Besondere, Einmalige.

(O.H.K., 1975)

Mit Wander-, Wetter- und Weinkarte durch den Kaiserstuhl

Wer auf der Autobahn oder mit dem Zug südwärts fährt, läßt ihn rechts liegen; wenn er nach Hause zurückfährt, läßt er ihn links liegen: den Kaiserstuhl. Ein jungvulkanisches Miniaturgebirge, das sich aus der Oberrheinischen Tiefebene erhebt, nur 110 Quadratkilometer groß. Steht man auf seinem höchsten Berg, dem Totenkopf (557 m), oder besteigt man den Aussichtsturm bei den ›Neun Linden‹, dann ist er in seiner ganzen Ausdehnung zu überblicken. Die Sage sagt, daß hier eine Gerichtsstätte König Rudolfs I. von Habsburg bestanden habe, daher der Name: Kaiserstuhl. Heute besetzen Fernsehtürme die wichtigsten Höhen.

Nimburg, Kreis Emmendingen, steht als Geburtsort im Reisepaß meines Mannes, der sich als einen Alemannen, einen Kaiserstühler, bezeichnet, wenn man ihn nach seiner Herkunft befragt. Die wärmste Gegend Deutschlands, setzt er hinzu. Von der Sonne verwöhnt! Nimburg liegt einen Fußbreit neben dem Kaiserstuhl, an einem der Vorberge oder Ausläufer. Ein Weinort, wenn auch keiner der vielgenannten. Leicht erhöht und in einiger Entfernung vom Ort steht eine alte Kirche mit schönen Fresken. Mein Mann setzt sich an diesem Maimorgen an die Barockorgel und spielt zum Gedenken an seinen Vater, der hier gepredigt hat, zu Ehren Gottes und mir zuliebe Bach, Händel und Kühner. Er zieht alle Register, der Morgen ist danach. Ich trete für ihn die Bälge. Die Kirche ist vom Sonnenlicht durchflutet und gehört für eine Stunde uns. Ein festlicher Auftakt für eine Wanderung durch den Kaiserstuhl.

Am ersten Tag geht man nicht weit, bleibt oft stehen, sieht

sich um, muß sich vieles erklären lassen; für Süddeutschland ist mein Mann zuständig. Heimatkunde für Anfänger. Der Rucksack ist den Schultern noch ungewohnt. Wir gehen gemächlich am Dreisamkanal entlang, durch blühende Wiesen, dann durch die Weingärten und über den ersten Höhenzug nach Endingen, wo der markante und markierte Nord-Süd-Weg beginnt: Endingen – Katharinenkapelle – Totenkopf – Ihringen. Wir gehen am liebsten in der Richtung von Nord nach Süd. ›Wer recht in Freuden wandern will, der geh' der Sonn' entgegen!‹

Es ist Dienstag nach Pfingsten, in Endingen ruht sich das Hotel- und Gaststättengewerbe von den Festtagen aus. Das Schild ›Ruhetag‹ hängt in allen Fenstern. Ein Glücksfall, daß wir trotzdem in einem Hotel zwei Betten bekommen und nach langem Suchen in der Bahnhofsgaststätte eine Wirtin finden, die bereit ist, uns ein Schnitzel zu braten. Das neue Farbfernsehgerät läuft auf vollen Touren; endlich lernen wir unseren Bundeskanzler und den Nachrichtensprecher auch hautfarben kennen. Aber selbst in Farbe interessieren sich die Endinger nicht für Politik. An allen Tischen bespricht man die Chancen der deutschen Mannschaft in Mexiko: ein Fußball-Weltmeisterschafts-Jahr. Kein Blick auf die Mattscheibe, wenn es um die bevorstehenden ›Kasseler Gespräche‹ der Staatsführer von West- und Ostdeutschland geht; immerhin ein historisches Ereignis. Auch kein Blick auf die Wetterkarte, obwohl die meisten Endinger am nächsten Morgen im Weinberg werden arbeiten müssen. Erst als Robert Lembke auftritt und als es gilt, den Beruf einer Schaufensterpuppenherstellerin zu erraten, wird es still.

Der Mond steht freundlich am Himmel, als wir durch die kleine Stadt schlendern; schöne Barock- und Rokokohäuser, ein Platz, ein Brunnen und dann doch noch eine Weinstube, in der uns der Wirt in die Unterschiede zwischen Ruländer, Silvaner, Weißburgunder und Traminer einweiht, ein Viertel von jedem, auch das genügt für den ersten Tag.

An jedem Abend studieren wir zunächst ausgiebig die

Weinkarte, dann aber ebenso ausgiebig die Wanderkarte. Die Orientierung verlangt in beiden Fällen Aufmerksamkeit, wenn nicht Kennerschaft.

Am nächsten Morgen regnet es. Wir machen uns wetterfest; einer meiner Großväter soll gesagt haben: Wer friert, ist arm oder dumm. Nur Spaziergänger sind auf gutes Wetter angewiesen. Auf den Wetterbericht in der ›Badischen Zeitung‹ geben wir nichts. Wir vertrauen den Prophezeiungen der Nacktschnecken auf den Wiesen. Sie transportieren Maiengrün und nicht Dreck auf ihren Schwänzen. Sie behielten recht: schon zwei Stunden später hellt es sich auf.

Noch sind die Laubdächer sonnendurchlässig. Was für Möglichkeiten in Grün! Das Grün der Lärchen, das Grün der Buchen, der Ebereschen, der Eichen, der wilden Kirschen und der jungen Tannentriebe. Sanft gerundete Hügel. Die Wege steigen an und fallen ab, bewirken ein leichtes Seufzen und ein befreites Aufatmen. Zur Rechten immer der kahle Badberg, auf dem nichts wächst, aber rundum Laubwälder, lichte Wiesen und Weinberge, das wechselt in schönem Rhythmus, Eintönigkeit kommt nicht auf. Ein Kuckuck narrt uns, ruft rechts, dann links im Wald, hinter uns, dicht vor uns. Ein einziger Kuckuck genügt für den ganzen Kaiserstuhl. Materialisten zählen beim ersten Kuckucksruf ihr Geld. Idealisten zählen die Lebensjahre. Wir beide scheinen unsterblich, der Kuckuck ruft ohne Unterlaß.

Ein Maikäfer! Noch betäubt vom unterirdischen Vorleben krabbelt er über den Weg, als wir am Waldrand unser Vesper essen. Für seinen ersten Flug nimmt er das Angebot meines Daumens an, erklimmt ihn, pumpt sich Kraft und Mut, breitet die harten braunen Deckflügel aus, erst den rechten, dann den linken, dann die eingeklemmten durchsichtigen Unterflügel, und startet in den ersten und einzigen Mai seines Lebens.

Wir singen zweistimmig. ›Wer in die Fremde will wandern, der muß mit der Liebsten gehn‹, und Luthers: ›Ihr kleinen Vögelein, ihr Waldergötzerlein, spitzt euer Schnäbelein und fangt mit mir an zu schrein . . .‹ Maiglöckchen bedecken den Waldboden. Sie duften vergeblich gegen den ebenfalls blühenden Knoblauch an.

Die Küchenschelle ist schon verblüht und reckt ihren zotteligen Hexenkopf über den gelben Hornklee; aber an den Hängen der Weinberge blüht großblumig und tieflila die Iris. Am Wegrand belehren Tafeln den unkundigen Wanderer über das, was hier so schön und wild und geschützt blüht. Auf den Wiesen steht die heilkräftige Arnika in Knospen, und an den Hängen blüht die schneeweiße Anemone auf hohem Stiel: ganze Hänge wie beschneit.

Sobald sich der Wald lichtet, tauchen im Osten die Höhenzüge des Schwarzwaldes auf und zur Rechten die der Vogesen. Dann und wann leuchten in der Ebene die Wasserläufe des Altrheins auf.

Mit Bächen und Quellen ist im Kaiserstuhl nicht zu rechnen. Wo es warm ist, ist es auch trocken, und wo Wein fließt, fließt selten Wasser. Und umgekehrt.

Die Berghänge sind von einer dicken Lößkruste bedeckt. Der Regen hat im Laufe der Jahrtausende Hohlwege hineingespült, deren Wände bis zu zehn und zwanzig Meter ansteigen. Es ist halbdunkel darin, Efeu rankt sich hinunter, Holunder hinauf; tiefe Stollen sind für Geräte und Vorräte in die Wände getrieben. Längst sind aus den Lehmwegen Wirtschaftswege für die Weinbauern geworden. Asphalt ist gut für die Räder der Fahrzeuge, aber schlecht für die Füße der Menschen. Die Rebstöcke zeigen mehr Draht als Ranken; wie soll daraus ein vollmundiger Jahrgang 1970 werden? Vier Monate Zeit.

Was für gewaltsame Eingriffe ins Landschaftsbild! Die Hänge der Berge von Menschenhand zersägt und terrassiert, damit die Rebanlagen zweckmäßiger von Maschinen bearbeitet werden können. Weniger Arbeiter im Weinberg, dafür mehr Motorpflüge. Von nun an keine Weinberge mehr, sondern Weinfelder. Noch wird mit geübter Hand gehackt und mit Pferden der Pflug zwischen den Rebreihen gezogen, aber schon überwiegen Bagger und Trecker. Auch Sprengungen und Düsenflugzeuge. Wir befinden uns nicht in einem Naturschutzpark und nicht mehr im 19. Jahrhundert; die Waldesstille ist begrenzt. Tage und Abende lang nehmen wir an den Problemen der deutschen Weinbauern teil. Europäische Gemeinschaft, Flurbereinigung, Terrassierung, Rentabilität, Subventionen, Winzergenossenschaften ... Hier müssen abends im ›Adler‹, im ›Engel‹, in der ›Post‹ und im ›Bären‹ viele Sorgen hinuntergespült werden. Mit Riesling, Silvaner und auch mit Riegeler Bier.

Oben die Wälder, anschließend die Weinberge, in der Ebene dann die Obstgärten; diese Reihenfolge gilt für alle Weinbaugebiete. In den Obstgärten ist der Frühling schon vorbei. Schönheit wird bereits zu Fruchtbarkeit. Die Aprikosenbäume sind mit pelzigen Knöpfen dicht besteckt, die Kirschen hängen bereits in grünen Bündeln, nur die späten Apfelsorten blühen noch. Abends, wenn man, der Gesundheit wegen, zum Speckbrot Obstler trinkt, nimmt man den Apfelblütenduft wahr, wenn auch destilliert.

Achkarren, Oberrotweil, Bickensohl, Bischoffingen, Burkheim – Ortsnamen, die jeder kennt, der badische Weine schätzt. Viele Häuser und Kirchen stammen noch aus den Jahrzehnten nach dem Dreißigjährigen Krieg. Aber malerisch sind die Dörfer nicht, mit denen an der Mosel nicht zu vergleichen, keine Rede von Rüdesheim. Auch die nahen elsässischen Weinorte sind idyllischer. Hier bestellt man Weingärten und Obstgärten, für Blumengärten ist der Boden zu kostbar. Unvermittelt stehen die Häuser an der Straße. Das große Hoftor für die Fuhre mit Trauben ist wichtiger als die Haustür für den Menschen. Der Wein beansprucht das ganze untere Geschoß, nicht nur den Keller.

Auf jedem Kirchplatz blüht ein Kastanienbaum, in jedem Pfarrgarten blüht der Flieder, darunter sitzt entweder eine evangelische Pfarrfrau und schält Spargel oder eine katholische Haushälterin und schält ebenfalls Spargel. Wenn wir die Mittags- oder Abendglocken läuten hören, schließen wir

Wetten darüber ab, ob das Dorf katholisch oder evangelisch ist. Die Konfessionen wechseln von Ort zu Ort; Nachwirkungen des ›Cuius regio, eius religio‹; das katholische Zähringen, die evangelische Markgrafschaft Baden-Durlach.

Die Kinder grüßen uns artig mit ›Guten Tag‹ oder mit ›Grüß Gott‹, aber untereinander sprechen sie, als hätten sie Deutschunterricht bei Johann Peter Hebel bekommen, schönes, für mich unverständliches Alemannisch. Mein Mann kann, ohne zu stocken, ›Der Mann im Mond‹ aufsagen: »›Lueg Müetterli, was isch im Mo?‹ ›Je, siehschs denn nit, e Ma! . . .‹« Mein Ohr gewöhnt sich.

Nicht ›Mama‹ und nicht ›Mutti‹ klingt wie dieses alemannische ›Müetterli‹ . . .

Abends in Ihringen essen wir zum Spargel ›Kratzete‹, mutwillig zerfetzte Eierkuchen, trinken Wein aus dem Eigenanbau, randvoll im ›Römer‹ kredenzt. An Qualität kann sich der Wein vom Kaiserstuhl mit Rhein- und Moselweinen messen, nicht aber an Quantität. Darum wird das Anbaugebiet vergrößert.

Wir rühmen uns wie die Autofahrer der am Tag zurückgelegten Kilometer: 24 errechnen wir. Am letzten Tag, auf dem Rückweg, wurden es 30 Kilometer; das lag an den schönen Umwegen. Zur Belohnung gibt es abends für jeweils fünf Kilometer ein Viertel Wein. Die Leistungsfähigkeit von Beinen und Magen ist nur begrenzt zu steigern. Sechs Viertele sind genug, für den Wirt und für den Gast.

(c.b., 1970)

Das Leben ein Kinderspiel
(Nimburg am Kaiserstuhl)

Meinen Geburtsort trage ich ständig mit mir, in meinem Paß, in meiner Kennkarte: ›Geboren in Nimburg‹. Neuerdings bin ich in einem anderen Ort geboren, in Teningen, Auswirkungen der Gebietsreform. Ich könnte jetzt, nach der Eingemeindung von Köndringen und Heimbach, behaupten, mein Geburtsort liege nicht nur, wie bisher, am Kaiserstuhl, sondern auch am Schwarzwald, was seinen Index um Fichten, Täler und Bergkämme erweitert. Eines meiner frühen Gedichte, in welchem ich, überschwenglich, meine ›Wiege‹ mit Schwarzwaldtannen in Verbindung brachte, wurde nachträglich wahrgemacht.

An diesem Punkt der Erde setze ich, zeitlich und geographisch, den Beginn meines Lebens an: 10. März 1921; zwischen dem 48. und 49. Grad nördlicher Breite, dem 7. und 8. Grad östlicher Länge, genau in der Mitte Europas. Der Ausgangspunkt meines inzwischen 57 Jahre dauernden Daseins. Die ersten Wahrnehmungen und Entdeckungen, die ersten Bilder und Geräusche. Mein Schöpfungstag, an dem meine Augen und Ohren die Welt erschufen. Diese Welt hatte die Ausmaße eines Bettkastens, der, im Pfarrgarten, unter zwei Tannen stand, und eines Handwagens, der sich durchs Dorf bewegte, reichte von einer Stangenbohne zur anderen, dann bis zum Rand des ›Beckenbirglis‹, dann zum Rand des Kaiserstuhls, hinter dem die Sonne unterging. Der Rhein jenseits des Kaiserstuhls war bereits eine andere Welt, Fremde, Ferne; selbst das Gehölz zwischen Nimburg und Teningen – das Reich der Zwerge und Elfen – trennte Welten.

Dennoch war mir meine Welt übergroß: die Zimmer im Pfarrhaus riesig und so zahlreich, daß zwei davon immer leer standen und nur zum Trocknen der Pflaumen oder, in den Wochen vor Weihnachten, zum Abstellen der Linzertorten dienten; die beiden Tannen mächtige Türme, die Missionare, die uns besuchten, Fremdlinge, der Kürbis auf dem Kompost ein Ungetüm, das ›Beckenbirgli‹ ein Koloß und der nächtliche Brand in der Beckschen Mühle ein Weltuntergang.

Von den wahren Katastrophen merkte ich, während ich und der Jahrhundertwein in jenem Jahr 1921 heranwuchsen, noch nichts. Drei Jahre zuvor war der Erste Weltkrieg zu Ende gegangen, der Geschützlärm, den man von den Vogesen, vom Hartmannsweiler-Kopf, herüber gehört hatte, verstummt. Im Gästebuch standen die frischen Eintragungen deutscher Offiziere, die während des Rückzugs im Pfarrhaus einquartiert gewesen waren. Niemand ahnte, daß in dem Säugling ein neuer Jahrgang heranwuchs, der 18 Jahre später reif war für den nächsten Weltkrieg. Der Reichsminister Matthias Erzberger wurde im August, nicht weit entfernt, bei Griesbach am Kniebis, ermordet. Ein Laib Brot kostete tausend Mark und bald eine Million. Ich kratzte, hinter dem Behang am Bett, lange Zeit unbemerkt den Kalk aus der Wand und schluckte ihn, instinktiv, aus Kalkmangel. Französische Truppen besetzten Städte im Rheinland. Die Grenze zum Feind lag, nachdem das Elsaß wieder an Frankreich gefallen war, nur 15 Kilometer entfernt. Die Weltgeschichte war nahe.

Dennoch nahm ich, in meinem Bettkasten, nichts davon wahr – Nimburg lag ohnedies abseits der Durchgangsstraßen –, spürte nichts vom Kriegsleid in den Familien, von der wirtschaftlichen Not der Bauern: das Leben ein Kinderspiel, zwischen Himbeerhecken und unterm Holunderbusch an der Gartenmauer. Ich lebte sogar in einer unversehrten Welt, die es gar nicht mehr gab, die der Krieg jäh beendet hatte, in der Welt der Jungmädchenbücher meiner Mutter, etwa des ›Kränzchens‹, in der Welt der Guten Stube, der Plüschsofas und Samtportieren. Neue Bilderbücher gab es nicht, sie hätten Millionen gekostet. Die Welt noch eine Gartenlaube, ein Spielplatz. Ein Pfarrhaus die Kinderstube; und Pfarrhäuser waren, wie Kulturhistoriker nachgewiesen haben, gute Kinderstuben, sehr häufig Pflanzstätten von Begabungen. Lessing, Jean Paul, Herder, Gottsched, Wieland, Schlegel, Nietzsche waren Pfarrerskinder gewesen, die doch angeblich selten oder nie gedeihen. Meine Kinderstube, keine von Ahnherren in Goldrahmen, kein schöngeistiger Salon mit Hausmusik und gepflegten Tischgesprächen, aber eine der Wärme und des Nestgeruchs, vor allem des Glaubens. Obenan der strengreligiöse Vater, auf dem herbstlichen Breitacker an der ›Säge‹ den Raben ins Rohe predigend, was er am Sonntag den übermüdeten, schläfrigen Bauern allzu laut von der Kanzel wiederholte. Und der sie dazu anhielt, abends, wenn die Glocken läuteten und das Zeichen zur Heimkehr gaben, die Arbeit auf dem Feld für die Dauer eines Gebets zu unterbrechen. »Lieber Mensch, was mag's bedeuten, / Daß die Abendglocken läuten? / Dies bedeutet abermal / Deines Lebens Ziel und Zahl. / Wie der Tag hat abgenommen, / So wird einst der Tod herkommen, / Drum, o Mensch, so schicke dich, / Daß du sterbest seliglich.«

Altehrwürdige Worte. Urworte vom Vergehen und von der Hoffnung.

Dann meine fromme Mutter, für die die Ehe mit einem Pfarrer noch Beruf war: Nähkurse, Mädchenabende, Kranken- und Armenbetreuung. Sie hatte der Kirchenbehörde noch auf ihre Eignung hin vorgestellt werden müssen. Hausmutter und Übermutter zugleich, die sich in den Kopf gesetzt hatte, einen Pfarrer zu heiraten, weil sie nicht nur für eine Familie, sondern auch für eine Gemeinde sorgen wollte.

Dies die Welt meiner ersten Eindrücke. Auch die Ziegeldächer hinter den Obstbäumen; die abseits am Hang liegende Kirche; die wippenden Trachtenhüte, die sich am Sonntagmorgen über dem Hohlweg zur Kirche hinbewegten, die Libellen am Bach, die Schmetterlinge auf der Wiese, der

Klatschmohn am Feldrain; der Feuerschein am nächtlichen Himmel, als die Mühle brannte.

Und die Geräusche: das Sensendengeln aus der Schmiede, das Pochen der Dreschflegel, das Brummen der Dreschmaschine; das Brüllen der Kühe, das Gackern der Hühner am regungslosen Sommernachmittag; das Krähen der Nimburger Hähne und die ferne Antwort aus Bottingen; das Bimmeln der Kaiserstuhlbahn, das Läuten der Kirchenglocken und der Choralgesang aus den offenstehenden Fenstern des Gemeindesaales, der mich weinen machte vor Rührung; und die ersten Namen: Lehrer Auch, Kirchendiener Böcherer, Nachbar Leimenstoll, Müller Beck. Vor allem aber das Rauschen der beiden Tannen über meinem Bettkasten, das sich in meine Seele prägte und mich, wo immer es mich später überfiel, wie etwa in jenem russischen zerschossenen Wald, zurückführte zum Anfang, zu den beiden Tannen: Inbegriff der Höhe, lotrecht und turmhoch aufsteigend zu Wolken und Himmel. Inbegriff der Weite dagegen: das Summen in den Telefonmasten an der Straße zum Bahnhof, an die ich mein Ohr preßte, ein Ton, der mich mit fernen Städten, Ländern und Erdteilen verband. Inbegriff der Tiefe: das Wasser der Dreisam oder der Glotter, in das ich oft lange starrte, Inbegriff auch des Woher und des Wohin, Herkunft und Ziel, herkommend aus dem tiefen Schwarzwald, in die Elz mündend, diese in den Rhein, dieser ins Meer. Damit verbunden die Frage: Warum oder wozu? Wozu hier, an dieser Stelle, in die Welt eingetreten, in die Zeit? Warum für die Dauer einiger Jahrzehnte aus der Unendlichkeit aufgetaucht? Eine Frage, die für mich mit zunehmendem Alter immer wichtiger wird, wichtiger als die Frage, wie ich lebe.

In jene Weite, die mir die summenden Telefonmasten verheißen hatten, kam ich nach dem Entwurf meines Lebens schon bald. Vier Söhne, die nach dem Willen des Vaters das Gymnasium besuchen sollten, das bedeutete: Er mußte um Versetzung in die Stadt nachkommen, mußte umsiedeln. Das geschah im Jahre 1925, nach Pforzheim; sechs Jahre später, wegen der Universität, nach Heidelberg. Drei Orte, alle im Land Baden gelegen, aber drei verschiedenen Volksstämmen zugehörend, von Napoleons Gnaden zum Großherzogtum Baden zusammengefügt, drei Sprachen, Alemannisch, Schwäbisch und Fränkisch, an dem Wort ›gewesen‹ zu verdeutlichen: ›gsi‹, ›gwä‹ und ›gwest‹.

Die Welt war größer geworden. Ich hatte andere Maßstäbe – Pripjetsümpfe, Polarkreis, Atlantik –, als ich, kurz nach dem Zweiten Weltkrieg, nach Nimburg zurückkehrte. Das ›Beckenbirgli‹ war nur noch ein Hügel, die Tannen im Pfarrgarten waren mittlere Tannen wie alle anderen, eine davon war während des Krieges zu Brennholz genutzt worden. So groß und zahlreich waren auch die Zimmer im Pfarrhaus nicht. Die Sonne war mir inzwischen nicht nur hinterm Kaiserstuhl untergegangen, sondern auch hinter den Bergen Islands und Siziliens. Die Schmiede war zu einer Autoreparaturwerkstätte geworden; Schmetterlinge und Klatschmohn waren vernichtet, Radiomusik statt Gänseschnattern. Flüchtlinge, Neubauviertel, Industrieansiedlung, Kanalisation, der heimatliche Herd ein Elektroherd. Die neue Wirklichkeit. Nicht mehr Kinderspielplatz. Aber auf einem Kartoffelacker traf ich die Hebamme, die mich auf die Welt geholt hatte, Sophie Hurter, geb. Leimenstoll. Und ich träumte, noch Anfänger in der Kunst des Schreibens, von der Bronzetafel über der Tür des Pfarrhauses . . .

Fünfzehn Jahre später kam ich wieder, zeigte meiner Frau den Geburtsort, das Geburtshaus und die Kirche, in der der Vater gepredigt hatte. Draußen, auf dem Kirchhof, lasen wir die Grabinschriften; die alten Namen tauchten aus der Erinnerung auf: Reifsteck, Schillinger, Böcherer, Junghäni. Es fiel mir auf, daß besonders viele Sterbedaten auf die Frühlingsmonate fielen. Ein alter Mann, der an der Friedhofsmauer auf einer Bank saß und den ich darauf ansprach, gab mir die Antwort: »Im Sommer isch Ärnzit, im Herbscht isch Räbe, im Winter mueß alles vorbereidet wäre, erscht im Frejohr, do cha mer stärwe.«

Wieder ein Urwort.

Wir übernachteten im Gasthaus ›Zur Krone‹. Im Zimmer nebenan wurde schwedisch gesprochen: Autotouristen, die ihre Fahrt nach Rom oder Stockholm unterbrochen hatten. Nimburg lag nicht mehr weltabgeschieden und fern der Durchgangsstraßen, es lag an der Autobahn, mit einer eigenen Ausfahrt, nahe mit der Welt verbunden.

Das bedeutet: Ich kann schnell und leicht zurückkehren. Ich bin kein Heimatvertriebener. Ich kann jederzeit zurückkehren an den Ausgangspunkt meines Lebens, an meinen Ursprung, zu dem Boden, auf dem ich wuchs, ein Boden aus Löß, Rheinsand und Vulkanlava, aus Acker, Stein und Krume, Fliesen und Scheunendielen. Da ist Zugehörigkeit, Zurückführen und Herkunft, die Frage nach dem Warum. Eine Frau dieses Dorfes hat mir auf die Welt geholfen: Die erste Ursache, aus der alles wurde. Und da sind die Wohltäter oder deren Nachfahren, die mich am Leben erhielten, die Pfarrfamilie nicht hungern ließen, als der Laib Brot eine Million Mark kostete. Zu Hause hängen seit jeher an der Wand drei Ölbilder meines Heimatortes Nimburg, und ich trage ihn nicht nur im Paß oder in der Kennkarte mit mir . . .

(O.H.K., 1978)

Heimweh nach der Romantik
(Odenwald)

Der Mai hat Tage, von denen Hermann Lenz behauptet, daß ihm das Wasser in den Schuhen zusammenlaufe. Da genügen dann zwei Postkarten: Odenwald? Amorbach! Montag?

Als erstes machten die drei Literaten, Hermann Lenz, Otto Heinrich Kühner und die Chronistin, ihrem großen Kollegen Wolfram von Eschenbach auf der nahen Wildenburg ihre Aufwartung, lasen die Geschichte der mittelalterlichen Burg an ihren Trümmern ab: Frieden und Krieg. Die letzten Eroberer waren die Bäume. Prächtige Linden, aber auch dickleibige Kastanien. Der Blick geht vom Bergfried über Odenwaldhöhen und Odenwaldtäler. Ein Schwarm wilder Bienen flog Spiralen, ballte sich summend und singend zusammen und nahm Wohnung auf Montsalvatsch. Dies war nicht der Ort und nicht die Stunde für Zweifel: Auf der Wildenburg schrieb Wolfram von Eschenbach den Parzival. Punktum. Kaminsims, Ziehbrunnen, Verlies, ein romanisches Fenster und ein Erker genügten uns als Beweis. Nie sollst du mich befragen!

Noch befand sich die Natur im Zustand des Schönen und nicht des Fruchtbaren, Verkäuflichen. Die Wiesen waren noch Blumenwiesen, nicht Heu und nicht Silage. Ansätze zu Heidelbeeren. Die Apfelbäume verstreuten ihre Blütenblätter bei einem Wirte wundermild. Solche Zeilen mußte man unterdrücken wie die Löns-Lieder, die in der Kehle aufsteigen, wenn der Brambusch leuchtet wie Gold, wer weiß das schon, Ginster gleich Brambusch. Die blühenden Kastanienbäume erhöhten die Festlichkeit der Schloßhöfe.

Ein Quadrat aus blaugrünem Winterroggen, handhoch

erst, daneben ein gelbes Rechteck aus blühendem Raps, dann die unberechenbaren Parallelogramme der Weinberge, die noch braun sind. Heitere Geometrie der Landwirte im Mai. Blumenbänder aus Hederich, Mohn und Hahnenfuß an den Feldrainen. Alles gepflügt, geeggt, gesät, gedüngt, desinfiziert: jetzt heißt es wachsen und gedeihen. Versprechungen werden später eingelöst. Trecker und landwirtschaftliches Gerät haben sich bis zum Ernteeinsatz in die Dörfer zurückgezogen. Die Felder gehören den Lerchen.

›Die Lerche aus den Lüften streute / Mir ihre Lieder auf den Weg.‹ Verszeilen gehen hin und her. Lenau, Eichendorff, Mörike, die Maienliederdichter. Wie kann denn ein Mensch ohne Gedichte leben? Muß das nicht zu Mangelerscheinungen führen? Abends in der ›Post‹ reden wir über die Unentbehrlichkeit der Lyrik.

›Abends in der Post‹! Auch das Romantik, gelber Wagen, Posthorn, Fernweh. Moderne Hotels heißen nicht ›Zur Bundespost‹, sondern ›Intercontinental‹ und ›Holiday-Inn‹.

›Wer in die Fremde will wandern, / Der muß mit der Liebsten gehn, / Es jubeln und lassen die andern / Den Fremden alleine stehn . . .‹ Eichendorff ist gegenwärtig, er studierte in Heidelberg. Seit er den ›Taugenichts‹ schrieb, sind 150 Jahre vergangen. Heute nimmt man die Liebste mit auf die Reise, besingt sie nicht mehr. Gedichte entspringen der Sehnsucht, nicht der Erfüllung. Am Tag behandeln die Herrn mich wie einen Wanderkumpan, am Abend wie eine Kollegin. »Gnädigste!« sagt Hermann Lenz und trägt uns seine spätbourgeoisen Ansichten vor. ›Tun, als ob nix wär‹, eine seiner hintersinnigen Sentenzen. ›Mir ischt's recht‹, beendet er die Auseinandersetzungen und stopft ausführlich seine Pfeife.

Immer war es zu früher Morgen oder zu später Abend, wenn wir vor einer verschlossenen Kirchtür, einem verschlossenen Museum standen. Wir sahen von allem nur das Äußere, den schönen Schein. Ein Lob den Wäldern, die keine Öffnungszeiten kennen, die nie wegen Bauarbeiten geschlossen sind, wo nicht verlangt wird, daß man sie in Gruppen besichtigt.

An der Buchhandlung Emig in Amorbach prangte ein Schild, einladend wie ein Wirtshausschild. ›Die Bücher erfreuen im innersten Herzen, sie sprechen mit uns, sie raten uns, sie sind uns in lebendiger beredter Vertrautheit verbunden.‹ Ein Satz von Petrarca. Welche Losung auf den Weg für drei Schriftsteller! Da wiegt der Rucksack leicht, da hebt man den Kopf, da holt die Chronistin den Notizblock hervor, schiebt ihn griffbereit zwischen Cordrock und Khakihemd und notiert ihre Beobachtungen gewissenhafter, als es Jahreszeit und Landschaft erwarten lassen, sie registriert die Schmetterlinge: Zitronenfalter, Bläuling, Trauermantel, an einem einzigen Vormittag, die Überlebenden der Vernichtungskampagnen. ›Am meisten beklage ich den Verlust der Schmetterlinge‹; unsachliche Anmerkungen. Nostalgie. Nostalgie: das klingt nach Krankheit, nach Neuralgie und Agonie. Die Diagnose zu früh gestellt, ein schönes Gefühl im Keim erstickt, mit Worten abgetötet. Heimweh nach der Romantik! Aber ›liebevolle Beschäftigung mit der Geschichte‹ ist uns nicht gestattet. Heimweh nach einer Zeit, als noch jedes Hauptwort sein schmückendes Beiwort trug, noch nicht diese Abmagerung der Sprache und der Gefühle. Noch nicht staccato, sondern legato. Das Schöne und Wahre noch unverdächtig.

Ich liefere Informationen und kontrolliere die Zeit. Der Kuckuck rief in Neckarsteinach von 4 Uhr 12 bis 4 Uhr 32 mitteleuropäischer Zeit. Wenn der Taugenichts nach Italien reist, steht der volle Mond Nacht für Nacht am Himmel, wochenlang. Ich notiere: Im östlichen und mittleren Odenwald überwiegt der rote Buntsandstein. Im Westen viel grobkristallines Tiefengestein, das weithin leuchtet, wo man dem Berg Blößen gegeben hat.

Pallieter-Gefühle werden verdrängt. Im Mai ist der Mai am schönsten! Unter Lärchen liegend, sind die Lärchen am schönsten. Keiner von uns sagt, jetzt müßte man im Hochgebirge wandern! Keiner sagt, hier muß es im Herbst schön sein, wenn das Laub sich färbt! Schubert irrt, wenn er den ›Wanderer‹ sein Lied mit dem Satz: ›Dort, wo du nicht bist, dort ist das Glück‹ enden läßt.

Ich gebe zu, daß es einen halben Tag lang geregnet hat. Den Namen des Dorfes habe ich vergessen, wo wir in einer Bäckerei mit Konditorei saßen, alten Streuselkuchen zu uns nahmen, zwei zerfledderte Bild-Zeitungen der Vorwoche als einzige Lektüre. Aber am nächsten Morgen spreizten die Kiefernzapfen ihre Schuppen wieder, legten sich die Schnekken ein grünes Blatt auf den braunroten Schwanz, tauschten die Herren die Kniebundhosen gegen die kurzen Hosen, streifte Lenz das Hemd ab und bot den Bäumen die blanke Brust. Wir hielten Mittagsrast unter einer hundertjährigen Buche. Ich notierte: Ich liege auf hundert Sommern. Kühner stellte es richtig: allenfalls vier oder fünf Sommer, der Rest bereits zu Erde geworden, Humus. Ich würde dermaleinst lieber zu Wasser werden als zu Staub ...

Ich gebe zu, der Gasthof in Michelstadt, in dem wir Quartier nahmen, war so romantisch, daß ich alle Bedürfnisse nach Komfort aufgeben mußte. Aber fünf Autominuten von Michelstadt entfernt liegt Erbach. Und in Erbach hat sich Rudolf Hagelstange ein Haus gebaut. Eine Telefonnummer diente als Zauberschlüssel, und schon holte uns seine junge Frau mit dem Auto ab. Es gab viel zu besichtigen. Der Schreibtisch zweisitzig, englischer Herkunft. Der Stutzflügel geöffnet, Schubert und Brahms spielbereit. Schreiben ist ein schönes Geschäft! Manchmal auch ein einträgliches Geschäft! Rasch beendete Gespräche über Realitäten und Immobilien und dann: Zeit für ein Lächeln. Zeit für einen Wein, rot oder weiß, badisch oder welsch. Die jungen Kätzchen spielten, die Kerzen flackerten; draußen die Maiennacht. Wir redeten. Über Leben und Schreiben. Spekulationen. Alle vier Makler im Irrealen. Die Unterschiede zwischen Figur und Kunstfigur wurden fließend, Kühner verwandelte sich in den Pummerer. Altherrensommer mit Damen. Sachliche Gespräche über Nymphen. Überlebensgroß die Nymphen des einen, durchsichtig-gläsern die des andern, handspannengroß die kleinste, gewandet in Schleier, Nachthemden oder entblößt, allesamt wie von Gustav Klimt entworfen. Hat man sich dann am besten unterhalten, wenn man am nächsten Morgen nicht mehr weiß, worüber? Wer ließ die Nymphe nackt zur Quelle schreiten? Wer zog ihr ein Gewand aus Gaze an?

›Gott Amor heißt mich reden‹, beginnt Boccaccios ›Nymphe von Fiesole‹, Hagelstange brachte sie vor Jahren ins Deutsche. Amorbach – Nymphen – Parzival. Wolfram von Eschenbach, Hagelstange von Erbach und am nächsten Tag dann Bligger von Steinach, der mit der Harfe, auch er ein Minnesänger. Unversehens bekam die Odenwald-Wanderung ein Konzept. Romantische Nibelungenwege . . .

Nahe beim Jagdschloß Eulbach überschritten wir den Limes, der zumeist unsichtbar wie ein Meridian bleibt. Wir haben am Siegfried-Brunnen gestanden, wir haben bei Kriemhild gegessen, bei Hagen von Tronje geschlafen . . .

Die Landesgrenzen verlaufen willkürlich durch den Odenwald. Auf bayrischem Boden tranken wir Bier, Etzel-Bier, der Nibelungen wegen; auf hessischem Boden trinken wir Apfelwein, ›Äppelwoi‹; im Badischen Riesling-Sylvaner. Anpassung an die Landessitten. Die Flüsse bilden die natürlichen Grenzen des Odenwaldes: im Westen der Rhein, im Norden und Osten der Main; im Süden teilt der Neckar den kleinen Odenwald vom großen Odenwald ab. Odinswald – Öder Wald – Ottos Wald. Nie sollt ihr mich befragen. Namhafte Straßen: die Bergstraße, die mit Frühling und Obstbaumblüte gleichzusetzen ist; die Nibelungenstraße, die für mittelalterliche Burgen, malerische Marktplätze und gotische Rathäuser bürgt. B 3 und B 37, als Code für den Autofahrer.

Der Wanderer benutzt seinen eigenen Code, er beherrscht die Algebra der Wälder. Sein Blick sucht einen Tag lang auf Bäumen, Hauswänden und Feldsteinen den weißen Rhombus, am nächsten ein rotes Quadrat. Es gibt keine Wegweiser mit Ortsnamen mehr, nur noch Signatur. Vornweg Hermann Lenz, ohne Uhr und ohne Wanderkarte, oft außer Ruf- und außer Sichtweite. Umwege und Abwege und Wege, die zuwachsen, weil keiner sie geht. Was tut's? Überall ist Erde, überall ist Mai. Ganze Tage unter Bäumen.

Frankfurt, Darmstadt, Heidelberg, Mannheim sind nahe, Ballungsgebiete, trotzdem sahen wir auf dem Höhenweg von Waldmichelbach nach Neckarsteinach in sieben Wanderstunden nur einen Jagdpächter aus Mannheim.

Die Kirchenfürsten sorgten für Kirchen und Klöster, die weltlichen Fürsten für Schlösser und Parks. Karolingisch – romanisch – gotisch – barock; die Baustile werden durch das Baumaterial zusammengehalten, den roten Buntsandstein, der leicht verwittert. Der Regen wäscht die barocke Pracht von den Skulpturen, vereinfacht sie zu Romanik.

Von Neckarsteinach, wo sich die Burgen drängen, nach Heidelberg. Geschichten von Raubrittern und Waldschraten, Kühner kennt hier jede Ruine; fünfzehnjährig, als Heidelberger Gymnasiast, hat er sie aufgesucht, gezeichnet und beschrieben. Kein Wort jetzt über Heidelberg, lange liebt' ich dich schon.

Abschied von Parzival und Eichendorff, von Hagelstange und Lenz. Ich gebe zu, daß der Mond in keiner Nacht schien. Aber einmal sang die Nachtigall, und es war nicht die Singdrossel!

Alle schreiben wir nun wieder nach dem eigenen Code. Keine gemeinsamen Wegzeichen mehr. Im Sinne Petrarcas: ›Die Bücher erfreuen im innersten Herzen, sie sprechen mit uns, sie raten uns, sie sind uns in lebendiger beredter Vertrautheit verbunden!‹

(c.b., 1973)

Meine Insel im Norden – Juist

Mit den im Osten und Westen vorgelagerten Sand- und Muschelbänken erreicht die Insel Juist eine Länge von 17 Kilometern, das bedeutet: siebzehn Kilometer weißer Sandstrand zum offenen Meer hin und siebzehn Kilometer Watt zum Festland hin. An ihrer schmalsten Stelle ist die Insel nicht breiter als dreihundert Meter. Ihre höchste Erhebung beträgt zwanzig Meter überm nahen Meeresspiegel.

In den Schaufenstern sieht man alte Stiche von ›Juyst‹ im Querformat, auch die Ansichtskarten im Querformat, selbst dann noch mehr Himmel als Land. Der Maler Nolde gilt als der Erfinder der ›Himmelschaften‹ über der Nordsee. ›Mir ist so nach Nolde‹, hörte ich einen weiblichen Kurgast mit heiterem Seufzen in der Inselbuchhandlung sagen.

Wenn sich die untergehende Sonne dem Horizont nähert, verschmelzen die vier Elemente, Wasser, Luft, Feuer und Erde, zu einem. Rückkehr zum ersten Schöpfungstag. Augenblicke für Maler, Fotografen und Dichter. In der rechten Manteltasche eine Handvoll Muscheln, in der linken eine Handvoll Gedichtzeilen, beides sandig und salzig; abends räumt man die Taschen aus.

Ebbe und Flut. Einatmen und Ausatmen.

Das Meer kommt mit wenigen, tiefen Atemzügen am Tag aus; bei jedem Atemzug wechseln Sandbänke und Muschelfelder den Besitzer, gehören das eine Mal dem Meer, dann wieder dem Land. Dünen entstehen und Dünen verschwinden. Die Insel wächst sichtbar nach Osten hin, verliert im Westen merklich an Land. Sandstaub steht in hellen Wolken überm Strand, Sand fegt über die Dünen und die Deiche, auf denen der grüne ›Helm‹ wächst, ein Sandhafer, von Menschenhand gesetzt, um den Schöpfungsprozeß zu beschleunigen. Noch wächst hier kein Stein, aber im Schutz der Dünen bildet sich Humus. Kleine Wälder wurden angepflanzt, nach Ausmaß und Größe der Bäume, die der Wind niedrig hält, heute liebevoll ›Erlenwäldchen‹ und ›Kiefernwäldchen‹ benannt. Hier muß die Natur vor der Natur geschützt werden. Sanddorn, Ginster, duftendes Geißblatt, Brombeeren und Holunder bilden eine undurchdringliche Macchia der Nordseeinseln; in allen Gärten die halbwilden Zaunrosen, die den Sommer über blühen und im Herbst pralle rote, nicht nur den Vögeln wohlschmeckende, Rosenäpfel tragen. Man pflückt bittere Schlehen und süße Brombeeren; was hier blüht und reift, ist kostbar.

Krähen und Drosseln übernehmen die Aufforstung, säen und düngen zugleich in einem vereinfachten Verfahren. Sandige, verschlungene Pfade im Windschutz der Dünen, in einer buckligen, schlupfwinkligen Welt, für die Ausmaße des Menschen zu winzig, eher für Karnickel geeignet, für Kinder und Vögel. Auf Juist halten die Zugvögel ihre Herbstmanöver ab; sie kommen von Norden, machen hier Rast, nähren sich von Mehlbeeren und den Früchten des Sanddorns und des Holunders. Erschöpfte Goldhähnchen, deren Müdigkeit größer ist als die Angst, hocken für ein paar Stunden im Schutz der Hauswände. Wildgänse ziehen durch, Brandentenzüge dicht überm Meeresspiegel, Stare formieren sich zu neuen Zeichen am Himmel.

Die Nordseeinseln haben ihre eigenen Geschichtszahlen, jedes Kind lernt sie, bevor es die Zahlen der Weltgeschichte zu lernen hat. Heimatkunde ist hier erstes Schulfach. Die ›Petriflut 1651‹, bei der die Insel in zwei Teile zerrissen und das im Westen liegende Dorf zerstört wurde. ›Der Heiligabend 1717‹. Im Krieg zwischen Meer und Land geht es immer auf Biegen und Brechen, auf Leben und Tod. Und immer bleibt das Meer der Sieger. Man liest besorgt und ungläubig in Chroniken und Inselbüchern von Springfluten und Sturmfluten: dieses ruhige Meer mit den sanftauslaufenden Wellen, dieser septemberblaue Himmel? Wovon ist die Rede?

Als das Meer den fruchtbar gemachten Boden weggerissen hatte und das Land salzig geworden war, wurden die Juister Männer Schiffer. Nur wer arm an Land ist, geht zur See, das ist überall so. Anfang des 19. Jahrhunderts besaßen die Juister vierzehn Schiffe. Sie fuhren als Matrosen und Steuermänner zu fremden Küsten: Knechte des Meeres. Aus Bauern waren Schiffer geworden, bevor dann in unserem Jahrhundert aus den Schiffern Hoteliers wurden, die ihre Häuser ›Deichgraf‹, ›Columbus‹, ›Meerjungfrau‹ und ›Inselfrieden‹ nannten. Seefahrer und Seeräuber. Strandwärter und Strandräuber, immer beides zugleich. Erst seit etwa hundert Jahren ist die Insel eine Ferien- und Badeinsel, und auch ein Heilbad. Die Juister haben in mehreren Generationen das Feriengewerbe erlernt. Noch lebt ein letzter Seehundsfänger, aber auch er fährt nur noch mit schaulustigen Badegästen zu den nahen Seehundbänken. Noch gibt es ein paar Kapitäne im Küstendienst, noch steht ›Cap Horniers Ruh‹ an einem Haus, zum Zeichen, daß hier einer wohnt, der das Kap Horn mit dem Segler umschifft hat. In den Vorgärten liegen Anker und Bojen bunt bemalt auf grünem Rasen; in den Nachtlokalen hängen Fischernetze und Sturmlaternen von der getäfelten Decke, Relikte der Seefahrt. Die steifen Kapitänsmützen oder der Südwester aus Ölzeug sitzen heute auf den Köpfen der Badegäste.

Das Meer immer als Freund oder als Gegner, und der Mensch immer in Abhängigkeit. Die Häuser auf Sand gebaut. Im Westen findet man vom alten Dorf Loog keine Spur mehr. Mit den Backsteinen der alten Häuser hat man sich neue gebaut; mehr trotzig als trutzig: nun gerade! Erst seit in den zwanziger Jahren ein Deich von 1600 Meter Länge errichtet wurde, fühlt man sich etwas sicherer, auch selbstsicherer. Die Zeiten sind gut für Inseln – besonders für eine autofreie –, sie bedeuten Abgeschiedenheit und Naturnähe.

Pferdehufe und Pferdewiehern anstelle von Motorlärm. Nur selten noch ein Rieddach, dafür viel roter Ziegel; auch Straßen und Wege sind mit roten Ziegelsteinen gepflastert, die vom Wind gefegt und vom Regen gewaschen werden. Die untergehende Sonne brennt den zweimal gebrannten Backstein ein drittes Mal. Viele Häuser blicken übers Watt; über die Deiche und Dünen blickt, außer dem alten Kurhotel, keines. Man lebt hier in ständiger Frustration, die Liebe und Haß zeugt und Emanzipation nicht zuläßt.

Das Wetter bekommt man aus erster Hand, die Tiefs über Schottland ebenso wie die Azorenhochs; beide ziehen schnell über die Insel hinweg. Ein rascher Regenschauer und gleich wieder Sonne; man sieht die Wolken nahen, und man sieht sie abziehen. Leichter Wind und heftiger Sturm. ›Der Wind ist die Sonne Juists‹, einer der Werbesprüche. Die Sommermonate tragen keine Namen, sondern heißen ›Saison‹. Wer außerhalb der Saison kommt, stellt keine Ansprüche an das Wetter, hegt aber Hoffnungen, die aufs schönste erfüllt werden können. Um Badezeiten braucht man sich nicht zu kümmern. Man sucht das Wellenbad auf, das immer gleichmäßig temperiert ist und in viertelstündigem Rhythmus jene Wellen und jene Brandung liefert, die die Nordsee nur an ihren besten Tagen zustande bringt. Was für ein Triumph des Menschen! An wärmeren Tagen geht man barfuß den Strand entlang, bohrt mit den Zehen nach Muscheln, sammelt Herzmuscheln, die seltenen Kammuscheln und weiße dünnwandige Klaffmuscheln, zerbrechlich wie Engelsflügel. Austernschalen, Venusmuscheln und von Bohrmuscheln kunstvoll durchlöchertes Holz. Man legt sich sein eigenes Küstenmuseum an, lernt, daß Schneckenhäuser Regen ankündigen. An manchen Tagen ist der Strand von Algen bedeckt, die der Sturm vom Meeresboden losgerissen hat. Die Quallen, die der Schwimmer fürchtet, betrachtet der Strandläufer mit Entzücken: gestürzte, trübgeratene Topfsülze! Kehrt man die Qualle um, gleicht sie einem mundgeblasenen Glas in schönstem Jugendstil. Nicht mehr Flora, noch nicht Fauna,

Geheimnisse des Meeres, über die man sich im Küstenmuseum aufklären lassen kann.

Was die Juister Kinder nach einer Sturmnacht an Strandgut herbeischleppen, Bohlen und Kisten, Flaschen, Taue und Kanister, wird von den Müttern einige Wochen später zum Sperrmüll gegeben. Die Strandräuberei liegt den Bewohnern der Inseln noch im Blut, aber heute spült das Meer nicht mehr hochwillkommene Weinfässer oder neuwertige Autoreifen an den Strand, sondern in errechenbarer Regelmäßigkeit wohlhabende und lufthungrige Großstädter. Mit der Zuverlässigkeit von Zugvögeln kehren sie auf die Insel zurück und suchen den alten Nistplatz auf. Sie kennen die Inhaber der benachbarten Sandburg und die Nachbarn der gestreiften Badehäuschen von den vergangenen Sommern her; man kennt sich, und man wird erkannt. Hier spricht man nicht von Touristen oder gar von Fremden, sondern von ›Badegästen‹, und die Juister Kinder sagen allenfalls im Winter einmal: ›So dumm as en Bodgast.‹ Das Friesische klingt dem Ohr des Badegastes eher holländisch, englisch-dänisch als hochdeutsch; das gibt der Insel einen exotischen Reiz. Das Nichtverstehen erheitert, aber beunruhigt nicht, man ist in der Fremde, aber als Deutscher unter Deutschen.

Nach einigen Tagen weiß man, was eine ›Bake‹, was ein ›Heller‹ oder ein ›Polder‹ ist; man kennt das Inselvokabular und glaubt nach zwei Wochen sogar, die Entstehung der Gezeiten jetzt und für immer verstanden zu haben . . . Das Festland bleibt in beruhigender Sichtweite, immer kenntlich an den Sendemasten von Radio Norddeich. Aber für einige Stunden ist man für Freund und Feind bei Niedrigwasser unerreichbar. Als die Engländer 1945 die Insel besetzen wollten, mußten sie sich an Fahrrinne und Fahrplan halten. Ein- oder zweimal täglich fahren die Schiffe zwischen Norddeich und dem Anleger von Juist durchs Wattenmeer hin und zurück, so, wie es den ›Tiden‹ gerade beliebt. Für die, die über mehr Geld als Zeit verfügen, gibt es eine Flugverbindung vom kleinen Inselflugplatz nach Emden.

Die Ablenkungen, die den Badegast erwarten, sind begrenzt. Eine Lustfahrt im Pferdewagen zur Domäne Bill; eine Bootsfahrt zur Vogelinsel Memmert oder auch zur Nachbarinsel Norderney, die, einer Fata Morgana gleich, zuzeiten im Osten mit hellen Hochhäusern auftaucht und wieder untertaucht; ein Spaziergang zu den Goldfischteichen oder rund um den Hammersee; eine Wattwanderung unter der Leitung des weitbekannten Wattführers Alfred, der ein ganzes Ohnsorg-Theater ersetzt und die Richtigkeit des Lehrsatzes ›Lernen macht Spaß‹ beweist. Weiteres über Flora und Fauna des Meeres, das abenteuerliche Leben des Fadenwurms. Man kann Fahrräder, Kinderkarren und Pferde ausleihen, man kann sich ein paar Ohren voll Musik beim Kurorchester abholen. Die Kurdirektion sorgt für Bildung und Unterhaltung. Erst wo die Langeweile anfängt, beginnt die Erholung.

Abends sitzt man dann bei frischen Krabben und ostfriesischem Landwein, dem Doornkaat. Hier lacht man über den Witz, den man selbst erzählt, am meisten, ein ansteckendes Lachen. Man ißt Muscheln oder man ißt Hummercocktail, das Meer beliefert arme und reiche Mägen. Man schläft preiswert im ›Gästehaus‹ oder kostspielig im Hotel; auch der schlechteste Schläfer lernt auf Juist wieder zu schlafen.

Wer tagsüber zuwenig gelaufen ist, geht abends zum Tanzen in eine der Bars; während der Saison soll es so etwas wie ein Nachtleben geben. Es kommen Maler, es kommen Dichter, von ihnen nimmt man weniger wahr, die meisten suchen Stille und Anonymität. Asthmatiker atmen schon am zweiten Inseltag leichter, heißt es. Mehrmals täglich trinkt man ostfriesischen Tee mit Kandiszucker und süßem Rahm und nutzt auch noch die kleinste Abkühlung zu einem heißen Grog.

Ich liebe Inseln! Bisher lagen meine Inseln alle im Süden. Seit dem letzten September liegt eine meiner Inseln in der Nordsee, die schmalste der ostfriesischen Inseln. Ein Thule. Ein Orplid.

(c.b., 1973)

Im Wettlauf mit dem Frühling

(Von Düsseldorf nach Basel im TEE 10)

Der TEE 10 aus Amsterdam mit Kurswagen aus Hoek van Holland trifft um 10.23 Uhr in Düsseldorf ein. Was für eine angenehme Abfahrtzeit! Man hat in aller Ruhe zum Frühstück die ›Düsseldorfer Nachrichten‹ gelesen und wird am Nachmittag die ›Baseler Neuesten Nachrichten‹ lesen können. Am Vorabend konnte man unbesorgt einen Altstadtbummel unternehmen, ist in die ›Pinte‹ gegangen, hat beim ›Kreuzherreneck‹ reingeschaut, im ›Rialto‹ noch eine Pizza gegessen und im ›Töff-Töff‹ getanzt und hat Vorschuß aufs Nachtleben genommen: Man will in die Schweiz reisen. Im Hofgarten blühten bereits die Krokusse, gelb und lila und weiß auf grünem Rasen. Die Schwäne waren mit imponierend hochgestellten Segeln unterwegs, im weißesten Weiß ihres Lebens.

DM 9,40 kostet der reservierte Platz in Westdeutschlands schnellstem und elegantestem Zug. Spitzengeschwindigkeit 160 km/h und eine Durchschnittsgeschwindigkeit von 105 km/h, die wenigen Aufenthalte eingerechnet.

Für einen ehrgeizigen Zug sind drei Minuten Verspätung bereits ein Manko. Eine ruhige Strecke liegt vor uns; keine Steigungen, wenig Kurven, keine Tunnel, die Schienen halten sich weitgehend an das Flußbett des Rheins und tun gut daran. Zuerst rechtsrheinisch bis Köln, dort geradewegs über die Hohenzollernbrücke, einst wie jetzt von den wilhelminischen Kaisern samt ihrem Kanzler Bismarck hoch zu Roß bewacht, auf die Türme des Doms zu. Zwei Minuten für Köln, dann linksrheinisch weiter bis Mannheim. Dort verliert man seinen Fluß aus den Augen, erst in Basel sieht man sich wieder. Der meistbefahrene Fluß der Welt! So reich an Geschichte und Sagen und patriotischen Liedern wie keiner sonst. Und keiner so geschäftstüchtig wie er. Er befördert Holz und Kohle und Öl und Passagiere von Rotterdam nach Basel und von Basel nach Rotterdam mit Abzweigungen in die Täler hinein. Zu beiden Seiten Straßen und Schienenstränge: was für ein Hin und Zurück. Für den, der südwärts fährt, erscheint es sinnlos, wenn andere nach Norden fahren.

Die Erholung beginnt bereits im Zug, ich gebe den Werbesprüchen der Bundesbahn recht. Mein Gegenüber rückt an seinem blauen Polstersessel, bis er eine behagliche Ruhelage gefunden hat, schiebt sich noch das weißbezogene Kissen in den Nacken und schlägt den ›Spiegel‹ auf. In einem TEE liest man keine Illustrierte, da hält man auf Niveau und liest die Weltpresse, trägt seine Nationalität nachlässig, aber auffällig in der äußeren Jackentasche der durchweg dunklen Anzüge; man ist vorwiegend männlichen Geschlechts und in seriösen Geschäften unterwegs, wenn nicht gar in Sachen Politik wie die Herren französischer Zunge, die in Bonn zusteigen, offensichtlich in wichtiger Mission auf dem Weg nach Genève. Eine Dame mit nerzgefüttertem Trenchcoat, das Reisegepäck aus Krokodil, vermutlich Modebranche. Bison- und Büffelleder sind stark im Kommen. Eine zartgliedrige Indonesierin, die überm Sari eine grüne Strickjacke trägt, bringt einen Hauch Exotik in unseren Großraumwagen.

Wie rasch doch alles schäbig wird! Dem teppichbelegten Boden und den Polsterbezügen merkt man die vielfache Benutzung an. Es muß an der unbarmherzigen Märzsonne liegen, daß man alles mit Hausfrauenaugen ansieht. Es riecht aufdringlich nach Desinfektionsmitteln.

Die Autobahnen führen durch die schönsten Landschaften nirgendwohin, schicken nur ihre Zufahrtsstraßen in die Städte hinein. Die Eisenbahn verbindet die Städte mit Schienensträngen, dringt in ihr Innerstes vor und entblößt dabei die Kehrseiten. Der Eisenbahn gegenüber wahren die Häuser nicht einmal die Fassade.

Die Vorfrühlingssonne bringt den ganzen Winterkehricht ans Licht. Blechdosen und Kunststofftüten bedecken den Bahndamm, erst im Mai wird das alles von Brennesseln, Lupinen, Löwenzahn, Mohn und Kamille übergrünt und überblüht sein. In den Gärten werden gerade die Bäume und Büsche beschnitten, es wird geharkt, und es werden Feuer gemacht. Auf den Rechen gestützt, stehen die Gärtner und Klein-Gärtner und sehen dem Rauch nach, der sich blau im Blauen verliert. Es ist Samstag. Ein Rentner steht gebückt über einem Beet, ein Samentütchen in der Hand. Was sät er denn aus? Petersilie? Kann er es denn nicht abwarten? Es ist Anfang März. Er wird wohl Kresse aussäen, wie meine Mutter es im frühen Frühling tat. Sie schrieb die Namen ihrer beiden Töchter mit Kressesamen auf die frische Erde, und wenn er nach wenigen Tagen aufging, buchstabierten wir unsere Namen und durften für den Verbrauch ein H oder ein U herausschneiden. So rasch kann man sich gar nicht erinnern, wie der Zug fährt, erst nach zwanzig Kilometern fällt mir das Lied ein, das meine Eltern zweistimmig sangen: ›Ich möcht' es sä'n auf jedes frische Beet mit Kressesamen, der es schnell verrät.‹ Ob Eltern ihre Kinder einstimmig in den Schlaf singen sollten, um spätere Unstimmigkeiten zu vermeiden? Jemand pflückt den letzten Rosenkohl. Rhabarberfelder, Obst- und Gemüsebau für die großen Städte.

›Im Märzen der Bauer die Rößlein einspannt, dann fährt er den Mist und die Jauche aufs Land‹, sangen wir als Kinder. Kein Rößlein auf dem Acker! Dafür rote und gelbe und grüne Trecker vor landwirtschaftlichem Gerät. Wie sauber gedrillt die Felder sind! Der Winterroggen ist mindestens fünf Zentimeter höher als der Sommerroggen. In diesem Frühling hört man das Gras wachsen. Langhaarige Weiden am Flußufer. Und alle hundert Meter ein gelber Fleck: Forsythie in jedem Garten, wie ein gelbes Band zieht sich das am Bahndamm entlang. Die Weidenkätzchen plustern sich golden auf, als wollten sie es den Mimosen, ihren südlichen Schwestern, gleichtun.

Wir haben einen regenreichen Winter hinter uns. Die Uferbäume stehen noch immer bis an die Knöchel im Rhein, der weißgrau ist vom Schmelzwasser der Berge; keine Öllachen, kein trübes, träges Braun wie im Sommer. Möwen, Wildenten, schwarze Wasserhühner mit weißem Brustlatz.

Kleine Mädchen haben ihre Puppenwagen ins Freie geschoben, haben die Kissen und Decken herausgezerrt, klopfen und schütteln sie nach Hausfrauenart. Die Puppen liegen im wintergrauen Gras, die Wagen stehen kopf, die Räder gen Himmel. An einem Fenster werden die Gardinen abgenommen, an dem nächsten frisch gewaschen aufgehängt, Bettzeug liegt zum Lüften auf den Balkonen, nicht mehr fahnenrot wie früher, sondern blau und grün.

Die niedrigen Höhenzüge des Vorgebirges haben wir längst hinter uns gelassen. Industrielandschaft, die man erst auf dem Umweg über die Fotografie zu sehen gelernt hat, falsch vermutlich: poetisch. Zur Linken hebt sich die vertraute Silhouette des Siebengebirges aus dem späten Vormittagsdunst. Gegen Mittag soll sich der Frühnebel auflösen, hieß es im Wetterdienst. Mein Gegenüber hat ein wenig in seiner Zeitschrift geblättert, das Nackenkissen verschoben und ist eingeschlafen. Noch ein paar Bims- und Schotterberge, dann geht es los mit den Burgen am Rhein! Schneller, als man den Kopf hin und her wenden kann. Kaum meint man ›Katz‹ und ›Maus‹ zur Linken erkannt zu haben, taucht rechts die Ruine Rheinfels auf. Allgemeines ›Look at that!‹ – ›Die Loreley!‹ Da ist sie ja. Die schmalste Stelle des Rheins, einhundertsiebzehn Meter breit, sagt der Reiseführer, der zugehörige Felsen fast genauso hoch. ›Ich weiß nicht, was soll es bedeuten, /Daß ich so traurig bin‹, von Gustaf Gründgens im Düsseldorfer Schauspielhaus anläßlich einer Matinée zu Ehren Heinrich Heines rezitiert, so als hätte man es nie zuvor gehört. Die Pfalz bei Kaub, wo Blücher den Rhein am 1. Januar 1814 überquerte. Wie oft ist er wohl von feindlichen und eigenen Truppen überquert worden?

Den Kopf nach rechts, dort gibt es jetzt drei Burgen auf

einen einzigen Blick zu sehen. Die Weinberge werden steiler, und man überlegt, ob die Weinpreise im selben Maß steigen wie die Berge. Rebhänge im März, nichts als trockenes Holz und Stöcke. ›Das Himmelreich ist gleich einem Hausvater, der am Morgen ausging, Arbeiter zu mieten in seinen Weinberg‹, ein Gleichnis aus vorgewerkschaftlicher Zeit, als ›gleicher Lohn für alle‹ noch nicht galt, mit dem schwerverständlichen Gotteswort am Schluß: ›Oder habe ich nicht Macht zu tun, was ich will, mit dem Meinen. Siehst du darum scheel, daß ich so gütig bin?‹ Diesen letzten Satz benutzte mein Vater, um seine Töchter das Gönnen zu lehren. ›Man mött auch jönne könne‹, sagt man in Köln.

Viele der Häuser sind jetzt mit Schiefer gedeckt, wir fahren durchs Rheinische Schiefergebirge. Der Mäuseturm! Wir sind in Bingen, überqueren die Nahe. Wie viele Flußmündungen haben wir schon hinter uns: Sieg und Ahr und Mosel und Lahn, und noch immer dehnt sich der Rhein altväterlich und selbstherrlich. Kaum hat man's gedacht: väterlich und selbstherrlich, da taucht auch schon das Niederwalddenkmal auf. 1878 zum Gedenken an einen der wenigen siegreichen Kriege der Deutschen erbaut. Die Germania aus Bronze, mehr als zehn Meter groß. ›Fest steht und treu die Wacht, die Wacht am Rhein.‹ Ein Binger Loch der Nationalgefühle.

Das Tal weitet sich ins Rheinhessische aus. Ohne die Geschwindigkeit zu verringern, durchfährt unser Zug die berühmtesten Weinorte. Draußen scheint es zusehends wärmer zu werden: in den Gärtnereien werden die Mistbeete aufgedeckt; im Schutz der Hausmauern blühen Primeln und Narzissen. Nun ist doch noch ein Bauer mit seinem Jauchefaß unterwegs, ein Pferdchen vorgespannt. Sollten das alles Spargelfelder sein, blauköpfiger Mainzer Spargel?

Es wird nun Zeit für das Mittagessen, den Lunch. Der Säugling, der am Ende des Waggons im Arm seiner Mutter friedlich schlummerte, beginnt zu schreien, und sofort erheben sich die Herren, stecken ›Times‹ und ›Figaro‹ in die äußere Jackentasche und begeben sich in den Speisewagen. Die Menükarte ist zweisprachig abgefaßt, deutsch und englisch. Französisch fehlt und würde doch benötigt. Viel zu lesen gibt es nicht. Erstes Gedeck: Hamburger Krebssuppe, Ochsenzunge in Madeira, Blumenkohl polnisch, Macaire-Kartoffeln, Fruchtcocktail mit Sahne. Das zweite Gedeck ist trotz rechtzeitiger Platzreservierung nur noch zu lesen. Mein Tischnachbar sagt höflich: Es schmeckt fast amerikanisch. Die Macaire-Kartoffeln sind wäßrig, der Blumenkohl zerkocht, was sicher nicht polnische Art ist. Es gibt mehr zu bemängeln, als die Hosteß mit ihrem liebenswürdigen Lächeln wettmachen kann.

An der Bergstraße blühten die Pflaumenbäume! Irgendwann müssen wir in Heidelberg gehalten haben. Eine Stunde lang war es im Zug interessanter als draußen; der Wein macht gesprächig. Man tauscht Liebenswürdigkeiten, jeder über das Land des anderen. Mein Amerikaner spricht, ohne deutscher Herkunft zu sein, mühe- und fehlerlos deutsch, ein Mann der Wirtschaft, einer, für den Zeit Geld ist, für den diese schnellen Züge gedacht sind, auf dem Weg nach Milano, anschließend Lissabon. Er ist auf höfliche Weise kritisch, gehört zu den Vereinfachern, die ich bewundere, die mir unheimlich sind. Beim Nachtisch erfahre ich, daß in den Vereinigten Staaten Amerikas zuerst gefragt würde, wie gut man eine Sache herstellen könne, als zweites: wie billig; in Deutschland suche man zuerst nach einem Platz, wo sich das Etikett ›deutsche Wertarbeit‹ anbringen ließe. Ich sage: »Oh« und erwidere das amerikanische Lachen, das aus den Südstaaten stammen muß, aus Louisiana, wie ich vermute. »Bei uns arbeiten zwei, wo bei Ihnen zehn arbeiten – oder verwalten!« Er unterrichtet mich über den weiten Abstand von der zweitgrößten Weltwirtschaftsmacht zur drittgrößten. Beim Kaffee spricht er über den Absatzmarkt und die Konkurrenzfähigkeit der Bundesrepublik Deutschland, er sagt lediglich ›Bundesrepublik‹, wie wir ›Vereinigte Staaten‹ sagen. Darauf mache ich ihn aufmerksam.

Über der Weltwirtschaft habe ich vergessen, mich um den Frühling zu kümmern. Wir fahren nun durch eine Bruchlandschaft, irgendwo muß es hier Armstümpfe des Altrheins geben. Blühende Kätzchen am Bahndamm, weiße Anemonen unter den Erlen; auf einer Wiese stochert ein Storch nach Fröschen. Ich mache den Amerikaner darauf aufmerksam. Er erkundigt sich, in welchen Belangen ich unterwegs sei, ich antworte: in denen des Frühlings, verabschiede mich von ihm und steige in die Aussichtskanzel des Zugs. Dicht unter dem Netzwerk der elektrischen Drähte gleitet die Glaskuppe dahin; es geht ›wie im Fluge‹, wie auf der Rollbahn eines Flugfeldes, nur sehr viel leiser, sehr viel ungefährlicher. Links die schwarzen Wälder des Schwarzwaldes, rechts die der Vogesen. Aus der Oberrheinischen Tiefebene erhebt sich der Kaiserstuhl. Hinter Freiburg, im Markgräflerland, wird bereits in den Weinbergen gearbeitet, Ranken werden hochgebunden, die Winterschäden betrachtet, der Stand des Saftes geprüft.

Irgendwo muß der Zug den Frühling überholt haben – ein paar blühende Schwarzdornbüsche noch, auch ein paar Leberblümchen, aber in Basel ist dann allenfalls in den Vorgärten noch seine Vorhut zu sehen. Fünf Stunden und fünfundzwanzig Minuten Fahrzeit. Basilea, die königliche Stadt.

Postskriptum. Der TEE 10 ›Rheingold‹ rammte wenige Minuten nach der Ausfahrt aus dem Basler Bahnhof zwei Güterwagen. Die näheren Angaben über das Eisenbahnunglück konnte man am nächsten Morgen in der ›Basler National-Zeitung‹ unter der Schlagzeile ›An einer Katastrophe vorbei‹ zum Milchkaffee lesen.

(c. b., 1966)

Ein Sonntag in der Schweiz
(Basel)

Was ein rechter Sonntag werden soll, der beginnt am Samstagnachmittag.

Ich steige aus, wo ich sonst nur umsteige. Basel SBB. Ich sage dem Taxifahrer meine Wünsche. Nicht international möchte ich wohnen, sondern national; ruhig, aber im Zentrum der Stadt. Er besinnt sich und fährt mich zum ›Engelhof‹, eine Herberge zur Heimat, ehemals für wandernde Handwerksburschen eingerichtet. Siebenhundert Jahre alt, an der Hausecke ein barocker, schönbemalter Engel. ›Ich suche allerlanden eine Stadt, die einen Engel vor der Pforte hat‹, so hat Else Lasker-Schüler es sich gewünscht. Drinnen ein gotisches Zimmer, in dem 1499 der Basler Friede unterzeichnet wurde. Historisches Gebälk, moderner Komfort. Im Foyer ein Schild: ›Das Personal genießt den freien Sonntag.‹ Vorerst aber bohnert es noch die Linoleumböden, bis man sich darin spiegeln kann, wenn man schon nicht davon essen will. Das Restaurant bleibt bis zum Montag geschlossen.

Den Stadtplan in der Hand und die Ratschläge von Taxifahrer und Hotelier im Ohr, mache ich den ersten Spaziergang. Durch Gassen und Gäßchen, treppauf und treppab, durch alte Stadttore hindurch. An den vornehmen barocken Bürgerhäusern mit den kunstvoll vergitterten Fenstern werden die Messingschilder auf Sonntagsglanz gebracht.

Ein Konfettiregen ist kürzlich über die Stadt niedergegangen, das Pflaster ist blau, rot und gelb gesprenkelt. Ein sauberer, fröhlicher Regen. Die Fasnacht ist vorbei. Der letzte ›Kehrusball‹ ist an den Plakatwänden angekündigt. ›Gelungene Mäsgeli hänn freye Idritt.‹ Beim dritten Lesen kann man das sogar nachsprechen. Die Schweizer hätten sich für Französisch, für Italienisch, für Deutsch entscheiden können, drei schöne brauchbare Sprachen, aber nein, ganz souverän haben sie sich für ein Schwyzer Dytsch entschieden, das den Fremden nicht in die Verlegenheit bringt, eine neue Sprache lernen zu müssen. Was für eine begreifliche Entscheidung in einem Land, das nach allen Seiten den Fremden offensteht, wo die Fremdenindustrie die wichtigste Industrie ist. Wenigstens die Sprache wollen sie für sich haben. Man muß als Fremder der Versuchung, ein ›Grüezi!‹ mit einem ›Grüezi!‹ zu beantworten, widerstehen.

Die Läden werden soeben geschlossen. Aus den Migros-Warenhäusern kommen die Basler, vor allem aber die italienischen Arbeiter mit großen umweltfreundlichen Tüten. In der Freien Straße, die für Basel das ist, was die Bahnhofstraße für die Konkurrenzstadt Zürich, geht es geschäftig zu. Zehn Minuten später ist die Geschäftigkeit vorbei.

Ich benutze keine der sechs Rheinbrücken, sondern nehme die Fähre, lasse mich übersetzen und gehe an der Kleinbaslerseite die schöne baumbestandene Uferpromenade entlang, mit dem berühmten Blick auf das hochgelegene Großbasel. Mitten darin das Basler Münster, das dem Fluß den Rücken, die Chorseite, zukehrt, wo doch alles sonst zum Rhein blickt.

Glockengeläut von allen Türmen: Man läutet den Sonntag ein. Es wird Zeit für das Abendbrot. Die Restaurants und Cafés im ersten Stockwerk, unten die Läden mit den hohen Mieten. Die guten Straßen müssen für Verkauf und Verzehr genutzt werden. Bündner Fleisch und ein Viertel Wein! Einen roten, sage ich und will meine besonderen Wünsche, was die Trockenheit des Weins anlangt, äußern, da sagt die Saaltochter bereits freundlich zurechtweisend: »Wir sind hier alkoholfrei!« Ich bestelle mir ein Glas Milch. Die Saaltöchter sind meist schon ältere Töchter mit zierlichen Schweizer-Stickerei-Schürzchen und großer steifgestärkter Masche auf dem Rücken. Zum Sonntag ist die Familie zu Besuch gekommen, hat ein wenig Landluft mitgebracht, sitzt im

Lokal herum, die Wirtsleute setzen sich dazu, ganz familiär. Die weiblichen Lehrlinge sind hier Lehrtöchter – und so werden sie wohl auch gehalten, fürsorglich und streng.

Draußen ist es mittlerweile dunkel geworden, auch in der Innenstadt. Was ein braver Basler Bürger ist, der hat sich bereits nach Hause begeben. Ich könnte in einem Boulevardtheater Tilla Durieux sehen, ›Ihr 106. Geburtstag‹, jedoch: Zwei italienische Fremdarbeiter, dem Dialekt nach aus Sizilien stammend – man darf sie hier Fremdarbeiter nennen, Gäste würde man nicht arbeiten lassen –, beenden meinen Abendspaziergang, treiben mich durch ›Toten-‹ und ›Tanz-Gäßchen‹ in den Schutz meines Engels.

Ich gedenke, ersatzweise, mit einer Flasche Wein und den Chroniken der Stadt Basel, vom Hotelier freundlich aufs Zimmer gebracht, einen angenehmen und lehrreichen Abend zu verbringen. Jedoch: auch mein Haus ist ein alkoholfreies Haus. Also nur Belehrung, kein Genuß.

Basel, so lese ich, hat seinen Namen von der Mutter des Kaisers Justinian, Basilia. Basilea! Die Königliche Stadt. Andere sagen, der Name stamme vom Basilisken, diesem Fabeltier, halb Hahn und halb Drache. Ist das ein Basilisk, der an den Rheinpromenaden Wasser in Bronzebecken speit? Eine durstige Stadt: überall plätschern Brunnen, von Heiligen und Engeln und Bestien beschützt. Zweitausend Jahre Geschichte, zuviel für einen Abend. Römische Siedlung, dann Bischofsstadt, älteste Universität der Schweiz. Hier hat Erasmus von Rotterdam gelehrt, Bachofen seine These vom Mutterrecht vertreten, Jacob Burckhardt seine weltpolitischen Betrachtungen angestellt. Die Mathematiker Bernoulli, Friedrich Nietzsche, der Theologe Karl Barth ...

Ich lese über den Basler Staatsmann Wettstein, der 1648 dafür sorgte, daß die Schweiz unabhängig vom Deutschen Reich wurde. Seither spielt die Stadt eine Nebenrolle in der Politik, aber eine Hauptrolle in der Wirtschaft. Neutralität heißt die erste Bürgerpflicht eines Schweizers. Es gilt das

Kunststück, sich aus den Händeln herauszuhalten, aber am Handel teilzunehmen, immer aufs neue zu bestehen. Ich lerne ein für allemal, daß das ›CH‹ an den schweizerischen Kraftfahrzeugen die Abkürzung für ›Confoederatio Helvetica‹ ist, und lege mich schlafen: in einem vorbildlich leisen Hotel in einer schweizerisch ruhigen Stadt.

Zum Frühstück am Sonntagmorgen gibt es einen akkurat geflochtenen Weckzopf zum Milchkaffee. Wenn die beiden gleichgroßen, mit heißem Kaffee und heißer Milch gefüllten Kännchen gleichzeitig leer werden, hat man die rechte Mischung getroffen. Zum Gottesdienst ins Münster. Spätromanik und Frühgotik ergeben einen schönen Übergangsstil. Innen grauer Sandstein, außen der warme rote Sandstein, den man aus Freiburg kennt und auch aus Metz. Die Gallus-pforte der Nordseite gilt als das schönste romanische Figurenportal im deutschsprachigen Raum. Nicht Kreuz und nicht Leuchter auf dem Altar, nur eine Schale mit blühenden Azaleen, und das ist schon fast zuviel. Nicht dem Gott wird gedient, sondern dem Menschen. Keine Liturgie, kein Wechselgesang zwischen Priester und Gemeinde, dafür um so mehr Choräle. Der Predigttext ist einem Paulusbrief entnommen. ›Ist Gott für mich, wer mag wider mich sein.‹ Ein gut calvinistischer Lehrsatz, eine rechte Anweisung für ein Gott wohlgefälliges Leben. Wir beten von diesem friedlichen Platz aus für den Frieden der Welt, schließen auch die Fremdarbeiter in unser Gebet ein, daß sie sich möchten weniger fremd fühlen in der Stadt Basel. Ich gedenke der beiden Sizilianer und ändere das Gebet ab: daß sie sich möchten weniger fremd aufführen in der Stadt Basel.

Nach dem Gottesdienst der Kunstdienst. Das Basler Kunstmuseum, das allein schon eine Reise nach Basel wert wäre. Ein Pflichtbesuch bei Konrad Witz, Holbein und Deutsch, ein Augenblick für Feuerbach und Thoma, ein kurzer Aufenthalt bei Böcklin, der aus Basel stammt, worüber man sich verwundert, dann Hodler mit seinem gemalten Symbolismus. Enttäuschte Seele. Das mutige Weib. Was für

Themen! Erst in der modernen Abteilung gehen mir die Augen über. Ich nehme Georg Schmidts lehrreiche kleine Geschichte der modernen Malerei zur Hand. Ihm, dem langjährigen Direktor des Kunstmuseums, ist viel zu danken. Eine Ausstellung ohne den Ballast zweit- und drittrangiger Bilder. Picassos ›Harlekin‹. Chagalls ›Rabbiner‹. Legers ›Femme en bleu‹. Was für ein freudiges Erschrecken von Raum zu Raum! Das geht bis zu Arp, zu Hartung, zu Giacometti . . .

Am unteren Bildrand ist der Name des Malers und der Titel des Bildes angebracht, aber am oberen Rand der Name des Stifters oder des Besitzers, der das Bild als Depositum dem Museum zur Verfügung gestellt hat. Nach rechter Bürger Art. Wie hat mein Taxifahrer gesagt: Basel ist die reichste Stadt der Schweiz mit dem geringsten Steueraufkommen.

Jetzt heißt es, mit Bedacht ein Eßlokal am schönen Marktplatz zu wählen; die Tauben haben sich dort bereits in Schwärmen niedergelassen, weltliche Tauben, die den Platz vorm Münster respektieren: Der Markt wird sowieso täglich gefegt. Auf der Speisekarte steht, mit mehreren Ausrufungszeichen versehen: ›Kampf der Teuerung‹, und daneben werden zwei preiswerte Gerichte empfohlen. Ein Entrecote oder zwei Forellen, à 5.50 sfr. Die Serviette ist aus Stoff, die Wärmeplatte fehlt nicht, obwohl das Lokal keineswegs erstklassig ist. Der Wein ist weich und milde, macht benommen und müde. Nicht nur mich. Die Stadt wird noch ruhiger, versinkt in Sonntagmittagsschlaf.

Am Nachmittag per Straßenbahn, mit der man durch drei Länder fahren könnte, zum Hafen und dort mit einem Fahrstuhl auf die Plattform eines Silos, um den berühmten Dreiländerblick zu tun. Drei Länder – drei Landschaften, Schwarzwald, Jura und Oberrheinische Tiefebene, in der Ferne die Vogesen. Mit Leichtigkeit hätte der Rhein seinen Lauf durch die burgundische Pforte nehmen können, wäre nie nach Deutschland gekommen, von hier oben aus wird das deutlich, was hätte da vermieden werden können! Das Knie des Rheins, Kanäle, Schienenstränge, in der Ferne der Flughafen, bereits in Frankreich gelegen. Der Schweizer Starjournalist Alemann hat Basel ›das Scharnier zwischen der Schweiz und der Welt‹ genannt. Kohlenhalden und Treibstofflager, das weite Industriegelände der Ciba (= Chemische Industrie Basel), das heute die Stadt wohlhabend macht. Im 18. Jahrhundert sorgten die Seidenbandweber für den Wohlstand der Bürger.

Auch Basel gerät aus den Fugen, seit die Stadtmauer die Stadt nicht mehr zusammenhält. Hier herrscht Sparsamkeit, was den Aufwand und den Lebensgenuß angeht, gestern wie heute. Man greift hier weder sein Kapital noch die Zinsen an, das gilt bereits als unsolide. Hier wird ein Vermögen nicht durch Risiko oder waghalsige Spekulation erworben, sondern ängstlich und stetig erspart. Das ist schon nachzulesen bei Johann Peter Hebel, einem gebürtigen Basler: ›Zum Erwerben eines Glückes gehört Fleiß und Geduld, und zur Erhaltung gehört Mäßigung und Vorsicht. Langsam und Schritt für Schritt steigt man eine Treppe hinauf. Aber in einem Augenblick fällt man hinab und bringt Wunden und Schmerzen genug mit auf die Erde.‹

›Das Schatzkästlein des rheinischen Hausfreunds‹ war mir eine ebenso erbauliche wie belehrende und fröhlich machende Lektüre auf dem Wege nach Basel.

In jedem Frühjahr findet in Basel die Mustermesse statt; sie hat auch im Zeitalter der Europäischen Gemeinschaft ihren vornehmlich nationalen Charakter bewahrt. Es ist zu vermuten, daß den Baslern an einer Ausweitung nicht gelegen ist, zumindest nicht an ausländischen Ausstellern. Die Einkäufer werden schon kommen; in die Schweiz reist jeder gern. Warum dann ein internationales Etikett für eine Schweizer Angelegenheit?

In der Schweiz wird viel gute Selbstkritik geübt, hier gedeiht das Kabarett; aus Kritik von außen macht man sich weniger.

Am späten Nachmittag dann ein Schaufensterbummel.

Pelze, von Christian Dior entworfen, ein Kalbfellmantel mit Giraffenmuster! Und Bally-Schuhe! Immer abwechselnd ein Bankhaus, dann ein Schuhgeschäft, hie und da ein Uhrenladen. Wäsche aus Schweizer Batist, viel Stickerei. Und wieder durch die alten Stadtteile, wo hagere Bürgerhäuser ›Zum kleinen Wind‹ heißen; Innenhöfe mit plätschernden Brunnen. Es dunkelt, der Mond steigt auf, und plötzlich: Pfeifen und Trommeln! Die Pfeifer vorweg, die Trommler hinterdrein, in Gruppen zu zwanzig, zu fünfzig. Ohne Masken. Die Fasnacht, die hier erst nach Aschermittwoch beginnt, mit ihren heidnischen Bräuchen, geht nun endgültig zu Ende. Trommeln und Pfeifen und ihr Echo von überall her, das dauert eine Viertelstunde, dann ist es vorbei wie ein Spuk. Ach, diese Weltmeister in Demokratie! Lassen ihre Frauen nicht wählen, aber mitpfeifen dürfen sie doch wenigstens!

1494 wurde in Basel Sebastian Brants ›Narrenschiff‹ gedruckt. Da erscheint es angebracht, sich am Abend die Verfilmung das ›Ship of fools‹ nach dem Roman der Katherine Porter anzusehen, in der Originalfassung, die beiden anderen benötigten Sprachen, Deutsch und Französisch, erscheinen im Untertitel.

Eilig und ein wenig ängstlich, der raschen Gebetserhöhung nicht trauend, gehe ich durch die mondhellen Tanz- und Totengäßchen zurück in den Engelhof, der um Mitternacht unwiderruflich seine Türen schließt, und denke mit Bedauern an das, was ich nicht gesehen habe. Die römischen Ausgrabungen in Augst ... das Goetheanum in Dornach, den Weltsitz der Anthroposophischen Gesellschaft ... die vielen Museen ... den Zoo ...

Am Montag morgen werden die Messingschilder montäglich blankgeputzt. Die Straßenfeger fegen Konfetti zusammen und haben nichts sonst zu fegen, hier ist kein Schild vonnöten, das die Bürger ermahnt, ihre Stadt sauberzuhalten, das tut ein Basler von allein. Die Geschäfte bleiben bis 13.30 Uhr geschlossen, das Personal genießt noch immer den freien Sonntag. Ich bekomme weder die Bally-Schuhe noch das Batistnachthemd, und schon gar nicht den Giraffenmantel von Dior. Was für ein billiges Wochenende in der Schweiz! Ich kaufe auf dem Bahnhof eine Tüte mit Basler Leckerli, garantiert ohne Zucker, ein Honiggebäck, das nach Sparsamkeit schmeckt.

Im Zug lese ich im ›großen Misch-Masch‹ des Hans Rudolf Grimm (1666 bis 1749), in Zürich neu aufgelegt.

›O, du liebes Schweizerland!
Gott erhalte dich im Frieden
Und verstärke doch dieses Band,
Daß es nimmer werd' geschieden.
Denn du bist ein Trost der Fremden
Und fürwahr ein' sichere Statt.‹

(c. b., 1966)

Zimmer am Piz Palü

Pummerer bereiste lange die Welt,
Bis eines Tages er festgestellt:
Seine Zimmerwand ist steil wie der Piz Palü
Und der Boden so flach wie die Prärie,
Das Leitungswasser ist naß wie der Ozean,
Sein Haus steht auch auf einem Meridian
(8 Grad östl. Länge, 50 Grad nördl. Breite),
Und vor dem Fenster beginnt die Weltenweite;
Gemessen an den ›haushohen‹ Wellen, sei eher,
So meinte er, sein eigenes Haus noch höher.
(Seither stellt er sich unter die Brause
Und bleibt zu Hause.)

(O. H. K.)

Wo der Rhein noch jung ist

(Bad Ragaz an den Golfplätzen)

Bei Tamins vereinigen sich Vorder- und Hinterrhein zum Rhein, der dann, bereits ein ansehnlicher Fluß, ostwärts weiterfließt bis Chur, sich dann nach Norden wendet und, nach weiteren fünfzehn Kilometern, an Bad Ragaz vorbeifließt. Nichts weiter: er fließt vorbei. Keine Rede von Bad Ragaz a/Rh.; niemand fragt hier, warum es am Rhein so schön sei. Bei dem Wein, der reichlich an den Berghängen wächst, handelt es sich um Wein von der Porta Romana und nicht um Rheinwein. Weindorf an Weindorf: Fläsch, Maienfeld, Jenins, Malans. Ortschaften, denen man die reiche Vergangenheit und die einträgliche Gegenwart ansieht; sie liegen am östlichen Rheinufer, in Graubünden; keiner spricht hier von linksrheinisch und rechtsrheinisch, keiner von ›Burgen am Rhein‹. Die geraden Wege auf dem Damm zu beiden Seiten des Flusses heißen denn auch nicht Rheinpromenade. Ein unpolitischer Fluß vorerst, nur einer unter anderen, ein demokratischer, eidgenössischer Fluß, hell- oder dunkelgrau, je nach Regenmenge und Himmelsfarbe; jung, aber nicht ungestüm, beizeiten schon gebändigt, jedoch nicht eingeengt. Er durchfließt schnurgerade das breite Nord-Südtal in Richtung Liechtenstein – Bodensee. Eine Reihe Hochspannungsmasten, daneben, zweispurig, die Eisenbahnlinie, die Autostraße vierspurig; trotzdem bleibt noch Platz für große Weingärten hinter hohen Steinmauern, für Obstgärten, Kornfelder, Kirschbaum- und Walnußalleen. Es rauscht der Verkehrsstrom, es rauscht der elektrische Strom, und es rauscht auch der Rhein. Das Flußbett ist steinig, rundgewaschene Kiesel aller Größen und Farben, dazwischen staubfeiner Sand. Und dort, wo der Fluß in den Sommermonaten austrocknet, haben Erlen und Sanddorn Verstecke für Mulden in Badewannengröße angelegt, in denen die Sonne das kalte, aber quellklare Wasser zu angenehmer Badetemperatur anwärmt.

Bad Ragaz, am Fuß der Glaner Alpen gelegen, im Kanton Sankt Gallen. Leuchtend blau wehen die Fahnen auf Hochsaison; mitten im Blau schwebt unbeholfen und fluguntüchtig eine weiße, übergroße Taube zum Gedenken an die legendäre Taube, die dem heiligen Pirmin, einem Wanderprediger des 8. Jahrhunderts, jenen Platz gezeigt hat, wo er ein Kloster errichten sollte. Im 13. Jahrhundert entdeckten dann zwei Klosterjäger die dampfenden Quellen im Inneren der nahen Tamina-Schlucht, und weitere hundert Jahre später ließ der Fürstabt des Benediktinerklosters Pfäffers das erste ›Badehaus‹ erbauen. Der Kranke wurde in einem aus Seilen geflochtenen Korb in die enge Felsschlucht hinabgelassen; vorher verband man ihm die Augen, damit es ihn nicht schaudere. Ganze Tage lang saß er in der Felswanne, von der radioaktiven Therme umspült, und hoffte auf Heilung von Arthritis und Frigidität.

Dem staunenden Touristen wird gegen Entgelt – nachdem er in die finstere, tropfende, brausende Schlucht hinuntergestiegen und ins warme Erdinnere vorgedrungen ist – die hinter Glas gesetzte Quelle gezeigt.

Im 19. Jahrhundert, als das Kloster verstaatlicht wurde, übernahm die Republik St. Gallen das Bad; durch das Tal der tobsüchtigen Tamina wurde eine Straße gebaut, die Thermen wurden durch Lärchenholzrohre geleitet, und 1840 sprudelten die Quellen vorm Hotel Bad Ragaz. Innerhalb weniger Jahrzehnte wurde das Dorf Ragaz zu einem kleinen, aber exklusiven Weltbad, mit Glanzzeiten im Frieden und Notzeiten in den Weltkriegen; bald nach dem letzten Krieg wurde das Bad einem Interessenverband von Ärzten, Hoteliers und Industriellen unterstellt. Ganzjahresbetrieb, mit Hochsaison von Mai bis September. Der jeweilige Umrechnungskurs von

Dollar und D-Mark in Schweizer Franken bestimmt über das Erscheinen oder Nichterscheinen der Amerikaner und der Deutschen. Das alte Hotel Bad Pfäffers in der düsteren Felsschlucht nahe dem Ursprung der Quellen kann noch besichtigt, nicht mehr benutzt werden: die Kreuzgewölbe der Wandelhalle, der mönchische Eßsaal, die primitiven Badegelegenheiten. Wohliges Schaudern.

In der Badeordnung, 1605 vom Fürstabt erlassen, steht, daß Fremde und Einheimische, Arme und Reiche, Weltliche und Geistliche der Wohltat des Wassers teilhaftig werden sollten, niemand sollte ausgenommen bleiben; so hält man es bis heute.

Die Einheimischen benutzen das ›Dorfbad‹, die ernstlich Kranken befinden sich, abgesondert, im Rheuma- und Rehabilitationszentrum Valens, die Wohlhabenden benutzen ihre eigenen Bäder in den Grand-Hotels, und für die übrigen Erholungssuchenden gibt es das schöne lichtdurchflutete Paracelsus-Bad inmitten der Kuranlagen. Die Reichen gehören zusammen, und die Armen gehören zusammen, sagt Bert Brecht. Wie reich die Reichen sind, ist schwer auszumachen, aber die Armen sind hier nicht arm, nur weniger reich. Schon Anfang des 18. Jahrhunderts hatte man ein ›Armenbad‹ erbaut, das dann allerdings ›Bettlerbad‹ genannt wurde, christlich gedacht; der Sozialismus war noch nicht erfunden. Noch heute geht es hier eher demokratisch als sozial zu: heilende Bäder für alle. Aber deshalb muß man ja nicht gleich ins selbe Badewasser steigen.

Vom Benutzer der Bäder wird Selbständigkeit und Disziplin erwartet. Dafür erwartet ihn ein hohes Maß an Sauberkeit, Verwöhnung und Pünktlichkeit. Durch Lautsprecher wird er ermahnt, nicht zu lange im Thermalwasser zu bleiben, die Massagedüsen nicht länger als jeweils eine Minute zu benutzen, in den Ruheräumen unbedingte Ruhe zu bewahren. Sobald er aus dem Wasser steigt, wird er von resoluten Badefrauen mit vorgewärmten Leinentüchern erwartet: alt und jung, krank und gesund, männlich und weiblich, wohl- oder mißgestaltet verwandeln sich alle zum Einheitsmenschen, in einen weißen Mantel der Liebe gehüllt. Gleiche Fürsorglichkeit und Strenge für alle. Er befindet sich im Lande Pestalozzis und wird oft belehrt. Hinter Glaswänden und Grünpflanzen ruht er sich aus, blickt zu den grauen Felswänden auf und bedenkt, daß der Regen von heute in zehn Jahren als Thermalwasser aus den Quellen sprudeln wird. Ewiger Kreislauf. Wieviel Regenwasser ist nötig, damit 5000 Minutenliter fließen können? Im Jahr 1983 wird man im kühlen Regenwasser des Sommers 1973 warm baden, inzwischen angereichert mit Kationen und Anionen, Borsäure, Kieselsäure ... Getröstet schlummert man ein ...

Klimawechsel und Milieuwechsel; die alpine, schon südliche Landschaft, die heitere Ruhe des kleinen gepflegten Badeortes sowie das Thermalwasser tun die prophezeite Wirkung: Die Ausscheidungen der Nieren vermehren sich; Venen- und Krampfadern entspannen sich durch den Wasserdruck von außen; die Ausatmung wird gefördert; die erhöhte Wassertemperatur hat vegetative Gesamtwirkungen auf Stoffwechsel und Muskulatur; Blutdruck und Körpertemperatur sinken, die Atmung vertieft sich. Trinkt der Badegast das geruchlose und geschmacklose Wasser auch noch, tut das seine zusätzliche Wirkung, regeneriert und verschönt. Die Einheimischen sprechen schwärmerisch von ihrem ›Jungbrunnen‹. Eine anfängliche Verschlechterung des Befindens ist im Prospekt vorgesehen, sollte keineswegs beunruhigen, beunruhigt aber doch: ein leichtes Unwohlsein, Schlaflosigkeit, Appetitlosigkeit und grundlose Traurigkeit. Das muß dann alles wieder im Thermalwasser abgespült werden und in Tamina und Rhein abfließen, Richtung Bodensee. Seelische Abwässer.

In Ragaz wirbt man nicht mit hohen Benutzerzahlen wie in staatlichen Bädern, wohl aber mit der wasserreichsten Quelle und mit dem ständigen Zufluß des Wildwassers, Akrotherme, 37 Grad, ungekühlt mit voller Heilkraft anwendbar.

Moderne Diagnostik, medizinische Labors, Fachärzte, vom Neurologen bis zum Orthopäden.

In den Cafés kann man seinen Kaffee auf zehnerlei Art trinken und die Milch auf ebenso viele Art. Überall wird mit Butter gekocht, man liest es auf den Speisekarten und riecht es im Vorübergehen. Gegen Abend werden die Bürgersteige zu Kuhsteigen. Ländliches dringt in das Städtchen.

Weltstädtisch geht es nur im Umkreis der Grandhotels, der Bäder, des Kurhauses zu und: an den Golfplätzen! Die Spieler kommen aus Zürich und aus dem Tessin, man erkennt es an den Nummernschildern der großen Autos, die vorm Clubhaus parkieren. Der Badegast wird zum Zaungast, hält sich auf den für ihn vorgesehenen Wegen und fühlt sich der großen Welt ganz nahe. Vierzig Hektar Golfgelände! Die ›greens‹ in bestem Zustand, achtzehn ›holes‹! Ein Golfer kann hier zehn Kilometer spielend zurücklegen. Eine Kugel mit einem Stock zu stoßen, muß eine Tätigkeit von hohem Rang sein, die hinreicht, um das Leben zu rechtfertigen, denkt man. Aber Ortega y Gasset hat das bereits in seinen ›Gesprächen beim Golf‹ festgestellt. Wenn man täglich viermal diesen Weg geht, hält man es schließlich für einen guten Einfall, Bad Ragaz so nahe an die Golfplätze zu bauen, aber auch das steht bereits bei Ortega. ›Bad Ragaz an den Golfplätzen‹, wenn schon nicht am Rhein. Man vergleicht die Größe der Golfplätze mit der Größe der öffentlichen Parks, die es natürlich auch gibt, nur eben kleiner. Golf für die Großen der Welt, Mini-Golf für die Kleinen. In der Schweiz muß Demokratie nicht mehr ausprobiert und nicht mehr ständig demonstriert werden, man hat sie schon seit Jahrhunderten.

Die Grandhotels unter den hundertjährigen Bäumen auf beruhigend grünem Rasen zeigen außen schönstes 19. Jahrhundert und innen den angenehmen Komfort des 20. Jahrhunderts. Sie wurden für die kranken Reichen und die reichen Kranken erbaut; hier sind sie unter sich mit ihrem Reichtum, ihrem Alter, ihren Beschwerden. Charme discret de la bourgeoisie. Man erfährt, welche Berühmtheiten in Bad Ragaz zu Gast waren, Ulrich von Hutten, Ulrich Zwingli, Paracelsus als Badearzt, hier starb Schelling, er liegt hier begraben, aber achtzigjährig. Rainer Maria Rilke weilte in den letzten drei Sommern seines Lebens hier, in Gesellschaft der Fürstin Marie von Thurn und Taxis ... Wer da war, erfährt man, wer da ist, nicht; nirgendwo liegt eine Kurgastliste aus, Diskretion nicht nur an den Bankschaltern.

Der Gast vergleicht die reichen Alten, deren Alter durch Renditen und Pensionen abgesichert ist und deren kostbare Gesundheitsreste durch Bade-Kuren erhalten werden – geschonte und ein wenig tragische Existenzen unter alten Parkbäumen –, mit den armen Alten, die mit der Sense unterwegs sind, um die Wegraine zu mähen, oder mit der Milchkanne, die sich noch ein wenig nützlich machen und wie Bäume oder Tiere altern, weniger tragisch. Bad Ragaz setzt einen gewissen Reichtum, ein gewisses Alter, eine gewisse Lebenshaltung voraus; die Grenze dieses ›gewissen‹ verläuft im Ungewissen. Noch sind wir Grenzjäger.

Wir trinken den ›Maienfelder Roten‹ in Maienfeld; essen Bündner Fleisch in Graubünden; baden und trinken an der Quelle; pflücken wilde Zyklamen im Wald, anstatt Alpenveilchen im Blumenladen zu kaufen; die Milch der sanftäugigen, isabellfarbenen Kühe trinken wir kuhwarm unmittelbar vom Erzeuger, die Höhensonne beziehen wir am Piz Sol. Wir lesen die Briefe, die Rainer Maria Rilke in Bad Ragaz schrieb, in Bad Ragaz; lesen von der ›seltsamen Abstumpfung gegen die Landschaft, deren so tief erfahrene Großartigkeit ich mir angestrengt und absichtlich vorhalten muß‹, und stimmen ihm zu: Wir fühlen uns dem Überangebot an Natur kaum gewachsen. Diese gewaltige Erosionsschlucht, durch die sich die Tamina fauchend und tosend ins Freie stürzt, Bad Ragaz als Kulisse benutzt und gleich darauf im Rhein mündet: Fluß und Zufluß und Überfluß der Wasserfälle, die austrocknen und wenig später neu entstehen. Tobel und

Bergseen, ständige Auseinandersetzung mit den Bergen. Noch verschmähen wir Gondeln und Sessellifte, die über die Wipfel der Tannen und Lärchen sanft dahinschweben, über Täler und Almen. Kaum haben wir den einen Gipfel erreicht, haben wir den nächsten, aus dem nächsten Tal aufsteigend, vor uns. Herausforderung und Entmutigung. Die Alpen verlangen auch alpine Charaktere.

Der Pizol! Die Calanda! Der Ringelspitz! Die Churfirsten! Jeder Berg sein Ausrufungszeichen wert. Wir beteiligen uns an den Mutmaßungen: Welcher Gipfel könnte das sein? Berge sind ernst zu nehmen. Mit bloßen Spekulationen, ›Flims oder Flums‹, darf man nicht kommen; jeder Berg gilt als ein Nationalheiligtum, auch den deutschen Bergwanderern.

Auf der Alm der Hirtenknab trägt Gummistiefel, sieht aber trotzdem aus wie Tells Walterli, auch wenn er den Düsenflugzeugen nachblickt. Pünktlich um 7 Uhr gehen die Kühe unter festlichem Geläut auf Arbeit; abends kehren sie läutend, das pralle Euter schwenkend, zurück. Samstags schießen die Reservisten mit Karabinern und Kleinkalibergewehren, die Jungschützen mit Luftgewehren. Das Echo der Schüsse vervielfältigt sich zwischen den Bergwänden. Sobald Coiffeur und Postbote dienstfrei haben, gehen sie zum Schießstand. Schießen als Nationalsport; jedes Dorf hat seinen Schießstand. Unter der Dorflinde am Brunnen das Denkmal für jene Soldaten, die während des Zweiten Weltkriegs fünf Jahre lang Gewehr bei Fuß gestanden haben. Auch unser Ferienhaus besitzt einen Luftschutzkeller mit gepanzerter Tür. Seit Römerzeiten gilt das breite Rheintal als beliebtes Durchzugsgebiet für fremde Heere; darum wurden die Berge zu beiden Seiten des Tales mit Kasematten und Bunkern wehrhaft gemacht. Sprengsätze lagern unter den Straßen, die über die Berge führen. Bewaffnete Unabhängigkeit.

Der deutsche Gast weiß in den Gasthöfen die österreichische Höflichkeit, gemischt mit französischer Galanterie, zu schätzen, zumal sie ein Quentchen Schweizer Redlichkeit enthält; man wird redlich bedient oder, wie man dort sagt: währschafft. ›Bittschön merci‹ in einem Atemzug. ›Adieu grüezi!‹ Wer französisch spricht, braucht deshalb noch kein Franzose zu sein, wer italienisch spricht, kein Italiener; aber wer deutsch spricht, der ist ein Deutscher, sonst spräche er schwyzerisch. Die Einheimischen sind nicht einfach Schweizer, sondern Bewohner des Sarganser Landes. ›Wir wollen sein ein einzig Volk von Brüdern!‹ – so haben sie es sich geschworen. Von ›Wollen‹ war auf dem Rütli die Rede, nicht von ›Sein‹. Trotzdem oder gerade deshalb stellt der deutsche Gast bei diesem Schwur seine gesamtdeutschen Vergleiche an . . .

Gastfreundschaft wird hier angeboren. Die Schweizer haben ihr Land für den Tourismus und für den Durchgangsverkehr hergerichtet, aber sie brauchen ein paar Reservate für sich, ohne deshalb nun gleich Schilder mit der Aufschrift ›Privat‹ anzubringen. Wenn man als Fremder einen nicht markierten Weg einschlägt, wird man höflich, aber auch streng befragt: ›Wo wollent Sie hin?‹ Man liest auf Schildern, daß das Schuttabladen an dieser Stelle, unterhalb der Straße, verboten sei, und den Zusatz: ›Anzeiger erhält die Hälfte‹. Ist das nun Erziehung im Sinne Pestalozzis?

Die Schweizer zertrümmern ihre Berge zu Schotter, bauen Straßen und weitere Stauwerke daraus, arbeiten ganze Berge zu Ferienappartements um. Zu der natürlichen Erosion kommt die industrielle, ohne daß das Auge je eine Veränderung wahrnähme oder gar einen Berggipfel vermissen würde.

Alles liegt in diesem Land nahe beieinander; was nicht besagt, daß es rasch zu erreichen wäre. Zwei- und Dreitausender zwischen hier und dort, Felsschluchten und Bergseen.

Für unstete Gäste liegt Bad Ragaz zu nahe an Autostraße und Bahnlinie. Wo man rasch hingelangen kann, kann man auch rasch wieder wegfahren, da erliegt man der Verführung der Wegweiser: Davos! St. Moritz! St. Gallen! Nur eben über den Splügenpaß, und man ist in Italien! Hinter dem Rätikon bereits Österreich! Natürlich möchte man mit eigenen Augen sehen, wie aus Vorder- und Hinterrhein der Oberrhein wird. ›Was man an Weg spart, muß man an Kraft zusetzen.‹ Die goldene Regel der Mechanik erweist sich auch als goldene Regel der Wanderer; trotzdem steigen wir über den Berg, um die Rheinbiegung abzuschneiden. Ein alter Paßweg, den schon die Römer benutzten; zur Linken die gewaltige Calanda, zur Rechten das Pizolmassiv, eher ein Fahrsträßchen als ein Wanderweg, immer einen Bach zur Seite, und oben auf den weiten Almwiesen des Kunkelpasses erreicht man einen Milchausschank, dicht neben der schönsten und zweckmäßigsten Brunnenanlage für Kühe: ein hölzerner Trog unter dem anderen. Wenn alle Brünnlein fließen . . . Durch Felsgalerien, Fichten- und Lärchenwälder geht es bergab, hinunter nach Tamins und Reichenau, wo wir in den späten Nachmittagsstunden den Rhein überschreiten, einen kurzen Blick in die Schlucht des Vorderrheins tun, auch einen ins Tal des Hinterrheins und uns dann beeindruckt und befriedigt zum kühlen Veltliner Wein unter die kühlen Gewölbe des alten Gasthofs setzen; die Bahnstation in Sichtweite.

Sobald die Erholung etwas fortgeschritten ist, nehmen wir die Herausforderung des Falknis an, wählen die Ortschaft Fläsch als Ausgangspunkt der Bergtour. Der Anfang ist heiter, Zyklamen blühen im Schatten der Laubwälder, auf den Lichtungen reifen wilde Himbeeren; die Einheimischen sammeln rote Holunderbeeren, um ›Ladwerge‹ daraus zu kochen. Unvermutet ändert sich nach einer Wegebiegung die Szenerie: Wir stehen vor einem breiten, reißenden Wildbach, der überquert werden muß. Dann geht es schroff in die Höhe, über Steinlawinenfelder. Eine Baumwurzel als einzige Handhabe, eine Fußbreit Erde. Wolken und Nebelnässe. Bergsteigertrotz steigt in uns auf: nun erst recht! Wenigstens bis zur Falknishütte! Aber die Hütte erweist sich als unbewirtschaftet, nur ein Notlager für Notfälle; wir entschließen uns zum Abstieg. Wir hätten von Malans aus mit der Aelplibahn hinaufschweben und den Kammweg bis zu den drei Fläscher Seeli folgen können, belehrt man uns später. Halb soviel Anstrengung! Und halb soviel Befriedigung! Berechnungen dieser Art stellt man in den Bergen täglich an.

Erwähnt man den Namen Pizol, verklärt sich der Blick der Skiläufer, aber auch der der Wanderer. Was für ein herrliches Gelände zwischen Baum- und Schneegrenze! Wir gondeln bis in 2000 Meter Höhe, verschmähen dann jedoch den Sessellift. Die Luft wird spürbar dünner, man selbst wird entsprechend leichter, leichtfüßiger und leichtsinniger. Die weißen Sommerwolken sind zum Greifen nahe. Was für ein Rundblick: der Säntis! Die Churfirsten! Falknis! Calanda, lauter alte Bekannte. Und unten fließt ruhig der Rhein. Wir riskieren kleine Sprünge von Fels zu Fels, über Bäche, ruhen eine Weile am Wildsee im Blütenkranz der Alpenrosen.

Für eine Bergtour braucht man einen besonnenen Partner, der zwar Leichtsinn, aber nicht Wahnsinn zuläßt. Man selbst hätte sich den ›großen Abstieg‹ am Pizolgletscher vorbei, über die Alp Tersol ins Calfeisertal zugetraut. ›Nichts für unerfahrene Schwärmer‹ steht im Buch ›Wandern bergab‹. Die weitere Anweisung lautet: ›Wetter- und Wärmeschutz, Reepschnur für die Begleiterin; nur für hochalpin Erfahrene.‹ Und wieder bewährt sich die goldene Wanderregel: Wir wählen den längeren, ungefährlicheren Abstieg hinunter ins Rheintal.

Die berühmten Flumser Berge werden von den Fremden so sehr geliebt, daß sie sich dort gleich Häuser bauen. Wir begnügen uns damit, bis Tannenboden mit Bahn und Bus zu fahren, lassen dort die anderen in die Bergbahn steigen und ziehen einsam unseren beschwerlichen Weg, von den Gondeln, die mal neben, mal über und mal unter uns dahinschweben, verspottet. Nach zwei Stunden Aufstieg treffen wir ebenfalls auf der Machgachalm ein, wo die Sonnenanbeter zu Hunderten in den Liegestühlen ruhen und mit geschlossenen Augen die Bergwelt genießen. Hochmütig gehen wir vorüber, entdecken blaue Seen, die zum Bade laden, tauchen schneller aus dem eisigen Wasser auf, als wir untertauchten. Ich gehe barfuß über die Matten, singe: ›. . . braucht merr weder Strümpf noch Schuh'‹, lasse kein ›Holladihi‹ und kein ›Holladiho‹ aus. Wir haben uns endlich an diese Berge gewöhnt, erholen uns sichtlich und erreichen täglich unsere Leistungsgrenze, so wie der Arzt es angeraten hat. Am Anfang lag sie nahe der Baumgrenze, nach vier Wochen jenseits der Schneegrenze.

Am Walensee, der an die Südwand der Churfirsten stößt, lassen sich die schönsten Badeplätze nur mit dem Schiff erreichen oder zu Fuß. Terzen, Quarten, Quinten, die drei Dörfer sind so schön, daß man sich Sexten, Septimen, Oktaven wünscht.

Mit dem Bus fahren wir an der Klosterkirche Pfäffers vorüber, von Valens auf Vättis zu, kommen aus der romantischen Natur in die romantische Technik. Eine Welt des Max Eyth, gigantische mehrarmige Drehkräne, Riesenbagger, Preßlufthämmer; Jeeps ohne Nummernschild, Männer unter gelben Schutzhelmen, Detonationen. Ein weiteres Stauwerk, das die überschüssige Kraft und das überschüssige Wasser der Tamina in Energie verwandeln wird. Schaudernd gehen wir über den Grund künftiger Seen, stehen am Abgrund künftiger Stauwehre.

In den Kirchen und Kapellen ist es wohltuend still, wir benutzen sie als Rastplätze. Wir verschmähen die Museen und auch die Schatzkammern der Kathedrale in Chur, entwickeln uns vom Kulturmenschen zurück zum Naturmenschen, leben im Heidi-Land der Johanna Spyri. Wir wandern über hochgelegene Almwiesen, das Exil der Schmetterlinge, wo die Blumen die kurze Spanne zwischen letztem und erstem Schnee ausnutzen müssen, überschreiten die Vogelgrenze, lassen die kleinen Sportflugzeuge unter uns. Bergseen, in denen sich die Berggipfel und ihre zugehörigen Wolken spiegeln; wir tauchen die erhitzten Arme und Gesichter in die hölzernen Brunnentröge am Wegrand, trinken unbekümmert vom hellen Wasser . . .

›An der sonngewohnten Straße, in dem
hohlen halben Baumstamm, der seit lange
Trog ward, eine Oberfläche Wasser
in sich leis erneuernd, still ich meinen
Durst: des Wassers Heiterkeit und Herkunft
in mich nehmend durch die Handgelenke.
Trinken schiene mir zu viel, zu deutlich;
aber diese wartende Gebärde
holt mir helles Wasser ins Bewußtsein.
. . .‹

lesen wir bei Rainer Maria Rilke, wenn wir zum Dämmerschoppen in einem der Weindörfer einkehren und Quintener Roten in Quinten, Malanser in Malans und Maienfelder in Maienfeld trinken und uns die Wirtin ›Einen Guten miteinand!‹ wünscht.

(c. b., 1973)

Ein Haus am Saronischen Golf
(Insel Ägina)

Ich liebe Inseln. Ich bin eine Islomanin. Ich liebe es, ein Haus zu bewohnen, eine Küche und einen Tisch zu besitzen, die für ein paar Wochen mir gehören, mein Tisch, mein Herd, mein Feigenbaum, mein Boot und mein Stern.

Für diesmal liegt die Insel im Saronischen Golf, am Seeweg und unterm Luftweg, die nach Athen führen. Wenn wir aufstehen, beleuchtet die Sonne die Berge der Argolis; wenn wir schlafen gehen, ist sie lange schon hinter Salamis verschwunden. Nachmittags weht der Meltemi über unsere Terrasse, Meli – das bedeutet Honig; der Wind ist sanft und süß und noch ein wenig kühl. Unter unserem Dach nisten drei Schwalbenpaare, die zierlichen Seeschwalben, zärtlich zwitschernd, wie Schwälbchen. Wer ihre Nester zerstört, wird sommersprossig, sagt man hier. Braun wollen wir werden, nicht sommersprossig, braun wie die Schalen der Pistazien, die in unserem Garten reifen. Abends essen wir die Kerne zum geharzten Wein, dem Retsina. ›Pimpernüßchen‹ sagten wir als Kinder.

Morgens kommt Pavlos, der Wassermann, mit seinem zweirädrigen, rot-grün gestrichenen Karren, den ein Maultier zieht. Er füllt dreierlei Wasser in dreierlei Amphoren – Trinkwasser, Kochwasser, Spülwasser –, die wir mit jungen, festen Pinienzapfen verschließen. Pavlos trinkt einen Uzo mit uns, sein Maultier frißt derweil ein paar Geranien, es gibt genug. Wir versichern uns, daß dieser Tag ›kalos‹ sei, schön und gut, und tauschen ein Vielfaches an Lob und Dank aus.

Dann gehe ich einkaufen. Erst der Einkauf macht hier aus der Fremden ein beachtenswertes Wesen: eine Frau, die einen Haushalt führt. Zuerst auf den Fischmarkt. Mit Kenntnis kann ich nicht wählen, folglich gehe ich nach Aussehen, Form und Farbe, wiege den Fisch auf der Hand. Wird er für drei Personen ausreichen? Lachs und Makrele, Krebse, Langusten, Garnelen, auf Draht geschnürte zierliche Fischvögel wie aus der Voliere oder dem Aquarium. Die Fischer sind zu stolz, ihren Fang anzupreisen; erst wenn ich frage, nehmen sie mich als Kundin wahr. Eine Frühform des Handels, hier werden Bedürfnisse gedeckt und Wünsche erfüllt, geweckt werden sie nicht.

Ich kaufe Kularia, Weißbrotkringel, mit Sesamkörnern bestreut, warm aus dem Backofen und hänge sie mir über die Finger. Artischocken von der Insel, Tomaten aus Kreta, Ziegenkäse und Oliven . . .

Derweil sitzen die beiden Männer im Kafeneion, trinken bereits den zweiten kühlen Uzo, schütten ein wenig Quellwasser nach, damit er schön opalisiert. Vor Jahren, als ich zum ersten Mal, allein, auf griechischen Inseln reiste, war das Kafeneion noch das Ghetto der Männer. Ich setze mich mit meinen Netzen dazu, berichte, daß über Nacht jemand den Phönix an alle Stände des Fischmarkts geklebt hat, das Plakat der Obristen. Der Phönix, der aus der Asche emporsteigt, davor der Soldat und darunter die Mahnung, ohne Unterlaß an den 21. April 1967 zu denken, das Datum der Machtübernahme. Wir blicken uns um, woran denken diese Männer? Worüber reden sie? Sie gehen ihrer Arbeit nach oder sitzen im Kaffeehaus und warten auf Arbeit. Der Arbeit nachlaufen? Wer das will, der geht am besten in die Bundesrepublik Deutschland.

Ich bekomme ebenfalls einen Uzo, dazu ein wenig Fäta, diesen weichen Ziegenkäse, und ein Stück gerösteten Oktopus, der wie ein gutzubereiteter Fahrradschlauch schmeckt. Wir buchstabieren die Überschriften in der Zeitung. ›Ethnos‹ – ›Das Volk‹. Im Westen nichts Neues, wie uns scheint.

Die Sonne steht hoch. Wir schließen die Fensterläden und gehen an unsere Geschäfte. Im Halbdunkel. Der eine, Kühner, versichert, daß er lieber im Kafeneion säße und wie Euripides Gelegenheitsgedichte für Hochzeiten und Jubiläen auf Verlangen und nach Bedarf herstellen würde, als an diesem Hörspiel zu schreiben; der andere, Johannes Rüber, kehrt zu seinem Theseus-Roman zurück, der eigentlich ein Phädra-Roman ist, am Abend wird er uns daraus vorlesen. Und ich schreibe an meinem Tagebuch. Griechische Kardiogramme, Kardios – das Herz betreffend. Vorarbeiten für ›Das glückliche Buch der a. p.‹.

›Chaeir!‹ notiere ich. Das steht auf vielen Grabstelen. Mahnung für die Hinterbliebenen, diese Weiterleber. Sei glücklich! Die Amerikaner auf der Akropolis rufen sich ›have fun!‹ zu. Die Deutschen: ›Viel Spaß!‹ Spaß und fun. Ablenkung und Zerstreuung statt Glück.

Ich schreibe von den Nachtigallen, die im Lorbeergesträuch am Fuß des Olymps sangen, und daß die Griechen, wenn sie sprechen, zwitschern wie Vögel, aber mehr wie Spatzen.

Ob hier die Kinder im Frühling ›Alle Vögel sind schon fort‹ singen?

›Ein arkadischer Sommer!‹ schreibe ich und merke, daß ich zu viele Ausrufungszeichen, Lobzeichen, verwende, und stelle das Schreiben ein, lege die Beine auf die weißgetünchte Mauer und blicke hinüber zu den Bergen der Argolis. Dort werden jetzt die Zitronen geerntet, während die Bäume schon wieder in voller Blüte stehen. Ein einziger blühender Zitronenzweig, welche Süße! Ein ganzer Zitronenhain dagegen, das ist wie in der Seifenabteilung von Woolworth.

Neben meinen Füßen liegen Scherben von Krügen und Vasen aus der antiken Stadt, auf deren Trümmern unser Haus steht. Jeder Spatenstich fördert neue Tonscherben zutage, Hals oder Henkel einer Amphore aus gelbem Ton, Gebrauchsgeschirr. Im dicken Bauch eines zerbrochenen Krugs bauen Wespen ihr Nest; wir verfolgen ihr Vorhaben mit Besorgnis. Seit gestern liegt ein Porzellanscherben auf der Mauer, der Rest einer Kaffeetasse, gekauft in einem Athener Warenhaus. Einer der beiden Männer hat ihn nach dem Geschirrspülen dazugelegt. Zu ersetzen ist die Tasse nicht. »Plastico! Plastico!« rief der Verkäufer begeistert und warf eine Tasse demonstrativ vor unseren Augen auf den Steinfußboden. Man bewundert hier den Kunststoff, mag keine Scherben mehr sehen.

Ich gehe in die Küche. Immer, wenn mir am Schreibtisch nichts einfällt, gehe ich in die Küche, auch zu Hause. Hier hilft kein Kochbuch, hier hilft nur Phantasie. Ich sehe der dickleibigen Makrele fest in die Augen und greife zum Messer. Sie war hochschwanger! Ich fördere ein unbeschädigtes totes Junges zur Welt. Der Fisch im Fisch, wie die Puppe in der Puppe. Fressen Makrelen denn Fische der eigenen Art, aller Verhaltensforschung zum Trotz?

Unerschrocken nehme ich Tintenfische aus, entdecke im speckigen Bauch eine flache weiße Sepiaschale, ein Wetzstein für die Schnäbel der Kanarienvögel. Bräunliche Tinte spritzt; ich sehe aus wie eine Sechsjährige, die zum ersten Mal mit einem Federhalter hantiert, und rieche wie ein Marseiller Fischweib.

Was ist besser für einen Lammbraten, Salbei oder Thymian? Ich gehe im Garten umher, reibe die frischen Blätter zwischen den Fingern und entscheide mich für Knoblauch; Knoblauch muß sein, Salbei kann sein. Ich führe eine griechische Versuchsküche. Was gut riecht, muß auch gut schmecäken, als Leitfaden. ›Nicht zuviel rühren‹, soll meine Großmutter ihrem Hausmädchen wieder und wieder gesagt haben, und sie war eine gute Köchin. Ich lege den Deckel auf den Topf und lasse das Lammfleisch in Ruhe.

Wir gehen schwimmen. Zwanzig Stufen, dann sind wir am Meer. Die Felsen sind ausgefressen vom Wind und vom Salzwasser, sind gelb wie trockener, bröckliger Kitt. Auch der Strand und der Meeresboden gehören an dieser Stelle zum Ausgrabungsgelände. Geröll, Algen, auch Seeigel und

Angeschwemmtes, nicht aus Ton, sondern aus Blech und Plastik. Wir schwimmen nicht weit aus unserer Bucht hinaus. Wer hier weit hinausschwimmt, beweist nicht Mut, sondern Dummheit. Gegenüber Haien ist Mut nicht am Platz. Das Wasser ist so klar, daß unser Schatten auf dem Meeresboden mitschwimmt, zu Kraken verzerrt. Wir suchen nach Steinen, in die das Meer Löcher gewaschen hat, Steine mit Menschengesichtern und Menschenfratzen. Hühnergötter.

Abwechselnd sagen wir während des Essens, daß wir im Süden eine Handvoll Oliven brauchten, sonst nichts, vielleicht noch ein Glas Retsina dazu, ein Stück Brot, und füllen uns den Teller mit fritierten Tintenfischen. Bei uns wird das Tischgespräch gepflegt, hier hebt keiner das Glas, ohne auch die Stimme zu heben. Wir reden über das Unbehagen des modernen Menschen. Es geht uns gut, stellen wir fest: zu gut! Aus Behagen wächst Unbehagen, erkläre ich und lasse die Ringe des Tintenfischs sich auf der Gabel drehen. Rüber findet Behagen an seinem Unbehagen, und Kühner hat eben erst das Behagen für sich entdeckt. ›Unbehagen, was ist das?‹ Unsere Mahlzeiten dauern zwei Stunden. Was wir nun brauchen, ist: Isychia. Jeden Tag lernen wir ein neues Wort. Isychia, das heißt Ruhe, wir benutzen es noch heute als Mahnung: ›Isychia‹, rufen wir einander zu, in unserem aufgeregten Alltag.

Wenn draußen die Farben an Tiefe und Kraft wieder zunehmen, wenn die tiefstehende Sonne dieses griechische Licht, rosa- und manchmal lilafarben, auf die karstigen Berge legt, brechen wir auf. Skizzenblock, Fotoapparat, Notizheft. Wir fahren mit dem Auto über Land, steigen auf einen Berg oder fahren mit dem Linienboot auf eine Nachbarinsel. Wenn es Nacht wird, kehren wir in unser Haus zurück, stellen Tisch und Stühle unter den Sternenhimmel, hören dem Tukkern der Motorboote zu. Eine verspätete Grille schreit. Ich gehe noch einmal in die Küche und rufe: ›Seht doch! Ich richte das Mahl euch zur Nacht, dazu Wein aus den Gärten der Insel!‹ Wir haben zuviel Pindar gelesen, zuviel Retsina getrunken. ›Ach, Freunde! Das Raumschiff Apollo umkreist schon seit Stunden den Mond!‹

Aber nicht nur der Wein machte uns trunken, auch die Sonne. Der Mond. Wer möchte in solchen Nächten schlafen. Wer könnte schlafen ... In unseren Zimmern krabbelt und flattert es. Kleine Lurche, Tausendfüßler, Eintagsfliegen, Mücken und namenloses Getier sind noch unterwegs. Ich hole die Flasche mit dem Spray, es duftet nicht länger nach verbranntem Eukalyptusholz, sondern nach BASF. Kühner geht mit mechanischen, nicht chemischen Mitteln vor, eine alte ›Frankfurter Allgemeine‹ dient ihm als Fliegenklatsche. Er ruft, Erbitterung in der Stimme: ›Ich liebe dieses Griechenland überall!‹ Ich antworte: ›Es trägt die Farbe meines Herzens. Wohin man sieht, liegt eine Freude begraben.‹

Drei Sätze Hölderlin, und schon trägt mich die Welle des Wohlbehagens wieder. Ich spüre nichts als Behagen am Behagen am Behagen ...

(c. b., 1969)

Mein Sommertheater
(Sant'Angelo d'Ischia)

Hier kommt es auf Pünktlichkeit nicht an. In meinem Sommertheater wird non stop gespielt. Die Mitspieler kommen und gehen, und auch die Zuschauer kommen und gehen. Man spielt ohne Vorhang, bei offener Bühne; an der linken Seite wird sie von einem rosafarbenen Hauswürfel begrenzt, die Türöffnung ist mit bunten Kunststoffbändern verhängt. Die Hälfte des Schauplatzes liegt im Schatten eines Maisstrohdaches. Im Vordergrund bildet eine Gasse den Orchestergraben zwischen Zuschauerraum und Spielraum. Rechts befindet sich ebenfalls eine Gasse, zu der eine schmale Steintreppe hinunterführt. Für überraschende und wirkungsvolle Auftritte und Abgänge ist gesorgt. Im Hintergrund ergibt das flache Dach eines blaugetünchten Hauses eine weitere, um zwei Meter erhöhte Spielebene. Die beiden Spielflächen sind durch eine Treppe miteinander verbunden. Den Prospekt bildet das blaue Meer, den Rundhorizont der wolkenlose Himmel.

Ich bin abonniert auf einen Logenplatz, sitze ein wenig erhöht und bin von der Hauptbühne durch die Gasse und noch ein Höfchen getrennt, aus dem der Geruch von Hühnerstall und Oleanderblüten aufsteigt. Ich rücke mir je nach Gefallen meinen Stuhl in die Sonne oder in den Schatten. Eine Lautsprecheranlage erübrigt sich, die Stimmen der Spieler sind tragfähig. Man spricht ›con voce forte‹; die lebhafte Gestik trägt zur Verständlichkeit des Stückes bei. Man spielt neoveristisch, ohne Verfremdung, kein Understatement. Happening auf italienisch, gelegentliches Mitspiel der Zuschauer ist durchaus erwünscht.

Während der Morgenvorstellung frühstücke ich, rauche eine Zigarette, lese die Zeitung von vorgestern. In früheren Zeiten hat das Publikum im italienischen Theater ebenfalls gevespert, gelesen, sich unterhalten.

Über die gesamte Bühne sind zu dieser Stunde gelbe Plastikleinen gespannt, an denen Hosen beiderlei Geschlechts in unterschiedlichen Größen und Farben zum Trocknen aufgehängt sind. Zunächst flattern sie noch im Morgenwind, später, wenn der Wind sich legt, hängen sie schlaff herunter. Über dem Strohdach bildet eine pompöse Fernsehantenne einen empfindlichen Kontrast zur zeitlosen Einfachheit des Bühnenbildes.

Den ersten Auftritt hat Angela, auf allen vieren, in hellblaues Perlon gekleidet, die Pumphöschen bis ans Knie hinuntergerutscht. Angela heißt sie, aber auf diesen Namen hört sie nicht, sie hört auf keinerlei Zuruf, krabbelt unbeirrt weiter, auch wenn ein mehrstimmiges »Angela! Angela!« aus dem Inneren des Hauses ertönt. Unter Schwierigkeiten richtet sie sich an der niedrigen Mauer auf. Die Geheimnisse ihrer weiblichen, kaum mehr als einjährigen Existenz werden sichtbar. Hier wird nicht schwedisch, sondern italienisch gewindelt. Man befindet sich in einem Land, wo Wäschewaschen noch zu den Tugenden der Frauen zählt. Hier gibt es täglich, nahezu stündlich irgend etwas auszuwaschen. Angela ist wie alle kleinen italienischen Mädchen bereits eine fix und fertige Frau, in winziger Ausfertigung. Sie hat das Zeug zu einer Sophia Loren, man sieht das an der Art, wie sie ihr kleines Hinterteil mit dem Windelpaket schwenkt. Aber man erkennt ebenfalls schon die ›nonna‹ in ihr, die künftige Großmutter.

Die derzeitige Nonna bezieht in diesem Augenblick ihren Platz an der Hauswand. Dort wird sie für die Dauer des Stückes sitzen bleiben, gelegentlich den Perlmuttfächer in Bewegung setzen, dann und wann eine der Katzen verscheuchen, die aus Angelas Futternapf naschen wollen, oder auf Gigi weisen, den vierjährigen Star des Ensembles. Die Nonna ist beleibt, schwarz gekleidet, und zwar, im Gegensatz zu allen anderen Mitspielern, vollständig; sie sitzt auf einem unbequemen Strohstuhl und rückt im Laufe des Tages dem Schatten nach, wie eine Schattenuhr. Von der jungen Mamma wird vorerst nur ein runder gebräunter Arm sichtbar, der eine blaue Plastikschüssel mit Waschwasser schwenkt und sie in hohem Bogen über die Mauer entleert; zwei Katzen stieben davon. Da nur eine einzige Schüssel entleert wird, ist anzunehmen, daß sich die ganze Familie darin gewaschen hat. Peppino, er muß bereits fünf Jahre alt sein, kommt bar- und leichtfüßig über die Terrasse gelaufen und erreicht die Treppe zur Gasse, ohne daß die Nonna ihn bemerkt. Er kehrt schon bald mit einem Eistütchen zurück, von dem es weiß und rosa über seine dünnen Arme rinnt. Limoneneis und Erdbeereis. Für ein ›gelati‹ ist es nie zu früh am Tag.

Jetzt tritt die Mamma auf. Das Auffallendste an ihr ist der verheißungsvoll gewölbte Bauch. Sie trägt einen Napf in der linken Hand und fängt mit der rechten die kleine Angela ein, klemmt sie sich zwischen Hüfte und Unterarm, damit sie ihr nicht entwischt, und setzt sie auf die Mauer, um sie abzufüttern. Peppino stellt sich daneben. Die Mamma löffelt abwechselnd den Brei in den einen und in den anderen Mund.

»Mamma mia!« ruft sie plötzlich. »Il caffè!« Sie hat den Kaffee vergessen. Sie setzt den Napf auf den Steinboden und läuft ins Haus. Gleich darauf hat der Kaffeeduft meine Terrasse erreicht. Die Nonna bekommt die erste Tasse, sie schlürft mit sichtlichem Behagen den heißen, süßen Espresso. Dann werden die Kunststoffsträhnen an der Tür erneut geteilt, und ein Männerkopf wird sichtbar, das Familienoberhaupt, eingeseift bis an die Ohren. Ein Neapolitaner benutzt in den Ferien keinen elektrischen Rasierapparat, sondern greift alle paar Tage zum blanken Messer. Gleichzeitig kommen die ersten Besucher von der blauen Terrasse herunter. »Momento!« ruft der Familienvater und: »Subito!« Aber die Besucher müssen sowieso zunächst Angela, Peppino, Gigi und Paolina küssen und bewundern. Über Nacht scheinen die Kinder gewachsen und noch schöner geworden zu sein. Dann erst rufen sie ins Haus: »Come sta?« Wie geht es? Es folgen Ausrufe über Sonne, Mond und Sterne. Erst wenn man den Tag und die Stunde gebührend gelobt hat, folgen die Berichte. Satzkaskaden entspringen und enden plötzlich in einem »Madonna!«, im Chor gerufen. Während ich schlief, muß in meiner unmittelbaren Nähe Schreckliches geschehen sein.

»Mamma mia!« – »Il bambino!« – »Il piccolo!« Hat man so was schon gesehen? Alle Blicke sind auf Gigi gerichtet. Er steht auf der Mauer und pinkelt hinunter auf die Gasse. Die Frauen lachen schimpfend und schimpfen lachend. Aber sie loben ihn auch. Was für ein Bogen, wie ein richtiger Mann! »Una fontana!« Die Nonna muß beruhigt werden. Die Sonne wird es trocknen. Niemand befand sich auf der Gasse. Die ›Stranieri‹ liegen alle schon auf ihren Luftmatratzen am Strand; sie haben es auch in den Ferien immer eilig. Für ein zeitverschwendendes Lever fehlt ihnen der Sinn. Ein Neapolitaner dagegen hat Zeit. »Abbiamo tempo!« versichert man sich immer wieder. Die Sonne wird den lieben langen Tag über scheinen, und das Meer läuft nicht fort. Man feiert ›ferragosto‹, die Tage um Mariä Himmelfahrt, den Höhepunkt des Sommers.

Angela, der kleine Engel, jetzt nur noch mit einem gelben Latz bekleidet, rutscht unbeachtet auf ihrem Topf ums Quadrat der Terrasse. Sie quengelt; sie hat bereits erkannt, daß es mit den Bevorzugungen des männlichen Geschlechts schon angefangen hat. Das Stück zeigt sozialkritische Züge.

Die Stunde der Lieferanten hat geschlagen. Ihre Rufe nähern sich aus dem Hintergrund. Fische! Pfirsiche! Trauben! »Frutti di mare!« – »Frutti della campagna!« Alles ganz frisch. Aus der Tiefe der Gasse steigt Jolanda Jacono herauf; erst wird ihr runder Weidenkorb sichtbar, dann ihr Kopf und schließlich ihr Körper, der durch den abgewinkelten Arm im Gleichgewicht gehalten wird. In der rechten Hand trägt sie die Messingwaage, deren Schalen schräg zueinander hängen wie bei einer nachlässigen Justitia. Der Korb wird abgesetzt, auch die Waage. Es kann lange dauern. Hier darf, ja hier muß die Ware berührt, hier muß auch der Preis ausgehandelt werden. »Mamma mia!« Was das kostet! Das muß die Nonna hören! In Napoli, zu Hause, kostet so ein Kaninchen nur die Hälfte. Die Hälfte? Was sage ich: ein Viertel! Jolanda weist zum Meer hin, umschreibt dann mit ausgestrecktem Arm das Rund der Insel. Natürlich! Wie konnte man das vergessen. Man ist auf einer Insel!

Wie wäre es mit ein paar Feigen für Gigi? Für Peppino? Es folgt ein langes Palaver über die verhängnisvollen Folgen, die der Verzehr von frischen Feigen auf die Verdauung der Kinder haben wird. Auch diese Behauptung wird von der Nonna durch anhaltendes Nicken bekräftigt. Erneut setzt Gelächter ein; die Pointe ist mir entgangen.

Nun hat Giovanni Latte, der Weinhändler, seinen Auftritt. Weinkauf ist von altersher Männersache. Deshalb schiebt jetzt der Vater und Eigentümer der Familie den Türvorhang beiseite und erscheint: Er ist frisch rasiert, die Haare sind feucht und glatt an den runden Kopf gebürstet; er trägt eine weiße geräumige Unterhose und dazu die unvermeidliche ›maglia‹, das wollene Unterhemd, noch von der Nacht her. Bei Tag gibt man sich modern, aber nachts ist man auf Anstand und Gesundheit bedacht. Ein Luftzug könnte vom Meer her durch die geöffnete Tür wehen, man könnte im Schlaf ein wenig schwitzen und sich verkühlen, man könnte Fieber bekommen; ohne ›maglia‹ geht ein Süditaliener keinesfalls schlafen. Der Vater, dessen Namen wir immer noch nicht kennen, holt ein Glas, läßt sich von dem Wein einschenken und kostet davon. Ist er nicht saurer als der Wein, den er am Vorabend probiert hat? Er bringt der Nonna das Glas. Die letzte Entscheidung fällt sie. Man einigt sich: zwanzig Liter! Ein Faß! Ein kleines Faß! Die Männer gehen zusammen die Treppe hinunter auf die Gasse, wo der Esel, mit zwei Fässern beladen, wartet. Aber braucht man in den Ferien nicht mehr Wein als sonst? Also: zwei Fässer! Dieses Mal, ohne die Nonna zu fragen. Es ist August. Ferragosto!

Es wird Mittag darüber, bis die Mamma endlich Badehosen und Fransentücher von der Leine nimmt, alles faltet und in die geräumige Badetasche packt. Dann hängt sie die nächste Wäsche, die sie mittlerweile in einer kleinen Schüssel gewaschen hat, auf die Leine, greift noch einmal zum Strohbesen, fegt hier ein wenig und dort ein wenig, der Wind macht ihre Bemühungen zunichte. Sie ruft nach Gigi und Peppino und Paolina und Angela, die bald darauf aus allen Richtungen erscheinen. Der Vater, jetzt in einer knappen gelben Badehose, zählt nach: »Uno, due, tre, quattro!«, dreht sich um, zeigt auf den runden Bauch seiner Frau und ruft: »Cinque!« Peppino und Paolina brechen in Lachen aus, dem der Vater mit einem strengen »Basta!« ein Ende macht, dann geht er zu seiner Mutter, küßt sie auf beide Wangen und hebt die Hand mit den gespreizten fünf Fingern zum Schwur. Fünf! Kein Stück mehr! Die Familie zieht ab, der Schauplatz bleibt leer, bis auf die schwarze Nonna an der Hauswand und die beiden Katzen, die Angelas Futternapf auslecken.

Die Nachtvorstellung beginnt erst nach Einbruch der Dunkelheit, gespielt wird bei Kerzenlicht. Die Szene wäre durch die beiden in Chiantiflaschen steckenden Kerzen nur unzureichend erhellt, stiege nicht bald darauf der Mond über der Insel Capri auf und illuminierte die Szene. Mitten auf der unteren Bühne steht jetzt ein rechteckiger Holztisch, sechs Strohstühle, auf einem thront die Nonna. Brot und Wein, Gläser, Teller, Gabeln, in der Mitte des Tisches eine irdene Kasserolle: Kaninchen, in Wein gedünstet. Es duftet nach Salbei, auch nach Knoblauch. Die Erwachsenen tauchen Brot in den Sud, schieben die getränkten Brocken in die aufgesperrten Münder von Gigi, Peppino, Paolina und Angela. Auf der blauen Terrasse dasselbe Bild.

Darüber wird es elf Uhr. »Mamma mia!« Die Kinder müßten längst schlafen. Aber la luna! Hat man das schon je gesehen? Der Mond! Die Sterne! Orso maggiore, der Große Bär. Mehrere Arme strecken sich gleichzeitig zum Himmel empor. Von der blauen Terrasse tönt es herunter: »Orso maggiore!« – »Bella!« Was für eine schöne Nacht! Nicht zu warm, nicht zu kalt, immer ein kleiner Wind vom Meer her. Wie Zephir. Man lobt den Tag auch noch am Abend. Sein Lob erklingt von Schauplatz zu Schauplatz. Und auch zum Zuschauerraum. Man zeigt, das Glas in der Hand, zu mir herüber, ruft: »Salute!« Und ich bestätige, daß dies ein schönes Stück sei: »Bravo! Bravissimo!« Beifall auf offener Szene. Der Mond steht nun hoch und hell am Himmel. Die Laternenfischer haben ihre Lampen gelöscht, die Fische haben sich in dunklere Meeresgründe zurückgezogen, laut- und lichtlos fährt ein Boot nach dem anderen im kleinen Hafen an der Piazza ein. Wenig später kommen die Fischer durch die Gasse, den Bootsmotor auf der Schulter, rufen ein »Salute« zur Oberbühne und zur Unterbühne. Hätten sie nichts gefangen, gingen sie schweigend nach Hause. »Wie viele, Luigi?« »Dreizehn!« Dreizehn Tintenfische!

Der Familienvater schiebt die Schüssel mit der restlichen Tunke beiseite, wischt Mund, Stirn und Nacken mit der großen Serviette, geht zur Mauer und beugt sich hinüber. Was soll denn so ein Tintenfisch kosten? Kaum hört er die Zahl, folgt ein Ruf des Entsetzens. Für einen einzigen kleinen Fisch? Er ist ruiniert. Er hat vier Kinder, demnächst fünf, er hat eine Frau, eine Mutter, er wird sich im nächsten Jahr keine Ferien auf Ischia mehr leisten können. Sein Vater war selbst Fischer, drüben in Napoli, und sein Großvater war Fischer, und was haben die für einen Tintenfisch bekommen?

Es beginnt ein langes Palaver über die veränderten Zeiten und über die Fremden und über die Restaurants. Die Langusten werden alle von den Touristen gegessen! Während des Gesprächs steigert sich die Lust des Vaters auf Calamari fritti. Seine Frau soll sie ihm zubereiten, gleich, sofort; warum nicht? Es ist nie zu spät am Tag für einen guten Tintenfisch. Die Kinder?! Schlafen? Immer die Kinder! Er, Ricardo – zum ersten Mal fällt sein Name –, hat Lust auf einen Fisch! Einmal im Jahr! Zu ferragosto! Er erklärt sich bereit, Angela zu verwahren, die wieder angefangen hat zu quengeln. Er trägt sie auf den Armen umher und schwenkt sie, daß das müde Köpfchen hin und her baumelt, und singt dazu das Lied dieses Sommers. ›Gelosia‹, das Lied von der Eifersucht. Gelosia – auf der blauen Terrasse wird sein Gesang aufgenommen und verstärkt, dann auf der Gitarre begleitet. Gelosia! Man winkt der Zuschauerin zu. Hat die Fremde nicht auch ein Lied davon zu singen? Ich stimme ein und stimme zu. Derweil fährt der Große Wagen gemächlich über den Himmel . . .

Eines Morgens, die Nonna sitzt bereits an der Hauswand im Schatten des Strohdaches, ruft eine Frauenstimme aus dem Inneren des Hauses: »Giulietta! Attenzione!« Die Warnung gilt einem hochgereckten Popo, der gerade dabei ist, über die Treppe zu verschwinden. Und dann ruft sie: »Gelsomina! Raffaela! Nino!« Das Stück wird in neuer Besetzung gespielt. Ein Gigi ist auch diesmal darunter, er holt sich morgens als erster ein Tütchen Gelati.

(c. b., 1965)

Alt werden wie der Berg
(Island)

Ich suchte die Herausforderung. Ich zog die Einsamkeit des Nordens vor, die Natur des Anfangs, liebte die baumlosen Berge, die stillen Moore und Seen, die kleinen bunten, fischriechenden Hafenorte, die Wolken, den Nebel, den Regen, das graue Meer, das gegen die Felswände donnerte, die herbe, unnahbare Schönheit, die grandiose Kargheit. Ich bezog noch Lust aus meiner Furcht, aus meiner Verlassenheit.

Ich durchfuhr und durchwanderte, neun Jahre nach dem Zweiten Weltkrieg, als einer der ersten deutschen Touristen Island. Höhepunkt meiner Nordlandfahrten! Die Natur nicht nur am Anfang, sondern erst im Entstehen. Millionen Jahre der Erdgeschichte sichtbar und gegenwärtig. Die Erdrinde, andernorts längst befriedet zu Parks und Flußlandschaften, hier noch immer in Bewegung, nebeneinander das zurückweichende Eis der Eiszeit und die Vulkane des Diluviums, beide oft noch im Kampf miteinander, wenn unter der Eisdecke ein Vulkan ausbricht und über Nacht aus dem geschmolzenen Eis ein neuer Fluß geboren wird, der die Lava-Asche zum Meer schwemmt – und das alles ohne staunende Betrachter, registriert nur von den kartographischen Ämtern, die den Verlauf der Küste und die Meerestiefe auf den neuesten Stand bringen. In diesem Land wird einem immer wieder bewußt, daß wir uns nur auf einer dünnen Erdkruste bewegen und daß dicht unter den Städten und Autobahnen das Erdinnere beginnt.

Schon bei der Anfahrt mit dem Schiff: graue bewegte See auch im Sommer; die Nähe des nordatlantischen Luftdruckwirbels macht sich bemerkbar, ruhig erst im Windschatten der Insel, als erstes sichtbar die weißen Gletscherberge, nach denen die Wikinger dem Land seinen Namen gegeben haben. Dann überflog ich mit dem Flugzeug – einem Lufttaxi, das die entlegenen, schwer erreichbaren Ortschaften oder Höfe mit der Hauptstadt Reykjavik verbindet – die Insel: grün und besiedelt nur die Tiefebene im Südwesten und die Ränder der Insel, im übrigen dunkle Wüsten aus Schlacke und Asche, entstanden aus kilometerlangen Lavaströmen; Täler, schillernd in allen Farben schwefliger Ablagerungen; aufsteigende Wölkchen über heißen Quellen oder schweflige Aushauchungen; dazwischen Eiskuppen, Gletscher und Firnmassen, Flüsse, Wasserfälle und Seen, Krater, Felsen und Schlamm.

Ich durchfuhr und durchwanderte das Land, als einzige stumme Gefährten am Weg weidende Islandpferde, Schafe und Rinder sowie niedrige Birken, die Reste der vor tausend Jahren ›vom Hochland bis zum Strand‹ reichenden, später abgeholzten Wälder. Ich wanderte durch das pfadlose, menschenleere Innere ins Hochland, bis an den Gletscherrand des Vatnajökull, nicht weit von jener Stelle, wo kurz zuvor – man erzählte es überall – ein Hamburger Meteorologiestudent bei wissenschaftlichen Forschungen ums Leben gekommen war. Ich ritt auf einem Islandpferd durch ein Stück der Missetatenwüste Ódádahraun, in die während der Saga-Zeit die Geächteten verbannt wurden. Ich besuchte den Dichter Gunnar Gunnarsson, verschob, einer Besichtigung des Althings Thingvellir wegen, einen bereits vereinbarten Besuch bei Halldór Laxness, nicht ahnend, daß ich auf diese Weise den Besuch bei einem künftigen Nobelpreisträger versäumte!

›Feuer braucht, wer von fernher kam/An den Knien kalt/Gewand und Speise der Wanderer braucht/Der übers Hochland hinzog.‹ So steht es in der Edda. Überall wurde ich gastfreundlich aufgenommen, wie bei allen nordischen Völkern; in Island aber nicht nur, weil ich ein Wanderer und ein

Fremder, sondern auch, weil ich ein Deutscher war. Meine Gastgeber fühlten sich mir in der gemeinsamen germanischen Abkunft verwandt und zählten zu den wenigen, die uns Deutschen den Zweiten Weltkrieg nicht verargten. Man hatte die Gunst der Geschichte, als die Deutschen Dänemark besetzt hielten, genutzt und sich, nach fast 700-jähriger Abhängigkeit, von Dänemark losgelöst. Und man hatte während des Krieges, unter neutraler Flagge fischend und deshalb von keinem feindlichen U-Boot behelligt, fast unumschränkt die Fischgründe der Nordsee und des Atlantik beherrscht. Und schließlich waren es die Engländer, nicht die Deutschen, gewesen, die (wenn auch nur, um diesen zuvorzukommen) Island während des Krieges besetzt hatten.

Schon bald nach Kriegsende hatte die isländische Regierung in Lübeck eine Agentur zur Anwerbung deutscher Arbeitskräfte errichtet. Man hoffte, daß viele von ihnen, ohnedies heimatlos, im Lande bleiben würden, zur Blutauffrischung; die Bewohner der abgesonderten Insel hatten sich jahrhundertelang nur untereinander fortgepflanzt. Augenzwinkernd eröffnete mir der isländische Kultusminister in seinem Ministerium, einer Etagenwohnung in Reykjavik – er selber hinter Bücher- und Manuskriptstößen halb verborgen –, daß die Rechnung aufgegangen sei. Ich erlebte es selber. Ich war Gast bei einem deutschen Veterinärarzt und seiner Familie, sprach mit einem deutschen Landwirt, der seinen Hof in Ostpreußen verloren, eine Isländerin geheiratet und auf der Insel neu angefangen hatte; und voller Stolz erzählte mir der Fahrer eines Milchautos, das gleichzeitig als Bus für die Personenbeförderung diente, daß er eine Frau aus Hamburg geheiratet habe, die als Krankenschwester nach Island gekommen war . . .

Und dann nahm die Natur meine Herausforderung an. Von Akureyri aus, wohin wir mit dem Bus gefahren waren, drang ich mit zwei isländischen Studenten in eines jener Täler vor, das ein erlöschender Vulkan mit seinen Ablagerungen angefüllt hatte, ein Gemisch aus Schlamm und Schwefel, an der Oberfläche verkrustet. Noch lebte das Tal. Dämpfe drangen aus Erdritzen; kochendes Wasser, das den Schwefel zu einer hellgelben zähflüssigen Masse erhitzte, brodelte blubbernd, Blasen zerplatzten. In einiger Entfernung von uns schossen fauchend Gase aus einem handtellergroßen Loch.

Diesem Loch näherten wir uns – wegen des Schwefelgestanks ›mit dem Wind‹ –, um Steine hineinzuwerfen und den Druck des Gases zu prüfen. Der Boden unter meinen Füßen wurde weich und federnd. Plötzlich brach ich – ich ging voraus – mit dem rechten Fuß durch die dünne Decke ein. Ich spürte, wie ich in eine kochend heiße Masse einsank, und zwar immer tiefer, je mehr ich versuchte, mich abzudrücken. Die zähe Masse umklammerte mein Bein. Ich mußte befürchten, daß mit dem anderen Bein das gleiche geschehen würde. Nur meinen beiden Gefährten verdanke ich meine Rettung. Sie krochen auf dem Bauch zu mir her und zogen meinen Fuß aus der Masse. Allein wäre ich mit verbrühten Knöcheln in dem abgelegenen Tal von der Erde für immer festgehalten worden.

Im Krankenhaus von Reykjavik wurde das verletzte Bein behandelt, der Schwefel aus den Brandblasen gewaschen. Für einen Krankenhausaufenthalt besaß ich nicht die notwendigen Mittel. Die Deutsche Botschaft lieh mir gegen ein Pfand, meinen Fotoapparat, das notwendige Geld für den Rückflug.

Vorzeitig verließ ich die Insel, Lust und Grauen im Rükken, Narben am Körper. In der Tasche Blätter mit Tagebuchaufzeichnungen ...

*

Samstag, 14. August 1954

Es ist zehn Uhr vormittags. Ich stehe am Straßenrand und warte auf ein Auto, das mich mitnimmt. Neben mir eine Rampe, auf der Milchkannen abgestellt werden. Jetzt liegt mein Rucksack darauf. Außerdem dient mir die Rampe als

Unterlage zum Niederschreiben meiner Notizen . . . Ich muß meinen Plan aufgeben, zum Gletscher aufzusteigen. Ich kann nicht mehr mit dem rechten Bein auftreten. Der Knöchel schmerzt. Ich muß ins Krankenhaus nach Reykjavik zurückfahren, zumindest zu dem deutschen Tierarzt in Hellu. Meine Streifzüge durch Island sind damit wohl beendet. Glücklicherweise habe ich von der Insel schon vieles gesehen: das Althing Thingvellir, den Fischerort Akureyri, einen großen Teil des Gebirges und einen großen Teil des flachen Küstenlandes, habe Gunnar Gunnarsson besucht, der mir, dem Verlagskollegen, sein Buch ›Leute auf Borg‹ als Geschenk mitgab. Aber den Gullfoss-Wasserfall habe ich noch nicht gesehen, nicht einmal den berühmten Geysir, und ich bin noch nicht bei Halldór Laxness gewesen . . .

Schneehühner stieben vorbei, gefolgt von zwei wilden Schwänen mit sausenden Schwingen. Wenn ich mich umblicke, scheine ich allein auf der Welt zu sein. In einiger Entfernung weidende Pferde und Schafe. Weit hinten am Bergrand, helleuchtend, die Winterschule Skoga Skola und ein Bauernhaus. Lautlosigkeit. Nur der Wind wimmert im Telefondraht, und aus der Ferne rauscht der Wasserfall Skogafoss. Alles ist grau verhangen. Bisweilen schimmern die Gletscher durch die Wolken. Ein Berg begrenzt meinen Blick zur Rechten, der Asolfsskali, mit graugrünen Hängen. Die Wiesen, durch die ich gestern von der Küste her kam, stehen voll Regenwasser.

Das Wasser war in den Wundverband eingedrungen und hatte die Schmerzen neu aufflackern lassen. Ich hatte gerade noch die Skoga Skola erreicht, die Winterschule, die jetzt, im Sommer, als Touristenunterkunft dient. Ich habe als einziger dort übernachtet, in einem der Schlafsäle, am Bett der Name eines Schülers, Olafur Einarsson. Ich war, als ich ankam, durch die stillen, leeren Flure gegangen, die Türen standen offen, aber auf mein Rufen meldete sich niemand. Erst am Abend kam der Hausmeister und wies mir ein Bett zu. Wenn ich nachts aufwachte, hörte ich, daß es regnete. Kurze Zeit schien der Mond, in der Ferne glänzte das Meer. Heute morgen wollte der Hausmeister telefonisch aus Hellu ein Auto bestellen, das mich abholen sollte, aber die Telefonleitung war tot. So bin ich zur Straße gegangen, wo ich jetzt stehe.

Inzwischen ist schon eine Stunde verflossen, ohne daß ein Auto vorüberfuhr. Am Wochenende sind sicher noch weniger Autos unterwegs als an gewöhnlichen Wochentagen. Die Milchkannen sind wahrscheinlich schon in der Frühe abgeholt worden. Inzwischen hat es wieder angefangen zu regnen. Die Rampe ist überdacht, so daß ich weiter Notizen machen kann. Bis auf den Berg Asolfsskali hat sich alles wieder in Wolken gehüllt. Du hättest also heute ohnedies nichts unternehmen können, bei diesem Wetter, dazu mutterseelenallein, und, wie man sagt, trügt hier der Kompaß wegen der eisenhaltigen Berge. Aber das Wesentliche hast du ja tatsächlich gesehen: ein Land aus Feuer, Wasser, Eis und Fels, Urlandschaft; nur hier, an der Küste, Weiden mit spärlichem Gras, hier, wo ich stehe und auf ein Auto warte. Der Regen klopft auf das Wellblechdach und hängt in dicken Tropfen am Stacheldrahtzaun.

Urlandschaft und Wellblech, das ist Island. Neben Lavawüsten und schwefelstinkenden Flüssen gleich Stacheldraht und Telefonmasten; neben Geröllfeldern und Kratern gleich Beton, Kunststoff, Fernheizung und Auto. Und Tivoli. Dazwischen nichts. Tausend Jahre Entwicklung übersprungen, weder Gotik, Renaissance noch Barock. Die Enkelinnen Ingolfur Arnarsons, des ersten Siedlers, mit geschminkten Lippen, Nylonstrümpfen und Lockenwicklern, Kaugummi kauend. Die Hunde kläffen hier noch hinter den Autos her. Geblieben aus alter Zeit ist die Gastfreundlichkeit und Ehrlichkeit, vor allem die Hilfsbereitschaft, die auch ich mit meinem verletzten Bein überall erfuhr, auch hier in der Skoga Skola.

Soll ich dorthin zurückkehren? In das Bett von Olafur Einarsson? Es regnet noch immer, und es ist kälter geworden.

Ich friere. Es ist schon fast zwölf Uhr, und kein Auto ist gekommen. Immer noch kein Mensch weit und breit. Nicht einmal ein Berg ist mehr zu sehen. Nur der stumme Asolfsskali. Felsadern durchziehen ihn, die graugrünen Hänge sind mit hellen und dunklen Punkten besetzt: Schafe und Pferde. Alles an ihm nackt und kahl, baum- und strauchlos. Wie in ganz Island. Aber ich will nicht die Fichten des Böhmerwaldes gegen den kahlen Asolfsskali ausspielen, nicht den spätgotischen Torbogen von Freystadt gegen das Wellblechdach der Rampe. Hier ist das Schreckliche ganz nahe am Schönen: die Meeresbrandung, die gurgelnd aus ausgewaschenen Felshallen zurückströmt; die schwarzen Asche- und Sandwüsten; die Schwefelfelder, in vielen Lasuren schimmernd, die Erdschlünde, Schwefeldämpfe ausstoßend: Eingang zur Hel, ein dickflüssiger Höllenpfuhl, durch dessen erkaltete und erhärtete Decke ich einbrach in dem verlassenen, ungastlichen Schwefeltal bei Akureyri.

Ob sich die Wundränder entzündet haben, nachdem die Brandblasen entfernt worden sind? Eine Eiterung oder Blutvergiftung durch Verschmutzung? Und der Verband durchnäßt und kalt! Nein, darüber gibt es keinen Zweifel, deine Streifzüge durch Island mußt du abbrechen, mußt deine noch nicht durchgeführten Pläne aufgeben! Aber es kommt dir ja nicht auf Vollständigkeit an. Du willst ja nicht Länder und Sehenswürdigkeiten sammeln wie Briefmarken. Es geht dir ja um das Unterwegssein. Reisen als Daseinsform. Als Kunstform. Als Vorwand für Müßiggang, für Muße. Bewegung, die sich dem Geist mitteilt. Zudem kann man sich bei dem meisten durchaus auf die Angaben des Atlas verlassen. Oslo liegt tatsächlich am Oslofjord. Und du hast es auch selbst erlebt, wie sich eine Vorstellung, die man sich vorher von einem Ort gemacht hat, nach der Besichtigung, dem ›Augenschein‹, wieder durchsetzt; allerdings auch, daß dort, wo du – in dem Hörspiel vom Tramp – das Liebespaar an den Klippen des Posillipo bei Neapel durch den Sand hast gehen lassen, Kaimauern, Molen und Öltanks lagen . . .

Ein Motorengeräusch in der Ferne! Ein Auto! Sogar eines, das in die gewünschte Richtung fährt! Das ist es: an einer verlassenen Straße in Island gestanden und frierend auf ein Auto gewartet zu haben! Oder erlebt zu haben, wie die Erde unter dem Aufprall der Wasserfälle zittert. Oder auch nur dies: ein Möwenruf oder ein Menschengesicht. Nicht nur der Louvre oder der Eiffelturm, nein, an einer beliebigen Métro-Station aussteigen, in irgendeinem Vorstadtviertel von Paris; Mietshäuser, Alltag, eine Tierhandlung, vor dem Kiosk am hellichten Mittag die hohläugige Dame mit dem abgetragenen Ballkleid. Und von London blieb die Kellnerin aus Soho mit dem traurigen Blick, von Stockholm das Chopin-Prélude eines Unbekannten aus dem Stockwerk über meiner Pension. Und immer diese einzigartige humane Erkenntnis, daß dort, wo man nicht ist, ebenfalls Menschen sind, auch jetzt, im Augenblick, in Toronto oder . . .

Das Auto biegt, noch bevor es zu mir gelangt, ab, offenbar zu dem Bauernhaus am Berghang. Ich muß weiter warten. Die Landschaft ist wieder menschenleer. Nur die Pferde und Schafe sind noch da und der einsame Berg Asolfsskali, unbedeutend und nicht sehenswert, doch stundenlang von mir betrachtet wie die Wände eines Bahnhofwartesaals. Wie bedeutend er wird! Er hat hier schon gestanden, als, vor tausend Jahren, die ersten Landnehmer kamen. Was sage ich: vor hunderttausend Jahren. Vor Millionen Jahren. Du lehrst mich das Warten, die Bewegungslosigkeit, die Zeitverschwendung. Allenfalls: das langsame Unterwegssein. Das Fußwandern. Als Ziel die nächste Wegbiegung. Lebensweg, nicht Lebensstraße! Erlebnis des Körpers. Anatomie des Leibes: die Hälfte Gliedmaßen zur Fortbewegung, Gehwerkzeuge. Gehen, die selbstverständlichste Art der Ortsveränderung. Lust der Anstrengung. Die Landschaft körperlich erleben, ihre Erdgeschichte: die Jahrmillionen unter den Sohlen, den harten Basalt am Vogelsberg, den nachgiebigen, zu Lehm verwitternden Sandstein im Weserbergland; ihre Historie: Erstürmungen, Pilgerschaften, Wallanlagen, Burgen, Mühlen, Kaufmannswege, Klöster und Gasthöfe. Als Scholar oder Vagant durch die Welt ziehen! Johann Gottfried Seumes Wanderung nach Syrakus heute, hundertfünfzig Jahre später, wiederholen! Der Fußmarsch, das Ehrenvollste und Selbständigste. ›So wie man im Wagen sitzt, hat man sich sogleich um einige Grade von der ursprünglichen Humanität entfernt.‹ Als Handwerksbursche auf Wanderschaft gehen! Als Eichendorffs Taugenichts in die Welt ziehen. Immer diese Unruhe und Unrast! Dieser Wandertrieb! Dieses Fernweh! Das Gefühl, etwas zu versäumen! Was fang ich mit dem blauen weiten Himmel, den ziehenden Wolken an? Aber was versäumen? Utopia? Atlantis? Orplid? Um dessen exakte Beschreibung bemüht? Thule, am nördlichsten Rand der Erde? . . .

Motorengeräusche! Ein Auto? Nein, ein Flugzeug! Über den Wolken! Nicht mehr Thule. Nicht mehr am Rand der Erde. Sogar in der Mitte. Transatlantische und transpolare Fluglinien. Soll ich mit dem Flugzeug nach Deutschland zurückfliegen? Mir von der Schiffahrtsgesellschaft die Kosten der Rückfahrt zurückerstatten lassen? Bei der Deutschen Botschaft, falls die Flugkarte sehr viel teurer sein sollte, einen Kredit aufnehmen? Du kannst nicht länger in Island bleiben, und für einen Krankenhausaufenthalt hast du nicht genügend Geld. Ich stelle fest: Eine Insel kann man nicht beliebig verlassen. Man kann sich nicht in den nächsten D-Zug setzen und in fünf Stunden zu Hause sein. Zum ersten Mal beschleicht mich ein Gefühl von Verlorenheit. Ich friere nicht nur äußerlich, auch innerlich. Dazu trägt die Sprache bei, die ich nicht verstehe, die Menschenleere, das Unzugängliche der Landschaft, die Urwelt. Die deutschen Worte, die heute morgen aus dem Rundfunkgerät des Hausmeisters kamen, ›Nordwestdeutscher Rundfunk‹, waren wie ein Wiedersehen. Freilich, das Unzugängliche, Abweisende bedeutete ja für dich eine Herausforderung, eine Anstachelung. Und du hast die Zivilisation, Wellblech und Autos verworfen! Jetzt hast du, was du wolltest: nur Natur, kein Auto!

Motorengeräusche! Nein, wieder nichts! Eine Sinnestäuschung. So weit man die Straße entlangschauen kann, kein Auto. Der Himmel ist heller geworden. Es hat aufgehört zu regnen. Die Sicht ist wieder besser. Soll ich doch zur Schule zurückkehren? Aber das Telefon ist defekt, und am Wochenende wird niemand die Leitung instand setzen. Oder soll ich versuchen, das nächste Bauernhaus zu Fuß zu erreichen? Aber das sind, nach der Karte, 15 bis 20 Kilometer. Und es ist schon bald drei Uhr nachmittags. Du müßtest auf der Fahrstraße gehen, auf hartem Asphalt, mit dem verletzten, schmerzenden Bein! Fuß- oder Wanderwege gibt es nicht, keine Schutzhütten, Gasthäuser, Markierungen oder Wegschilder, keine Wanderzeichen, kein roter Rhombus, der dir den Weg über die Hornisgrinde zum Feldberg weist, auf federnden Tannennadeln, über ›Zuflucht‹, ›Glaswaldsee‹ und ›Kalte Herberge‹; kein weiß-blau-weißes Zeichen über den Böhmerwaldkamm, durch das Mühl- und Waldviertel, nach Freystadt und Leonfelden; kein Bachlauf, dem man folgen kann, im Rothaargebirge, an Ruhr, Lahn, Sieg und Eder . . .

Die Wolken teilen sich. Die Sonne bricht durch. Die Gletscher, von Lavaasche bedeckt, sind sichtbar geworden. In der Ferne schimmert das Meer, die ›Westmänner-Inseln‹ als schwache Umrisse erkennbar. ›Was fang ich mit dem blauen weiten Himmel, den ziehenden Wolken an?‹ Elementares, archaisches Erlebnis des Wanderns: morgendlicher Aufbruch, Wegsuche, Hitze, Kälte, Regen, Müdigkeit und Rast, Hunger, Durst, abendliche Einkehr und Unterkunft. Das Dasein des Menschen seit Anfang ein Wandern, ein Unterwegssein, etwas Vorläufiges, ein Übergang, der Mensch nur Abkomme, Nachfahre, Schlafgänger, ›Kommen‹ und ›Gehen‹; die Wohnstätten zeitlich, die Kinderstuben verschüttet, die Unterkünfte flüchtig, Zelt, Baracke, Bunker, Schützenloch und Wartesaal . . .

Ich bin hungrig. Warum hast du beim Aufbruch in der Frühe keinen Proviant mitgenommen! Ich hatte nicht damit gerechnet, daß ich stundenlang auf ein Auto warten müßte. Es ist immer noch keines zu sehen, und es ist schon 16 Uhr 15. Schon sechs Stunden gewartet! Was hätte ich in dieser Zeit alles tun können! Aber du sollst ja das Warten lernen, die Zeitverschwendung, die Geduld, sollst alt werden wie der Berg. Die Sonne wärmt mich. Über dem Atlantik bilden sich allerdings bereits neue Wolken, lange, flache Streifen. Und der Wind verstärkt sich. Er wird die Wolken wieder hierher treiben, wo sie sich an den Bergrändern ausregnen. Der Wind ist sogar heftiger geworden. Er wird zum Sturm werden. Die Möwen schreien . . .

(O. H. K., 1954)

Das Erlebnis, die Hand ins Wasser zu tauchen

Pummerer, befragt, ob es sich so ohne
Jegliche Größe überhaupt zu leben lohne:
Gesehen zu haben, wie Lerchen sich erheben,
Hätte sich, sagte er, schon gelohnt zu leben;
An Sommertagen, wandernd, die heiße Hand
In den Brunnentrog zu tauchen am Straßenrand
Oder an einem Wintertag in den kalten
Kinderhänden heiße Maronen zu halten . . .
Wie groß sei ein Leben, auch wenn es klein,
Gemessen am Noch-nicht- oder Nicht-mehr-Sein!
Auch sei er, ohne alles Großartige und Pompöse,
Wenn zugegen, dies immer in voller Lebensgröße.

(O. H. K.)

In der Halle der Riesen
(Aus meinem Lappland-Tagebuch)

Seit Stockholm sind wir zu zweit, Ulla und ich . . .

Wir passieren den Polarkreis. Er ist nicht nur zu sehen in Form einer Tafel und einer markierten Linie aus Steinen, sondern sogar zu hören. Die Lokomotive vermerkt die Überfahrt über jene Linie, den Eintritt in das Land der Mitternachtssonne, mit einem Pfiff. Wir sind erregt und unruhig. Ich setze mich näher ans Fenster. Ich werde mir häufiger Notizen machen als bisher.

Ein Lappenehepaar steigt zu, beide schlitzäugig, mit vorstehenden Backenknochen. Die Frau trägt eine rote Lappenhaube und einen Nylonregenmantel, dazu eine Einkaufstasche. Der Mann scheint sich der Anziehungskraft der Lappen auf die Fremden mehr bewußt zu sein als seine Frau und trägt auch hier draußen im Gebiet der Eisenbahnstationen die typische eng anliegende Tuchhose und den blauen Lappenkittel, mit roten Borten und Zierat besetzt. Um den Bauch hat er ein breites silberbeschlagenes Koppel geschlungen, an dem ein Messer baumelt. Von solchen Messern bietet er uns einige zum Kauf an, dazu Kämme, Spangen und Schmuck aus Rentierhorn.

Ich schlafe einige Stunden. Als ich aufwache, ist es zwei Uhr in der Frühe. Ich ziehe den Vorhang zurück. Draußen steht die Sonne am Himmel. Mittsommernacht! Kahle rostbraune Berge, ihre Umrisse scharf an den Rand des grüngelben Himmels gestochen, metallisch blinkende Seen, Felsen, Moore, Gebirgsheide mit verkrüppelten Polarbirken. Alles ist leer, nackt, wie eben erst geboren. Während ich schlief, sind Baum und Mensch zurückgeblieben. Gegen die Pole hin, wo sich der Planet langsamer dreht, scheint auch die Zeit langsamer zu vergehen.

Wir sind am Ziel, in Abisko, am nördlichsten Punkt der Bahnlinie. Sie biegt jetzt nach Westen ab. Auf ihr rollt das schwedische Erz aus Kiruna hinüber nach Narvik, ans Meer. Der große See vor uns ist der Torneträsk.

Wir haben die Karte befragt: Haltet euch zunächst an den ›Kungsleden‹, den ›Königsweg‹, dann findet ihr an den reißenden Bächen eine kleine Hängebrücke oder ein Boot am Ufer. Und ihr werdet im Abstand von Tagesmärschen eine Hütte oder eine Lappenkote zum Übernachten finden. Das Abweichen vom Weg kann Stunden oder Tage kosten, und man kann sich in den Sümpfen oder Gletschern verirren.

Diese ›Fjällkarte‹ von Lappland zu betrachten, hat etwas Beklemmendes an sich, und eine kosmische Angst kriecht ans Herz. Keine Ortschaft, keine Straße, nichts. Keine Veränderungen der Erdoberfläche durch Menschenhand. Nur feine Striche wie Spinngewebe, geheimnisvolle Chiffren, die dem Kundigen zum plastischen Relief der Erdoberfläche werden, zu Tälern, Bergen, Sümpfen und Seen mit fremdklingenden Namen ... Kaitumjaure ... Järtajaure ... Tjoktjatjokko ... Jokokaskajtjokko ... Und für Augenblicke nimmt die Karte das Gesicht des noch unbelebten Planeten an, registriert, wie der brodelnde Schmelzfluß, die walmende Glutmasse, erkaltet und erstarrt ist, wie sich Jahrmillionen übereinandertürmten, Gebirge zerbarsten und verwitterten. Noch schlägt einem diese Erstarrung, diese Urweltstille entgegen, und man weiß, daß man sich winzig vorkommen wird in den Falten und Schründen, ungeborgen auf den nackten Hochflächen, verloren in der Leere. Du wirst keine Zeichen geben können, niemand wird dich sehen. Du wirst nicht rufen können, dein Ruf wird als Hohngelächter von den Felswänden widerhallen. Möchtest du nicht doch lieber am See bleiben, am Torneträsk, bei den Menschen? ...

Jetzt sind wir schon drei Tage unterwegs. Wir trinken das Wasser der Bäche, die von den Bergen kommen. Manchmal ergreifen wilde Rentiere vor uns die Flucht. Ständig umgibt uns gleich einem Orgelton das Summen der Stechmücken. Quert der Pfad einen unpassierbaren Fluß oder Bach, dann liegt am Ufer ein Boot, auf der anderen Seite ein zweites Boot, das man im Schlepptau zurückrudern muß, damit auf jeder Seite eines liegt. Einmal fanden wir nur noch die Reste eines Steges; offenbar war er vom Hochwasser weggerissen worden. Wir mußten, dem Bachbett folgend, zwei Stunden über Fels und Geröll talwärts steigen, bis das Bachbett sich verbreitert und das Wasser seine Wucht verloren hatte.

Wir fanden dann auch einen Übergang, und wir fanden die Markierung wieder, die aufeinandergeschichteten Steine, diese kleinen Pyramiden, die wie Trolle am Weg auftauchen, winkende Männlein, die einem Richtung, Ziel und abendliche Ankunft verheißen.

In der Ferne sehen wir eine Hütte! Man kann sogar Rauch erkennen. Dann ist es nicht mehr weit, und wir werden schon um Mittag dort sein. Aber eine Hügelwelle steigt vor uns auf, und das lockende Bild der Hütte taucht wieder unter. So wird es noch viele Male gehen, und es wird Abend werden, bis wir ankommen. Unser Pfad wird sich heben und senken, und immer wird man meinen, hinter dem nächsten Hügel müsse die Hütte liegen, aber der steile Berg, an dessen Fuß sie liegt, bleibt gleich nah und gleich weit entfernt. Stundenlang fällt kein Wort. Plötzlich steht neben uns ein riesiger Schatten auf, füllt die Augen, peitscht die Luft mit flappenden Geräuschen, ein Dröhnen. Wir ducken uns. Aber es war nur irgendein Vogel, der vor uns aufgeschreckt davonflattert. Die Stille und Bewegungslosigkeit vergrößern alles. Und die Felsen werden zu Gestalten, die rieselnden Wasser zu Stimmen.

Es regnet. Wollen wir den ganzen Tag in der Hütte bleiben? Aber das bedeutet, daß uns der Proviant ausgehen wird. Und wer kann wissen, ob es morgen nicht immer noch regnet und übermorgen, in drei, in acht, in zehn Tagen?

Also brechen wir auf. Graue Wolken schleifen über die felsigen Grate. Der feine Sprühregen sticht in die Haut, dringt durch den Stoff. Einmal denke ich, einer von uns könne krank werden und Tagesmärsche weit gäbe es keine Hilfe, keinen Arzt. Die Steine sind naß und glatt, man gleitet auf ihnen aus. Sie erinnern an die triefenden Rücken von Robben. Die Stille des Tals ist angefüllt vom Knistern der Wolken, dem Geklöppel der Steine, dem Murmeln der Wasser und dem Harfner Wind, der in den Saiten des Regens spielt.

Wir hätten wohl nie einen Berglappen zu Gesicht bekommen; hier unten in den Tälern kann einem nie jemand sagen, wo sie sich gerade aufhalten. Aber heute gingen wir in aller Frühe noch einmal zum Fluß, wo einige leere Lappenkoten standen. Und dort sahen wir von weitem einen bunten Farbklecks, der sich dann als Lappenmädchen entpuppte. Es trug ein großes Paket Knäckebrot unterm Arm, hatte schwarze Zöpfe unter der bunten Mütze und war sehr scheu. Sicher hatte das Mädchen auch Angst vor den Fremden. Und als wir sie mit Zeichen und Gebärden fragten, ob wir mit ihr kommen dürften, nickte sie nur zaghaft. Sie führte uns steil bergan und trippelte zweieinhalb Stunden lang stumm neben uns her. Wenn ich ihr ins Gesicht schaute, spürte ich das Fremde zwischen uns, und ich sah das Gesicht dieses rätselhaften Volkes vor mir, von dem man nicht weiß, woher es kommt. Die Spuren ihrer Wanderung verlieren sich in den Weiten des Ostens, ihre Herkunft im Dunkel der Sage. Ural ... Wolga ... China ... so liest man es, Reste einer Rasse, die nirgendwo mehr existiert. Man stellte sogar Parallelen zwischen mexikanischer Kunst und lappischer Kunst fest. Sollte tatsächlich –? Mexiko liegt weit! In Mittelamerika! Ob es möglich ist? Dann wäre die Mythe vom Zug der Lappen um eine Legende reicher geworden. Wie würde sie lauten ...?

Einmal zog ein Volk fort aus dem Land der goldenen Paläste und Tempel, um der Sonne zu folgen; denn es verehrte sie als höchstes Wesen. Es zog nach Nordwesten, längs des Meeres, hinüber zu neuen Küsten, zum andern Erdteil. Es folgte dem Lauf der Sonne zu dem verheißungsvollen Land ihres Untergangs, ihrer Wohnstatt am fernen Horizont. Sie kamen durch weite Steppen und Wälder, über Gebirge und Flüsse. Bis sie dann eines Tages an einer steilen Küste standen. Das Wasser sperrte ihnen den Weg. Die Erde hörte über den schmalen Fjorden auf, und die Sonne versank weiterhin unerreichbar hinter dem Meer. Die Wanderung hatte ein Ende gefunden. Längst ist der dumpfe Ton der Trommeln verstummt, aus dem sie die Zukunft ihres Volkes wahrsagten. Ein Teil von ihnen wandert heute noch, aber nur, um als Hirten dem Ren zu folgen, zu den besten Weideplätzen, immer am Rande des in die Berge zurückweichenden Schnees. Sie hatten das Ren gefunden, und es war ihr König geworden, dem sie dienten. Und die Sonne setzte ihm Gold auf die Krone seines Geweihs . . .

Jetzt steigt in dem einsamen Hochtal neben dem See unterhalb des Näggatjokko der Rauch auf aus den Zelten! Und neben dem Lager weidet die Rentierherde, ein einziger unruhiger Wald von Geweihen, von entlaubtem Geäst. Die Mittagssonne leuchtet, die Felsen schimmern hell von der dichten Rentierflechte, die Bergheide blüht. Es ist wie ein Wunder. Monatelang war hier alles Leben erstorben unter Eis, Schnee und Nacht, aber jetzt tobt es sich aus in dem kurzen Sommer, mehr als anderswo, und die Lappen bringen den Sommer erst recht hier herauf mit ihren bunten Trachten und den hellen Zelten. Was wäre die Einöde ohne sie, ohne ihr Leben, ihre Rufe und ihre Farben! Und sie ziehen auch noch Nutzen aus den kargen Weiden! Ein Land, in dem es Steine gibt statt Brot.

Wir gehen schon seit einiger Zeit über weite Geröllfelder. Die ganze Talsohle von Steinen angefüllt! Immer neues Geröll scheint sich von den Seitentälern her vorzuschieben. Die Zeit wirkt an den Bergen, läßt Felswände verwittern und trägt Gipfel ab. Man fühlt die Riesenhand, die diese Massen in die Täler schüttet, schaut die stumme Passion der Erde, das wortlose Orakel des Weltendes. Gingen die Propheten nicht unter die Steine, wenn sie Gott suchten? Abbild des Chaos! Hat sich nicht eben erst diese Stille über das Tal gelegt, diese Stille eines verstummten Lärms? Ist dieser Stein nicht eben erst hierhergerollt, aufgehalten im Fall, ruhend in seiner Rundung? Zittert er nicht noch ein wenig nach?

Er liegt schon seit Jahrtausenden. Und es war mein Schritt, der ihn für eine winzige Spanne aus seiner Lage brachte.

Alles wird versteinert, auch der Blick. Und so schreibe ich neben den ›Schweiger‹ Lappland: Großer ›Versteinerer‹ Lappland! König im Bettlergewand, der mit vollen Händen von seiner Kargheit gibt, verschwenderisch. Eine Landschaft für die Phantasie, groß und einsam. Es könnte sein, daß man einmal den Norden entdecken wird, wie man einst den Süden entdeckte.

Birken, die wie Riesenspinnen am Boden kriechen ... Steine, immer wieder Steine ... Ursprünglich Flucht aus der Kultur, jetzt wieder Verlangen danach, nach weißem Porzellan und bedrucktem Papier ...

Man kann hier gesund werden für die Welt, aus der man geflohen ist. Da wird plötzlich einmal ein Tag kommen, vielleicht morgen schon, vielleicht in zehn, vielleicht in hundert Tagen, da erträgst du diese Größe, diese Ursprünglichkeit nicht mehr und fliehst wieder in die Zeit ... Bald werden wir wieder drunten in der Welt sein, unter den Menschen. Heute abend wirst du zum ersten Mal wieder weißes Porzellan und bedrucktes Papier sehen, drunten in der Tourist-Station, am Fuße des Kebnekajse.

(O. H. K., 1951)

Kriegsbeute aus der Sowjetunion
(Russische Ikone)

Am 24. Dezember 1941, dem Tag des Heiligen Abend, begann für uns bei Tarutino an der Nara, 80 Kilometer von Moskau entfernt, der Rückzug: Märsche, meist bei Nacht, während Schneestürme brüllten und die Temperatur bis 50 Grad unter dem Gefrierpunkt sank. Das Öl in den Motoren gefror, der Boden wurde zu Beton; für die Lebenden keine Schützenlöcher mehr und für die Toten keine Gräber. Auch die Natur zum mitleidslosen Feind geworden. Jeder Gedanke an Weihnachten erstarrte. Lichter nur an den nächtlichen Horizonten: die Dörfer, die beim Rückzug abgebrannt wurden, um den nachrückenden sowjetischen Truppen keine Unterkünfte zu hinterlassen.

In einem solchen Dorf, an das die Pioniere bereits Feuer legten und das die Bevölkerung verlassen hatte, beschloß ich, mir aus einem der Häuser eine Ikone mitzunehmen, eine jener geheimnisvollen Tafelbilder, die, ähnlich den Kruzifixen hierzulande, in einer Ecke hingen und die mich immer in ihren Bann gezogen hatten. Ich ging in das größte und schönste Haus, weil ich dort die schönste und wertvollste Ikone zu finden hoffte. Es mußte das Haus des Ortsvorstehers, also des politischen Funktionärs, gewesen sein; wir hatten längst herausbekommen, daß auch diese, aus heimlicher Scheu, die geweihten Ikonen nicht aus ihren Häusern entfernt hatten. Ich fand auch eine Ikone, aber das Bild war verdeckt durch eine dicke Rußschicht, die das Öl- oder (wie man in Rußland sagt) Kerosinlämpchen im Laufe von Menschenaltern hinterlassen hatte. Ich nahm die Ikone an mich, mit gutem Gewissen, da ja in wenigen Minuten die stroh- und schindelgedeckten, aus rohen Balken gefügten Häuser bis auf den Grund niederbrennen würden; nur die Kamine würden stehenbleiben. Ich verstaute die Tafel auf einem unserer Pferdeschlitten zwischen Munitionskästen und den steifgefrorenen Körpern von Gefallenen.

Irgendwann, während einer kurzen Rast, reinigte ich, am oberen Bildrand beginnend, die Tafel mit einem benzingetränkten Lappen. Und da wurde, es war wie ein Ereignis, ein Christuskopf sichtbar, dann seine Gestalt, in einer Wolke thronend, und der Blick der dunklen Augen, so lange verborgen unter der schwarzen Schicht, heftete sich in den meinen. Er war noch dagewesen, unsichtbar auf der Ikone, im Haus eines kommunistischen Funktionärs, zurückgekehrt durch meine Hand. Als ich die Tafel nach unten hin weiter reinigte, tauchten, wie Erscheinungen, die Gestalten von vier Heiligen aus dem Dunkel, und zwar, wie die kyrillische Schrift über ihren Köpfen angab, Alexander, Alexis, Olga und Michael, zwei davon, die einmal weltliche Fürsten gewesen waren, mit Krone und Zepter, alle leuchtend und klar unter dem Glanz des Lackes; nur an einer Stelle, in der Mitte der Tafel, war der Lack von der Hitze der Ölflamme geschmolzen.

Gewiß, es war keine jener berühmten Ikonen, etwa der Nowgoroder Schule, aus dem 15. oder gar eine aus dem 12. Jahrhundert – der Besitzer hätte sie sonst bei der Flucht mitgenommen –, auch keines jener prächtigen Bilder aus getriebenem Silber oder mit den gleißenden Goldgründen, aber doch die handwerklich schöne Arbeit einer der Kloster- oder Heimwerkstätten, die sich bis in unsere Zeit streng an die Tradition hielten: die heiligen Gestalten in ihren Körpermaßen absichtlich unrichtig gemalt, steif, übergroß, nicht natürlich oder gar schön wie die Madonnen der italienischen Meister, nein, Abbilder des Unsinnlichen, Übernatürlichen. Der Durchbruch in dieses Andersartige, das spürte ich in jener Stunde, war der Akt des Glaubens.

So hatte ich doch mein Weihnachten in jenem erschrekkendsten Abschnitt des sechsjährigen Krieges; mein Geschenk hatte ich mir gestohlen. Die Ikone hängt noch heute in meinem Arbeitszimmer, das einzige, was mir der Krieg eingebracht hat. Ich würde sie dem Eigentümer gerne zurückgeben, ich betrachte sie nur als geliehen. Aber wer ist der Eigentümer? Wo ist er? Ich weiß nicht, wie das Dorf hieß, geschweige, wie es aussah, eines jener unzähligen Dörfer in dem unermeßlichen Land, durch die wir, meist bei Nacht, gezogen waren, die alle gleich aussahen – die niedrigen Häuser zu beiden Seiten des breiten Weges, der hohe Balken des Ziehbrunnens in der Mitte – und deren Namen alle ähnlich klangen, Popowka, Konino, Antonowka, Nikolskoje . . ., die Infanteriedivisionen zudem abseits der Rollbahnen, ständig verschoben, herumgeworfen, so daß man selber den Überblick über den geographischen Standort völlig verlor.

Ein Stück Rußland, ein Stück Krieg, ein Stück Weihnachten über meinem Schreibtisch, und jetzt mit einem neuen Schicksal: ein weiteres Mal zurückgekehrt, an die Öffentlichkeit gebracht, jener ›Lichtblick‹ einer gnadenlosen Winternacht.

Als uns Professor Hamann-McLean, Sachverständiger für byzantinische Kunst, einmal besuchte, zeigte ich ihm die Ikone und fragte nach ihrem Wert. Er meinte, man müsse erst eine genaue Untersuchung vornehmen und eine Expertise anfertigen; das könne aber mehr kosten, als die Ikone wert sei. So unterlasse ich es und stelle mir vor, sie habe einen unersetzbaren Wert.

(O.H.K., 1974)

Auflösung einer Topographie
(Warschau, Januar 1945)

Noch gibt es viele, die es gesehen haben, es immer wieder sehen, nachts, so, daß es nicht zu Zahlen gerinnt, zu Historie und Begriffen: ›200 000 Tote‹, ›Die meistzerstörte Stadt des Zweiten Weltkriegs, ausgenommen Stalingrad‹, ›Eine Stadt sank in Schutt und Asche‹. Sagen wir statt dessen: Beinhaus, Massengrab, Ruinenacker, Triumph der Ratten, Aufstand des Mauerwerks, Auflösung der Rechtwinkligkeit und des Lots. Man kann die Dinge nicht einfach so benennen, wie sie heißen; das bedeutete, sich ihnen anzupassen ... Keiner wußte mehr, wo er sich befand, als er im Gefangenentreck durch diesen Acker zog. Nowy-Świat? Ujazdowskie-Allee?

Ich weiß nur noch, der Treck war von Süden gekommen. Hunderte, dann Tausende deutscher Soldaten, immer mehr, gefangene Soldaten der 9. Armee, zerschlagen, zerschunden, zermürbt, aus dem Raum 40 Kilometer südlich von Warschau, dem Raum des russischen Weichselbrückenkopfes von Warka, auf verschneiten und vereisten Straßen, langsam und stockend, zwei, nein, drei Tage lang, vom 15. bis 17. Januar, erst durch die Vororte – dort standen noch einige unversehrte Häuser –, dann durch den Stadtteil Mokotow; hier nur noch Mauerreste, die aus dem Schnee ragten, Schuttberge, zerbrochene Hauswände, in den Fensterhöhlen der graue Winterhimmel. Zerbombt, gesprengt, alles verlassen und öde. Verwirrung, Zusammenhanglosigkeit. Wo lag der Hauptbahnhof? Der Flughafen? Der Łazienki-Park? Das Gaswerk?

Auflösung der Topographie einer Stadt, einer Welt. Nicht mehr Museen, Akademien, Schulen, Krankenhäuser, Kaufhäuser und Kirchen. Eine Welt, nicht nur tot, auch zerstükkelt, versengt, zuschanden gemacht. Wir wußten, welch erbarmungsloser Kampf während des Warschauer Aufstandes noch vor wenigen Wochen, von August bis Oktober 1944, hier gewütet hatte, eine der schrecklichsten gegenseitigen Vernichtungen: 200 000 Tote, die Stadt zu 90 Prozent zerstört.

Und jetzt über allem eine unheimliche Stille. Die Stille von Schrecken und Furcht, von Gegnerschaft, das Schweigen des Kampflärms. Ratten, die aus den Ruinen, Kellern und Abwasserkanälen krochen und wieder in jenen Schächten verschwanden, in die sich die letzten Untergrundkämpfer, verblutend, zurückgezogen hatten. Würde sich jetzt der Haß der polnischen Bevölkerung ungehindert gegen uns richten?

Die wenigen Bewohner, die in der Stadt zurückgeblieben waren, liefen teilnahmslos durch die leeren, halbverschütteten Straßen. Es gab einige Verwünschungen und Schmähungen, auch Steinwürfe, und die eskortierenden russischen Bewachungsmannschaften mußten, besorgt über die Zahl der ihnen anvertrauten Gefangenen, Warnschüsse in die Luft abgeben, aber die meisten blickten nur mit stumpfen, allenfalls neugierigen Augen auf unseren traurigen Zug, mitleidig, auch betroffen über das allgemeine Leiden, versöhnlich angesichts der Wehrlosigkeit.

Wie lange der Marsch durch die Stadt gedauert hat – ich weiß es nicht mehr. Plötzlich lag das Ufer der Weichsel unter uns in der breiten Niederung, die vier Brücken zerstört, irgendwo dazwischen, auf Pontons, eine Pionierbrücke, zu der sich die lange Raupe des Gefangenentrecks hinwälzte, sich dort staute, wieder in Bewegung setzte und wieder staute, wenn Platz gemacht werden mußte für die westwärts rollenden sowjetischen Kolonnen, schließlich in Schüben zwischen der fanatisierten Soldateska über die Brücke geschleust, und wir Nachrückenden stundenlang wartend auf der Tribüne des überhöhten Ufers, das Bild des Krieges übergroß vor Augen: die allgemeine Feindseligkeit, die verschneite Flußniederung, der breite schwarze Strom, dunkle Krater, Trümmer, zerborstene Balkone, Kamine und Fenstersimse auf der Straße, Pferdekadaver, zerschossene Stahlhelme und Fahrzeuge, und immer wieder diese Ratten – über allem der Schnee von Smolensk, Stalingrad und Brjansk; Erdoberfläche, von Menschenhand gestaltet und wieder zerstört, geduldige, stumme, geschändete Erde, Hochufer, diluviale Moränenwelle. Andere Maßstäbe. Eine Welt ohne Menschen. Und die Hoffnung, daß die Erde weiterleben wird ...

Irgendwann befand ich mich am Ostufer, noch immer inmitten des Trecks, gestoßen, getrieben, willenlos, müde, frierend und hungernd, ausgeliefert, fremd und einsam. Ostufer, das war der Arbeiter- und Industrievorort Praga, ebenfalls zerstört, bis Mitte September Sperriegel von vier deutschen Panzerdivisionen, die den Sturm der Sowjets auf Warschau aufhalten sollten. Jetzt ging von hier unser Marsch weiter zum Durchgangslager Rembertow, zehn Kilometer östlich von Praga, einem von großen Kiefernwäldern umgebenen ehemaligen Kraftfahrzeugdepot der deutschen Wehrmacht.

Unvergessen der Blick zurück nach Westen, hinüber auf das Hochufer von Warschau: ohne Vertikale, keine Silhouette mehr wie auf alten Stichen, keine Kirchtürme, keine Fassaden; kein Gesicht. Formloses Profil ...

Und dann marschierten wir weiter nach Osten – und waren doch im Westen zu Hause.

(O.H.K., 1970)

Grab Nr. 5568

(Deutscher Soldatenfriedhof in Frankreich)

Da steht man. Grab Nr. 5568. Deutscher Soldatenfriedhof ›Maison Blanche‹ bei Neuville-St.-Vaast an der National-Straße 37, sechs Kilometer nördlich von Arras, im französischen Département Pas-de-Calais.

Da steht man, ein wenig ratlos. Es ist das erste Mal, daß Verwandte sein Grab besuchen. Und es sind schon 50 Jahre her, seit er gefallen ist. Es ist schon Historie.

Da steht man, ein wenig ratlos. Seit Jahrzehnten hat man sich diesen Platz vorgestellt: ehemaliges Kampfgebiet, zerfallene Stellungen, einsames, karges Brachland, erdfahler Himmel, Nebel, Krähen – wie auf den Kriegsbildern. Jetzt ist da ein Lapislazuli-Himmel, schmetterlingsbunte Lastautos auf der Landstraße, bebautes Ackerland, vom Pflug aufgebrochen, weidende Kühe, ein zinnoberrotes Backstein-Bauernhaus gegenüber dem Eingang des Friedhofs. Der französische Friedhofswärter drückt einem die Hand und führt einen durch die zahllosen Gräberreihen zu dem gesuchten Grab. Man ist verwirrt. Man korrigiert das Bild. Die Zeit ist weitergegangen. An dem grauen Holzkreuz kriechen zwei braungestreifte Schnecken. Die Blätter der Akazien bewegen sich leise im Wind.

Da steht man, ein wenig ratlos. Die Phantasie läßt einen im Stich. Sie faßt das alles nicht. Zum Glück, möchte man sagen. 45 000 deutsche Gefallene auf einem einzigen Areal. ›Der größte Friedhof des Ersten Weltkriegs‹. Genau: 44 811 Gefallene. Das kann man sich im einzelnen nicht vorstellen. Drei oder vier, das wäre möglich, aber nicht 45 000 mal Todesangst und Sterben, 45 000 mal versäumte Sonntagnachmittage. Die grauen Holzkreuze mit den Namensplaketten sind nur noch Sinnbilder, Markierungen.

Doch einer der Namen, eine der Zahlen wird zum greifbaren, persönlichen Schicksal. Grab Nr. 5568: Uffz. Ludwig Lang, 10./Mar.Inf.Rgt. 1, gef. 14. 10. 16 . . .

Oktober 1916. Sommeschlacht. Juni bis Dezember 1916. Die zahlenmäßig überlegene Entente versucht, die deutschen Kräfte zu zermürben. Das Ziel wird erreicht. Materialschlachten. Monatelanger Kampf ohne Ablösung. 160 000 Tote und Vermißte auf deutscher Seite. Einer davon im Grab Nr. 5568. Gefallen bei Courcelette, westlich Bapaume. Letzter Angriff der Engländer. Die Marineinfanterie war von Ostende, wo sie den Küstenschutz versehen hatte, zur Verstärkung an die Front geworfen worden. Schon nach wenigen Tagen fiel er, frontunerfahren. Ursprünglich war er, wie aus vergilbten Briefen hervorgeht, auf dem Dorffriedhof Beugnâtre, an der N 356, nordöstlich Bapaume, beigesetzt worden. Es besteht sogar noch eine Skizze dieses Friedhofs, von einem Kameraden seiner näheren Heimat angefertigt: die Lage des Grabes, die zerstörte Kirche. Er hatte das Grab seines Landsmanns aufgesucht, als bei der deutschen Märzoffensive 1918 das Gebiet wiedererobert worden war. Es bestanden sogar Pläne – auch darüber liegen noch Briefe vor –, den Toten in die Heimat, nach Diedesheim am Neckar, überführen zu lassen. Aber im August 1918, bei der Gegenoffensive der Entente, fiel das Gebiet erneut in französische Hand.

Wir haben auch diesen Friedhof aufgesucht, sind, von Arras kommend, von der N 37 links eingebogen. Beugnâtre. Ein kleines stilles Dorf. Keine Menschenseele auf den Straßen. Die Kirche auf dem Friedhof ist wieder aufgebaut. Ein paar englische Soldatengräber liegen noch dort. Alle deutschen Einzelgräber wurden nach dem Ersten Weltkrieg aufgehoben und die Gebeine der Gefallenen auf den Sammelfriedhof bei Neuville-St.-Vaast überführt.

Grab Nr. 5568. Gefallen am 14. Oktober 1916. Mit 27

Jahren. Er hatte in Weihenstephan bei München auf der Brauereihochschule studiert, hatte in Kiel gedient. Er sollte einmal die väterliche Brauerei übernehmen. Er kam nicht wieder. Er liegt bei Neuville-St.-Vaast. Ein Schicksal aus dem Neckartal endet in der Erde Nordfrankreichs. Es ist nur eines von diesen 45 000 Schicksalen. Und nur ein paar Kilometer weiter, an derselben Straße, bei Loretto, liegen auf großen Friedhöfen französische und englische Soldaten, ebenfalls Tausende von Schicksalen.

Der Fährte eines davon, eines deutschen Schicksals, sind wir ein Stück gefolgt. Bald nach dem Krieg starb der Vater. Die fehlende leitende Hand, dazu der verlorene Krieg, die Inflation, bewirkten, daß der Betrieb zugrunde ging. Glanz und Not deutscher Familien! Zwei Weltkriege in einem einzigen Menschenalter! Fünf Millionen deutsche Gefallene! Das Ausmaß dieses Widersinns erlebt man körperlich, wenn man die endlos erscheinenden Gräberreihen abschreitet, ein schier unübersehbares Feld von Kreuzen.

Da also liegen sie, abseits der Urlaubsstraßen, auf den ›Deutschen Soldatenfriedhöfen‹, weit getrennt von uns durch zwei und fünf Jahrzehnte und durch drei oder vier Kilometer Umweg, verborgen hinter Busch- und Mauerwerk – eine melancholische Erinnerung an birkenbeschattete Kreuze, an braungestreifte Schnecken, gurrende Holztauben und an Akazien, durch die der Wind streicht, vielleicht auch an eine Melodie, ›Ich hatt' einen Kameraden‹, an Worte wie ›Menetekel‹, ›Widersinn‹, ›Kassandraruf‹, der Krieg sogar für viele Überlebende das einzige Abenteuer im Einerlei des Daseins, Gesprächsstoff. Und die, die ihn nicht überlebten, können nicht reden: Die Gattung Mensch wird sich, trotz ihrer Fähigkeit zum Denken, weiterhin vernichten.

Fünf Millionen deutscher Gefallener in einer einzigen Generation, von den Gefallenen der ehemaligen Gegner ganz zu schweigen! Wieso können wir noch schlafen?

Und bisweilen denkt man, wenn man die Inschrift auf einem der Kreuze liest und denselben Jahrgang erkennt: Wo ich jetzt bin – auf der Urlaubsfahrt –, könnte dieser sein, und wo dieser ist, könnte ich sein. Sie sind nicht ›für uns‹ gefallen, sondern ›an unserer Statt‹, die Helden und die anderen, die Ängstlichen, Mutlosen.

(O. H. K., 1965)

Bayern, ausgerottet

Ich fuhr bei hellichtem Sonnenschein
Neulich nach Bayern, bei Wertheim a. Main.
Plötzlich waren die Straßen leer,
In Häusern und Gärten keine Menschen mehr,
In Fürth, in Augsburg, Bad Reichenhall,
In München und Passau, überall.
Erst in Salzburg – abends um zehn –
Waren wieder Menschen zu sehn.
Es grauste mir; ganz offenbar,
Daß Bayern ausgestorben war . . .
Da fiel es mir ein mit einem Mal
(Ich hatte es gelesen in einem Bericht):
Die Zahl der Weltkriegstoten entspricht
Bayerns Bevölkerungszahl.

(O. H. K.)

Nikolskoje

(Aus meinem russischen Kriegstagebuch)

2. August 1943

Die Kosaken hatten heute einen Nationalfeiertag. Sie behaupteten es jedenfalls. Also war dienstfrei. Birkengrün vor den Bauernhütten. Der Marketenderschnaps wurde ausgegeben. Es war viel Lärm in Nikolskoje, wie bei einem Volksfest. Was sich die Partisanen im Walde drüben dabei wohl gedacht haben?

Auf einer Wiese vor dem Dorf fand das Reiterfest statt, Wettkämpfe, bei denen Preise ausgesetzt waren. Fast die ganze Dorfbevölkerung schaute zu. Die Geschicklichkeit einiger unserer Männer ist erstaunlich. Während des Galopps klettern sie unterm Pferdebauch durch oder greifen mit den Zähnen ihre Lammfellmützen vom Boden auf.

Als es dunkel wurde, tanzten sie vor der Schule. Zum ersten Male trugen die Mädchen ihre bunt bestickten Kleider. Sie hatten sie, verschlossen in großen Truhen, in der Erde eingegraben gehabt, um sie vor uns zu verstecken. Es gibt schöne Mädchen hier.

Ich habe mit ihnen getanzt. Sie sind scheu wie Tiere, und sie verstummen, wenn man sie an sich zieht. Das Blut stieg mir zu Kopf. Es war wie ein Traum. Ich schaute es den andern ab, wie sie die Mädchen drehten. Dann, als mich der Taumel immer stärker überkam, fand sich jede Bewegung von selbst, ich faßte die Mädchen um die Hüften und schleuderte sie hoch . . .

Ich sang ihre Lieder mit: »O du meine Jalunischka!« Und alles war unbändige Lust. Ich lachte mit ihnen und sang mit ihnen, war ganz einer der ihren, ein Mensch, der lachte und tanzte und sang.

Überwältigt von der Stunde, umarmte mich Leutnant Nowokreschenow. Dann führten einige Kosaken Dolch- und Schwerttänze auf. Die Balalaika gab den Takt, erst leise klimpernd, dann immer schneller, mit ungestümem Geklirre zu einem der freiesten, wildesten Tänze, die die Erde kennt. Die übrigen klatschten in die Hände und feuerten die Tänzer mit Rufen und Schreien zu immer wilderer Bewegung an.

Alle waren sie so voller Begeisterung, daß die Leute eines Kosakenzuges – Angehörige eines Stammes vom Mündungsgebiet der Wolga –, nachdem sie insgeheim beratschlagt hatten, mich feierlich zum Hetman erhoben. Ich war stolz und gerührt darüber. Die Männer überreichten mir ein mehrfach verschlungenes, zusammengenähtes Band, das ich als Zeichen meiner neuen Würde am Unterarm anbringen und tragen sollte, ferner eine Schaffellmütze mit roten gekreuzten Balken auf der Decke und einen Kosakensäbel mit goldenem Löwenkopf. Diese Stücke dürfen die Kosaken auch heute noch im sowjetischen Heer neben ihrer Uniform tragen. Sie erklärten mir, daß mit der Erwählung zum Hetman der Besitz von zehn Werst Land, von Haus, Pferd und Frau verbunden sei. In dieser Nacht wurde ich, ein 22jähriger deutscher Leutnant, unversehens Hetman eines Wolgakosakenstammes und Besitzer eines zwar vorhandenen, aber doch utopischen Landes, Eigentümer einiger Werst Steppengebietes und – einer Frau . . .

Warum können wir Menschen nicht in den Ausmaßen des Weltalls denken? Hätten wir doch mehr Angst vor der eisigen Unendlichkeit, die unseren Erdball umgibt, als vor den Menschen! Wir haben doch alle das gleiche Leben, ausgesetzt der unheimlichen Bahn um die Sonne, der Zeit, dem Wechsel von Sommer und Winter, von Tag und Nacht, Geburt und Tod. Warum denken wir in Begriffen und Maßstäben von Landstrichen und Flußläufen und nicht in denen eines kleinen verlorenen Planeten, der durch die endlose Nacht treibt? Man hat sich daran gewöhnt, auf sein Vaterland stolz zu sein, und wir bedenken dabei nicht, mit wieviel größerer Begeisterung wir sagen könnten: »Wir sind Europäer« oder gar »Wir sind Menschen«.

26. August

Immer noch hängen dunkle, schwere Wolken über den Wäldern, und ununterbrochen rauscht der Regen in dem üppigen, satten Laub. Die Zeltbahnen, die wir tagsüber umgehängt hatten und in die wir uns nachts zum Schlaf einrollen, sind hart vom Wasser wie Leder. Noch nie habe ich einen Regen so elementar und gewaltsam erlebt wie jetzt bei diesem russischen Sommerregen.

Wir haben es unserem Gegner abgeschaut, wie man sich wenigstens in der Nacht davor schützen kann. Wir schälen in mannshohen Stücken die Rinde rings von Birkenstämmen ab, ein Stück zum Hineinlegen, eines zum Darüberdecken. Man liegt darin wie in einem Sarg, und der Regen klopft mit Knochenfingern darauf. Es preßt einem vor Enge das Herz zusammen, aber man liegt trocken, wenn nicht gerade oben oder unten an einer der beiden Öffnungen das Wasser hereinläuft.

28. August

Gestern morgen hörte es auf zu regnen. Warmer Brodem stieg auf, urweltlicher Dunst aus Schachtelhalm, Farn und Moos. Die Stiele der Pflanzen waren fest und prall; sie krachten, wenn man sie brach. Auf jedes Stück nackter Haut stürzten sich die Stechmücken. Wir hatten uns die Mückennetze über das Gesicht gezogen, gespenstische Gestalten. Es war fast unmöglich, seine Notdurft zu verrichten.

Seit Mittag hatten wir die Verbindung zu den Nachbarabteilungen verloren. Die Spähtrupps fanden keinen Anschluß, und es wurde schon dunkel. Wir igelten uns ein für die Nacht, ohne Verpflegung, ohne Nachrichtenverbindung. Die Mükken saugten uns das Blut aus den Adern, aber wir durften, wegen der Nähe des Gegners, kein Feuer anzünden. Wir lagen auf dem nassen Boden, die immer noch steifen Zeltbahnen um uns gewickelt. Fröstelnd lagen wir da, die Körper aneinandergepreßt, um uns gegenseitig zu wärmen, Dunst von nassen Uniformen und Ruch von kaltem Schweiß unter den Zeltbahnen, die wir, der Mücken und der tropfenden Blätter wegen, über den Kopf zogen.

Neben mir lagen Männer mit ihren fremden Leibern, von Nomadenmüttern in der Steppe geboren und aufgezogen, und wärmten mich, der ich aus einer fernen deutschen Stadt stammte, und ich wärmte sie, und es war ein Strom gleichen Blutes, der durch uns hindurchfloß. Menschentum, das sich körperlich erfahren läßt.

29. August

Während der Nacht lagen wir dichtgedrängt auf dem Fußboden in einem der niederen Bauernhäuser. Es war bedrückend in der Düsterkeit und Enge. Durch die kleinen Fenster, deren Scheiben zudem noch mit selbstgefertigten Papierornamenten halb verklebt waren, war in der Abenddämmerung kaum Licht hereingedrungen. Wenn man die Türe öffnete oder schloß, stöhnte sie qualvoll in den Angeln. Auf dem Backsteinofen lag, zwischen Kindern und Alten, eine hochschwangere Frau. Ich hatte sie am Abend flüchtig gesehen, als sie ins Haus trat. Sie hatte ein flaches Gesicht und einen großen Körper. Ich hörte lange ihren schweren Atem über mir auf dem Ofen. Manchmal stöhnte sie laut auf. Dann hörte ich das Reißen von Stoff. Offenbar hatte sie in ihrem Schmerz Lappen in die verkrampften Hände genommen und zerrte daran. Mitten in der Nacht wurde es lebendig auf dem Ofen. Aufgeregtes Flüstern, dann stieg ein Schatten die kleine Leiter herunter und verließ das Haus. Über mir wimmerte es leise. Zwei dunkle Gestalten kamen zurück, eine davon war eine Frau; ich konnte ihre Stimme hören. Die Leute, die mit mir in der Nähe des Ofens lagen und von alledem nichts merkten, rückten brummend zur Seite und schliefen weiter. Ein fahlgelbes Licht geisterte unter der Decke. Gepreßter, würgender Atem.

Dann schrie ein Kind seinen ersten Schrei in die dunkle nächtliche Welt, die nach verbrannten Häusern und verkohltem Vieh roch.

Tief in Rußland, in einem großen Wald bei Brjansk, war auf einem Backsteinofen ein Mensch geboren worden. Auch die Mutter hatte geschrien, einige Augenblicke vorher, nicht sehr laut, aber in diesem Ton habe ich noch niemanden schreien hören. Schmerz, Befreiung, Weh, Lust und Liebe – alles in einem einzigen Klang. Ich ahne, daß der Schmerz geheimnisvoll mit der Liebe verbunden sein muß. Inzwischen waren alle Leute in der Stube wach geworden, verhielten sich aber still, als ihnen bewußt wurde, was in dem Raum vorgegangen war.

31. August

Tscherniga hatte uns den Befehl zum Angriff auf den völlig eingeengten feindlichen Kessel gebracht. Gegen zwei Uhr am Nachmittag war in dem Dorfe Kalnitschewskije der Ring geschlossen. Der Kessel war leer. Wir trafen auf die eigenen Linien, die von allen Seiten auf das Dorf vorgestoßen waren. Die wenigen Bewohner, die zurückgeblieben waren, berichteten, daß die Masse der Partisanen schon vor mehreren Tagen, beim Anrücken unserer Truppen auf das Waldgebiet, nach Süden abgezogen sei. Den zahlreichen Verbindungsmännern in den umliegenden Dörfern konnte unser gewaltiger Aufmarsch ja auch nicht entgangen sein. Vermutlich hatten sich tagelang wieder die Balken der Ziehbrunnen in den Dörfern rings um die Wälder bewegt, in bestimmten rhythmischen Abständen, womit man geheime Nachrichten weitergab. Andere Gruppen waren, als das Gebiet schon eingekreist war, auf schmalen Sumpfpfaden entkommen. Wir hörten auch, wie die Partisanen es machen, unbemerkt einem Kessel zu entrinnen. Sie halten sich, bis unsere Linien vorbeigestoßen sind, stundenlang in den Baumkronen versteckt oder sitzen in den Sümpfen unter Wasser und atmen durch Schilfrohre oder durch Flaschen mit eingeschlagenem

Boden. Wer von uns hätte auf dem ruhigen Wasserspiegel zwischen Moor und Schilf ein abgeschnittenes Rohr oder den Rand einer Flasche beachtet!

2. September

Ija Wittkowskaja, russische Lehrerin aus Klimowitschi, du hast einmal gesagt, ich hätte als Soldat Tod und Zerstörung in euer Land gebracht. Ich habe meine Liebe hineingetragen. Und du hast einmal gesagt, wir seien gekommen, um dieses Land zu berauben. Ich habe es um seine Sonnenaufgänge und Horizonte beraubt, Ija. In mir sind Stimmen laut geworden, die stärker sind als der Kriegslärm. Ich werde sie noch hören, wenn dieser Lärm längst verstummt ist.

(O.H.K., 1943)

Die Lebenskilometer

Manchmal überlege ich, wie viele Kilometer ich zurückgelegt habe, seit ich mich vom Schoß der Mutter getrennt habe und zum ersten Mal durchs Zimmer zu Vaters Hosenbein gekrochen bin.

Nicht, daß ich meine, man müsse einen Kilometerzähler bei sich tragen, das wäre zu einfach. Aber von Zeit zu Zeit müßte man doch einmal ausrechnen, wie weit man denn nun auf seinem Lebensweg vorangekommen ist und wie weit man hätte gelangen können, wenn man nicht immer wieder einen Haken geschlagen hätte, zurückgeworfen worden oder zurückgelaufen wäre, ja, und auch an jene muß man denken, mit denen man ein langes Wegstück gemeinsam gegangen ist.

Ich sage gegangen – und dabei sind wir doch unsere Lebenskilometer gekrochen, gelaufen, mit dem Roller und mit dem Fahrrad gefahren, mit der Straßenbahn, mit dem Auto, der Eisenbahn, mit dem Flugzeug geflogen – schneller, immer schneller. Man kann sie längst nicht mehr zählen, so rasen die Kilometer vorbei. Am Ende haben wir schon ein paarmal die Erde umrundet und wissen es nur nicht.

Genau muß man sein, wenn man sich ans Zählen der Kilometer begibt, sonst vergißt man die schönsten Strecken, und über den großen Reisen vergißt man den Gang am Abend durchs Viertel, wenn man noch Post zum Briefkasten gebracht hat und nach Hause geht. Über den frohen Wegen vergißt man den mühsamen Weg über den langen Korridor im Krankenhaus bis zum Korbstuhl am Fenster und vergißt die Wege mit dem Rucksack, an nebligen Herbstabenden, 1945, über die Zonengrenze bei Friedland. Und dann dieses

Gehen nach Zentimetern in den Fluren der Ämter! Dieses langsame Nachrücken, als man für einen Schuhbezugschein Schlange stand. In jenen Jahren kam man langsam vorwärts und war doch soviel unterwegs, weil man kein Zuhause hatte. Und wenn man es hatte, dann war es ungeheizt. Hunger und Kälte trieben uns auf die Kartoffelfelder, zu den Bucheckern in die Wälder und zu den Kohlenwaggons auf dem Güterbahnhof.

Aber ich sehe, ich muß planmäßiger vorgehen. Mit den ersten Metern im Studierzimmer meines Vaters muß ich anfangen. Auf seinem Teppich, dessen Rosenmuster ein großes kahles Oval aufwies: der Lebensweg meines Vaters. Ich weiß nicht, wie viele Kilometer er darauf zurückgelegt hat, aber vorm Einschlafen hörte ich seine Schritte, und manchmal hörte ich sie noch, wenn ich aufwachte.

Weg von Mutters Rockzipfel, weg von der Hand des Vaters! Ich lernte radfahren, kaum daß ich laufen konnte. Und weil ich nichts von den Geheimnissen einer Rücktrittbremse wußte und weil es dort, wo ich herstamme, bergig ist, gab es ein blutiges Ende und lebenslängliche Narben an Knien und Ellenbogen. Dann wurde es ernst. Ich fuhr mit dem Rad zum Gymnasium, sechs Kilometer hin, sechs Kilometer zurück, und wenn ich Vaters Zigarren einzukaufen vergessen hatte, am Nachmittag ein weiteres Mal. Schulwege.

Genügt es, wenn ich fünfzig gerodelte Kilometer ansetze? Dreißig per Schlittschuh zurückgelegte, ohne die mißlungenen Pirouetten? Wie oft dreht sich ein Karussell für zwanzig Pfennig? Eines Tages war ich ein Stadtkind, das mit der Straßenbahn zum Lyzeum fuhr, abends auf die Königstraße zum Bummel ging und zweimal in der Woche zur Tanzstunde. Alle die vertanzten Lebenskilometer! Alle Dreharten ausprobiert, Foxtrott, Tango, Swing und Twist; beim Walzer wird mir's noch immer schwindlig.

Mit den Skiern wäre ich wohl vom Habichtswald bis nach Cortina gekommen, hätte nicht der Berufsweg angefangen, dieses Hin und Her von einem Kriegseinsatz zum anderen. Unzählige Kilometer quer durch Deutschland. Bahnsteige, auf denen ich in Regen und Schnee und Hitze auf und ab ging, manchmal in Tränen und manchmal glücklich. Wie viele Kilometer! Doppelt zu zählen, weil meist zu zweien.

Und dann das erste Stück Straße, als wir aus den Bunkern auftauchten. Die Stadt war dem Feind übergeben, und draußen war noch immer der alte Frühling. Im Garten blühten die Mandelbäumchen wie nie zuvor, wie nie danach. Drei Jahre später der Weg unterm Regenschirm zu jener Stelle, an der wir die ersten vierzig Deutsche Mark bekamen . . .

Wann hat es eigentlich aufgehört, ein Lebenslauf zu sein? Seit wann halte ich es mit meiner Großmutter, der waldeckschen Bauerntochter, die zu sagen pflegte: ›Sächtelken! Sächtelken!‹, und gehe langsamer, nehme die nächste Straßenbahn?

Eines Tages hoben sich für uns die Schlagbäume. Lebenskilometer jenseits der Grenzen. Reisefieber packte uns, und wie die kleinen Häwelmänner riefen wir: Mehr! Mehr! Mehr! Frankreich, Österreich, Schweiz, Italien, Schweden. Segelpartien auf der Ostsee; Schwimmen im Mittelmeer; mit dem Flugzeug über die Alpen; Flüsse, Berge, Städte, was für ein Reichtum! Man fängt an zusammenzuzählen, denkt, es seien Zahlen, Kilometer, nichts weiter, und ist doch unser Leben.

Noch ist mein Teppich nicht der Kilometerzähler meines Lebenswegs. Aber später soll man einmal auf ihm ablesen können, ob ich ein Stück weitergekommen bin auf jenem Weg, den man nicht mit dem Auto und nicht mit dem Flugzeug zurücklegen kann, der Weg, den sich der Geist und das Herz suchen muß.

(c.b., 1956)

Inhalt

Halbschatten und Halbtrauer über der Provence 7
c.b.

Wo sich die Elemente berühren 22
(Leuchtturm Hohe Weg, Wesermündung)
O.H.K.

Eine Landschaft verweigert sich 30
(Latium)
c.b.

Die Ewige Stadt vor Augen 40
(Der Friedhof an der Cestius-Pyramide in Rom)
O.H.K.

Bußgang zwischen Gräbern 45
(Der jüdische Friedhof in Kassel)
c.b.

Des Dichters Bergfahrt oder
Kleiner Grenzverkehr 1978 52
(Der Inselsberg)
c.b.

Auf den zweiten Blick 63
(Dalmatien)
c.b. und O.H.K.

Der Zug hat voraussichtlich 40 Minuten Verspätung
oder
Bücher sind Treffpunkte 77
c.b.

Pilgerfahrt, nicht nach Bayreuth 87
(Chr. W. Glucks Geburtshaus; Fränkische Alb)
O.H.K.

Hinterm Berg gehalten 94
(Alpenüberquerung auf dem Fernwanderweg 5)
O.H.K.

Die Zeit danach 99
(Insel Patmos)
c.b.

Die Küche der Margherita 103
(Kulinarische Erinnerungen an Sant'Angelo d'Ischia)
c.b.

Der Berg Sgurr nan Ceathreamhnan und die Madonna im Savoyschen Damenstift in der Johannesgasse 108
(Schottland – Wien)
O.H.K.

Auf der Suche nach Poenichen 117
(Pommern, polnisch)
c.b.

Die Schamzone einer Stadt 134
(Kassel)
c.b.

Osterspaziergang und Pfingstausflug 143
(Die Umgebung der Stadt Kassel)
O.H.K.

Im Schatten des Birnbaums 148
(Ferien zu Hause)
c.b.

Mein amerikanischer Traum 156
c.b.

Wer war Bensch? 171
(Berlin)
O.H.K.

Mit Rucksack und Meßtischblatt 177
(Ratschläge für wandernde Frauen)
c.b.

Pfälzer Wald und Pfälzer Wein 182
c.b.

Das Abgründige im Pinzgau 189
c.b.

Genugtuung und Träumerei 196
(Eine Vogesen-Wanderung)
c.b.

Spröde Geliebte: Irland 204
O.H.K.

Mit Wander-, Wetter- und Weinkarte durch den Kaiserstuhl 213
c.b.

Das Leben ein Kinderspiel 219
(Nimburg am Kaiserstuhl)
O.H.K.

Heimweh nach der Romantik 225
(Odenwald)
c.b.

Meine Insel im Norden – Juist 231
c.b.

Im Wettlauf mit dem Frühling 237
(Von Düsseldorf nach Basel im TEE 10)
c.b.

Ein Sonntag in der Schweiz 244
(Basel)
c.b.

Wo der Rhein noch jung ist 252
(Bad Ragaz an den Golfplätzen)
c.b.

Ein Haus am Saronischen Golf 264
(Insel Ägina)
c.b.

Mein Sommertheater 270
(Sant'Angelo d'Ischia)
c.b.

Alt werden wie der Berg 278
(Island)
O.H.K.

In der Halle der Riesen 289
(Aus meinem Lappland-Tagebuch)
O.H.K.

Kriegsbeute aus der Sowjetunion 295
(Russische Ikone)
O.H.K.

Auflösung einer Topographie 298
(Warschau, Januar 1945)
O.H.K.

Grab Nr. 5568 301
(Deutscher Soldatenfriedhof in Frankreich)
O.H.K.

Nikolskoje 305
(Aus meinem russischen Kriegstagebuch)
O.H.K.

Die Lebenskilometer 311
c.b.